안녕, 봄!

§ 안녕, 봄! §

2015년 10월 15일 초판 1쇄 인쇄
2015년 10월 19일 초판 1쇄 발행

지은이 § 정 휘
발행인 § 곽중열
기획&편집디자인 § 신연제, 이윤아
발행처 § (주)조은세상

등록 § 2002-23호(1998년 01월 20일)
주소 § 경기도 연천군 미산면 청정로 1355
Tel § (02)587-2977
e-mail romance@comics21c.co.kr
블로그 http://goodworld24.blog.me

값 9,000원

*파본이나 잘못된 책은 바꾸어 드립니다.

ISBN 979-11-5832-309-7

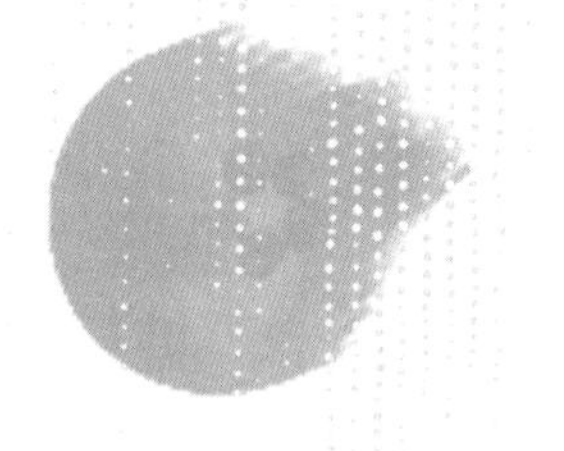

안녕, 봄!

GOOD WORLD ROMANCE NOVEL

정 휘
장편소설

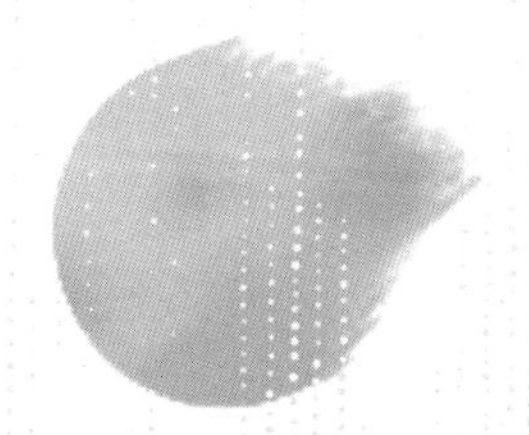

(주)조은세상

contents

1장. 7

2장. 41

3장. 67

4장. 99

5장. 139

6장. 187

7장. 226

8장. 266

9장. 303

10장. 346

에필로그. 393

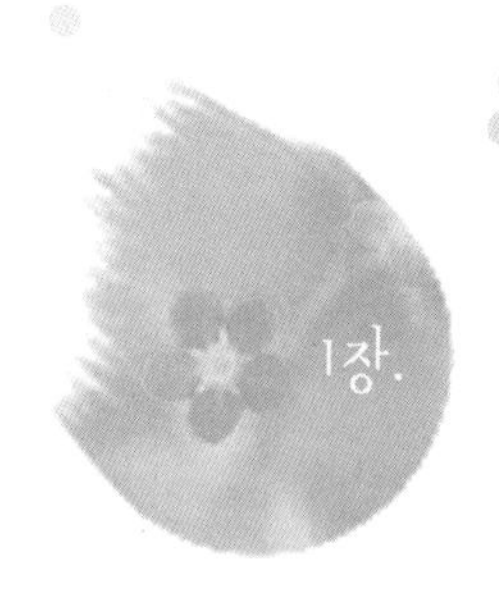

1장.

어둠이 끼어들기 시작한 골목길을 걷는 예준이 발걸음이 한껏 무거웠다. 항상 앞을 향해 있던 당당한 고개도 바닥으로 뚝 떨어져 있고 어깨도 한 뼘은 밑으로 축 처져 있었다. 조용한 주택가 골목을 울리던 힘없는 발걸음 소리가 뚝 멈췄다.

"아우, 씨이이이이."

아무도 없는 골목 중앙에 우뚝 멈춰 선 예준이 제 머리를 헝클이며 어떤 말로도 설명할 수 없는 모습으로 온몸을 흔들며 짜증스러움을 발산하고 있었다.

"젠장, 제 아들 머리 나쁜 게 내 탓이야? 내가 수업을 빼먹었어, 늦기를 했어. 선생은 근면 성실한데 애가 못 따라오는 걸 어쩌라고! 선생을 수십 명을 바꿔봐라, 애 성적이 오르나. 고등학교 2학년짜리 내신 평균이 5~6등급을 왔다 갔다 하는 애를 무슨 수로 3달 만에 3등급을 만드냐고!"

하늘을 보고 발을 동동 구르며 성질을 내던 예준의 고개가 다시 밑으로 뚝 떨어졌다. 또 몇 걸음 터덜터덜 걷더니 또다시 우뚝 멈췄다.

“그 면접관도 웃겨. 아니, 지가 내 연애사를 왜 궁금해 해? 내 엑스랑 어떻게 헤어졌는지 왜 물어보냐고? 졸업한 여자친구 대신 어린 후배한테 홀랑 넘어가 양다리 걸친 게 내 탓이야? 솔직히 내가 그놈을 별로 안 좋아해서 그냥 헤어져준 거지 진짜 좋아했으면 그렇게 보내지도 않았어.”

또 한 번 상대 없는 화를 내던 예준이 아까보다 더 힘 빠진 모습으로 다시 걷기 시작했다. 별로 길지 않은 골목을 걸어가는 내내 섰다 걷다를 반복했고 그럴 때마다 화를 냈다가 다시 풀이 죽고를 되풀이했다.

“하필이면 오늘 그만두라고 얘기할 게 뭐냐. 내가 면접 끝나고 늦을까 봐 거금 들여 택시까지 타고 왔는데. 면접인데도 수업도 안 빼먹었는데, 치. 후우, 다른 아르바이트 또 구해야 하잖아. 엄마 아빠한테는 뭐라고 말해.”

우울한 예준의 입이 앞으로 툭 튀어나왔다. 고등학교 때는 대학만 들어가면 탄탄대로, 비단길 펼쳐진 인생을 살게 될 줄 알았다. 그런데 대학 들어가자마자 숨 돌릴 틈 없이 학점 경쟁, 스펙 쌓기, 취업 준비에 치여 제대로 놀아보지도 못했다. 즐거운 학과 생활은 포기하고 동아리도 자신이 하고 싶은 것보다는 취업에 도움되는 곳을 선택한 덕분에 남들이 부러워하는 높은 학점에 꽤 괜찮은 스펙까지 쌓았는데 도무지 이노무 취업의 문턱은 낮아지지 않았다.

“나도 회사 좀 다녀보자. 사원증 목에 거는 게 소원이라고!”

청년백수 전성시대이고 대학 졸업하자마자 취업하는 게 낙타가 바늘구멍 통과하는 것보다 더 힘든 시대라고 말을 해도 그게 자신의 이야기가 될 줄 몰랐는데, 결국 그 대열에 합류해 버린 자신의 평범함이 오늘따라 너무 속이 상했다.

우연히 길거리에서 예준의 생쇼를 보게 된 태수는 웃음이 터져 나오려는 입을 막고 헛기침을 했다. 나 면접 봤어요, 티 내는 것 같은 딱 떨어지는 감색 정장과 검은색의 밋밋한 구두, 머리꽁지가 좌우로 춤을 추는 헤어스타일까지 차림새는 참 조신한데 하는 짓은 한 편의 코미디 같았다.

잘 가다가 우뚝 서더니 떼쓰는 어린애처럼 발을 동동 구르며 어깨를 흔들고 머리를 잡아 뜯을 듯 헝클리더니 하늘을 향해 종종 소리도 질렀다. 골목을 내려오는 내내 거의 행위예술 같은 몸짓을 보여주던 여자는 지금 하늘을 향해 삿대질을 하며 사원증 어쩌고저쩌고하고 있다.

"저 여자도 취준생인가? 설마 미친 건 아니겠지? 그래도 골반라인 하나는 예술이네."

금요일 저녁, 다른 때 같으면 이미 술집으로 달려갔거나 클럽에서 여자들을 만나고 있겠지만 집수리 때문에 지친 오늘은 나오라는 전화도 다 거절하고 집에 있는 참이었다.

"세스, 오늘 안 나왔으면 이 재미있는 구경 못할 뻔했다. 근데 참 작다. 너랑 같이 세워놓으면 체격이나 키가 비슷할 거 같다."

세스는 벌써 5년이나 키운 그의 반려견이었다. 너무 약하게 태어나 어미가 밀어낸다며 친구가 억지로 떠맡기다 시피 한 손바닥만 했던 녀석이 이젠 일어서면 그의 어깨를 훌쩍 넘어설 만큼 덩치가 커졌다.

대형견의 한 종류인 오브차카인 세스는 크기도 그렇고 갈색과 회색이 얼룩덜룩 섞여 있어 언뜻 보면 늑대 같아서 사람들이 좀 무서워했다. 같은 종류의 개치고 남다른 발육을 자랑하는 세스는 워낙 시크한 성격이라 주인인 그 외에 다른 사람들에게 잘 가지도 않고 누가 만지는 것도 별로 좋아하지 않는다. 가끔은 주인인 그가 불러도 꿈쩍도 않고 무시할 때도 있었다.

'새끼 때는 안 저랬는데, 개새끼도 주인을 꼭 닮아서 건방지고 싸가지도 없네.'

이 녀석을 맡긴 명진이 집에 놀러 왔다가 목이 터져라 불러야 눈길 한 번 겨우 주는 세스를 보며 한 말이었다. 남들이야 뭐라고 하건 그런 성격 때문에 사람들한테 함부로 덤비지 않아 키우기에는 꽤 편했고 그에게는 둘도 없는 좋은 친구였다.

"저 누나가 오늘 힘든 일이 있었나 보다. 근데 보기 좋은 모습은 아니야, 그렇지? 저 밑에 편의점 가서 맥주 좀 사가지고 집으로 가자. 이 녀석아, 그만 버둥거려. 오늘따라 너답지 않게 왜 이러냐?"

사람인 양 세스에게 몇 마디 말한 태수가 다른 때와 달리 질주본능을 주체 못하는 세스의 목줄을 단단히 쥐고 천천히 예준의 뒤를 따라 걸었다. 여자도 이젠 기운이 쭉 빠진 건지 다시 고개를 푹 숙이고 걷는데 온몸에 힘을 쭉 빼고 술 먹은 아저씨처럼 팔자로 터덜터덜 걷는 게 참 혼자 구경하기 아까울 정도로 웃겼다. 예준을 보며 재미있어 했던 것도 잠시, 피곤함에 지쳐 길게 하품을 하는 태수의 손에서 힘이 빠지며 잡고 있던 세스의 목줄을 놓치는 동시에 사건이 벌어졌다.

"컹."

"세스!"

"으아악! 사람…… 살려……."

모든 일은 한순간에 일어났다. 엄청난 속도로 뛰어가는 세스, 천천히 뒤로 돌며 눈이 튀어나올 정도로 커지는 여자, 눈 한 번 깜짝였더니 여자는 바닥에 쓰러져 있고 세스가 그 가슴 위에 의기양양 앞발을 올리고 무차별적으로 여자의 얼굴을 핥아대고 있었다.

"세스, 세스! 이리 와, 어서!"

세스와 여자에게 달려가며 목이 터져라 이름을 불렀지만 힐긋 그를 한 번 봤던 세스는 다시 여자에게로 관심을 돌렸다. 엄청난 속도로 달려간 태수는 거의 넘어지다시피 하며 세스의 목줄을 낚아채 힘껏 당겼지만 그럼에도 세스는 도통 예준에게서 떨어지려 하지 않았다.

"이 녀석, 어서 안 떨어져? 이리 나와, 그만 떨어지라고!"

태수는 있는 힘을 다해 세스를 예준에게서 떼어놨고 그래도 자꾸 덤비려는 녀석을 근처 전봇대에 묶어 놓을 수밖에 없었다. 사람이라면 태수 외에는 관심도 없는 녀석이 뭘 잘못 먹었는지 예준에게 가고 싶어 계속해서 안달을 했다. 태수는 세스를 한 대 때리는 시늉을 하며 여전히 넘어져 있는 예준에게 다가갔다.

"저기, 괜찮아요? 많이 다쳤습니까?"

태수의 다급한 말에도 여자는 완전히 혼이 나간 얼굴로 눈만 껌벅대며 움직일 생각을 못하고 있었다. 괜찮냐고 묻기 미안할 정도로 한눈에 봐도 예준의 상태는 엉망이었다. 세스 녀석의 흥건한 침에 흠뻑 젖어 있는 얼굴과 머리, 하얀색 블라우스 가슴팍에 선명하게 남아 있는 발자국들과 뚝뚝 떨어진 허연 침, 넘어지며 벗겨진 신발이며 날아가버린 가방과 길바닥에 쏟아진 내용물. 거기다 여자는 넋이 빠졌는지 말을 시켜도 대꾸도 없고, 대략난감한 상황에서 마른침을 꿀꺽 삼킨 태수가 예준의 옆에 주저앉았다.

"어디 아파요? 못 움직이겠습니까?"

"지, 지금 무슨 일이……."

"얘기는 나중에 하고 일단 조심해서 일어나 봅시다."

태수는 꽤나 충격을 받았는지 쉽게 움직이지 못하는 예준의 어깨를 받쳐 천천히 일으켜 앉히고 얼굴 앞에 손을 흔들어 보였다.

"정신이 좀 듭니까? 이거 보여요?"

"네, 보여요."

"미안합니다, 내가 저 녀석 목줄을 놓치는 바람에. 워낙 점잖은 녀석이라 한 번도 이런 일이 없었는데 내가 다 보상할게요. 집이 이 근첩니까?"

"저, 저거 개죠?"

"네, 개 맞아요. 세스라는 녀석인데 워낙……."

예준의 손가락이 전봇대에 묶여 두 발로 서서 이리 오려는 세스를 가리켰다. 그 손가락이 파르르 떨리는 것 같더니 예상 못한 일이 벌어졌다.

"흐어엉, 엉엉."

"우, 웁니까? 어디 아파요?"

"개, 개 흐엉엉. 개가…… 엉엉, 어릴 때…… 엉, 물려……어어엉, 여기 흉터…… 흐엉, 엄마."

"어릴 때 개한테 물려서 여기 허벅지에 흉터 있다고요?"

태수가 정리한 말에 예준이 울면서도 고개를 격하게 위아래로 흔들었다. 8살 때였나, 동네 할머니가 키우던 진돗개한테 물린 적이 있는데 그다음부터 개라면 아주 작은 애완견도 질색하고 도망 다녔다. 예준에게는 개가 밀림의 왕인 사자보다 더 무서운 존재였다.

"저, 저기 그만 울어요. 좀 멈춰 봐요. 우리 세스가 물지는 않았……."

"으엉, 침, 내 옷…… 울 아빠…… 면접…… 으어엉……."

"아버님이 면접 잘 보라고 사주신 옷입니까?"

또 한 번 고개를 끄덕인 예준의 울음이 더 서러워졌고 그 앞에 앉은 태수는 안절부절 어쩔 줄을 모르고 있었다. 다 큰 여자가 땅바닥에 주저앉아 어린애처럼 엉엉 소리를 내며 우는데 정말 난감했다. 거기다 머리는 산발이고 스타킹도 구멍이 나버렸고 옷도 더럽고 지금 보니까 치마 옆 솔기도 왕창 찢어져 있었다.

"집이 어딥니까? 내가 데려다 줄게요. 우리 세스만 집에 데려다 놓고……."

"흐어엉, 어엉, 흐엉."

세스라는 이름에 예준의 울음이 더 커졌고 옷소매로 눈물까지 닦아가며 우는 예준 앞에 태수도 포기한 듯 철퍼덕 앉아버렸다.

"그래요, 멈출 때까지 울어봐요, 어디."

자포자기한 심정으로 한 말에 예준의 울음은 더 커졌고 인상을 쓰며 지켜보던 태수가 길게 한숨을 내쉬었다.

"남들이 보면 세상이라도 끝난 줄 알겠네. 아파서만 우는 것 같지는 않은데 도대체 무슨 일로 이렇게 우는 거야."

태수의 중얼거림에도 예준의 울음은 멈출 줄 몰랐고 한참 고민하던 태수는 금방이라도 숨이 넘어갈 듯 우는 그녀의 어깨를 조심스럽게 다독였다.

예준은 정말 서럽게 있는 힘껏 울었다. 처음 시작은 개 때문이었지만 나중엔 자신의 처지가 서러워 울었다. 대학은 졸업했는데 취업은 안 되고 계속되는 낙방에 긍정적인 그녀도 점점 의기소침해지고 괜찮다는 부모님의 위로에 더 자학하게 됐었다. 거기다 처음보다 점점 더 후져지는 지원 회사들도 그녀를 더 비참하게 만들었다. 그렇지 않아도 목까지 울음이 꽉 차 있었는데 그 물꼬를 세스가 터준 셈이었다. 어느 정도 울고 난 예준이 앞에 난감한 얼굴로 앉은 태수에게 어렵게 말을 건넸다.

"그냥…… 가셔도……으엉, 제 때문에 우는 거…… 흐으읍, 아니니까……."

"나까지 가고 나면 혼자 어쩌려고. 나 신경 쓰지 말고 실컷 울어요. 울고 싶을 땐 우는 게 약이야."

그 말에 예준이 다시 눈물을 뚝뚝 흘렸고 아까와는 달리 소리 없이 서러움이 묻어나는 눈물에 태수가 무릎을 굽혀 턱을 기대고 말없이 바라봐줬다. 어릴 땐 그도 꽤나 울보라는 소리를 들었던 것 같은데, 예준의 울음은 계속 됐고 묶어놓은 끈을 어떻게 풀었는지 어느새 세스도 태수 옆에 앉아 예준을 지켜보고 있었다.

"누나가 참 서럽게 울지? 다 너 때문이잖아."

"컹."

"조용히 해. 뭘 잘했다고 짖어. 너 오늘 저녁은 굶어."

"끄으응."

태수는 세스의 목덜미를 긁어주고 서서히 울음을 멈춰가는 걸 확인하고 자리에서 일어나 사방으로 흩어진 그녀의 소지품을 주워 담기 시작했다.

"여기 가방이랑 구두."

"훌쩍, 감사합니다."

"이제 좀 진정이 됩니까?"

"네."

"일어나 봐요."

태수는 손을 내밀었고 구두까지 챙겨 신은 예준은 잠시 고민 끝에 그의 손을 잡고 자리에서 일어났다.

"으앗."

"왜? 어디 아픕니까?"

"구두굽이 부러졌어요."

중심을 잃고 넘어질 뻔한 예준을 잡아준 태수는 자신의 어깨를 짚게 하고 그녀의 앞에 앉아 굽이 달랑이는 구두를 벗겨 냈다. 작게 한숨을 삼키며 그녀의 발과 구두를 번갈아 보던 태수의 눈이 제가 잡고 있는 그녀의 발목에 고정됐다. 안쪽 복사뼈 옆 특이한 반달 모양의 흉터를 보던 태수가 고개를 번쩍 들어 예준의 얼굴을 확인했다.

"혹시 등산 좋아합니까?"

"네. 근데 요즘은 못 가요. 일 년 전에 약간의 사고가 있었는데 그 다음부터 부모님이 산에 가는 걸 안 좋아하셔서. 왜요?"

예준의 질문에 대답 대신 태수의 고개가 다시 밑으로 숙여지고 눈길이 다시 그녀의 발목, 흉터에 닿았다. 흉터, 1년 전 사고, 태수가 살짝 그녀의 흉터를 만졌고 갑자기 달라진 분위기에 예준이 슬쩍 발목을 빼냈다.

"저, 저기 이제 가봐야 할 것 같은데요."

난감한 얼굴로 말을 하는 예준을 보던 태수가 입고 있던 카디건을 벗어 그녀의 허리에 둘러주고 그 앞에 쭈그리고 앉았다.

"업혀요."

"네? 아니, 아니에요."

"그쪽이 못 봐서 그렇지 지금 상태가 좀 심각해요. 그 꼴로는 십 은커녕 저기 큰길까지 가기도 좀 쪽팔릴 것 같은데. 그쪽 위해서가 아니라 내가 저지른 일 내가 수습하는 중이니까 업히라고요. 우리 집이 여기서 얼마 안 머니까 가서 세수도 좀 하고 신발도 고쳐보고 그럽시다. 얼른요."

솔직히 집까지 데려갈 생각은 없었는데 산속에서 마주쳤던 여자와 동일 인물인 걸 알고는 그냥 보낼 수가 없었다. 널찍한 태수의 등과 제 모습을 번갈아 보며 고민하던 예준은 가벼운 한숨과 함께 그의 등에 업혔고 태수는 가볍게 어깨를 잡은 그녀의 팔을 목에 두르게 한 후 단단히 업고 자리에서 일어났다.

"으샤."

"고맙습니다."

"그쪽이 왜요? 내가 미안한 일이지."

"흐억!"

"왜요, 또?"

"아아, 개가 발을 핥았어요. 아웅, 야, 너 저리 가. 제 좀 어떻게 해주세요. 나 너무 무서워요."

"그쪽이 이 녀석 취향인가 봐요. 원래 주인인 나 말고 다른 사람한테는 굉장히 까칠한데 이상하게 그쪽은 너무 좋아하네."

"이씨, 이젠 개새끼도 날 만만하게 보네."

"푸, 뭐요?"

"아, 아무것도 아니에요. 후읏, 야, 너 그만 핥아. 나 발 더럽다고. 너한테도 안 좋아."

"세스, 그만해."

거실의 밝은 불빛 아래서 본 예준의 모습은 훨씬 더 엉망이었다. 너무 울어서 퉁퉁 부은 얼굴도, 빨갛게 충혈된 눈도 보기 싫었지만 세스의 흔적은 그녀의 남방에만 남은 게 아니었다. 엄청난 털과 털어내도 지워지지 않을 얼룩들이 그녀의 옷 전체 여기저기 묻어 있었고 치마도 생각보다 많이 찢어져 있었다. 턱을 만지며 고민을 하던 태수가 난감하게 제 모습을 살피며 서 있는 예준에게 먼저 말을 꺼냈다.

"흠, 옷을 갈아입어야 할 것 같은데 내 옷이라도 괜찮겠습니까?"

"정말 엉망이네요. 어쩔 수 없죠, 빌려주세요."

"기다려요."

태수가 방 안으로 들어갔고 예준은 제 꼴에 한숨을 푹 내쉬었다. 회사 면접 잘 보라고 아빠가 거금을 들여 사준 옷인데 윗옷은 세탁하면 괜찮을 것 같지만 허벅지가 다 보이도록 찢어진 치마는 버려야 할 것 같았다. 태수가 들어간 방문이 잘 닫혔나 확인한 예준은 들어오지는 않고 열린 현관문 앞에 몸을 반쯤 걸치고 누운 세스를 힘껏 째려봤다.

"너 이씨, 복날에 된장을 발라버릴라. 이게 뭐냐, 이게. 얼마나 소중한 옷인데, 늑대인지 개인지 구분도 안 되게 생겨서 확 털을 밀어버릴까 보다."

“컹.”

“엄마야.”

방금 전까지 세스를 구박하던 예준은 세스의 짖는 소리에 깜짝 놀라 그 자리에서 펄쩍 뛰어올랐고 마침 방에서 나온 태수의 등 뒤로 반사적으로 숨어들었다. 태수는 제 팔을 꼭 잡은 예준의 손을 의식하며 등 뒤에서 고개만 쭉 빼고 세스를 보는 그녀의 정수리를 내려다봤다.

“정말로 개 맞아요? 늑대 아니고? 무슨 개가 저렇게 커요?”

“우리 세스가 남다른 발육을 자랑하긴 하죠.”

가만히 서 있던 태수는 예준의 말에 슬쩍 몸을 빼며 그녀를 향해 돌아서 손에 들고 있는 옷을 내밀었다.

“내 옷 중에 제일 작은 옷을 골라오긴 했는데, 집에 갈 때까지만 입어요.”

“고맙습니다.”

“욕실은 저쪽. 샤워하고 싶으면 그렇게 하고.”

“아, 아뇨. 세수만 할게요. 아, 발도 좀, 그럼.”

태수의 얼굴을 넋 놓고 보고 있던 예준은 태수가 건네주는 옷을 받아들고 서둘러 욕실 안으로 들어갔다. 골목길에서는 잘 몰랐는데 태수는 상당히 근사한 외모의 소유자였다.

약간 헝클어진 듯한 머리 스타일도, 물 빠진 청바지에 낡은 체크 남방 하나 걸쳤는데도 태가 났다. 고개를 이만큼 젖혀야 할 만큼 키도 컸고 태평양 어깨에 아까 업혔던 등도 무척이나 넓었다. 전형적인 미남이기보단 예준이 좋아하는 매력적인 얼굴이었는데 한쪽 입꼬리만 위로 올라가며 슬쩍 비웃음처럼 보이는 미소가 근사했다.

"이럴 줄 알았으면 이미지 관리 좀 하는 건데. 하긴, 순식간에 벌어진 일인데 그럴 여력이나 있었나. 설마 골목에서 내 행동을 다 보진 않았겠지? 내가 아무리 오늘 일진이 나쁘다고 해도 그렇게까지는 아닐 거야."

모델만큼 근사한 태수를 생각하던 예준은 거울 속 자신의 모습에 피식 허탈한 웃음을 터트렸다.

"텄다, 텄어. 썸이라도 타려면 적어도 이런 꼴은 보이지 말았어야지. 그나저나 낯이 좀 익단 말이야. 잘생겨서 그런가? 아냐, 분명 어디선가 본 것 같긴 한데. 에라, 모르겠다. 윽, 침 냄새. 세수나 하자."

예준은 더러워진 옷을 벗고 따뜻한 물을 얼굴에 끼얹었다. 오늘의 유쾌하지 않은 모든 일들이 이 얼룩들처럼 깨끗하게 씻겨 내려가길 바라며 수없이 반복해 물을 뒤집어썼다.

욕실로 들어가는 예준을 확인한 태수가 가슴 한쪽을 쓸어내리며 주방으로 들어왔다. 마음 한구석이 자꾸만 불편했다. 이게 뭘까, 사람 때문에 마음이 불편했던 게 언제였더라? 찬장에서 차를 꺼내며 잠시 생각에 잠겼던 태수가 머리를 흔들었다.

"미친놈아, 차나 만들어."

세스 때문에 놀라고 한참 울었으니 차라도 한 잔 만들어줘야지 싶었다. 언제부터 사람한테 관심을 쏟았다고, 저답지 않은 짓을 하는 게 우스웠지만 이상한 금요일이었으니 이상하게 굴어도 괜찮지 싶었다.

"이게 다 너 때문이잖아, 녀석아. 오늘따라 생전 가야 안 하던 짓을 하고. 왜, 저 누나가 네 이상형이냐?"

"컹, 컹."

"어쭈, 개 주제에 사람을 넘봐? 아서라, 녀석아. 저 누나는 개가 무섭단다."

"끼이잉."

"풋. 미치겠네."

항상 바짝 서 있는 귀를 축 늘어트리고 바닥에 엎드리는 세스 때문에 태수가 박장대소를 했다. 가끔 저렇게 자신의 말을 다 알아듣는 것처럼 반응하는데 그게 너무 웃겼다.

"말 한 마디만 해, 그럼 떼돈 번다."

실없는 농담을 하는 사이 가스레인지 위의 물이 끓고 무슨 차가 좋을까 수납장을 살피고 있는데 욕실 문이 열리며 제 옷을 입은 예준이 조심스럽게 나오는 모습이 보였다.

"저 다 닦았는데."

'쿵.'

맑았다. 화장기가 깨끗이 씻겨나간 어려 보이는 얼굴, 얼굴에 붙어 있는 몇 가닥의 머리카락, 분홍빛으로 달아오른 혈색 좋은 뺨, 약간의 수줍음과 웃음을 머금고 자신을 향한 밝은 갈색의 눈동자까지 온통 맑은 느낌이었다. 자신을 감싸고 있는 주변의 모든 것들을 하얗게 지워버리는 예준에게서 눈을 뗄 수 없었다. 예준은 아무 말 없이 빤히 자신을 보는 태수의 시선이 멋쩍어 뺨을 긁적이며 말을 꺼냈다.

"옷이 너무 커서 바보 같죠?"

"아니 뭐, 그런대로 괜찮은데. 들어와서 차 한 잔 마셔요. 특별히 좋아하는 거 있습니까? 아니면 못 마시는 거라도."

예준의 말에 정신을 차린 태수는 얼른 시선을 돌려버렸다. 오늘 저녁 자신답지 않은 짓을 너무 많이 하고 있었다. 예준은 빈티지 스타일로 인테리어 된 주방을 살피다 낡은 수납장 가득 진열되어 있는 술병을 보게 됐다. 술병을 보며 무의식적으로 입맛을 다시고 군침을 삼키는 예준을 본 태수가 웃음을 터트렸다. 저런 본능적인 반응이라니, 좋고, 싫고, 무섭고, 아직 어려서 그런가 느끼는 감정 모두를 솔직하게 드러내는 예준을 보는 게 무척이나 재미있었다. 낯선 집, 남자와 둘이 있다고 긴장하고 무서워할까 봐 일부러 현관문까지 열어놓고 경계심을 없애 주려는 그의 노력이 무색해져 버렸다.

"차 대신 술 한 잔 마시겠습니까?"

"저기, 그게……."

"안 좋은 일이 있을 땐 술 한 잔 마시고 잊는 것도 방법이긴 합니다."

"어, 어떻게 아셨어요, 나 안 좋은 일 있었던 거?"

"아무 일 없이 그렇게 서럽게 울긴 어렵죠."

"그렇구나. 그렇죠, 제가 너무 울긴 했죠."

"마침 나도 한잔하려고 했는데 같이 하던가. 근데 잘 알지도 못하는 나하고 술 마시는 거 괜찮겠어요?"

반은 재미, 반은 경고삼아 한 말에 예준은 가만히 태수를 바라봤다. 조금 길게 느껴지는 침묵과 제 마음속 깊은 곳까지 속속들이 다 들여다볼 것만 같은 깨끗한 시선이 불편해지려는 그때 예준이 바보처럼 해맑게 웃었다.

"나쁜 분 아니시잖아요."

"뭘 보고 그렇게 말합니까? 나에 대해 아무것도 모르면서."

"그러는 그쪽은 날 뭘 보고 집까지 들이는데요? 내가 나쁜 마음 먹고 그쪽 취하게 만든 다음 물건 훔쳐서 달아나면 어쩌려고."

"……."

"나쁜 사람이었으면 아까 골목에서 날 집으로 데려오는 대신 돈 몇 푼 쥐여주고 보냈겠죠. 내 예감이 그쪽 믿으래요."

확신에 찬 예준의 말에 태수가 허탈한 웃음을 터트렸다. 자기답지 않게 굴었더니 좋은 사람이라는 말도 듣고, 그녀에게 듣는 믿는다는 말이 꽤 기분 좋았다.

"참고로 내가 여자를 좋아하긴 하지만 때와 장소는 가리는 편이고, 그쪽, 통성명부터 합시다. 차태숩니다."

"서예준이에요."

"그러니까 예준 씨, 지금은 별로 여자로 안 보여서 안심해도 될 것 같다고. 나도 취향이라는 게 있으니까."

안심하라고 하는 말이지만 과히 기분이 좋지는 않았다. 물론 그의 말이 이해될 정도로 제 모습이 웃기다는 건 알고 있다. 화장기 없는 민얼굴에 셔츠는 그녀가 두 명은 들어갈 것만큼 품이 컸고 그에게는 칠부일 게 뻔한 바지도 허리를 두 번이나 접어 올렸음에도 바지자락이 바닥에 닿았다. 아무리 여자가 궁한 남자라고 해도 이런 모습에 음심을 품기는 쉽지 않을 것이다. 거기다 태수는 손가락 하나로도 여자들을 꼬일 수 있을 정도로 근사한데 뭐가 아쉬워 그녀에게 흑심을 품는단 말인가. 그렇게 생각하고 나니 마음이 편해졌다.

"듣기 좋은 말은 아니지만 인정. 사실 집에 가는 길에 친구들이랑 술 한잔하자고 하려 했거든요. 오늘은 정말 술이 필요해요."

"특별히 좋아하는 거 있습니까?"

"소맥이 전공이긴 하지만 오늘은 뭐든 상관없을 것 같아요."

"아무 데나 편히 앉아요."

태수는 예준에게 자리를 권하고 주방 한쪽에 간이로 만든 바(bar) 뒤쪽으로 들어갔다. 태수를 뒤따르던 예준은 바 앞에 놓인 디자인이 제각각인 의자 하나에 걸터앉았다.

"주방이 되게 예뻐요."

"아직 공사가 다 끝난 게 아니라서. 마르가리타예요, 레몬이 들어가서 상큼하고 마시기 괜찮을 겁니다."

예준은 태수가 내어준 술을 단숨에 비워냈다. 오늘은 칵테일이라고 분위기 잡고 마실 기분이 아니었다. 예준이 술잔을 비우자마자 태수가 또 한 잔을 만들어줬고 그렇게 세 잔까지 쉼 없이 비워내자 태수가 예쁘게 담긴 치즈와 크래커, 과일을 내어주며 한 박자 쉬게 했다.

"본인 주량은 알고 마시는 겁니까?"

"주량은 플러스마이너스 소주 3병, 거기다 한정신력하고요."

"그럼 됐고."

"근데 왜 안 물어봐요?"

"뭘?"

"왜 이렇게 술 마시는지, 무슨 일이 있었는지요."

또 한 잔의 칵테일을 만들던 태수가 슬쩍 예준을 보다 다시 하던 일에 열중했다.

"속마음 꺼내놓을 만큼 안 취한 것 같아서."

그가 물어봤다면 술기운을 빌리지 않고도 술술 털어놓을 수 있는데, 예준은 그가 만들어준 술을 두어 잔 더 비우고 있는데 태수가 슬쩍 말을 건넸다.

"술도 어느 정도 마신 것 같고, 누군가가 그러더군, 다시 만나지 않을 낯선 사람이 가장 좋은 얘기 상대가 될 수도 있다고. 그러니까 이제 얘기해 봐요."

"오늘 면접을 봤는데 잘 안 됐어요. 예상 질문을 뽑아 완벽하게 준비하고 회사 약력까지 다 외우고 갔는데 하필이면 질문이 전 남자친구와 왜 헤어졌나더라고요. 순간 띵했죠, 대답을 더듬거릴 수밖에 없었고 면접관 얼굴을 봤는데 오늘도 난 불합격이구나 딱 느껴졌어요. 알바라도 열심히 하자라는 생각으로 택시까지 타고 시간 맞춰 갔는데 잘렸어요. 이런저런 이유를 대는데 요는 내가 무능력한 선생이라 아들 성적이 오르지 않는다는 거였어요. 면접도 불합격, 알바도 잘리고 머피의 법칙은 항상 나한테만 해당하는 것 같아요."

"술 마실 만하네."

"그렇죠? 우리 아빠가 면접 잘 보라고 옷도 사주셨는데 망치고 왔다고 어떻게 말을 해요. 거기다 새로 알바도 구해야 하고 후우, 한숨이 저절로 나요."

"원래 세상은 내 마음대로 되는 게 아니니까."

고개를 끄덕인 예준의 목소리가 더 우울해졌다. 바에 엎드려 팔에 턱을 기대고 멍하니 빈 술잔을 보며 주절거렸다.

"그러니까요. 세상사는 건 왜 이렇게 힘들까요? 유치원 들어가는 순간부터 항상 미래를 을 준비하며 살았던 것 같아요. 유치원 때부터 영어를 배웠고 초등학교 때는 여러 가지 학원에 다니며 자유를 빼앗겼죠. 중학교 때부터는 좋든 싫든 친구들도 성적순으로 사귀게 되고 지옥 같은 고등학교 3년은 대학만 보며 버텼는데 막상 대학에 들어가니까 별게 없는 거예요."

"……."

"남들 부러워하는 대학에 떡하니 합격했고, 이제 좀 편히 내 인생을 즐길 수 있겠구나 했는데 막상 자유가 주어지니까 뭘 해야 할지 모르겠는 거 있죠. 어영부영 보내다 보니까 난 또 다른 전쟁터에 있었어요."

"전쟁터?"

"네, 더 나은 미래를 위한 전쟁터. 선배들 충고대로 1학년 때부터 도서관으로 어학학원으로 돌아다니며 학점 관리하고 스펙을 쌓았어요. 너 정도면 취업 걱정은 없겠다는 얘기를 밥 먹듯 들었는데 웬걸, 지원하는 족족 미끄러지네. 처음엔 인재를 못 알아본다고 콧방귀를 뀌며 자신감이 빵빵했는데 일 년 가까이 취업이 안 되니까 점점 자존감이 무너지는 거예요. 지난주에는 성형외과도 갔었다니까요. 외모적 결함 때문에 취업이 안 되는 것 같아서."

태수는 자신은 한 번도 해보지 않은 고민을 하는 예준에게 할 말이 없었다. 포기한 인생 죽지 못해 꾸역꾸역 하루하루 버티는 것이기에 저런 치열한 고민은 해본 적이 없었다.

"결국 내 인생에 현재는 없었어요. 내일이면 난 또다시 도서관으로 달려가야 하고, 새로운 알바를 찾아야 하고 그것도 전부 더 나은 미래를 위해서죠. 난 언제쯤 내 현재에 만족하며 행복해질 수 있을까요? 어른들이 말한 풍족한 미래는 어디 있는 건데요."

예준은 두 팔 사이에 얼굴을 묻었다. 말을 하다 보니 괜히 울컥해

또다시 눈물이 나올 것 같았다. 누구보다 열심히 살았다고 자부할 수 있는데 그 대가가 이렇게 암담한 현실이라는 게 정말 견디기 힘들었다.

태수는 멀뚱히 예준의 정수리만 바라보고 있었다. 사람들은 예준처럼 다들 저렇게 제 인생을 놓고 치열하게 고민하며 사는 걸까? 어느 순간부터 머릿속에서 지워버린 행복이라는 말이, 더 나은 미래라는 말이 가슴에 맺힌 듯 명치끝이 사르르 아팠다.

"고민을 한다는 건 인생을 잘 살아내고 싶다는 애착이 있는 거고 그건 누군가에게는 무척 부러운 일이에요."

"부러운 일이요? 모든 사람들이 자기 인생에 열심이잖아요."

"아니, 무기력하게 무의미한 하루하루를 흘려보내며 죽는 날만 기다리는 사람들도 있죠."

'바로 나처럼.'

마지막 끝말은 태수의 목구멍에 머물다 사라졌다. 우울해하는 예준의 분위기에 휩쓸려 자신의 이야기를 하고만 태수가 자리에서 일어났다.

"한 잔 더 할래요?

"네, 이거 말고 좀 센 술로 주세요. 쓴맛 나는 걸로다가."

태수는 예준의 요구에 고개를 주억거리고 고민 끝에 보드카를 꺼냈다. 태수가 경고할 사이도 없이 앞에 놓인 보드카를 단숨에 삼킨 예준이 생각보다 강한 맛에 진저리를 쳤다.

"그거 그렇게 막 마시면……."

"아우 짜릿하다. 한 잔 더 주세요."

태수는 인상을 잔뜩 쓴 채로 또다시 술을 원하는 예준을 바라보다 다시 술잔을 채워줬다. 좋은 방법은 아니지만 괴로울 땐 인사불성이 될 정도로 술을 마시는 것도 도움이 될 수 있다. 그렇게 술잔을 비워가며 예준은 취해갔고 술을 홀짝이며 앞에 앉은 예준을 지켜보는 태수는 술 대신 그녀에게 취해갔다.

집 안 전체에 분위기 있는 음악이 흐르고 술이 들어가 정신은 알딸딸하고 낮은 조도 속 앞에 서 있는 남자는 멋있고, 음악에 취하고 술에 취한 예준이 자리에서 일어났다. 비틀비틀 넘어질 것처럼 휘청거리는 예준이 불안해 태수도 바(bar) 밖으로 나왔고 거실로 간 예준은 음악에 맞춰 몸을 움직이기 시작했다.

"풋, 뭐 하는 겁니까?"

"나 기분 좋아요. 내일 당장 새로운 알바를 찾아야 하고 또 100장 넘게 이력서를 써야 할지도 모르지만 그래도 기분 좋아. 하아, 좋다. 우리 같이 춤춰요."

말만 춤이지 취한 몸으로 흐느적거리는 게 전부였던 예준이 멀찍이 서 있는 태수의 손을 덥석 잡았다. 낯선 손길, 뜨거운 그녀의 체온이 거북스러워 반사적으로 손을 빼내려 했지만 자신을 향해 웃는 예준의 얼굴 때문에 그럴 수 없었다.

자꾸만 예준의 얼굴에, 정확히는 입술에 눈이 간다. 살짝 벌리고 헤헤 웃고 있는 진분홍빛 입술에서 눈을 떼기 어렵다. 저 입술을 머금으면 무슨 맛이 날까, 저 입술도 손만큼 따뜻할까, 꽉 깨물면 분홍빛 물이 뚝뚝 떨어질 것 같은데, 한 번도 키스를 안 해본 사람처럼 괜히 설레기까지 했다. 자신도 모르게 그녀에게 한 발짝 다가간 순간 음악이 바뀌는 동시에 예준이 그의 손을 놓고 신난 음악에 맞춰 방방 뛰기 시작했다.

"어, 어 조심해!"

태수의 만류에도 예준은 뛰는 걸 멈추지 않았다. 방방 뛰는 도중 중심을 잃어 가구에 부딪쳐 아프다고 하면서도 그에게 잡히지 않고 뛰고 또 뛰었다. 거기다 세스도 흥이 났는지 박자에 맞춰 '컹컹' 짖기도 했고 술기운에 겁을 상실했는데 예준이 세스에게 다가가 머리를 잡고 고개를 갸웃거리기도 했다. 신나는 노래 두어 곡이 끝났을 땐 그녀를 쫓아다닌 태수나 도망 다닌 예준이나 두 사람 다 숨이 차 헉헉거렸다.

"안 돼, 이제 그만."

또 뛰려는 예준의 손목을 태수가 다급하게 잡아챘다. 여자들과 술을 마셔본 적이 수천 번도 넘는데 오늘처럼 힘들고 재미있었던 적은 처음이었다.

"나 더 놀고 싶어요."

"노는 건 좋은데 뛰는 건 그만. 가구들 다 망가지겠다."

"아닌데, 아닌데. 나 아무 짓도 안 했는데, 우리 춤춰요. 더 추자구요오오오."

그의 손을 잡고 매달리는 예준의 말꼬리가 길게 늘어진다. 원래 애교가 많은 건지 눈가에 주름이 잡히도록 웃으며 눈을 맞추는데 마른침이 절로 넘어간다. 잔뜩 웃음기 담은 눈동자로 자신을 올려다보는데 원하는 게 뭐든 다 들어줘야 할 것 같았다. 그가 넋을 놓고 있는 사이 그의 손목을 잡고 몸을 좌우로 갸우뚱거리던 예준이 다시 뛰어가려고 했고 이번엔 태수가 조금 더 빨랐다.

"음악에 맞게 놀자고."

때마침 조용한 음악이 흘러나왔고 태수가 잡았던 그녀의 손을 놓고 뒤로 물러나자 예준이 그의 허리에 팔을 감으며 가슴에 얼굴을 묻었다.

"음, 이것도 좋다."

예준이 그의 가슴에 기대 감미로운 미디움 템포 곡에 맞춰 천천히 움직였다. 갑작스러운 접촉에 바짝 얼어붙은 태수는 그녀에게 끌려가며 제 가슴팍에 있는 그녀의 정수리를 내려다봤다. 심장박동이 거칠어지고 있다. 여자와 침대에 있을 때도 이성을 잃을 정도로 흥분한 적이 거의 없는데 지금은 점점 빨라지고 있는 제 심장 소리가 귀에 거슬릴 정도로 떨렸다.

밑으로 힘없이 축 늘어졌던 그의 팔이 그녀의 좁은 등에 감겼다. 한 품에 다 차지도 않을 정도로 작은 그녀였지만 제게 온전히 기대 있는 온기가 그의 품이 아니라 가슴을 채우는 것만 같았다.

마치 산에서 처음 만났던 그날처럼.

"서예준."

천천히 속으로 그녀의 이름을 중얼거려봤다. 한 번, 두 번, 세 번, 난생처음 보는 타인의 이름인데 왜 이렇게 익숙할까? 힘주어 안은 그녀의 머리로 천천히 얼굴을 내렸을 때 그를 꼭 안고 있던 예준의 팔이 밑으로 툭 떨어졌다. 놀랄 사이도 없이 그녀의 몸 역시 밑으로 흘러내렸고 놀란 태수가 같이 주저앉으며 그녀가 넘어지지 않도록 품에 안았다. 혹시 무슨 일이 있는 건 아닌가 품에 안은 그녀의 얼굴을 다급하게 살피던 태수가 풋 하고 웃음을 터트렸다. 사람 잔뜩 설레게 해놓고 예준은 잠들어 있었다. 아주 태평한 얼굴로 작게 코까지 골면서 단잠에 빠진 것이다.

"푸하하하, 너 뭐냐? 에효, 들어가서 자자."

태수가 가볍게 예준을 안아 들었다. 여자를 집까지 들인 것도 모자라 제 침대까지 내어주게 생겼다. 다른 때 같으면 턱없을 일이었는데 스스로도 이해가 안 될 만큼 이 여자에게는 너그럽게 굴고 있었다.

"컹컹컹."

"뭐 인마? 아무 짓도 안 하고 눕혀놓고 나올 거야. 근데 너 이상하다. 너 밥 주는 사람은 나거든. 상황 파악 잘해라."

태수는 금방이라도 덤벼들 것처럼 현관에서 버둥거리는 세스에게 불퉁하게 몇 마디 하고 그녀를 안고 침실이 있는 2층으로 올라갔다.

이렇게 낯선 곳에서 재워도 되나, 집안 어른들 걱정하시겠다, 지금이라도 깨워서 보내야 하나 갈등했지만 편안히 잠든 예준의 얼굴에서 모든 고민을 지웠다.

"넌 도대체 뭘 믿고 낯선 내 앞에서 이렇게 편안히 자냐? 내가 나쁜 마음을 먹으면 어쩌려고. 다른 남자들 앞에선 절대 이러지 마라. 잠이 취해 알아듣지도 못하는 사람한테 내가 지금 뭐하고 있냐?"

"컹, 컹컹."

"알았어, 나간다, 나가. 아, 저 새끼가 진짜 누가 주인인지."

태수는 자신을 재촉하는 것 같은 세스의 짖음에 어쩔 수 없이 침대에서 일어났다. 잠든 그녀의 얼굴을 물끄러미 바라보다 쉽게 떨어지지 않는 발을 돌려 1층으로 내려왔다. 오랜만에 공허하지 않은 하루가 저물고 있었다.

"으어."

아침이 밝았다. 죽은 게 아닐까 의심이 될 정도로 움직임 없이 처음 눕혀놓은 자세 그대로 얌전히 자던 예준이 갑자기 자리에서 벌떡 일어나는 바람에 방문에 기대서서 보고 있던 태수가 더 놀랐다.

"깜짝아. 정신 들어 서예준?"

태수가 부른 이름에 반사적으로 고개는 돌렸는데 베개자국 난 얼굴로 입을 살짝 벌린 예준은 여전히 정신이 몽롱한 상태였다. 잠이 덜 깨 눈도 흐릿하고 살짝 두통도 있고 오빠인 인섭도 저렇게 크지는 않는데, 배를 보니 아빠도 아니고 멍청한 얼굴로 고개를 갸웃한 예준이 눈을 벅벅 비볐다.

"풋, 진짜 미치겠다. 서예준, 일어나. 아침 9시도 넘었어."

"누구, 세요?"

"차태수, 어제 너랑 술 마신 남자, 술만 마신 남자. 참, 침대도 뺏겼구나."

그의 말을 들으며 서서히 기억이 돌아오는지 예준의 표정이 시시각각 변했다. 눈이 동그래지더니 검지로 태수를 가리켰다가 소리칠 듯 벌렸던 입을 두 손으로 가리고 벌겋게 달아오른 얼굴로 뭘 찾는지 열심히 두리번거리더니 갑자기 침대에서 뛰어내렸다.

"죄, 죄송합니다."

"기억이 났어?"

"다는 아니고…… 제가 어제는 어디까지 했나요?"

"어디까지?"

"저도 잘은 모르는데 친구들 말에 의하면 제가 술에 취하면 예쁜 거에 사족을 못 쓴다고. 처음엔 그냥 보고만 있다가 그다음엔 정신 나간 사람처럼 헤실거리면서 웃고 막 껴안고 얼굴 비비고 그러다가 뽀뽀까지 한다고 했거든요."

"그 말은 내가 예쁘다는 뜻?"

"아, 그, 그게…… 그래서 제가 어디까지 실례를 했을까요?"

"좀 아쉬운 것까지."

"그게 무슨 뜻……."

"지금 중요한 건 그게 아닌 것 같은데, 왼쪽 눈에 엄청 큰 눈곱이 끼었는데 떨어지면 발등 찧겠어. 2층 욕실은 저기 파란 문, 세수하고 아래층으로 내려와."

눈곱 얘기가 나올 때부터 두 손으로 얼굴을 가리고 있던 예준은 태수의 손가락을 따라 욕실로 뛰어들어갔다. 저 남자 얼굴 두 번 다시 못 보겠다.

세수를 한 예준은 욕실 거울을 보며 후 한숨을 내쉬었다. 왼쪽 뺨에 찍힌 베개자국이 아직도 선명했다. 전혀 여성스럽지 못한 헐렁헐렁한 그의 옷에 술에 취해 온갖 추태를 다 보이고 그것도 부족해 눈곱까지, 정말 절망적이었다.

"그래, 이 집에서 한시라도 빨리 빠져나가는 거야."

욕실에서 나와 아직 정리가 안 돼 어수선한 2층을 두리번거리고 있었다.

"컹."

"엄마, 깜짝아. 야, 너 여기서 뭐해?"

2층의 거실 한쪽이 1층과 마찬가지로 통유리였고 밖으로는 넓은 공간이 있었다. 옥상은 아니고 그렇다고 베란다도 아닌 뭐라 부르기 애매한 공간인데 그곳에 세스가 유리창을 딛고 두 발로 서서 그녀를 보고 짖고 있었다.

"뭘 반갑다고 꼬리를 쳐. 내가 너 때문에 저 남자한테 별별 흉한 꼴을 다 보인다. 내 인생의 흑역사를 너 때문에 만들었다고."

"컹."

"메롱, 못 들어오지롱."

예준이 혀를 내밀어 보이자 유리문 밖 세스가 들어오겠다고 문을 긁고 난리를 폈고 그 힘에 덜컹거리는 문에 겁을 먹은 예준이 얼른 1층으로 내려갔다.

"왜 뛰어와?"

"아, 아니에요."

"밥 먹어."

"근데 집 구조가 많이 특이해요."

"아직 공사 중이라 어수선해. 이사 온 지 한 달밖에 안 됐거든."

태수는 예준 앞에 북엇국을 놓아주며 대답을 했고 예준의 눈은 태수를 따라 움직였다. 바람 같은 시원한 향을 풍기며 슬쩍 젖어 편안하게 내려온 머리로 하얀색 니트에 베이지색 마바지를 입은 태수의 모습에서 눈을 뗄 수가 없었다. 사춘기 소녀처럼 설레는 마음으로 완전히 그에게 정신이 팔려 있었다. 멍하니 그를 보다가 자신과 눈을 맞추는 태수가 멋쩍어 괜한 헛기침을 하며 목을 긁적였다.

"공사요? 직접 하는 거예요?"

"응."

"와, 멋지다."

"끝나지도 않았는데 무슨."

"2층 벽 하나는 마감공사만 끝났던데 내가 벽화 그려줄까요?"

이 사람을 한 번이라도 더 보고 싶다는 마음에서 한 즉흥적인 말이었다. 갑작스러운 말에 태수의 시선이 그녀에게 꽂히고 예준은 얼른 고개를 숙여 그를 피했다.

"전공이 미술이야?"

"아뇨, 경영학도예요."

"근데?"

"미술 하고 싶었는데 가정 형편상 그럴 수 없었어요. 위로는 전국 1등을 밥 먹듯 하던 잘난 오빠가 있고 밑으로는 그에 못지않게 말썽쟁이인 남동생이 있고. 우리 아빠는 평범한 직장인, 울 엄마는 전업주부. 학원이라도 하나 더 보내주려고 부업까지 하시는데 거기다 대놓고 미술 시켜달라고 말할 수 없었어요. 그래도 나 그림 잘 그려요. 중, 고등학교 때 상도 많이 받았고 봉사동아리 활동하면서 벽화도 그려봤는데……."

빤히 쳐다보는 태수의 시선에 예준의 목소리가 점점 작아졌다. 하긴 이 정도 인테리어 감각이 있는 남자라면 자신의 미술 실력으로 괜히 망신만 당하겠다는 생각이 지금에야 들었다. 이 생각 없이 말만 앞서는 버릇 좀 고쳐야 하는데, 잘 안 된다.

"서예준 씨가 우리 집에 오는 건 오늘이 마지막일 것 같은데."

"네? 아, 그렇죠. 맞다, 그렇군요."

생각도 못한 태수의 대답에 예준이 머쓱해졌다. 다시는 볼 일 없는 어제 처음 예상치 못한 사고로 만난 사이, 그게 두 사람 관계의 전부였다. 예준은 밥맛이 뚝 떨어진 입속으로 북엇국을 억지로 밀어 넣었다.

예준이 국만 반쯤 비울 때까지 두 사람은 별말 없었다. 예준은 얼른 밥을 먹고 이 자리를 빠져나가고 싶었고 태수는 잔뜩 우울한 얼굴로 밥을 깨작거리는 예준을 힐긋대느라 밥 먹을 여력이 없었다.

한 번 더 집에서 예준을 보게 된다면 어제처럼 곱게 돌려보낼 자신이 없어서 한 말인데 아마 그녀는 밀어내는 것으로 오해를 했을 것이다. 그걸 알지만 고쳐줄 마음은 없었다. 저 겁 없는 아가씨가 제 주위를 맴도는 게 무지하게 거슬리는데 그 거슬림이 싫지 않다는 게 문제였다. 괜히 제 옆에 있다 예준까지 상처를 받을까 밀어냈는데 왠지 마음에 안 든다.

“잘 먹었습니다. 이제 가보겠습니다.”

“가방은 저기 거실에.”

“어제 너무 실례 많았고요, 주소 알려주시면 이 옷은 택배로 보내드리겠습니다.”

“이거, 내 명함이야. 월요일 오후 5시까지 그 주소로 가져와.”

“여기는…….”

“이제 그만 나가자. 집에까지 데려다 줄게.”

생각지도 못한 말을 툭 던져놓고 현관으로 나가는 태수를 예준이 잡았다.

“혼자 갈 수 있어요.”

“그 옷 입고 대중교통 이용하기 좀 그럴 텐데, 용기 있으면 혼자 가고.”

“아뇨, 데려다 주세요. 저기 개 좀 묶어주세요.”

“세스, 이리 와. 누나가 너 때문에 무서워서 못 나오겠단다. 짖을 거 없어, 자식아. 자업자득이야.”

태수는 열려 있는 현관문 사이로 세스를 보고 질겁하는 예준을 보며 마당 한 귀퉁이에 있는 녀석 집 옆에 묶어버렸다. 세스는 귀를 축 늘어트리고 우울해하는 얼굴로 마당을 가로지르는 예준을 향해 버둥거렸지만 예준은 태수의 등 뒤에 숨기 바빴다.

"나는 너 무섭고 싫다고."

"우리 세스가 개치고는 참 잘생겼는데."

"그래 봤자 개잖아요, 절대 싫어요."

"세스야, 짝사랑은 마음 아픈 거다. 그런 건 하는 게 아니야. 늦은 충고 같기는 하다만."

예준은 실없는 소리를 하는 태수를 앞질러 대문을 나섰다. 개가 잘생겨서 뭐 어쩌라고, 정작 관심 있는 남자는 축객령이나 내리고 끔찍이도 싫은 개 자랑만 하고 있으니 참 재미없는 상황이었다. 하긴, 주말이 지나 월요일이 되면 다시 취직 준비하러 도서관으로 알바 자리 찾으러 시내로 돌아다녀야 할 처지인데 연애는 무슨, 한때의 꿈 곱게 접어 나빌래라.

이틀 후, 커다란 쇼핑백을 멘 예준이 고심하는 얼굴로 레스토랑 간판을 바라보고 있었다.

"뭐야, 생각보다 되게 크네. 여기 사장이라고?"

집에서 쉬는 주말 내내 태수 생각만 했다. 짝사랑에 빠진 사춘기 소녀처럼 그를 떠올리기만 해도 가슴이 벌렁거리고 마치 남자친구처럼 그가 자신에게 했던 말들을 되새기며 설렘과 우울함을 반복했었다. 도저히 생각 정리가 되지 않아서 제대로 보면 이런 풋설렘은 없어질 거라고 결론을 내리고 여기까지 오긴 왔는데 막상 맞부딪칠 상황이 되자 용기가 사라졌다.

“사람 기죽이는 방법도 가지가지다. 얼굴 보기도 전에 감정 정리가 저절로 되네. 굳이 만날 필요 없이 옷만 맡기고 오면 되겠다.”

짝다리를 짚고 엄지손가락을 질겅대며 고민하던 예준은 결정을 내리고 자세를 똑바로 했다. 옷이 구겨졌는지 다시 한 번 살피고 신발에 묻은 먼지도 털어내고 전사 같은 얼굴로 가게 문을 똑바로 바라보며 용감하게 들어가려고 했다.

‘그 치마, 반드시 보상받아. 네 아빠 어떤 마음으로 사준 옷인데 그걸 그렇게 찢어먹고 와! 그냥 오기만 해, 내가 찾아가서 배로 받아낼 테니까. 그 사람 명함 엄마한테 있다.’

그런 그녀의 발걸음을 잡아챈 건 오늘 아침 집을 나서는 그녀에게서 쏟아지던 모친, 정숙의 목소리였다. 부모님께서 토요일에 시골 이모 댁에 가셨던 덕분에 외박한 건 안 들켰지만 침대 옆 쇼핑백에 넣어둔 찢어진 치마를 엄마가 보고 말았다. 일어난 일 중에 개한테 쫓겼다는 말만 골라서 했는데 아빠는 네가 안 다쳤으면 됐다고 했지만 엄마는 안 그랬다.

“아우, 미치겠네. 우리 엄마는 진짜로 쳐들어오고도 남는데.”

용감하게 레스토랑을 향하던 예준은 그 자리에 서서 머리를 헝클렸고 발을 구르며 짜증을 부렸다.

가게 안에서 예준의 모든 행동을 지켜보고 있던 태수가 참지 못하고 웃음을 터트렸다. 저 여자는 짜증이 나거나 생각할 게 많으면 행동을 저렇게 하나보다. 발을 구르고 머리를 쥐어뜯고 온몸으로 곤란함을 표현하는 게 무척이나 예준다웠다.

“저분 뭐하시는 걸까요? 설마 미친 사람은 아니겠죠? 겉보기에는 멀쩡한데. 우리 식당에 뭐 따지러 오신 건가? 우리 뭐 컴플레인

들어온 거 있었나요?"

"내 손님이야."

"에? 근데 왜 안 들어오시고 저기서 미친…… 아니 이상한 사람처럼 구시는 건데요?"

"이제 알아보려고."

팔짱을 끼고 서서 예준을 보던 태수가 얼굴에서 웃음기를 지우고 레스토랑 밖으로 나갔다.

그가 오는 줄 모르고 고민의 고민을 거듭하던 예준은 제 앞에 드리워지는 그늘에 반사적으로 뒤로 한 걸음 물러났다. 지금까지 고민한 게 무색하게 그가 눈앞에 나타나자 말문이 턱 막히며 심장이 뛰었다. 그냥 평범한 셔츠에 정장바지를 입었을 뿐인데 그것마저도 너무 근사했다. 예준은 우스운 자세로 선 채로 그에게 꾸벅 인사를 했다.

"아, 안녕하세요."

"10명."

"뭐가요?"

"여기서 네가 이상한 짓 해서 쫓아낸 손님 수."

"에이, 설마."

못 믿겠다는 얼굴로 웃어 보이는 예준에게 태수가 뒤를 보라고 턱짓을 해보였고 천천히 고개를 돌렸던 예준은 자신을 보며 쑥덕거리는 사람들을 보고 얼른 자세를 똑바로 했지만 부끄러움에 얼굴은 이미 붉게 달아오른 후였다.

"죄송합니다."

"됐고, 들어와."

"아뇨. 이거만 돌려드리고 갈게요. 깨끗하게 세탁해서 다림질까지 다 했고요, 그날은 여러 가지로 정말 감사했습니다."

"나는 아직 보상할 게 남았는데."

"네?"

"치마 말아야. 사실은 똑같은 옷을 사줄까 했는데 더 나은 보상 방법이 있을 것 같아서. 알바 새로 구해야 한다고 했지? 우리 레스토랑에서 아르바이트하는 건 어때?"

"알바요?"

"보다시피 난 레스토랑을 운영하고 그 레스토랑에서 사람을 찾고 있거든. 평일 오후 5시부터 10시 30분까지 주말에는 원하면 연장 근무 가능하고 주 1일은 휴무. 보수는 다른 식당보다 두 배, 어때?"

"세상에 공짜는 없다고 우리 엄마가 그랬는데……."

"상당히 현명하시군. 그래서 싫다고?"

"그건 아닌데…… 생각할 시간도 안 주고 지금 당장 대답을 하라고요?"

"내가 말한 조건들 덕분에 우리 레스토랑에서 아르바이트하고 싶어 하는 사람들은 아주 많아. 아, 결정하기 전에 한 가지 알아둘 게 있다. 돈을 많이 주는 대신 프로처럼 일하길 원해. 첫 한 달은 교육을 받아야 할 거야."

"마치 인턴사원 같군요. 요즘은 어딜 가나 인턴이 유행인가 봐요."

"대신 우리는 풀 페이를 지급해. 어떻게 할래?"

예준은 또다시 고민에 빠졌다. 태수 자체만, 아니 그에게 흔들리고 있는 제 마음만 아니라면 정말 달콤한 제안이었다.

'이 사람과 같이 있으면서 빠져들지 않을 수 있을까? 얼굴만 봐도 이렇게 설레는데?'

태수는 예준의 입만 보고 있었다. 지난 주말 내내 예준이 오기로 한 월요일만 기다리다 이 얼굴을 조금 더 보고 싶다는 마음에 즉흥적으로 꺼낸 말인데 쉽게 대답을 하지 않아 마음이 초조했다.

"그렇게 고민을 오래 해야 할 정도로 내 제안이 어려운 건가? 좋아할 줄 알았는데."

"좋은 조건이에요, 좋은 조건인 건 맞는데…… 알바하겠습니다. 알바는 하겠지만 치마는 따로 물어주세요. 엄마가 어떤 옷인데 찢어먹었냐고 더 좋은 것도 말고 나쁜 것도 말고 똑같은 걸로 받아오래요. 오늘 안 받아 가면 우리 엄마 진짜 여기까지 찾아오실 건데."

"좋아. 똑같은 걸로 사주지. 그래서 출근은 언제부터 하려고?"

"내일부터 할게요. 잘 부탁드립니다, 사장님."

"사장은 내일부터 하고 지금은 빚 갚아야 하는 사람으로 옷 사러 갑시다. 똑같은 치마 사야지."

예준은 태수를 향해 환하게 웃으며 손을 내밀었고 잠시 망설이던 태수가 그 손을 잡았다. 악수를 하며 마주 웃는 두 사람이 참 예뻤다.

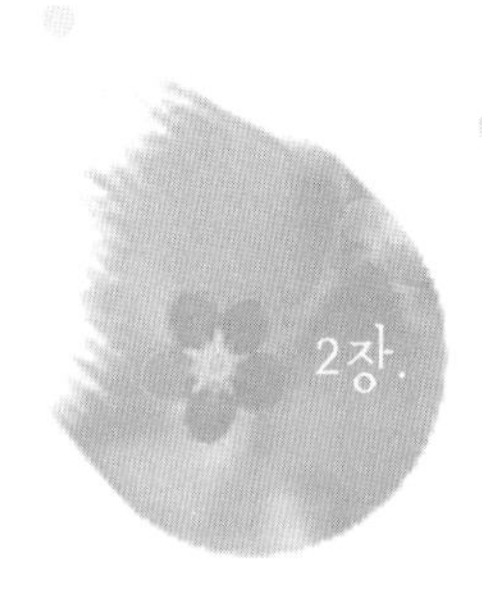

2장.

가게에 출근하자마자 예준은 날카로운 눈으로 가게 구석구석을 살폈다. 이쯤에서 반가운 얼굴이 짠하고 나타나야 하는데 도통 보이지가 않는다. 직원 라커룸으로 향하는 예준의 얼굴에서 점점 미소가 지워지며 입이 뚱하게 튀어나왔다.

"뭐야, 왜 안 보여."

"누구 찾는데?"

"언니, 안녕하세요."

"사장님 찾아?"

"네. 사장님 지금 어디 계세요?"

"사장님 여기 있다. 용건 있어?"

"아뇨, 출근했으니까 인사드리려고요. 사장님, 안녕하세요."

"꼴통, 가서 일해."

태수는 활짝 웃으며 폴더 인사를 하는 예준의 머리를 한 대 쥐어박고 사장실로 향하는 계단을 올라갔고 그 뒤를 예준의 시선이 끈질기게 따라붙었다.

"그러다가 사장님 뒤통수에 구멍 나겠네. 사장님이 그렇게 좋아? 도대체 왜 그렇게 좋은 거야?"

"멋지잖아요."

"멋져서 좋다고?"

"음, 멋지기만 해서 좋아하는 건 아니고요, 우리 사장님 되게 따듯한 사람이에요."

"그건 아니다. 사장님이 공정하시긴 하지만 따뜻한 건…… 아무리 좋게 생각해도 그건 아니야. 우리 사장님은 개인주의의 표본 같은 분이지. 다른 사람한테 별 관심 없고 알고 싶어 하시지도 않고 나쁜 사람은 아니지만 좋은 사람도 아닌 어려운 사람."

최고참 직원인 은영의 말에 고개를 끄덕이며 태수가 다른 사람들에게 어떻게 보이는지 알게 됐다. 그녀가 아는 태수는 농담도 잘하고 웃기도 잘하고 말하지 않아도 상대방 속마음도 금방 눈치채는 그런 사람이었는데 다른 사람들에게는 아닌가 보다. 몇 마디 하려던 예준은 그냥 입을 닫고 웃어 보였다.

"언니, 저는 가서 옷 갈아입고 올게요."

"응."

"그래도 언니, 우리 사장님 좋은 사람이에요."

그 말을 끝으로 예준은 직원 로커룸으로 들어갔고 뒤에 혼자 남은 은영은 피식 웃으며 홀로 돌아갔다. 어쩜 저렇게 당황스러울 정도로 제 감정에 솔직할 수 있을까? 은영은 예준이 참 신기했다. 두 사람 다 사라진 곳에는 태수가 슬며시 나타났다.

"서예준, 저 꼴통 진짜."

예준이 사라진 곳을 보며 흐뭇한 미소를 지은 태수가 벽에 기대섰다. 예준은 확실히 제 감정을 숨기지 않았다. 가게에 들어오는 순간부터 그만 찾아다니고 그를 보면 반가움이 그대로 드러나는 웃음을 짓는다. 그와 눈을 맞추려고 노력하고 홱 못 본 척 지나가면 기가 죽었다가도 그가 한 번 웃어주면 또 좋다고 쫓아오는데 그 모습이 꼭 젖도 못 떼고 왔던 어릴 적 세스를 연상시켰다. 그런 순수한 예준의 감정이 다가올 때면 냉정한 태수의 마음도 한껏 부풀며 저절로 웃음이 나온다.

"어서 오세요, 몇 분이십니까?"

"두 명이요."

"자리 안내해 드리겠습니다. 이쪽으로 오세요."

레스토랑 입구에 서 있던 예준이 활짝 웃으며 막 들어온 손님들을 테이블로 안내했다. 아르바이트를 막 시작했을 땐 손님 대하는 게 무척이나 어색했는데 한 달이 넘어가니 이젠 제법 익숙해졌다.

"메뉴 여기 있습니다. 결정하시면 부르세요."

"우리 기억해요? 지난주에도 왔었는데."

"물론입니다, 손님. 지난주에도 두 분이서 같이 오셨었죠?"

"기억해주니 반갑네요. 메뉴 추천 좀 해주실래요?"

"오늘의 주방장 추천 메뉴가 아주 좋습니다. 향미가 풍부한 양송이수프와 상큼한 특제 소스가 곁들인 새싹채소 샐러드에 싱싱한 채소구이가 가니쉬로 곁들여진 와인 숙성 안심스테이크가 준비되어 있습니다."

"추천해주시는 걸로 먹을게요. 서예준 씨가 추천하면 더 맛있는 것 같아. 언제 한 번 같이 밥 먹었으면 좋겠어요."

젊은 남자의 호감 섞인 농담에 예준이 웃으며 고개를 살짝 숙여 보이고 메뉴판을 정리해 테이블을 떠났다. 서비스에 최선을 다하기는 하는데 남자로서 호감을 내보이는 말에는 아직 어떻게 처신해야 할지 잘 모르겠다.

테이블에서 물러나는 예준을 약간 인상을 쓴 태수가 멀리서 지켜보고 있었다. 하얀 블라우스에 보타이, 검은색 조끼와 스커트, 다른 직원들과 다를 바 없는 똑같은 유니폼을 입었는데 왜 저렇게 예준만 눈에 띄는지 모르겠다.

"하긴 내 눈에도 저렇게 예쁜데 다른 남자들 눈에는 안 그렇겠어?"

혼자 중얼거리던 태수가 예준의 어마어마한 높이의 힐을 보고 또 한 번 인상을 와락 구겼다. 체구도 작은 게 10센티도 넘어 보이는 하이힐을 신고 커다란 접시를 들고 종종걸음 치는 게 아무래도 위태로워 보였다.

"저러다가 넘어지기라도 하면 어쩌려고."

"사장님 뭐라고 하셨습니까?"

"아니에요. 은영 씨, 말 나온 김에 뭐 하나만 물읍시다."

"말씀하세요."

"새로 온 알바 서예준 씨 어때요? 일 잘합니까?"

"아주 잘하고 있습니다. 사장님 소개로 들어왔다고 혹시 겉돌면 어쩌나 했는데 성격이 워낙 좋고 유쾌해서 직원들과 잘 지내고 있습니다. 일도 빠르게 배우고 센스 있게 잘해서 벌써 단골도 생겼고요."

"내가 소개했다고 괜히 마음에 없는 소리 하는 건 아니죠?"

"그럴 리가요. 가끔 엉뚱하기는 하지만 행동하는 거나 말하는 게 참 예뻐요. 다만 가끔 대책 없이 솔직해서 난감하긴 합니다."

"흐음, 그래요? 앞으로도 잘 좀 지켜봐줘요. 그럼 수고."

할 이야기를 마치고 돌아서는 태수를 은영이 다급하게 잡았다. 분명 할 이야기가 있는 것 같은데 은영은 태수를 제대로 보지 못하고 계속 머뭇대기만 했다.

"저기 사장님."

"할 이야기 있으면 해요."

"감사합니다."

"뭐가요?"

"……지난번에 술집에서……."

"그 일에 대해서는 더 이상 얘기하지 맙시다. 난 은영 씨가 우리 가게에서 일만 완벽하게 해주면 근무시간 외에 뭘 하든 상관없어요. 그리고 난 지금 은영 씨 일하는 거에 만족하고, 가서 일해요."

"감사합니다, 사장님."

친구들과 술집에 갔다가 은영을 그곳 종업원으로 만났을 때 당황하고 놀라기는 했었다. 놀란 것도 잠시 그냥 그럴 수 있지 하고 넘어갔는데 은영은 내내 마음에 걸렸었나 보다. 사람 다 각자 사정이 있는데 그걸 자세히 알고 싶지도 않고 관여하고 싶지 않았다. 지금 태수는 알 수 없는 은영의 사정보다는 생생 웃으며 손님들 사이를 누비는 예준이 눈에 밟혔고 결국 그녀를 따라 주방까지 갔다.

"사장님, 지금 뭐 하세요?"

"보면 몰라? 서빙할 접시 챙기잖아."

"그걸 왜 사장님이 하세요?"

"사장 마음이지."

예준은 제 손 위에 있는 접시를 빼앗아 들고 가는 태수의 뒤를 졸졸 따랐다. 어느 테이블 음식인지는 아나 걱정하는 마음에 따라갔는데 묻지도 않고 정확하게 서빙하는 태수를 보며 조금 놀라기는 했다.

"안녕하세요, 저는 이곳 사장입니다. 주방장 특선 메뉴를 주문하셨기에 제가 특별히 가져왔습니다. 맛있게 드십시오."

태수는 예준 대신 음식을 테이블에 놓아주고 물러났다. 테이블에 앉은 두 명의 남자들은 예준이 아니라 태수가 대신 온 게 무척이나 아쉬운 표정이었다. 그런 손님들을 굉장히 고소하다는 표정으로 본 태수가 홀을 돌아 나오며 다른 테이블에 서빙하고 나오는 예준의 머리를 한 대 콩 쥐어박았다.

"아파요."

"엄살은, 일 열심히 해."

"하고 있어요."

"내 보기엔 반은 건성이야. 그리고 너무 웃지 마."

"손님들께 친절하라면서요. 시키는 대로 잘하고 있는데 왜 시비예요? 그리고 사장님, 나 할 말 있어요. 다른 직원들한테는 존댓말 하면서 나한테는 왜 반말이에요?"

"그것도 내 마음이다. 저기 손님이 부른다, 가봐."

예준은 태수의 손짓에 따라 얼른 물병을 챙겨 그쪽으로 뛰어가며 부러 보라는 듯 환하게 웃어 보였다. 혀를 내밀며 메롱 하는 모습에 결국 태수도 웃음을 터트리며 사무실로 향했다. 가만히 있을 땐 천생 여자 같은데 하는 행동은 천방지축 말괄량이가 따로 없다. 그래서 그런가 예준만 보면 자꾸 웃음이 나온다.

"요즘 사장님 자주 나오십니다."

"노는 것도 지겨운가 보죠, 뭐."

"그럼 저는 다시 매장으로……."

"근데 매니저님도 저만큼 일이 지겨우신가 봐요."

"무슨 뜻이신지……."

"지난 5개월간 매출이 계속 떨어져서요, 그것도 무서운 속도로."

"그, 그거야 이제 슬슬 야외 활동을 즐기는 계절도 왔고 또 사장님께서도 레스토랑을 워낙 자주 비우시니까……."

"참, 저희 가게 일 맡긴 회계사는 차 회장님께서 소개하신 곳인가요?"

"네, 맞습니다."

"여전히 거래하고 계시고요?"

"무, 물론입니다."

"흐음, 그렇군요. 알겠습니다."

"제가 레스토랑 운영하는 데 최선을 다하기는 하지만……."

"에이, 그렇게 정색해서 말씀하시면 제가 더 무안하죠. 조만간 호출하실 것 같은데 설명은 실질적인 주인이신 저희 아버지한테 하세요. 저는 사무실로 갑니다."

가볍지 않은 말을 가볍게 던진 태수는 휘파람을 불며 사무실로 향했고 그 뒤에 남은 김 매니저는 보기 흉하게 일그러진 얼굴로 멀어지는 태수를 째려보고 있었다. 금 수저 물고 태어난 팔자, 제가 잘하는 건 하나도 없으면서 잘난 부모 만나서 떵떵거리고 사는 게 정말 꼴불견이다. 그나마 설렁설렁 나와서 바지사장 노릇 할 때는 봐줄 만하더니 무슨 바람이 불었는지 요즘 들어 매일같이 나와 주인 노릇이라도 하려는 듯 이것저것 참견하며 한 번씩 비위를 확 긁어놓는데 정말 꼴 보기 싫었다.

"재수 없는 새끼. 차 회장이 부른다고 겁날 줄 알아? 모든 건 다 네 탓이야."

속으로 태수를 욕하고 있는데 막 앞으로 예준이 지나갔다. 누가 끼리끼리 아니랄까 봐 태수가 데려온 예준도 눈엣가시기는 마찬가지였다.

"서예준 씨, 일 안 하고 어디 갑니까? 저기 손님들께서……."

"손님들께서 물 달라고 하셔서 빈 물병 채우러 가는데요?"

"흐음, 빨리빨리 움직여요."

"알겠습니다. 근데 매니저님."

"뭡니까?"

"거기 셔츠요, 뭐 묻으셨는데요. 항상 침 튀기며 말씀하셨던 용모단정에 어긋나는데."

새침한 표정의 예준이 김 매니저가 더 이상 시비 걸기 전에 얼른 그 자리를 떠났다. 겪어본 지 얼마 안 됐지만 예준은 김 매니저가 참 싫었다. 태수 대신 레스토랑을 맡고 있다며 은근 그를 무시하고 자기가 사장인 양 활개치고 다니는 것도 꼴불견이고 자신에게 아부하는 직원만 예뻐하며 직원들 사이에 위화감 조성하는 것도 싫었다.

그중에 가장 혐오스러운 건 여직원들에게 가끔 성희롱에 해당하는 행동이나 말을 하는 건데 그럴 땐 저 입도 못 되는 주댕이를 한 대 확 때려주고 싶었다. 자신에게 한 번이라도 그런 쓸데없는 말을 하면 잘리는 한이 있어도 가만 안 두겠다고 벼르고 있는데 태수 때문인지 아직 그녀에게는 조심하는 편이었다.

"재수 없어. 저 인간만 없어도 여기 출근하는 게 무척이나 행복할 텐데. 그나저나 우리 사장님은 어디 계시지?"

"예준 씨, 뭘 그렇게 혼자 중얼거려. 또 사장님 찾아?"

"헤헤, 들켰다. 언니, 사장님 어디 계세요?"

"그렇게 보고 싶은 사장님은 지금 사무실에 계세요. 그러니까 얼른 일하세요, 예준 씨. 새로 손님 들어오셨어요. 메뉴판이랑 물 좀 부탁해요."

"네, 알겠습니다."

예준이 홀에서 열심히 뛰어다니는 동안 태수는 책상에 앉아 심각한 얼굴로 보던 서류를 책상 구석으로 던져버렸다. 아까 지나가는 말처럼 했지만 매상이 심각하게 떨어지고 있고 몇 달 동안 매출 보고서라고 올라오는 서류가 그의 의구심을 사실로 확정 지어줬다. 서류의 허술함에 허탈한 웃음이 튀어나왔다.

"내가 무슨 돌대가리도 아니고 이렇게 허술하게 하면 섭하지. 이게 무슨 카드 돌려막기도 아니고 번갈아 가며 똑같이 꾸며진 서류로 보고하면 모르고 싶어도 모를 수가 없잖아."

이 레스토랑은 태수 의견과 상관없이 차 회장이 차려서 일방적으로 맡긴 곳이라 망하든지 말든지 별로 신경도 안 쓰고 잘하고 싶다는 욕심도 없었는데 엉망이 되어가는 걸 보니 마음이 좋지 않았다. 특히나 더 거슬리는 건 김 매니저의 안하무인격인 태도였는데 예준까지 데려다 놓으니 더 신경 쓰였다.

"슬슬 짜증이 나네. 내가 집요하게 물고 늘어지기 시작하면 머리

아플 텐데."

여전히 갈등이다. 여전히 아버지는 싫고 어머니는 두려웠고 누나한테는 미안했고 자기 자신은 참 미웠다. 하루라도 빨리 먼지처럼 세상에서 사라져버렸으면 좋겠다고 생각하며 욕심도 의욕도 없이 허무하게 하루, 하루를 살고 있는데 자꾸 자극하는 것들이 나타난다.

"하아, 지금처럼 조용히 살아야 하는 데 말이다. 술이나 한잔하러 가야겠다."

태수는 책상에서 일어났다. 사람이 살던 대로 살아야지 안 하던 짓을 하면 죽는다고 했다. 그냥 하던 대로 놀면서 그렇게 살아야겠다.

"하나, 둘, 셋, 넷, 이상하다. 뭐야, 한 달도 안 됐는데 올리브오일을 한 박스도 더 썼다고? 요즘 우리 가게가 물건이 이렇게 바닥날 정도로 장사가 잘되지 않는데."

사다리 위에 올라가 물건 갯수를 확인하던 예준이 고개를 갸웃했다. 재고 정리를 한 지 얼마나 지났다고 소스 종류나 양념류, 주류까지 숫자 차이가 너무 심했다. 이럴 땐 매상 장부와 맞춰보면 좋은데 머리를 긁적이는 예준의 얼굴이 꽤 심각했다.

"매출 장부 보여달라고 하면 오지랖 떤다고 욕만 먹겠지? 사장님한테 말해볼까?"

"나한테 무슨 얘기를 해보고 싶은데?"

"엄마, 깜짝아."

"조심해!"

"쿵."

갑작스러운 침입자에 놀란 예준이 사다리에서 떨어질 것처럼 버둥거렸고 태수가 다급하게 예준의 다리부터 잡아챘다.

"뭐예요, 무슨 사람이 인기척이 없이 다녀요? 깜짝 놀랐잖아요."

"너 이 시간에 여기서 뭐해?"

"일하잖아요. 그러는 사장님이야말로 출근도 안 하시더니 뭐 하십니까?"

"산책 나왔다가 불이 켜져 있기에 들어와 봤지. 근데 창고에서 무슨 일을 해?"

"재고 정리 중이에요."

서류를 보는 예준은 몰랐지만 태수의 눈이 불쾌하게 반짝거렸다. 창고에 물건이 얼마나 많은데 그걸 근무시간도 아닌 이 늦은 밤에 여직원 혼자 시킨 것도 못마땅한데 그 여직원이 하필 예준이었다.

"넌 또 뭔 잘못을 했기에 혼자 남아서 이런 일을 하고 있어?"

"나 잘못한 거 없거든요? 그냥 일이 좀 있었지."

"그러니까 그게 무슨 일이냐고."

예준은 빤히 자신을 보는 태수의 눈을 피했다가 결국 무언의 재촉을 이기지 못하고 입을 열었다.

"그래요 뭐, 내가 매니저님께 좀 대들었고 주방에서도 일이 좀 있었어요."

"정확하게 얘기해."

"매니저님이 사장님이 사장님 노릇 제대로 못 한다고, 그래서 장사도 안 되는 건데 괜히 죄 없는 자기 탓만 한다고 사장님을 떡이 되도록 씹길래 역시 사장과 사장 노릇은 다른가 보다고 했더니 길길이 뛰잖아요."

"또? 주방에선 뭔 일인데?"

"연어스테이크 때문에 문제가 있었어요. 주문받은 음식에서 이상한 냄새를 맡은 건 내 죄가 아니잖아요. 내 코가 개코인 걸 어쩌라고요."

"그래서?"

"그래서는 뭐가 그래서예요? 주방장님은 주문 받은 연어스테이크 전부 취소시키고 손님들께 돈 받지 말라고 하셨고 김 매니저님은 그러실 수 없다고 두 분이 언쟁하셨죠. 결국 주방장님이 이기셨어요. 그거 알아요, 주방장님 특전사 출신이신데 어깨에 이만한 독수리 문신 있는 거? 완전 멋있어."

태수는 주먹은 제 왼쪽 어깨에 대고 이야기하는 예준의 얼굴을 가만히 들여다보고 있었다. 손도 많이 쓰고 표정도 다양하고 얼마나 실감 나게 이야기하는지 마치 그 자리에 자신이 있었던 것처럼 이야기가 와 닿았다. 예준의 얼굴에 잠시 생각을 빼앗기긴 했는데 중요한 문제는 그게 아니었다. 그가 무슨 생각을 하든지 말든지 예준의 말이 계속해서 이어졌다.

"사장님이 가게에 안 계시니까 그런 문제가 생기는 거잖아요. 하필 오늘 같은 날 결근을 하고 말이야. 다 사장님 탓이에요."

"너 김 매니저한테 너무 대들지 마. 그러다가 큰코다친다."

"그렇다고 사장님 욕하는데 가만히 듣고만 있어요? 성질 같아선 확 물어뜯어 놓으려다가 참았구먼. 또 한 번만 그러면 실수하는 척이라도 해서 발이라도 밟아줄 거예요. 아니면 세스를 좀 빌려줄래요? 확 물어버리라고 하게."

태수는 제 일처럼 화를 내는 예준을 빤히 보다 피식 웃었다. 자기에 대해선 아무것도 모르면서 무조건 편을 들어주는데 괜히 울컥하며 목이 콱 막히는 게 심장 부근이 좀 간질간질한 것 같기도 하고 한편으론 덜컥 겁이 나기도 했다.

"근데 사장님, 지금 사무실에 매출전표 있어요? 우리 레스토랑 규모 정도면 따로 회계사분이 계신가요?"

"그건 왜?"

"아무래도 좀 이상해요. 재고가 맞지 않아요. 대충만 따져봐도 이건 틀렸어요. 혹시 매출전표나 뭐 이런 회계 장부들이 사무실에 있냐고요."

"너 그런 거 볼 줄 알아?"

"나 경영학 전공이라니까요. 부전공으로 회계학 수업도 들었어요. 내가 잠시 잠깐 회계사가 되어볼까 생각했는데 내내 숫자랑만 놀아야 한다고 해서 포기했죠. 말 돌리지 말고 서류 있어요, 없어요?"

"있어도 없어."

"그건 무슨 뜻이에요? 나 취업 못 했다고 무시하는 거예요? 내가 취직은 못 했어도 학점은 남 못지않게……."

"끼어들지 마, 서예준."

"사장님."

"내 말 들어. 너 앞으로 김 매니저랑 어떤 일로도 엮이기지 마, 알겠어?"

생각지도 못한 태수의 단호한 말에 예준이 놀라 눈만 껌벅이며 그를 봤다. 일개 알바생인 예준의 눈에도 김 매니저의 행동은 좀 수상하고 도가 지나친 부분이 있었다. 그의 아버지가 고용한 사람이고 매니저란 직함이 있으니까 책임감 있게 가게를 운영하는 건 좋은데 김 매니저는 마치 자신이 실질적 주인인 양 태수를 무시했다. 강자에겐 약하고 약자에게 강한 김 매니저는 인성이 덜된 인간이었다. 그런 김 매니저를 혼내줄 수 있는 방법이 있다면 돕고 싶었을 뿐인데 생각 밖의 단호한 태수의 행동이 당황스러웠다.

태수는 순간적으로 자신이 너무 흥분했다는 걸 깨달았다. 예준이 조금이라도 위험한 일에 노출되는 건 막고 싶었다. 김 매니저의 처음 시작은 어땠는지 모르겠지만 태수가 알아본바 그는 요즘 별로 상황이 좋지 않았다. 경마도박에 빠져 엄청난 빚을 졌고 그로 인해 아내와도 문제가 생겨 별거 중이면서도 여전히 도박장 출입을 했다. 쥐도 도망갈 구멍을 보면서 쫓으랬다고 사람이 궁지에 몰리면 무슨 짓을 할지 모른다.

태수는 사다리 위에 있는 예준의 손을 잡아 밑으로 내려오게 했고 그녀의 어깨를 잡아 자신을 보게 했다.

"서예준, 내가 계획이 있어. 너는 김 매니저만 보지만 난 그 뒤에 있는 차 회장까지 생각해야 해."

"그분은 사장님 아버님이시잖아요. 무조건 사장님 편 아니에요?"

"아들을 믿지 못해서 다른 사람을 고용하는 아버지는 어떤 사람일 것 같아?"

"사장님……."

"내가 너한테 왜 이런 이야기까지 하는지 모르겠지만 아무튼, 김 매니저 조만간 정리할 거야, 내 손으로. 꼭 그래야만 해. 그러니까 넌 끼어들지 마."

태수는 대답 없이 가만히 있는 예준 때문에 초조했다. 솔직히 다른 사람들이 위험해지는 거 상관없는데 예준이라면 말이 달라진다. 자신 때문에 이곳에서 일하게 됐는데 머리카락 하나라도 다치게 된다면 못 견딜 것 같았다.

예준은 결국 머리를 끄덕였다. 뭐랄까, 처음엔 너무 강요하는 것 같아 반발심이 생겼지만 자신을 보는 눈동자 안의 간절함이 그의 뜻에 수긍하게 만들었다.

"대신 내 부탁도 하나 들어줘요."

"서예준, 나 농담 아니야."

"누가 농담이래요? 내가 사장님 말 듣는다니까, 그러니까 내 부탁도 들어달라고요. 어려운 것도 아닌데 하나 들어줘요. 에이, 좀 들어주지. 히잉, 사장님."

"하지 마, 너 그거 하지 마."

"내 애교가 그렇게 싫어요? 뭘 그렇게 대놓고 질색을 하냐, 사람 빈정 상하게. 흥!"

예준은 잡았던 그의 손가락을 확 던져버리고 그를 지나쳐 가다 문 앞에 얌전히 앉아 있는 세스를 보고 놀라서 얼른 사다리 위로 올라섰다.

"아, 진짜. 개새끼나 주인이나 사람 놀래키기나 하고 못됐어. 너 저리로 가."

"끄으응."

"꼴통, 원하는 게 뭔데?"

"됐어요. 나 삐쳤어요."

"마음대로 해라. 나 간다."

"세스 데리고 가요!"

세스를 창고 입구에 앉혀놓고 그냥 가던 태수가 다시 돌아와 입을 툭 내밀고 있는 예준을 제 앞에 세우고 은은하게 미소 지으며 그녀의 턱을 살짝 들어 올렸다.

"내일 영화 보러 가자, 심야영화. 어때?"

"심야영화만?"

"원하면 야식도."

"좋아요."

"그럼 입은 집어넣어."

'확 키스해버리기 전에.'

"왜요, 키스라도 하고 싶어요?"

태수는 제 속마음을 콕 집어내는 예준 때문에 무척이나 당황했고 이 상황을 정리하기 전에 예준의 입술이 그의 입술에 가볍게 닿았다 떨어졌다.

"나는 이제 집에 갈 거예요. 뒷정리 안 한 건 사장님 탓이니까 내일 나와서 정리하세요."

얼굴이 발갛게 달아오른 채 그곳을 빠져나가려는 예준의 손목을 태수가 다급하게 잡아챘고 생각할 시간도 주지 않고 그대로 입술을 밀어붙였다 뗐다. 깊은 키스는 아니었지만 예준이 했던 것보다는 좀 진한 뽀뽀였다.

"오늘은 여기까지, 내일 심야영화 잊지 마."

태수는 멍하니 서 있는 예준의 코를 손가락으로 톡 치고는 그대로 창고를 나가버렸고 혼자 남은 예준은 그때까지 참았던 숨을 훅 하고 내쉬었다.

"후우, 죽을 것 같아."

예준은 벽에 기대 미친 듯이 뛰기 시작한 심장을 손으로 누르고 거친 숨을 다스렸다. 겨우 뽀뽀였을 뿐인데 떨리고 설레고 결국 다리에 힘이 풀려 그 자리에 주저앉아버렸다.

"내가 저 사람 정말 좋아하나 봐. 미치겠다, 어떻게 하지? 후후, 진정하자. 진정하자, 서예준. 겨우 뽀뽀가지고 왜 이래?"

"서예준, 얼른 나와. 그대로 있으면 나 혼자 가버린다."

"네, 가, 가요. 갈게요."

예준은 창고 밖에서 들리는 태수의 말에 목소리를 높여 대답하고 얼른 자리에서 일어나며 발갛게 달아올랐을 게 뻔한 제 뺨을 손으로 톡톡 두드렸다.

"정신 차려, 서예준. 아무것도 아니라는 것처럼 뻔뻔하게 행동해. 이렇게 된 거 남자친구라는 말을 한 번은 해봐야 하지 않겠어? 아자!"

예준은 크게 숨을 들이쉬고 자세를 똑바로 했다. 뽀뽀쯤 별거 아니라는 듯 당당하게 걸어 나갔지만 설렘이 고스란히 묻어나는 표정에서 그녀가 얼마나 들뜨고 수줍어하는지 태수는 알 수 있었다.

세스를 먼저 차에 태운 태수가 가게를 나오는 그녀에게 손을 내밀었고 옷을 갈아입은 예준도 별 부담 없이 그의 손을 잡고 차에 탔다. 그러면서 생각했다, 계속 이렇게 이 남자의 손을 잡을 수 있었으면 좋겠다고.

근무를 30분 일찍 마치고 나온 예준은 가게에서 조금 떨어진 곳에 서 있는 태수의 차에 얼른 올라탔다. 매일 편안하게 티셔츠에 청바지만 입고 다니다가 그에게 잘 보이기 위해 좀 챙겨 입었더니 행동이 조심스러워졌다.

태수는 그녀답지 않게 얌전히 조수석에 앉은 예준을 새삼스러운 눈으로 봤다. 몸매가 살짝 드러나는 니트에 짧은 플레어스커트를 입고 얌전하게 행동하는 게 영 그녀답지 않은데 이건 이거대로 새로워서 좋다.

"오늘은 인사 안 해?"

"안녕하세요, 사장님. 근데 나 밖에서도 사장님이라고 불러야 해요?"

"뭐라고 부르고 싶은데?"

"음, 태수 씨?"

태수는 슬쩍 제 눈치를 보는 예준을 향해 돌아앉아 그녀의 머리를 콩 쥐어박았다. 그녀답지 않게 수줍어하는데 무척이나 귀엽다.

"아, 좀. 그렇게 때리지 좀 마요. 내가 유치원생인 줄 알아요?"

"너 내가 몇 살인지는 알아?"

"몰라요. 얘기 안 해줬잖아요. 왜요, 태수 씨 싫으면 아저씨라고 할까요? 아님, 오빠?"

"그냥 사장님 해."

"싫어요. 사적으로 만날 땐 태수 씨 할래요. 아님 내 거라고 부를까요?"

"까분다."

태수는 어이없는 말을 하는 예준을 보며 차를 출발시켰다. 눈만 커다래서 겁도 많고 거절도 제대로 못할 것처럼 순하게 생겨서는 따박따박 말대답하고 제 주장 세우는데 반전도 이런 반전이 없다.

예준은 너무 좋아서 막 웃음이 나려는 걸 간신히 참고 있었다. 그와 어디를 간다는 생각만으로도 밤잠을 설치고 아침에도 몇 번이나 옷을 갈아입은 후에야 집을 나올 수 있었다. 하루 종일 너무 들떠서 피곤한 줄도 몰랐었다. 옆에 앉은 지금, 운전하는 모습은 또 얼마나 멋진지, 너무 설레서 죽을 것 같았다.

"……예준아, 서예준. 이보세요, 서예준 씨."

"네, 네? 나 불렀어요?"

"무슨 생각을 하는데 사람이 불러도 못 들어. 배 안 고프냐고."

"고파요."

예준은 말끝에 배를 쓱쓱 쓰다듬었고 길거리를 살피던 태수가 차를 세우고 얼른 내렸다. 왜 저러나 말릴 사이도 없이 제과점으로 들어가는 태수를 보며 예준이 흐뭇하게 미소 지었다.

"봐 따뜻한 사람이라니까. 말 못하는 짐승인 세스한테도 그렇게 잘하는데 자기가 좋아하는 사람한테는 오죽할까. 내가 딱 알아봤다니까."

샌드위치를 산 태수가 차로 돌아왔고 예준의 무릎에 빵 봉지를 올려놨다.

"음료수가 없어. 커피는 기계를 껐데고 주스는 다 떨어졌데. 체하지 않게 천천히 먹어."

"나요, 점점 더 태수 씨가 좋아지는 것 같아요."

뜬금없는 말에 놀란 태수가 자신도 모르게 브레이크를 확 밟았다.

"엄마 깜짝이야. 하루에 한 번씩은 날 놀라게 해야 직성이 풀려요?"

"서예준."

"솔직히 좀 헛갈렸는데 오늘 아침에 확실히 알았어요. 태수 씨하고 만날 약속에 들떠서 잠을 설쳤는데 아침에 하나도 안 피곤한 거예요. 거울 앞에 앉아서 화장을 하는데 내가 콧노래를 부르고 있더라고요. 그러면서 깨달았어요, 내가 당신을 정말 좋아하고 있다는 거. 말로 명명하는 순간 감정이 더 구체화되잖아요. 지금은 당신을 좋아하는 내 감정이 구체화되고 있는 과정 같아요."

"나는……."

"지금 당장은 원하는 거 없어요. 무척이나 진지하게 당신을 좋아하고 있는 내 마음만 알아두라고요. 부담스럽다고 거리를 두거나 피하거나 그러지 말아요. 그러면 무지 속상할 것 같으니까. 차 출발해요, 뒤에서 빵빵거리네. 샌드위치 맛있겠다. 잘 먹겠습니다."

멍청하니 예준의 말을 듣던 태수가 다시 차를 출발시켰다. 운전하는 중간 중간 샌드위치를 정말 맛있게 먹는 예준을 보며 태수가 고개를 절레절레 저었다. 사람 좋다는 고백을 저렇게 담담하게 할 수도 있구나, 요즘 애들은 다 저런 건가? 아님 말과 달리 진심으로 좋아하는 게 아닌가, 별별 생각이 다 들었다.

"나 표 사고 있을게요."

"이미 예매해 놨어. 주차하고 올라갈 테니까 먼저 올라가 있어."

예준은 고개가 떨어져라 끄덕이고 얼른 엘리베이터 쪽으로 뛰어갔고 태수가 그런 예준을 보며 혼자 낄낄거렸다.

"그럼 그렇지. 저렇게 쑥스러워할 거면서, 아무튼 꼴통."

예준에게서 시선을 떼지 못하는 태수의 말이 정겨웠다. 사랑한다고 고백한 여자들이 없었던 것도 아닌데 예준의 고백 같지 않은 고백에 처음으로 설레었다. 어린아이들처럼 순수한 말에 진심이 담겨서인지 당장이라도 사귀어보자는 말을 하고 싶을 정도였다.

"언감생심, 넘보지 말자."

주차한 차에서 내리는 태수의 발걸음이 무거웠다. 예준이처럼 예쁘고 순수하고 착한 여자가 자기한테 어울리기나 하나, 괜히 욕심내지 말고 좋은 남자 만나게 도와줘야지 마음을 다잡으면서도 이제는 괜찮지 않을까 하는 미련도 남았다.

"예매한 영화 뭐예요?"

"액션물."

"우와, 딱 내 취향이다."

"액션물 좋아해?"

"코미디, 뮤지컬, 액션, 누아르, SF, 판타지, 스릴러, 오컬트 다 좋아요. 눈물, 콧물 짜는 로맨스와 호러만 빼고."

"여자들 대부분 로맨스 좋아하지 않나?"

"성급한 일반화의 오류입니다. 뭐랄까, 로맨스는 좀 간질간질한 느낌이 들어서 손발이 오그라든다고 해야 하나? 아무튼 그래요."

"너 연애 못 해봤지?"

"나 모솔 아니거든요. 이 얼굴에, 이 몸매에, 뭐가 부족해서. 나 좋다는 남자들 많았어요. 물론 아주 진지한 연애는 아니었지만 내 나이에 맞는 풋풋한 연애는 해봤다고요."

"손발 오그라들어 로맨스 영화도 못 보는 여자랑 무슨 재미로 연애를 해."

예준이 실실 웃으면서 자신을 놀리듯 말하는 태수에게 마치 도발하듯 한 걸음 다가섰다. 고개를 살짝 왼쪽으로 갸우뚱하고 웃으면서, 하지만 진지하게 그의 말에 대답했다.

"내가 어떻게 연애하는지 궁금하면 연애하자고 해봐요. 내가 아낌없이 보여줄게요."

태수 역시 도발하듯 말하는 예준 앞으로 한 걸음 다가가 그녀와 똑같이 고개를 갸우뚱하고 뒷짐 지은 채 그 말에 대답했다.

"서예준 씨, 아직 도발하는 스킬이 좀 부족하십니다. 하나만 말해주자면 나는 연애하는 상대와는 모든 걸 나누거든, 아주 진하게."

"모든 걸 다 나눈다고요? 예를 들면……."

"영화로 치자면 에로지, 에로. 그것도 29금으로다가."

"그럼 태수 씨가 꼬셔봐요, 에로영화 찍고 싶게."

아무렇지 않은 척 대꾸했지만 뺨이 붉게 달아오른 예준이 뜨거운 열기를 담기 시작하는 태수의 눈길을 견디지 못하고 홱 돌아서서 영화관으로 향했다. 직접적으로 내뱉은 단어 단어에 괜히 그 장면들이 생각나며 이 남자의 키스하는 얼굴은 어떨까, 잠자리에서는 다정한 남자일까 상상을 하게 되어버렸다. 혼자만의 상상에 빠져 그의 얼굴 보기 쑥스러워진 예준을 웃음기 가득한 태수의 목소리가 잡아 세웠다.

"거기 아니다."

태수는 엉뚱한 방향으로 가는 예준의 뒷덜미를 잡아 반대편 영화관 쪽으로 데리고 갔다. 말은 해놓고 감당도 못하면서 한 번씩 도발하는 게 귀여워 죽겠다.

영화 보는 내내 예준은 눈 한 번 돌리지 않고 완전 집중해 있었다. 가끔은 지나치게 감정 이입한 게 아닌가 할 정도로 감탄사를 뱉고 주먹을 날리고 추임새를 넣고 마치 자신이 배우가 된 것처럼 몰입했다.

평면의 화면에서 알지도 못하는 배우들이 나와 가짜 인물을 연기하는 것보다 옆에 앉아 느낌대로 표현하는 예준이 훨씬 더 재미있었다. 태수는 자신이 보는지도 모르고 영화에 흠뻑 빠져 있는 예준을 향해 돌아앉아 본격적으로 그녀를 감상했다.

한참 영화를 보고 있던 예준이 옆얼굴이 따끔거리는 느낌이 들어 고개를 슬쩍 돌리자 태수가 재미있어하는 얼굴로 영화 대신 자신을 보고 있었다.

"왜, 왜요."

"영화 볼 필요 없겠다, 누가 훨씬 더 재미있네."

속삭이는 작은 말에 예준은 자신의 모습을 내려다봤다. 옆에 누가 있는지도 모르고 두 주먹을 꽉 쥔 채 의자 끝에 매달려 앉아 영화에 흠뻑 빠져 있었다. 갑작스럽게 밀려드는 부끄러움에 예준이 얼굴에 손부채질을 하자 결국 태수가 웃음을 터트렸다.

"풋, 푸하하하합."

"웃지 말아요."

"진짜 꼴통."

그 이후로 예준은 영화를 보는 둥 마는 둥 했고 태수는 중간 중간 키득거렸다. 그의 눈길을 피해 영화가 끝날 때까지 기다렸다 끝나자마자 예준은 총알같이 극장을 튀어나가버렸다.

"빠르기도 하셔라. 저럴 땐 장난치고 도망치는 우리 세스랑 똑같은데."

두 사람이 탄 차가 조용하고 부드럽게 예준의 집을 향해 달려갔다. 영화 끝나고 제대로 밥을 먹이려는데 예준이 너무 늦었다고 집에 간다고 우겼다. 그리고는 꽤나 피곤했는지 차에 타자마자 몇 번 하품하면서 허벅지를 꼬집더니 결국 잠에 빠져들었다. 앞으로 넘어질 것처럼 고개를 숙이고 자는데 불편해 보여서 의자에 편안하게 기대게 해줬더니 다시 저 자세로 돌아왔다. 건드리는 대신 차 속도만 조금 늦추고 음악소리를 줄이고 운전에 집중했다. 택시를 태워 보낼망정 여자 집에다 데려다 주는 거 안 해봤는데 가는 동안 같이 있을 수도 있고 자는 모습도 보고 이것도 꽤나 재미있는 경험이었다.

"후우, 재미있다라. 이런 내가 더 웃기네. 서예준 다 너 때문이다."

"네에."

"뭐?"

작게 들리는 대답에 깬 줄 알았는데 잠결에 제 이름에 본능적으로 대답했다는 걸 알았다.

"역시 평범한 게 하나도 없다니까."

집 앞에 도착해서도 예준은 30분 넘게 잠에서 깨지 않았고 결국 태수가 조심스럽게 어깨를 흔들었다.

"서예준, 일어나봐. 집에 들어가서 편히 자."

"흐음, 우리 집 다 왔어요? 데려다 주셔서 감사합니다. 조심해서 가세요."

제대로 눈도 뜨지 못한 예준이 고개를 숙여 인사를 하고 차에서 내렸고 그게 불안한 태수가 뒤따라 내렸다. 아니나 다를까, 눈도 못 뜨고 높은 신발을 신고 한두 걸음 걷더니 금세 넘어질 듯 발이 꼬였다.

"서예준, 눈 떠봐. 눈 떠, 집까지는 제대로 걷자."

"너무 졸려요."

말이 늘어지는 것 보니 어지간히 졸린 모양이다. 태수는 거의 반은 잠에 빠진 채로 그의 가슴에 기대어 있는 예준의 정수리를 내려다봤다. 만나서 헤어질 때까지 아주 눈을 뗄 수 없게 만든다니까, 생각해 보니까 예준이처럼 편안하게 스킨십을 허용한 여자도 처음이었다. 참 여러 가지로 새롭고 많은 생각을 하게 만드는 여자다. 멍하니 예준만 보고 있다간 이곳에서 밤이라도 새게 될 것 같아 그녀를 부축하며 걸었다. 이럴 줄 알았으면 차를 조금 더 먼 곳에 세울 걸, 예준이를 이렇게 가슴에 안고 걷은 기분이 꽤 좋다.

"서예준, 대문 앞이야. 눈 떠. 너 그 신발 신고 이 계단에서 넘어지면 최소 사망이야. 졸면서 걸을 거면 그 높은 신발이나 좀 어떻게 하든가. 무슨 젊은 애가 이렇게 잠이 많냐?"

"하아암, 나는 일찍 자고 일찍 일어난단 말이에요. 늦어도 11시면 잠자리에 드는데."

"알았으니까 계단 똑바로 올라가."

예준은 떠지지 않는 눈을 몇 번 비비고 도저히 안 되겠는지 신발을 벗어 들었다. 잠에 취해 비몽사몽 제정신은 아니었지만 태수 말대로 10센티 하이힐을 신고 여기서 넘어지면 뼈도 못 추린다는 건 본능적으로 알았다. 태수는 신발을 벗어 양손에 하나씩 쥔 채 그에게 90도로 인사를 하고 계단을 올라가 대문 안으로 쏙 들어가버리는 예준을 끝까지 보고 있었다.

“이제 저 정도는 놀랍지도 않다.”

태수는 고개를 절레절레 몇 번 젓고 그녀의 집 앞을 떠났다. 정감 묻어나는 골목길 여기저기를 둘러보며 차를 세워놓은 아래쪽으로 걸어 내려왔다. 경사가 꽤나 가파른데 겨울에 눈 오면 좀 미끄럽겠다, 저 덜렁이가 뛰어다니다 몇 번은 넘어졌겠구나 그런 게 머릿속으로 마구 그려졌다. 그렇게 예준 생각만 듬뿍 하다가 태수가 제 머리를 거칠게 헝클었다. 한 사람에게 이렇게 집착하는 거 좋지 않다. 그냥 같이 놀 여자면 괜찮은데 자꾸 마음이 들쑤셔져서 그게 참 곤란했다.

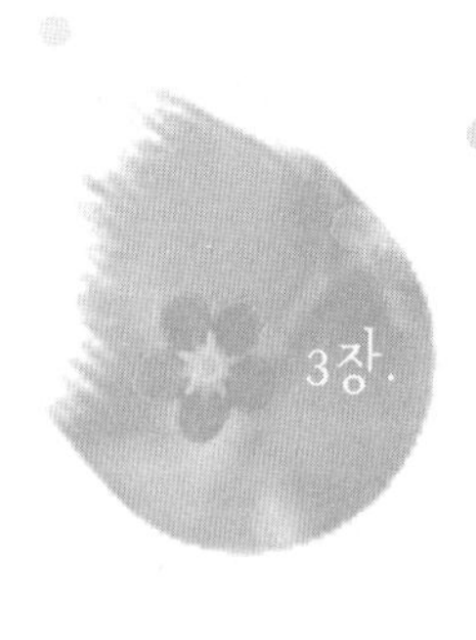

3장.

본가 앞에 도착해 대문을 바라본 태수가 길게 한숨을 내쉬었다.

"후우, 여기서 시간 끌어봐야 방법은 없다. 차태수 더 이상 비겁해지지 말자."

태수는 차에서 내려서 벨을 눌렀다. 어차피 도망치지 못할 거면 한시라도 빨리 부딪치는 게 나았다. 인터폰에 대꾸하는 태수의 목소리가 한껏 무거웠다.

"저 왔습니다."

까맣게 벌린 짐승의 아가리처럼 무거운 소리와 함께 대문이 열렸다. 그 문 안으로 들어가는 태수의 발걸음이 무척이나 느렸다.

세 명의 식구들이 둘러앉은 식탁엔 음식 먹는 소리 말고 말 한 마디 오가지 않았다. 태수는 앞에 빈 의자를 한 번 힐긋 보고서 다시 입 안으로 맨밥을 밀어 넣었다. 이 집, 이 식탁에선 밥 한 톨이 매끈하게 넘어가지가 않는다.

"가게는?"

"김 매니저한테 보고 안 받으십니까?"

"김 매니저가 사장이야?"

"그러라고 보내신 거잖습니까."

"네가 잘하면……."

"아버지, 식사 다 하시고 말씀하세요. 태수 너도 제대로 말씀드리고."

누나, 희수의 중재로 부자 사이의 언쟁이 잦아들었다. 일 년에 몇 번 만나지도 않는데 만나기만 하면 이런 식의 패턴이 계속된다. 비난하는 아버지, 반발하는 아들, 언제 시작했는지 모르지만 기억이 되는 그 순간부터 부자는 사이는 좋지가 않았다.

차 회장은 뻣뻣하게 앉아 밥을 먹고 있는 태수를 보며 인상을 썼다. 하나밖에 없는 아들, 잘하자고 마음먹었다가도 얼굴을 보면 짜증부터 난다. 어릴 땐 제법 말도 잘 듣고 공부도 잘했던 것 같은데 어느 순간부터 엇나가기 시작해 걷잡을 수 없어졌다.

물론 태수가 이렇게 엇나간 게 그의 잘못이 아니라는 건 알지만 항상 비난하던 게 습관이 된 건지 얼굴을 보기만 하면 타박하는 것부터 시작을 하게 된다. 차 회장은 마지막 기회라고 생각하고 또 한 번 태수에게 제안을 했다.

"지금이라도 회사 들어와. 밑바닥에서부터 배우면……."

태수가 '탁' 소리가 나게 손에 들었던 젓가락을 테이블에 내려놨고 동시에 그의 모친인 진경이 주방으로 들어왔다. 잠옷 차림에 한 손에 술잔을 든 진경은 주방으로 들어오며 무표정한 얼굴로 식탁에 앉은 식구들을 싹 돌아봤다.

"단란도 해라."

"어머니, 지금 일어나셨어요?"
"식사 안 하십니까?"
"네 얼굴 보면서 밥을 먹으라고? 어머, 끔찍해."
담담한 어투와 달리 비아냥이 잔뜩 담긴 진경의 날카로운 말이 그에게로 향했고 반박도 하지 못한 태수의 고개가 바닥으로 뚝 떨어졌다. 그의 어머니였지만 태수는 8살 이후 그녀의 자식일 수 없었다. 단 한 번만이라도 그녀에게 따뜻한 말을 듣고 싶었지만 진경은 그를 투명인간 취급했고 그의 존재를 느낄 때면 가끔 저렇게 가시로 찔러댔다. 이곳에 오기 가장 두렵고 싫은 이유 중에 하나가 바로 어머니인 진경을 마주해야 한다는 사실이었고 마주하며 이렇게 상처를 받아야 한다는 거였다. 한 번은, 딱 한 번은 묻고 싶었다. 그래도 어머니가 낳은 아들이 아니냐고, 그런 아들에게 베풀 자비심은 하나도 없냐고. 하지만 그 질문에 대한 대답을 듣기가 두려워 못 물어보고 있었다.
"많이 야위셨어요."
"저승 갈 날이 다가오나보네. 지옥 같은 이곳을 탈출할 수 있다니 나에게는 축복이구나."
"엄마, 술 그만 드세요. 아까도 드셨잖아요. 식사 준비해서 방으로 가져가라고 할까요?"
"희수야, 나 정말 너한테 궁금한 게 있는데."
"말씀하세요."
"너는 진심으로 제랑 같이 앉아서 밥이 먹고 싶니? 제 때문에 너는 두 다리를 못 쓰게 됐고 덕분에 꿈까지 잃었는데 그렇게 만든 태수의 얼굴을 보는 게 아무렇지도 않아?"

장식장의 술을 따르며 무심하게 뇌까리는 진경의 말에 가족들이 둘러앉은 식탁의 공기가 순간적으로 얼어붙었다. 휠체어에 앉은 희수가 주먹을 틀어쥐었고 그 옆에 앉은 태수의 안색이 파랗게 질렸다. 고개를 푹 숙이고 현실을 피하듯 눈을 질끈 감고 있는 태수의 주먹 쥔 손을 잡아준 건 바로 희수였다. 다소 진정한 희수는 자신을 보는 태수에게 약하게 웃어 보이고 다시 진경을 향해 입을 열었다. 차분하려고 노력했지만 희수의 목소리는 약하게 떨리고 있었다.

"제가 이렇게 된 건 태수 때문이 아니에요. 그 일은 그저 일어나지 않았으면 좋았을 사고일 뿐이라고 생각해요."

담담한 희수의 말에 진경의 행동이 우뚝 멈췄다. 1초, 2초, 3초, 잠시의 정적이 흐른 후 천천히 돌아선 진경이 무시무시한 눈으로 희수와 태수를 째려보다 술잔을 벽에 던져버렸다. 쨍하는 파열음이 주방에 울리는 동시에 날아오는 유리 파편들을 보고 태수가 희수를 제 품에 끌어안았다. 손을 술로 흠뻑 적신 진경은 방금 전의 비아냥거림을 지우고 무시무시한 기세로 차 회장과 희수, 태수가 앉은 식탁을 향해 성큼 다가섰다.

"감히, 감히 내 아들의 죽음을 사고 탓으로 돌려? 이렇게 버젓이 가해자가 앉아 있는데 그저 불행한 사고였다고? 그 사고로 내 아들은 죽었어, 내 하나뿐인 아들은 죽고 저기 악마 같은 녀석만 살아남았어!"

비난 가득한 진경의 손가락이 정확하게 태수를 향했고 고개를 숙이고 있던 그는 조용히 자리에서 일어났다. 요즘 들어 진경이 지금처럼 흥분하는 일은 드물지만 이렇게 흥분했을 땐 눈앞에서 없어져

주는 게 진경을 위해서 할 수 있는 유일한 일이었다. 태수는 허리를 숙여 꾸벅 인사를 하는 것으로 말로 못한 죄스러움을 표현했다.

"먼저 가보겠습니다."

"그날이나 지금이나 비겁한 도망자. 내 아들 죽여 놓고 자기는 머리카락 하나 안 다친 징그러운 놈."

"엄마, 그건 억지예요."

"차희수, 입 다물어! 그래 또 도망가. 내 앞에서 영원히 죄인으로 도망자로 비겁자로 불행하게 살아. 차 회장 아들인 넌 그게 제일 잘 어울려."

"여보, 그만해!"

"소리치지 마. 난 당신이 이 세상에서 가장 끔찍해! 당신, 인간 아니잖아."

진경의 억지에 차 회장은 머리가 아픈 듯 인상을 쓰고 식탁을 떠나버렸고 태수는 멍하니 서서 아픈 눈으로 진경을 바라보고 있었다.

"이 모든 불행의 근원은 넌데 왜 네가 날 그런 눈으로 보니? 얼른 내 눈 앞에서 꺼져."

"어머니, 건강 챙기세요. 술 너무 많이 드시지 마시고요."

"마음에도 없는 소리. 아줌마, 방으로 술 가지고 와요."

"네, 사모님."

진경이 태수에게 고운 눈길 한 번 주지 않고 그대로 나가버리자 주저앉을 듯 휘청거리던 태수가 식탁을 잡고 간신히 버텼다.

"태수야, 괜찮아?"

"괜찮아, 누나. 미안해."

"그러지 마. 네 잘못 아닌 일로 사과하는 거 그만해. 잘못한 건 그저 방관자 역할밖에 안 한 아버지와 나한테 있어."

"그만 가볼게. 병원은 꾸준히 잘 다니고 있는 거지?"

"그럼. 태수야, 아버지 말씀대로 회사로 안 들어올래? 단번에 높은 직책은 줄 수……."

"누나가 잘하잖아. 난 그런 일에 안 어울려."

"너 머리 좋은 건 내가 제일 잘 알아. 너 마음만 먹으면 뭐든 다 해낼 수 있잖아."

태수는 희주 앞에 무릎을 굽히고 앉아 그녀의 손을 꼭 잡았다.

'태수야, 이것 봐봐. 예쁘지? 나는 발레리나가 될 거야. 발레리나가 돼서 사람들 앞에서 아주 근사한 춤을 출 거야.'

아무것도 모르는 꼬마는 발레 배우는 시간이 가장 행복하다고 했었다. 학원에서 돌아오면 태수와 형인 경수를 앉혀놓고 그 앞에서 뭘 배웠는지 보여줬었다. 작은 몸에 분홍색 튀튀를 입고 그 작은 발로 종종거리며 춤을 추곤 했었다. 엉성한 모양새였지만 항상 밝게 웃었던 희수와 너무 행복했었던 그 순간만은 아주 생생하게 기억하고 있다. 진경의 말대로 자신만 아니었다면 희수는 좋아하는 발레를 하며 지금쯤 무대 위를 누비고 있었을지도 모른다.

"누나, 나는 지금이 좋아."

"거짓말."

"진짜야. 요즘은 자주 웃기도 해."

"정말? 혹시 누구 좋은 사람이라도 생겼어?"

"그냥 좋은 사람, 재미있는 친구."

"태수야."

"집수리 다 끝나면 초대할게, 그때 와서 한 번 만나봐."

"기대된다. 세스도 잘 있지?"

"그럼, 그 녀석은 점점 더 건방져지고 있어. 내가 불러도 잘 오지도 않는다니까."

서로를 바라보는 남매가 드디어 웃었다. 아주 작은 미소였지만 그것만으로도 서로에게서 위안을 받았다.

"누나, 그만 가볼게. 다음 달에 또 봐."

"건강하게 잘 지내야 한다."

"누나도. 한 번만 더 병원 빼먹었단 말 들리면 그땐 내가 매번 따라붙을 거야."

희수는 장난을 담아 태수의 어깨를 주먹으로 한 대 쳤고 태수는 넘어지는 척하며 자리에서 일어나 그녀를 한 번 안아주고 주방을 나왔다. 거실 소파에 앉아 그를 쳐다보지도 않는 차 회장에게 꾸벅 인사를 하고 그곳을 나왔다.

예준은 숨을 죽이고 지하주차장 한쪽을 제 휴대전화로 촬영하고 있었다. 주차장 안 CCTV에 잡히지 않는 사각지대에서 김 매니저는 누군가로부터 돈을 받고 있었고 그 장면이 예준의 휴대전화 화면에 고스란히 담기고 있었다. 키가 작고 배가 좀 나온 그 남자가 이 레스토랑에 식재료를 대고 있는 가게의 사장이라는 걸 오늘 처음 알았다. 같이 일하는 동료 대신 아침에 출근할 때만 해도 이런 일을 목격하게 될지 몰랐는데 김 매니저를 두 소리 못하게 처리할 수 있는 증거를 제 손으로 잡는 게 무척이나 짜릿했다.

"김 매니저님 앞으로도 잘 부탁드립니다."

"당연하지. 근데 지난번 식재료들은 너무 형편없었어. 내 얼굴도 있는데 대충 좀 좋은 것도 섞어서 넣어줘야지 상하기 직전 물건들만 보내면 어떻게 해."

"단가 맞추려면 어쩔 수 없다고요."

"장사 하루 이틀 하고 말 거야? 오래, 길게 해먹고 싶으면 머리를 굴려야지."

"알겠습니다. 더 신경 쓸게요."

"여기야 이미 내 가게나 마찬가지긴 하지만 보는 눈들도 있으니까. 알겠지? 난 종종 이런 선물 기대할게."

"그럼요. 지금까지처럼 봐주시기만 하면 하던 대로 차액으로 리베이트를 드리는 건 물론 이런 보너스도 두둑이 준비하겠습니다."

두 사람의 대화까지 확실하게 녹음하기 위해 예준은 들킬지도 모른다는 것도 잊고 점점 더 그들에게 다가갔다. 두 사람의 대화에 완전히 정신을 빼앗겨 있던 예준은 자신의 휴대전화가 빛을 받아 순간적으로 반짝인 걸 보지 못했고 눈치 빠른 김 매니저가 먼저 알아차렸다.

"거기 누구야!"

김 매니저의 고함에 예준은 기둥 뒤로 숨어 핸드폰을 끄고 숨을 죽였다. 김 매니저가 알아차리지 못하게 가게로 돌아가야 하는데 그의 발자국 소리가 점점 더 가까워지고 있었다.

"좋은 말할 때 나와. 내가 찾아내면 크게 후회하게 될 거야."

김 매니저의 협박에 마른침이 저절로 넘어갔다. 아무도 없는 지하주차장에 평상시에도 자신을 못 잡아먹어 안달인 김 매니저에게 협박을 당하고 있으니 겁이 없는 예준도 무서워서 저절로 다리가 후

들거렸다.

'정신 똑바로 차려. 무섭고 도망치고 싶은 일일수록 눈 똑바로 뜨고 들여다봐야 해결책이 보이는 거야. 바보처럼 어리버리 굴다가는 잡아먹히고 만다.'

입사시험에 계속 떨어지고 의기소침해 있을 때 정숙이 따끔하게 충고해준 말이었다. 아빠인 유덕은 같이 있는 시간이 짧은 대신 부드러운 말로 그녀에게 용기를 줬고 정숙은 그 반대의 방법을 이용했었다.

"맞아, 나 서예준이야. 후우, 후우, 김 매니저가 호랑이는 아니잖아. 밟아버리는 거야. 난 그럴 수 있어."

예준이 정신을 차리고 큰숨을 내쉬고 겨우 용기를 내 기둥 밖으로 슬쩍 고개를 내밀었다. 마침 김 매니저는 예준을 볼 수 없는 반대편을 살피고 있었고 기회는 이때다 생각한 예준은 발뒤꿈치를 들고 최대한 조용히 걸어서 가게 입구 쪽으로 다가갔다. 이제 몇 걸음이면 가게 안으로 들어갈 수 있다는 생각에 서둘렀는데 발끝이 바닥의 요철에 걸리며 소리를 내고 말았다.

"김 매니저님 저기요!"

"누군가 했더니 바로 너구나. 서예준. 넌 잡히기만 해봐."

예준은 무서운 속도로 자신을 향해 뛰어오는 김 매니저를 피해 죽기 살기로 가게를 향해 뛰었다. 간신히 잡히지 않고 가게로 들어갔지만 김 매니저 역시 속도를 줄이지 않았고 쫓고 쫓기는 두 사람 때문에 오픈 준비하던 직원들까지 혼비백산했다.

"서예준, 거기 서!"

"미쳤어요, 내가. 진영아, 정말 미안해."

김 매니저를 피해 테이블 사이를 뛰어다니면서도 할 말을 다 하던 예준은 평소에 친하게 지내는 남직원 하나를 김 매니저 쪽으로 밀어버리고 두 사람이 같이 넘어지는 걸 보며 태수의 사무실이 있는 2층으로 뛰어올라갔다.

태수의 사무실로 뛰어들어 문을 잠그고 문에 기대 주저앉은 예준은 얼른 휴대전화를 꺼내 촬영한 동영상부터 태수에게 보냈다. 동영상 전송이 다 끝날 때까지 초조한 마음으로 지켜보던 예준이 전송 완료라는 문구에 안도의 미소를 지었고 그 순간 잊었던 김 매니저가 문을 두드려대기 시작했다.

"서예준, 나와. 내 손으로 이 문 열고 들어가면 가만 안 둔다. 어서 나오라고!"

담담한 척했지만 핸드폰을 쥐고 있는 손이 가늘게 떨릴 만큼 무서웠다. 김 매니저가 부서져라 두드리는 바람에 문이 덜컹거리며 기대앉았던 예준의 몸도 같이 흔들렸다. 말리는 사람과 김 매니저의 고함소리가 하나로 엉켜 더 큰 공포감을 조성했다.

"열쇠 가져와, 열쇠!"

"매니저님 그만 하세요."

"조금 있으면 저희 영업시간이에요."

"영업, 영업! 오늘 영업 못해, 안 해! 내가 오늘 저년 꼭 잡아서 족치고 말 거야."

"그럼 나중에 조용히 말로 하시면 되잖아요."

"말로 알아먹을 년이 아니라고! 당장 열쇠 가져와!"

"매니저님!"

지금 생각나는 사람은 태수밖에 없는데 김 매니저 일에 끼어들지 말라고 진지하게 경고했던 얼굴이 생각나 쉽게 전화도 할 수 없었다. 그의 전화번호를 띄워놓고 보고 있는데 또 한 번 문이 크게 울렸다.

"열쇠 없으면 내가 못 열 줄 알고!"

김 매니저는 이제 독이 오를 대로 올랐는지 주먹 대신 몸으로 문에 부딪쳐 왔다. 아까 와는 비교도 되지 않을 정도로 위태롭게 흔들리는 문의 반동에 예준 역시 크게 흔들렸고 덕분에 손가락이 미끄러지며 통화 버튼을 눌러버렸다. 그걸 모른 예준은 문에서 떨어져 소파 뒤쪽으로 움직이며 핸드폰을 소파 밑으로 밀어 넣었다.

새벽까지 술을 진탕 마시고 비몽사몽 침대에 누워 있던 태수는 아까부터 울리는 핸드폰을 참다 참다 결국 짜증을 부리며 자리에서 일어났다.

"에이, 썅!"

인상을 확 쓰고 부재중 전화 목록을 확인하던 태수의 표정이 어리둥절해졌다. 중간 중간 메시지까지 섞여 있는 수십 통이 넘는 부재중 전화 목록에는 가게 전화번호는 물론 다른 직원들의 번호까지 쭉 찍혀 있었다. 전화기를 보며 어리둥절해 있는 사이 또 한 번 벨이 울렸고 재빨리 전화를 받았지만 상대방은 말이 없었다.

"꼴통, 가게에 무슨 일 있냐? 꼴통, 전화를 했으면 말을 해. 서예준!"

대답이 없는 게 이상해 액정을 확인했는데 전화는 계속 연결 중이었다. 뭔가 불안한 느낌이 들어 태수는 1층으로 빠르게 내려가며 다시 전화기를 귀에 댔다.

"예준아, 서예준. 너 거기 있어? 대답 좀 해!"

–꺄악! 저리, 저리 가요! 내 몸에 손대면 가만 안 둘 거예요.

–핸드폰 내놔, 네 핸드폰 내놓으라고!

–이미 늦었어요. 동영상은 이미 주인 찾아갔네요. 으아악!

태수는 예준의 비명을 들으며 현관 신발장 위에 자동차 열쇠를 잡아 현관을 뛰어나갔다. 그가 대문을 박차고 나가는 걸 보고 마당에 앉아 있던 세스 역시 그 뒤를 따랐다.

"세스, 타."

"컹컹."

익숙하게 세스를 조수석에 앉힌 태수는 얼른 차를 출발했다. 가게와 집까지 천천히 걸어서 15분, 산책을 목적으로 걸어 다니던 길을 그동안 익혔던 운전 스킬을 이용해 최대한 속도를 내 달렸다.

"사장님, 2층 사장실이요."

은영의 외침에 태수는 거침없이 2층으로 내달렸고 반쯤 부서져서 떨어진 사장실 문 안으로 들어섰을 때 경악하고 말았다.

몸으로 부딪쳐 사장실 문을 부서트린 김 매니저는 거의 눈이 뒤집혀 소파 뒤에 서 있는 예준을 쏘아봤다. 예준은 이미 정상으로 보이지 않는 김 매니저의 눈빛에 잔뜩 겁을 먹었다. 이젠 잡히면 정말 큰일을 당하겠구나란 생각에 마른침이 절로 넘어갔다.

"핸드폰 어딨어?"

"없어요."

"말로 할 때 내놓는 게 좋을 거야."

"정말 없다고요."

"그럼 네가 대신 부서져. 사장 믿고 까분 것 같은데 본때를 보여주지. 겁대가리 없이 나댄 대가가 뭔지 잘 기억해라."

김 매니저는 소파 뒤에 몸을 숨긴 예준에게로 단번에 몸을 날렸고 간발의 차이로 도망가는 그녀의 뒷덜미를 잡아챌 수 있었다. 있는 힘을 다해 버텼지만 남자인 김 매니저의 힘을 이길 수 없어 그대로 바닥으로 넘어져버렸다. 바닥에 부딪친 머리가 찡하니 울리며 순간적으로 눈앞이 캄캄해졌다. 너무 아파서 비명도 못 지르고 머리를 감싸고 누워 있는 예준의 멱살을 김 매니저가 잡아 올렸다.

"싸가지 없는 계집애."

김 매니저가 손을 번쩍 들어 올렸고 예준은 얼굴을 가리며 눈을 질끈 감았다. 곧 다가올 고통을 기다리고 있는데 '퍽' 소리와 함께 몸이 가벼워지며 다른 인기척이 느껴졌다.

태수는 예준의 허리에 올라앉아 그녀를 때리려는 듯 손을 번쩍 올리고 있는 김 매니저의 가슴팍을 발로 찼다. 얼마나 세게 찼는지 김 매니저가 사무실 구석에 처박혔고 이빨을 드러낸 세스가 그 앞에 버티고 섰다.

"크르릉."

다시 일어나 예준에게로 가려던 김 매니저는 잔뜩 흥분해 침을 뚝뚝 흘리며 이빨을 드러내고 있는 세스 때문에 꼼짝도 할 수 없었다.

"이, 이 개새끼가……."

"아르릉, 컹컹."

세스가 당장이라도 물어버릴 듯 김 매니저와 대치하고 있는 사이 태수는 얼른 예준을 일으켜 앉혔다. 무슨 일이 어떻게 벌어진 건지 머리는 잔뜩 헝클어진 채 셔츠 자락은 치마 밖으로 다 나와 있고 블라우스 단추도 몇 개나 떨어져 흉하게 벌어져 있었다. 태수는 얼른 제 카디건을 벗어 예준이 어깨에 걸쳐주다 셔츠를 벌려 목덜미를 살폈다.

"너, 이거……."

"괜찮아요."

"입 다물어."

붉은 자국이 남은 예준의 하얀 목덜미, 태수는 정말 화가 났다. 뭐 때문에 두 사람이 육탄전을 벌였는지는 모르겠지만 이유를 막론하고 여자에게, 특히 예준에게 이런 짓을 벌였다는 걸 용서할 수가 없었다.

"우리 집에 가 있어."

"사장님."

"여기서 나가."

예준은 만난이래 제일 딱딱한 표정으로 제 얼굴도 보려고 하지 않고 돌아서는 태수의 옷소매를 잡았다. 김 매니저에게 가려던 태수가 잠시 멈췄지만 예준에게 돌아서지는 않았다. 그녀의 얼굴을 보면 간신히 누르고 있는 이 화를 더 이상 참을 수 없을 것 같아서, 그렇게 되면 저 파렴치한 인간을 반쯤 죽여버릴 것 같아서, 짐승처럼 변하는 제 모습을 예준에게 보여줄 수는 없어서였다.

"서예준, 나가라고."

예준은 이를 악물고 이야기하는 태수를 더 이상 잡을 수 없었고 뛰어들어온 다른 직원들의 부축을 받으며 사무실을 나올 수밖에 없었다. 미련이 잔뜩 남은 그녀의 시선이 그의 뒤에 한참 머물렀지만 태수는 단 한 번도 고개를 돌리지 않았다.

"미안해요."

"세스, 누나 따라서 집으로 가."

태수의 말에 문으로 가던 세스는 김 매니저가 움직이려 하자 다시 사납게 짖어댔다. 그 덕분에 김 매니저는 다시 넘어졌고 세스는 그대로 사무실을 나가버렸다. 둘만 남은 사무실, 태수가 감정을 꾹꾹 누르고 김 매니저를 향해 입을 열었다.

"일어나시죠."

"크으음, 이 일은 그냥 넘어가지 않을 겁니다."

"분위기 파악이 안 되지? 그동안 내가 당신을 참은 건 우리 아버지 때문이었거든. 근데 이렇게 일을 먼저 벌여주니 더 이상 그럴 필요가 없겠네."

"그, 그게 무슨……."

"가게로 내려와."

태수는 더 이상 김 매니저에게 존대를 하지 않았다. 그동안은 고용한 차 회장 입장도 있고 자신보다 나이도 많아 연장자 대우를 해줬지만 더 이상 그럴 필요성을 느끼지 못했다. 태수는 1층 가게 한복판에 팔짱을 끼고 서 있는 주방장, 장근에게 예상 못한 주문을 했다.

"주방장님, 우리 가게 모든 메뉴 하나씩 다 만들어주세요. 오늘 아침 들어온 신선한 재료들로 부탁드립니다."

"알겠습니다."

태수의 의아한 주문을 이상하게 여기지 않는 사람은 장근뿐이었다. 장근은 한바탕 일어난 소란에 넋이 빠져 있는 주방 식구들을 데리고 자신들의 일터로 들어가며 씩 웃어 보였다. 언젠가 한 번은 터지지 싶었다. 태수가 가만히 있으면 자신이라도 한 번 뒤집으려 했는데 다친 예준에게는 미안했지만 잘됐다 싶었다.

"이제부터 정신 똑바로 차려서 다른 때보다 더 최선을 다해 음식을 준비한다."

"최선을 다하면 뭐 합니까? 재료가 저따윈데."

"요리할 맛 정말 안 납니다."

"그러니까 더 열심히 만들라고. 네 솜씨로 재료 후진 거 커버하란 말이다."

"사장님 오더라고 아부라도 하시려는 겁니까?"

"그러니까 네가 부주방장밖에 못 하는 거다. 잔말 말고 긴장해."

장근은 직원들에게 기합을 불어넣고 칼을 잡았다. 엉망인 재료가 들어오기 시작한 몇 달 전부터 요리하는 게 정말 재미없고 싫었는데 오늘은 뭔가 속 시원한 일이 벌어질 것 같아 칼을 잡고 있는 손에 힘부터 들어갔다.

가게의 중앙 테이블에 자리를 잡은 태수는 음식이 나올 때까지 한 마디도 하지 않고 김 매니저와 마주 앉아 있었다. 김 매니저는 뭔가 말을 하고 싶어 계속 입을 달싹거렸지만 그때마다 태수는 손짓으로 입을 다물게 했다.

"음식 나왔습니다. 주방장님께서 애피타이저는 생략하고 샐러드와 면 요리부터 서빙 시작하시겠답니다."

은영은 능숙하게 메뉴 설명을 하고 태수의 눈치를 한 번 본 후 테이블 가득 음식을 내려놓고 시작했다.

"드시죠."

"도대체 왜 이러시는 겁니까?"

"조용히 쳐드시라고."

눈을 치켜뜨고 이야기하는 태수의 험악한 기세에 김 매니저는 어쩔 수 없이 그를 따라 포크를 들고 차례차례 음식들을 맛볼 수밖에 없었다. 태수는 한 음식당 딱 한 번씩만 먹고 포크를 내려놓았고 모든 음식을 그렇게 맛을 봤다. 중간 중간 신선한 재료로 만들었다고 믿을 수 없을 만큼 냄새부터 구미를 당기지 않는 음식들이 있었는데 태수가 군말 않고 먹으니 김 매니저도 별수 없이 따라 먹을 수밖에 없었다. 침묵으로 숨 막히는 시식의 시간이 끝나고 태수가 포크를 내려놨다.

"따라와."

입을 닦은 태수는 테이블에서 일어나 김 매니저를 데리고 주방으로 향했고 그곳에는 막 땀을 닦고 있는 장근이과 주방 식구들이 있었다.

"주방장님, 오늘 들어온 식재료 좀 보여주시죠."

장근은 망설임 없이 냉장고 문을 열어 아직 밑작업들을 하지 않은 육류, 해산물, 채소류를 모두 꺼내 놨다.

태수는 하나, 하나 상자를 열어 상태를 확인했고 오늘 아침에 들어왔다고 믿을 수 없는 형편없는 상태에 그의 인상이 점점 굳어졌다. 점검이 끝난 태수가 장근을 향해 돌아섰다.

"주방장님, 감사합니다."

"뜬금없이 뭐가 말입니까?"

"이따위 식재료를 가지고 저렇게 훌륭한 음식을 만들어주셔서 말입니다. 김 매니저, 할 말 없습니까?"

"그, 그게……."

"두 분 다 제 사무실로 가시죠. 은영 씨, 오늘 영업 못 합니다. 예약하신 분들께 전화 드려서 양해 구하고 가격 상관없이 언제든지 오셔서 식사하실 수 있는 무료 식사권 제공하세요. 은영 씨 선에서 해결 안 되는 손님들은 나한테 직접 연결시키고, 부탁합니다."

"알겠습니다, 사장님."

은영이에게 당부한 태수는 장근과 김 매니저를 데리고 사장실로 향했다.

"식당 이익에서 착복하는 건 애교 수준으로 봐줄 수 있고 영수증 장난으로 리베이트하고 거기다 덧붙여 뒷돈 받는 거 모르는 척할 수 있죠. 사장이 날라리인데 뭐는 못할까? 하지만 적정선이라는 게 있어야지. 가늘고 길게 주머니 채우는 게 김 매니저한테도 이익 아닙니까? 그런 면에선 김 매니저도 참 머리가 나빠, 그죠?"

"오늘 서예준 씨한테 무슨 말을 들으셨는지 모르겠지만 모함입니다. 사장님도 말씀하셨듯이 가게 매출 떨어진 건 사장님 책임이 큽니다. 그것까지 제 탓을 하시면……."

김 매니저 주워섬기는 말을 듣던 태수가 자리에서 일어나 책상으로 다가갔다. 서랍에 보관해 뒀던 서류를 꺼내 김 매니저 앞으로 던졌다.

"지난 6개월간 회계자룝니다. 아시다시피 제가 고졸이라 전문 회계서류는 볼 줄 몰라도 눈이 있으니까 숫자는 볼 수 있고 머리가 있으니까 기억이라는 것도 할 수 있죠. 거기다 입을 좀 털었더니 제가 몰라도 좋았을 여러 가지 사실들이 아주 줄줄이 딸려 오더군요. 언제부터 저희 가게 담당 회계사가 자격증도 없는 야매 서류 브로커로 바뀐 걸까요?"

"사, 사장님."

"긴말 안 합니다. 김 매니저 해곱니다. 지금 당장 여기서 나가세요. 그 안주머니에 든 돈봉투와 지난 2년간 퇴직금 합쳐서 그동안 해드신 것 중 일부는 채우겠습니다. 할 말 끝났는데 그만 일어나지?"

"저, 저는 차 회장님께서 고용한 사람입니다. 즉, 제 인사권은 사장님께 있는 게 아니라 회장님께……."

김 매니저의 말을 듣던 태수는 테이블에 던졌던 서류들을 챙기기 시작했고 김 매니저가 그 손을 덥석 잡았다.

"뭐, 뭐 하시는 겁니까?"

"저희 아버지를 만나고 싶어 하시는 것 같아 그렇게 해드리려고. 이 서류 가지고 지금 당장 가죠. 일 좀 키워봅시다. 나도 죽도록 깨지겠지만 아버지께 혼나는 건 이골이 난 몸이라 무서울 거 없고 근데 그쪽은 음, 바깥 구경 다시 하기 힘들겠네."

"이, 이 정도의 일로……."

"차 회장님은 뒤통수 맞는 걸 세상에서 제일 끔찍해하시죠. 믿는 도끼에 발등이 찍히면 제 발이 같이 잘려나가도 그 도끼를 가루로 만들어버리시는 분입니다. 말로는 감이 잘 안 잡히죠? 직접 경험해 봐."

태수의 말을 들은 김 매니저가 두려움에 마른침을 꿀꺽 삼켰다. 업계에 떠도는 차 회장의 소문은 김 매니저도 알고 있다. 기회를 주는데 있어서는 꽤 관대하지만 그에 부응하지 못했을 때 따라오는 대가는 상상을 불허한다고 했다. 일을 크게 벌인 건 겨우 6개월이었지만 그전부터 소소하게 가게 이익을 빼 사사로이 제 주머니를 채우고는 했었다. 차 회장이라면 아주 작은 꼬투리까지 다 찾아내 없는 죄까지 만들어 뒤집어씌울 사람이었다. 당장 태수를 피하고자 차 회장 이야기를 꺼낸 건 그의 실수였다. 김 매니저는 떨리는 손으로 안주머니에 들었던 돈봉투를 꺼내 테이블 위에 올려놓았다.

"다, 당장 가게에서 나가겠습니다. 다시는 이 근처에는 얼씬도 하지 않을 테니 제발, 제발 한 번만 봐주십시오."

태수는 아무 말 없이 손을 휘휘 저었고 꽁지 빠져라 달아나는 김 매니저를 가만히 보다 그 뒷덜미를 잡아챘다.

"근데 말이야, 내가 하나를 잊어버렸네."

태수의 주먹이 그대로 김 매니저의 얼굴에 내리꽂혔다. 고등학교 때 싸움 꽤나 하고 다녔던 태수의 주먹은 꽤나 매서웠고 작지 않은 등치의 김 매니저가 주먹 한 방에 나동그라졌다. 소파 한쪽에 꿔다 놓은 보릿자루처럼 조용히 구경하던 장근도 깜짝 놀랐다. 태수는 바닥에 넘어진 김 매니저의 멱살을 잡아 또 한 번 주먹을 내질렀고 비명도 못 지르는 그를 일으켜 벽으로 밀어붙였다.

"으윽, 사, 사장님. 사, 살려주십시오."

"이 개새끼야, 감히 누구한테 손을 대. 살면서 딱 하나만 명심해. 이 일로 서예준 머리 한 올이라도 건드리면 넌 그 길로 죽어, 알겠어? 꺼져."

태수는 열린 문밖으로 김 매니저를 던져버렸다. 성질 같아선 네 발로 기어나가게 만들고 싶었는데 이쯤에서 참았다. 나이 서른이 넘으니 자신도 철이 드는지 참을 줄도 알고 스스로가 참 대견스러웠다. 오랜만에 사람을 친 얼얼한 주먹을 털며 소파로 다가오자 장근이 아주 재미있는 얼굴로 그를 보고 있었다.

"사장, 내가 다시 봤어요."

"무슨 말이 하고 싶으신데요?"

"그동안 심심해서 어떻게 허수아비 노릇 하고 살았데?"

"그게 제 본모습입니다."

"뭐, 한 번 더 속아봅시다. 일은 다 해결된 것 같고 나는 주방으로 갑니다."

"주방장님, 다시 한 번 감사드려요."

"근데 이런 일 한 번만 더 있으면 다시는 내 얼굴도 못 볼 테니 그런 줄 아쇼."

"명심하겠습니다. 저기 주방장님, 부탁이 있는데 아시는 식재료상 있으면 소개 좀 해주십시오. 내일부터 당장 영업해야 하잖아요."

"우리 사장 은근 뻔뻔하네. 물론 내가 아는 곳이 있지만 거긴 어떻게 믿어? 남 믿지 말고 직접 발로 뛰쇼."

"당연히 그럴 겁니다. 그래도 아무것도 없이 맨땅에 헤딩하는 것보다 작은 지푸라기 하나라도 손에 쥐고 있는 게 낫지 않겠습니까?"

장근은 어느새 자신을 따라 자리에서 일어난 태수를 물끄러미 봤다. 눈에서 생기가 넘치고 해보겠다는 의지가 엿보인다. 방금 전 김 매니저를 요리하는 걸 봐도 그렇고 절대 미련하거나 멍청하지 않다. 머리가 팽팽 돌아가는데 의지까지 있다면 믿어봐도 되지 않을까?

"주방으로 내려와요. 내가 먼저 전화하고 연락처 주리다."

"감사합니다."

"나도 내일부터 신나게 일할 수 있겠네. 다음에 술 한 잔 사요."

기분 좋게 웃으며 사장실을 나서던 장근이 다시 삐죽 고개를 내밀었다.

"그 서예준이 말이오."

"예준이가 뭐 잘못했습니까?"

"얼굴만 예쁜 게 아니라 요즘 애들답지 않게 속이 꽉 들어찬 게 아주 괜찮은 친굽디다. 욕심내는 녀석들도 많은데 뺏기고 나서 후회하지 말고 잘해요, 괜히."

"그런 사이 아닙니다."

"진짜? 그럼 내려가서 얘기해 줘야겠네. 사장이랑 아무 사이도 아니니까 마음대로 들이대 보라고."

"주방장님!"

"그러니까 잘난 척 빼기지 말란 말이오."

장근은 슬쩍 윙크를 해보이고 밑으로 내려갔다. 앞으로 태수는 놀리는 재미가 아주 쏠쏠할 것 같다.

태수의 집으로 걸어가는 예준의 발걸음이 한없이 무거웠다. 지하주차장에서 동영상을 찍을 때만 해도 잘하는 짓이라고 생각했는데 곰곰이 생각하니 괜히 나서 일만 크게 키운 것 같아 아무래도 찜찜했다.

"아니, 나도 잘해보려고 그런 거거든. 너도 생각을 해봐, 비리의 현장을 딱 목격했어, 근데 그걸 어떻게 모른 척하냐고? 내가 일이 이렇게 커질 줄 알았나 뭐. 화 많이 난 것 같던데, 어떻게 하지?"

"끄으응."

"야, 네 주인 화나면 어때? 막 소리 지르고 물건 집어던지고 그래? 아님, 침묵으로 사람 숨 막히게 하는 스타일이야?"

예준은 제 질문에 좋다고 꼬리를 마구 흔들며 한 걸음 다가오는 세스가 무서워 뒤로 엉거주춤 엉덩이를 빼고 물러났다.

"가까이 오지는 마. 내가 너한테 말을 시킨다고 널 좋아한다는 건 절대 아니야."

그녀의 거부를 아는 건지 마치 눈치 보는 사람처럼 세스가 쫑긋 섰던 귀를 축 내리고 우울한 표정을 했다. 개에게도 표정이 있다면 저건 분명 우울해하는 게 맞았다.

"집에 가자. 가서 마음의 준비나 해야겠다. 근데 잘못 넘어졌는지 허리가 좀 아프다. 뒤통수에도 혹이 이만하게 났어. 내일 일어나면 몸도 여기저기 쑤실 것 같은데. 이런 거 말하면 좀 봐주지 않을까? 아니다, 더 혼나려나?"

예준은 뻐근하게 통증이 느껴지는 허리를 좌우로 움직이며 다시 걷기 시작했다. 그 와중에도 차 타고 가라고 챙겨준 열쇠를 물끄러미 내려다보며 아까 자신을 외면하던 태수를 떠올렸다. 지금 그녀가 제일 무서운 건 그가 다시는 자신을 보지 않겠다고 하는 거였다. 제발 그런 일만은 벌어지지 않길 바랐다.

가게 일을 대충 수습한 태수는 직원들을 모두 퇴근시키고 집으로 돌아왔다. 대문을 열자마자 자신을 반기는 세스의 머리를 쓱쓱 쓰다듬어 줬다.

"누나는 잘 데리고 왔냐?"

"컹."

"녀석아, 예준이가 그렇게 좋냐?"

"컹컹."

"나도 너처럼 솔직할 수 있으면 좋겠다. 놀아."

태수는 마당 저쪽 끝으로 장난감을 던져줬고 뛰어가는 세스를 보며 집 안으로 들어왔다. 유난히 조용한 집 안, 햇살이 퍼지는 거실, 당장이라도 소란스럽게 호들갑을 떨 줄 알았던 한 사람이 보이지 않는다.

“서예준. 꼴통, 어디 있냐?”

조금 목소리를 키워 불러봤지만 대답이 없었고 순간적으로 덜컹하는 기분에 얼른 2층으로 뛰어올랐다.

“후우, 뭐야? 자냐? 서예준, 자? 너는 이 와중에 잠이 오냐?”

예준은 2층, 전면 유리창 앞에 옆으로 쪼그리고 누워 잠들어 있었다. 앞에 넓은 공간이 있어서 세스가 올라와 놀기도 하는데 창문을 두고 두 사람이 장난을 쳤는지 예준이 앉은키 높이 유리창에 세스 침 얼룩이 남아 있었다.

다른 사람들은 아침부터 혼비백산하게 만들어 놓고 본인은 아주 태평하게 잠들어 있다니 너무 얄미워서 한 대 쥐어박고 싶은데 막상 손을 데려니 그건 또 마음에 걸린다. 쥐어박으려던 주먹을 풀어 헝클어진 그녀의 머리를 쓰다듬었다. 삐죽 헝클어진 머리가 마음에 안 들어 머리끈을 풀었더니 가느다란 갈색 머리카락이 폭포수처럼 좌르르 쏟아진다. 음영을 드리우는 긴 속눈썹, 찡긋거리는 앙증맞은 코, 살짝 벌어진 입, 자는 얼굴인데 보고만 있어도 좋다. 태수는 자신도 모르는 무척 사랑스러운 눈길로 예준의 얼굴을 보고 있었다.

“예쁘네, 너무 예뻐서 마음이 아프네.”

그녀의 머리를 쓰다듬던 손을 거둬들이던 태수의 눈길이 그녀의 허리춤에 잠시 머물렀다. 위로 올라간 셔츠를 내려주려던 손이 셔츠를 더 위로 올렸고 퍼렇게 멍이 든 허리를 보며 인상을 북 그었다.

멍든 허리와 태평하게 잠든 얼굴을 번갈아 보는 태수가 긴 한숨을 토해냈다.

"후우, 이게 뭐냐."

멍을 보던 태수가 구급상자에서 연고를 꺼내 조심스레 펴 바르기 시작했다. 내일이면 더 까맣게 멍이 들 텐데, 멱살 잡히며 난 상처도 마음에 걸리고 자신 때문에 예준이 다쳤다는 게 그의 마음을 무척이나 무겁게 만들었다. 약을 다 바른 태수가 그녀의 발목으로 눈을 내렸다. 여전한 오른쪽 발목의 작은 반달 흉터, 태수가 머리카락을 치우며 그녀의 이마도 확인을 했다. 자세히 보지 않으면 잘 보이지 않지만 아주 작은 실금 같은 흉터가 있었다.

"쯧쯧, 예쁜 이마에 결국 흉터가 남았네."

일 년 전, 살얼음을 밟고 계곡으로 구르는 바람에 발목을 다쳐 오도 가도 못하고 있던 예준을 구했을 때부터 두 사람의 인연은 시작된 것이었을까? 형의 생일날 혼자서 위패가 모셔져 있는 산사에 다녀오면서 딱 한 발이면 이 의미 없는 생을 끝낼 수 있겠구나 생각하던 순간 그를 구한 건 바로 예준이었다. 빨갛게 산등성을 물들이던 노을도 까만 어둠으로 변해가던 시간, 이마에선 피를 흘리고 흙투성이가 돼서 구해준 그에게 고맙다며 울면서 웃던 그녀였다.

'살려주셔서 감사합니다. 사람 체온이 이렇게 안심이 되는 건 줄 몰랐어요.'

정작 등에 업힌 그녀의 체온에 안심한 건 태수였다. 감정의 쓰레기통이 되어주겠다는 그녀에게 형의 죽음을 이야기했고 삶에 회의를 느낀다는 그에게 예준은 그의 어깨를 부드럽게 다독이며 이렇게 말해 줬었다.

'나 하나로 그쪽 인생의 의미를 시작하면 안 될까요? 그쪽이 살아 있어서 난 지금 이 순간 너무 고맙고 감사하니까요.'

어깨가 아니라 수십 년간 다친 마음을 어루만져주는 것 같았던 그 손길과 말은 지금까지도 문득문득 떠올라 그를 위로해줬었다.

'앞으로 그쪽을 사랑하게 될 그 누군가는 나와 비교할 수도 없을 정도로 그쪽이 살아 있음을 기뻐하고 감사할 거예요. 그리고 지금 느끼는 그 고통과 아픔도 당신이 살아 있기 때문에 가능한 거잖아요. 그만큼 살아 있는 건 소중한 거랍니다.'

1년 전 일을 회상하며 예준의 얼굴을 물끄러미 바라보던 태수가 바닥에 털썩 누웠다.

"예준아, 널 다시 이렇게 만난 거 보면 살아 있는 게 정말 소중하긴 한가 봐. 너 구해줘서 고맙다고 나한테 소원 하나 들어주겠다고 했던 거 기억하냐? 만약에 그 소원이라도 써서 평생 내 옆에 있으라고 하면 넌 어쩔래?"

아무 감정 없이 천장만 보던 태수의 눈길이 다시 예준에게 향했다. 자신을 좋아한다는 예준의 마음을 받아들이고 그녀를 옆에 둔다, 생각만으로도 행복했지만 그만큼 겁나기도 했다. 자기 옆에서 오늘처럼 또 다치는 일이 생기면 어쩌지, 그러다가 혹시라도 경수처럼 더 험한 일을 당하게 된다면…… 거기까지 생각한 태수가 고개를 저으며 다시 시선을 돌렸다.

"서예준, 나는 좀 많이 무섭다."

목이 마른 예준이 슬슬 입맛을 다셨다. 조금만 더 잤으면 좋겠는데 목도 너무 마르고 아까부터 참은 화장실도 이젠 한계다.

“하잉, 귀찮아.”

잠결에도 예준은 온기를 찾아들었고 태수도 당연한 듯 제 품으로 파고드는 그녀를 안았다. 따뜻하고 포근하고 청량하고 새로 빤 솜이불에 누워 있는 기분, 행복한 웃음을 지은 예준이 그의 가슴에 얼굴을 비볐다. 멍한 귓속으로 익숙한 소리가 들린다. 규칙적이고 건강한 심장 뛰는 소리, 예준이 천천히 눈을 뜨고 조금 움직였더니 누군가 자신을 더 힘줘 안는다.

‘차태수 냄새다.’

그제야 예준은 자신이 태수에게 안겨 있다는 걸 알았다. 자신에게 딱 들어맞는 품, 따뜻한 체온, 건강한 심장 소리, 제가 좋아하는 청량한 그의 냄새, 머리 위로 쏟아지는 숨결까지 영원히 이렇게 안겨 있고 싶을 정도로 완벽하게 좋았다.

그의 허리를 꼭 잡았다 놓은 예준이 그가 잠에서 깨지 않도록 조심하면서 슬쩍 거리를 벌렸다. 편안히 잠든 그의 얼굴이 붉은 노을로 물들어 있다. 조금은 무표정하고, 짓궂음과 빈정거림이 묻어나는 얼굴이 편히 풀어져 아이 같다. 굵고 진한 눈썹, 깊은 눈매, 반듯한 콧날과 사내다운 턱선, 거기다 섹시함이 묻어나는 살짝 벌어진 입술이 정점을 찍었다.

“어쩜 이렇게 매력적으로 생겼을까?”

그의 얼굴을 조심스럽게 쓰다듬던 그녀의 검지가 남자치고는 꽤 붉은 태수의 입술 주변을 맴돌았다. 뭔가에 홀린 듯 그 입술로 다가가던 예준의 입술이 뭔가 딱딱한 것에 딱 막혔다.

“내가 입술을 훔치고 싶을 만큼 잘생기긴 했지?”

“에이, 조금만 더 있다 깨지.”

"되게 아쉬운 얼굴이다. 지금이라도 다시 자는 척해줘?"

"그럴래요?"

반색하는 예준의 목소리에 태수가 서서히 눈을 떴다. 이 여자는 어떤 얼굴로 노골적인 말들을 할까 궁금했는데 뭐랄까, 색스러움은 전혀 없는 순진한 얼굴이면서도 여자 냄새를 강하게 풍기는데 그게 더 죽을 맛이었다.

"없는 내숭이라도 떠는 척 좀 해라. 저번에도 말했을 텐데, 여자가 너무 들이대면 남자들이 부담스러워한다고."

"아잉, 그래서 내가 싫다고? 진짜?"

태수는 예쁜 척 눈을 깜빡이며 말하는 예준을 피해 몸을 돌려 천장을 보고 누웠다. 도대체 이 여자는 자신을 왜 이렇게 좋아하는지 모르겠다. 알면 얼마나 알고 겪으면 얼마나 겪었다고, 나중에 자신의 실체를 알게 되면 삼십육계 줄행랑도 모자랄 텐데. 눈 위에 팔을 올리고 이런저런 생각을 하던 태수가 자리에서 벌떡 일어났다.

"우리 얘기해야지."

태수의 말에 예준 역시 벌떡 일어났다. 넘어질 때 다친 허리가 아프긴 했지만 조용한 목소리가 더 무서운 태수 앞에선 아무것도 아니었다.

"꼼수 부리지 마."

태수는 도망가려는 예준의 손목을 잡았고 엉덩이 먼저 뒤로 뺀 예준이 다급하게 손목을 빼내려 했다.

"일단 화장실부터 갔다 와서 혼날게요."

"어디서 잔머리를 굴려."

"나 급하다고 막 거짓말은 안 하거든요. 아, 소리치면 안 돼, 진짜 나올 것 같아. 당신 보느라고 아까부터 참고 있었단 말이에요."

다리를 배배 꼬며 이야기하는 예준을 보는 태수의 입이 점점 벌어지고 결국 손에서도 힘이 쭉 빠졌다. 기회는 이때다 예준은 잡힌 손목을 빼내고 화장실로 달려갔고 욕실 문이 닫히자마자 태수가 박장대소를 했다.

"와, 진짜 역대급 꼴통. 널 누가 이기겠냐?"

자꾸 웃으면 안 되는데, 예준 때문에 웃는 건 더 나쁜 건데, 유리창의 비친 태수의 얼굴이 꽤 심란해 보였다.

식탁에 마주 앉은 두 사람의 분위기가 방금 전과 달리 무거웠다. 태수는 앞에 놓인 찻잔만 보고 있었고 예준은 그런 태수의 눈치만 힐끔거렸다. 차라리 크게 혼내는 게 낫지 벌서는 아이처럼 눈치만 보고 있으려니 그게 더 죽을 맛이었다. 그래, 매도 먼저 맞는 게 낫다고 차라리 내 입으로 먼저 말하고 말자.

"아까 그 일이 어떻게 된 거냐하면요. 내가 오늘 오전 출근을 했거든요. 옷 갈아입고 매장 갔는데 은영 언니가 어젯밤에 못 버린 쓰레기가 있다고 하는 거예요. 그거 버리러 지하에 내려갔는데 글쎄 김 매니저 그 인간이 거기 딱 있는 거죠. 나는 물론 쓰레기만 버리고 오려고 했는데 마주 서 있는 두 사람 분위기가 심상치 않더라고요. 그래서 혹시나 해서 동영상 촬영을 시작했는데 아니나 다를까 두 사람이 돈봉투를 주고받으며 은밀한 대화를 나누는 게 나한테 딱 걸린 거죠. 나 촉 끝내주죠."

태수는 눈길을 피하며 길게 설명하는 예준의 얼굴을 무심한 표정으로 봤다. 자신도 예준의 입장이었다면 그랬을지 모르겠지만 어쨌든 기분은 좋지 않았다. 그녀가 다친 것도 기분 나빴고 분명 자신이 해결하겠다고 말했는데 그걸 못 믿은 것 같아 그것도 거슬렸다. 자신을 불신하는 사람들은 가족들로 충분했다.

"내가 해결하겠다는 말 못 믿은 거였나?"

"그런 거 아니에요, 절대 아니에요. 이건 뭐랄까, 본능에 가까운 행동이었다고요. 내가 싫어하는 사람 물 먹일 기회를 잡은 거예요, 그거뿐이라고요."

"서예준."

"물론 태수 씨한테 도움이 됐으면 좋겠다 그런 생각도 하긴 했지만 그건 아주 요만큼, 아주 요만큼만 그랬어요. 내가 김 매니저 얼마나 싫어하는지 알잖아요."

"싫어하는 이유도 나 때문이잖아."

"그것도 있죠. 사장님 씹고 다니는 것도 싫었지만 직원들 무시하는 것 같은 행동이나 말이 정말 재수 없었다고요. 그리고 실수인 척 여직원들 몸에 손대는 건 정말 혐오스러웠고."

"너한테도 그랬어?"

"아뇨, 사장님 소개로 왔다고 해서 그런지 나한테는 조심했어요. 나한테 그랬으면 뼈도 못 추렸어요."

"후우, 내가 참 무능한 사장이었네."

자책이 묻어나오는 태수의 말에 예준은 딱히 할 말이 없었다. 사실 김 매니저가 활개치고 다닐 수 있었던 건 그의 책임도 있기 때문이었다.

"대신 앞으로 잘하면 되잖아요. 이제 좋은 사장님 될 일만 남았네, 뭐."

생각 많은 얼굴로 천장을 보던 태수가 고개를 내려 예준을 직시했다. 지금까지와는 달리 모든 감정이 빠진 냉정한 눈빛이었다.

"내가 김 매니저보다 나은 인간이란 법이 어딨어? 내가 더 나쁜 인간일 수도 있지."

"설마요. 태수 씨 그런 사람 아닌 거 내가 알아요."

"네가 나에 대해 뭘 안다고?"

"처음 만났을 때 느꼈던 좋은 사람이란 생각이 옆에서 지켜보면서 더 확고해졌어요. 물론 차갑고 예민한 부분도 있지만 내가 아는 당신은 근본적으로 아주 따뜻하고 좋은 사람이에요."

예준의 확신에 찬 말에 태수가 허망하게 웃었다. 누구에게도 저런 믿음은 받아본 적 없다. 아버지한테 자신은 늘 부족하고 못 미더운 아들이었고 어머니는 아예 그를 자식 취급도 안 했고 희수에겐 그저 상처 많은 불쌍한 동생일 뿐이었다. 태어나 처음으로 누군가에게 믿음을 받고 인정을 받았는데 그게 눈물 날 만큼 좋기도 하면서 나에 대해 뭘 안다고 저러나 하는 반발심도 들었다. 오랜 시간 혼자 지내온 게 습관이 된 태수는 누군가 자신의 영역으로 들어오려는 것이 무서웠다.

"일어나, 데려다 줄게."

더 이상 예준과 마주하고 있는 게 부담스러운 태수가 자리에서 먼저 일어났고 뭔가 불안함을 느낀 예준이 제 옆을 지나가는 그의 손을 잡았는데 태수가 자신도 모르게 그 손을 쳐내고 말았다.

"아야."

"미안, 나는 그냥……."

"아뇨, 아니에요. 그럴 수 있죠. 먼저 나가 있을게요."

밀쳐내진 손을 등 뒤로 숨긴 예준이 아무렇지도 않다는 듯 먼저 밖으로 나갔고 태수가 그 뒷모습을 보며 짜증 난다는 듯 제 머리를 헝클었다.

"젠장."

가족에게 받은 상처는 또 다른 가시로 자라 바로 지금처럼 상관없는 타인에게 상처를 주곤 했다. 자신을 좋아한다는 예준이가 고맙고 그녀에게 그 누구보다 강한 끌림을 느끼면서도 가까이할 수 없는 건 지금처럼 그녀에게 상처를 주는 게 바로 자신일 것 같아서였다.

"차라리 잘됐다. 이쯤에서 정리하는 게 맞지."

말은 그렇게 하면서도 그녀가 나간 현관문을 바라보는 눈길이 그 어떤 때보다 애처로웠다.

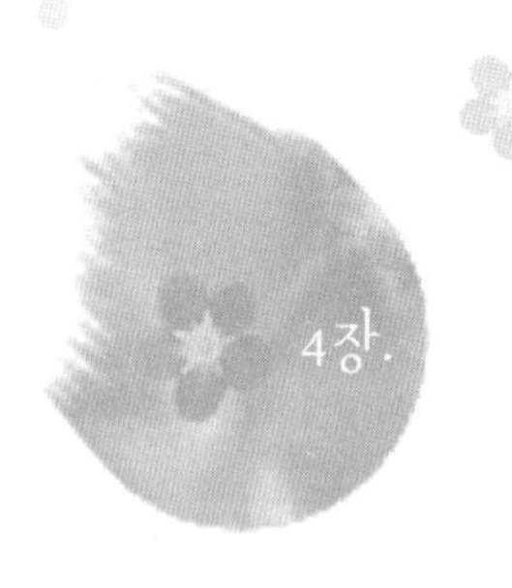

"여기가 어디예요?"

"따라와."

태수가 먼저 들어가버린 곳의 간판을 보던 예준이 슬쩍 인상을 썼다.

"Day Dream? 몽상? 술집 이름으로 딱이네."

불만 가득한 얼굴로 기세 좋게 태수를 따라간 예준이 술집의 규모와 화려함에 입을 쩍 벌렸다. 나비 날개처럼 얇은 천이 천장에서부터 흩날리며 색색 깔의 불규칙적인 조명을 은은하게 감싸며 이름답게 몽상적인 분위기를 자아내고 있었다. 거기다 크기, 모양, 색이 제각각인 기둥들은 테이블 사이에 놓여 사람들의 시야를 가리는 벽 역할을 충실히 하고 있었다.

"우와, 이름 그대로네. 멋지다."

실내장식뿐 아니라 그 안을 누비고 있는 사람들도 대단하긴 마찬가지였다. 남녀를 막론하고 머리부터 발끝까지 완벽하게 꾸민 사람들이 술집 곳곳을 누비며 자신들의 화려함을 뽐내고 있었다. 몇 계단 위에서 그런 사람들을 보던 예준의 시선이 저절로 제게로 향했다. 일상복으로 입는 티와 청바지, 거의 화장기가 없는 얼굴에 똥머리를 묶고 있는 제 모습이 오늘따라 무척이나 초라해 보였다. 믿을 사람은 같이 온 태수밖에 없다고 그를 눈으로 찾았지만 그는 예준이 따라오는지 마는지 신경 쓰지도 않고 사람들과 인사하느라 바빴다.

"다들 유학파야, 포옹이 왜 저렇게 자연스러워? 저러다 뽀뽀도 하겠네."

술집 입구 쪽 계단 위쪽에 서서 투덜거리며 태수를 눈으로 좇던 예준이 그가 술집 바(bar)에 자리를 잡은 후 천천히 그쪽으로 걸어갔다.

짜증스러운 얼굴로 자리에 앉은 태수는 퉁명한 목소리로 친구인 명진에게 인사를 했다.

"왔다."

"도살장 끌려왔나, 남의 영업장까지 와서 왜 죽을상이야?"

명진의 타박에 대꾸도 안 한 태수는 인사하느라 묻은 여자들의 화장품 냄새가 밴 옷옷을 손으로 툭툭 털어냈다.

"그런다고 냄새가 없어지냐? 그러게 왜 안 하던 짓을 하고 그래? 어라, 저 순진무구 어린양은 누구야? 오호라, 요즘 내 고민의 주인공이구나."

장식장에 비친 여자의 모습을 눈으로 좇는 태수의 모습을 본 명진이 피식 웃음을 터트리며 재미있는 얼굴을 했다.

"야, 솔직히 말해 봐. 원조교제는 아니지?"

"미친놈아."

"헛소리 같냐? 사람들 시선을 봐라, 많이 봐야 20살 정도로밖에 안 보이잖아. 과장 좀 보태서 중학생이라고 해도 믿겠다."

명진이 헛소리를 지껄이거나 말거나 태수의 시선은 예준에게서 떨어지지 않았다. 뭐가 또 불만인지 입을 쭉 내밀고 궁시렁, 궁시렁 중간 중간 그를 째려보며 터벅터벅 걸어오는데 그 모습이 또 못 견디게 귀엽다.

"그렇게 좋냐?"

"내가 좋아한다고 누가 그래?"

"그런 말 하려면 표정 관리나 하든가. 저 여자 보는 눈에서 꿀이 뚝뚝 떨어지고 입은 귀에 걸리게 생겼어."

놀림 가까운 명진의 말에 괜한 헛기침을 하며 딴청을 했다. 예준만 있으면 시선이 떨어지지 않고 자신도 모르게 표정이 풀어져 곤란하긴 했다.

"우리랑 노는 물이 좀 달라 보이긴 한다. 하긴, 순진한 애들이 같이 놀기는 재미없지."

"순진? 풋, 순진이라."

"왜 웃어? 보는 게 다가 아니야? 저 동안의 얼굴 뒤에 여자의 농염함이 숨어 있나? 그 뭐랄까 말로 표현하기 곤란한 음탕함이라도 있냐?"

"입 함부로 놀리지 마라."

"이 새끼 진심이네. 말도 함부로 못할 정도로 아끼면서 왜 떼어내려고 그러냐?"

"너무 예뻐서."

"선문답하냐?"

"재랑 같이 있으면 내가 정말 행복하거든. 난 그러면 안 되는 놈이잖냐."

씁쓸함이 잔뜩 묻어나는 태수의 말에 명진이 손에 들었던 쉐이커를 탁 소리가 날 정도로 세게 내려놨다. 스스로 불행하려고 몸부림을 치는 게 전적으로 태수의 잘못이 아니라는 걸 알면서도 저럴 때마다 화가 났다.

"그딴 개소리할 거면 꺼져. 너한테 술 안 팔아, 새끼야."

"성질은, 술이나 내놔."

한소리 더 하려던 명진은 가까워지는 예준을 보며 입을 다물었다. 두 사람이 처음 만난 중학교 때부터 지금까지 태수가 아무 그늘 없이 온전하게 행복해 하는 걸 본 적이 없었다. 이젠 죄책감이라는 마음의 짐을 내려놓고 편해졌으면 좋겠는데, 그렇게 되는데 예준이 도움이 될지도 모르겠다. 그저 보는 것만으로도 표정 관리가 안 되고, 일부러라도 밀어내려 애쓰는 여자라면 태수는 이미 진심이란 얘기였고 그런 상대가 생겼다는 것 자체가 그가 행복해질 수 있다는 희망이었다.

예준은 제가 오든 말든 신경도 안 쓰고 친구와 이야기만 하고 있는 태수의 뒤통수를 입을 삐죽이며 째려봤다. 김 매니저의 일이 있은 후 태수의 태도가 변했다. 일단 그녀와 마주치는 일이 많이 줄었고 오랜만에 얼굴을 봐도 반가운 기색이 없었다. 인사를 해도 받는 둥 마는 둥 먼저 아는 척을 하거나 장난치는 일도 일체 없었다.

물론 김 매니저가 잘리고 그가 무척이나 바빠진 건 알지만 거리를 두고 냉정하게 구는 태수는 많이 낯설었고 무척이나 서운했다. 계속 무시로 일관하던 태수가 갑자기 같이 외출을 하자고 해서 들뜬 마음으로 따라나섰는데 계속되는 무시라니, 그동안의 서먹함을 회복할 기회가 될지도 모르겠다는 예상이 또 빗나갔다.

"뭐예요, 갑자기? 여기는 왜 데려온 건데요?"

"놀자니까. 격무에 시달린 당신 주말을 즐겨라."

"주말을 즐기기는 개뿔, 내일도 일해야 하는데."

"술이나 한잔해. 뭐 마실래?"

"몰라요, 이런 데 처음이라."

"그럼 가벼운 칵테일로 시작해. 나는 드라이 마티니 주고 이 친구는 코즈모폴리턴 줘."

예준을 소개도 안 시키고 주문을 하는 태수를 흘겨본 명진이 직접 반갑게 인사를 건넸다.

"반가워요. 난 김명진, 이 멋대가리 없는 놈 친구예요."

"서예준이라고 합니다."

"태수하고는 무슨 사이예요?"

"그게……."

"우리 가게 종업원이야."

조금은 장난스러운 명진의 질문에 예준은 태수 눈치를 보며 머뭇거렸고 그 사이 태수가 내놓은 대답에 예준의 표정이 파삭 얼어붙었다. 예준이 제법 날카로운 시선으로 태수를 봤지만 그는 왜 그렇게 보냐는 표정이었다. 화가 나고 서운한 예준은 태수가 두려움을 느낄 정도로 진지한 눈빛으로 그를 뚫어지게 바라보며 말을 이었다.

"직업을 물으시는 거라면 정확히는 알바생이고요, 개인적인 관계가 궁금하신 거면 차태수 씨를 짝사랑하는 여자인데요."

예준의 똑 부러지는 대답에 명진은 살짝 당황했고 태수는 익숙하다는 듯 피식 웃었지만 바(bar) 밑에 있는 손은 주먹을 꾹 쥐고 있었다.

"놀랄 것 없어, 만날 때마다 날 좋아한다고 습관처럼 고백하는 친구니까. 날 안 지 얼마나 됐다고 좋다는 말을 저렇게 쉽게 하는지 모르겠다. 요즘 애들은 다 이렇게 당돌한가 봐."

제 마음을 하찮은 것으로 싸잡는 태수의 말에 예준이 입술을 지그시 깨물었다. 너무 들이대지 말라고 장난삼아 구박은 했어도 좋아한다는 제 마음을 이렇게 가볍게 취급한 적 없었는데, 예준은 태수와 진지하게 이야기를 해봐야겠다고 생각했다.

"자식, 배가 불렀네. 예준 씨처럼 어리고 예쁜 여자가 좋다고 하면 무조건 감사합니다, 하는 거지. 그래서 네가 안 되는 거야. 예준 씨, 이거 마셔봐요. 내가 특별히 신경 써서 만들었어요. 너는 이거나 처먹어, 새끼야."

두 사람 앞에 각자의 술잔이 놓였고 붉은색의 칵테일을 보고 있던 예준이 단번에 잔을 비우자 태수 역시 제 잔을 비웠다. 각자 잔을 비운 두 사람 앞에 새로운 잔이 놓였고 예준이 말을 시작하기도 전에 태수는 자리에서 일어났다.

"자, 첫 잔은 같이 마셨으니 나머지는 각자 알아서 즐기자고. 그럼, 실례."

태수는 명진 앞에 놓인 술잔을 빼앗듯 가로채서는 그대로 사라져 버렸고 예준은 피식 힘 빠진 웃음을 지었다. 명진은 힘없이 앉은 예준을 힐긋거리며 말을 꺼냈다.

"참 싸가지 없죠? 이참에 짝사랑 상대를 갈아타는 건 어때요?"

"짝사랑이라고 해서 그 상대를 쉽게 바꿀 수 있을 만큼 가벼운 건 아니에요."

"안 지 얼마 안 됐다면서요?"

"0.2초 만에도 가능한 게 사랑이다. 인간이 사랑에 빠졌다고 느낄 때 분비되는 도파민, 옥시토신, 아드레날린, 바소프레신 등의 물질이 뇌에서 방출되는 시간이 단 0.2초에 불과하기 때문이다. 결국 첫눈에 반한다는 말이 가능하다는 게 과학적으로 증명된 거죠. 저 역시 그 말을 믿고요."

"그러다 실망하면?"

"오래 알고 연인이 됐다고 실망 안 하겠어요? 그럼 이혼하는 부부들은 없어야죠."

"그건 또 그러네. 말 잘하네요. 예준 씨랑 같이 있으면 안 심심하겠어요."

"제가 또 나름 한 유머해서, 킥킥. 우리 엄마가 말 못해 죽을 일은 없을 거래요."

말을 멈춘 예준이 칵테일 한 모금을 마시고 꿍꿍이 많은 얼굴로 명진에게 바짝 다가갔다.

"왜, 왜 이래요, 무섭게."

"그래서 두 분은 언제부터 친구셨는데요? 우리 사장님에 대해서 잘 아세요?"

"중, 고등학교 동창이에요. 뭐, 태수에 대해 나름 잘 알고."

"우와, 되게 오래됐다. 우리 사장님 어렸을 땐 어땠어요? 어떤 학생이었는데요? 어릴 때도 지금처럼 멋졌어요? 좋다고 쫓아다니는 여학생들 많았죠? 빨리 얘기 좀 해봐요."

"중학교 때는 완전 애기였어요. 중학교 1학년 때 같은 반이었는데 그때는 키도 작고 마르고 말도 별로 없고 맨 앞자리에 앉는 완전 모범생."

"진짜요? 완전 귀여웠겠다. 두 분은 어떻게 친해졌어요? 태수 씨 친구 많았어요?"

"그게 별로 귀엽지는 않았는데…… 친해진 건 고등학교 때에요. 고등학교 1학년 때 다시 만났는데 같은 사람인지 의심이 될 만큼 변해 있더라고요. 중학교 때 활발하지는 않아도 착하고 잘 웃는 순둥이였는데 고등학생 차태수는 완전 사나워져서 학교 근방에서도 알아주는 문제아가 되어 있었으니까. 매일 땡땡이에 수업시간엔 잠만 자고 싸움질을 밥 먹듯 해서 단골 경찰도 있었고 선생님들도 두 손 두 발 다 들었으니까."

"진짜요? 뭘 해도 열심히 했나 봐요."

"얼씨구, 내가 그 싸움 말리러 다니느라 신발을 몇 켤레를 버렸는데. 우리가 친해진 것도 다 그 싸움질 때문이었어요. 처음엔 얻어맞다가 나중엔 말리면서 친해졌으니까. 생각해보니 억울하네, 내가 저 놈한테 꽤 맞았는데 왜 친구가 됐지?"

"맞을 만했으니까 맞았겠죠."

"뭐요?"

"그러니까 내 말은 그게 바로 태수 씨 매력이라고요. 나한테 잘못한 것도 다 잊고 옆에 있고 싶게 만드는 거."

무슨 말을 해도 무조건 태수의 편을 드는 예준을 보며 명진을 혀를 끌끌 찼다. 원, 좋아도 저렇게 좋을까? 태수 이름만 나오면 눈이 반짝반짝 거리며 온몸으로 좋아한다는 걸 표현하는데 그런 모습이 무척이나 예쁘고 저런 애정을 받는 태수가 슬쩍 부럽기도 했다.

"그 후에는요? 태수 씨 군대는 다녀왔죠? 저 사람 뭐 좋아해요? 음식, 여자 취향, 취미 등등 얘기 좀 해줘요."

"대학은 어딜 나왔는지 재산은 얼마나 되는지 지금 운영하는 레스토랑은 자기 건지 어떤 집안 자식인지 뭐 그런 건 안 궁금해요?"

"레스토랑은 아버지가 차려주신 거 알아요. 아버지와 사이가 좀 안 좋은 것 같기도 하고. 그런 건 태수 씨한테 직접 물으면 되죠. 태수 씨랑 가까워질 수 있는 팁을 좀 줘 봐요."

누군가에 대해 저렇게 끊임없이 궁금해하고 알고 싶어 하는 것도 다 애정 때문이겠지. 저렇게 순수한 감정 앞에서 태수는 겁이 났을 것이다. 가장 가까운 사람에게 배척당하고 살아온 태수라면 그럴 만했지만 제발 이번만은 예준으로 인해 그가 변하길 바랐다.

"무섭진 않아요? 폭력적이었던 사람은 언제든 또다시 그렇게 될 수 있는데."

"음, 우리 가게 최고참 언니가 태수 씨는 지독한 개인주자의자라고 했어요. 냉정하고 그 누구에게도 거리감을 가지고 대한다고요. 근데 내가 아는 태수 씨는 무척 따뜻하고 다정하고 또 사람들에게 굉장히 예민하거든요. 난 그게 태수 씨 본성이라고 생각해요. 나중에 기회 되면 졸업앨범 좀 보여주세요."

"아예 오려다 달라고 하지."

"정말? 부탁하면 오려다 줄 거예요?"

"풋, 태수가 그렇게 좋아요? 저렇게 싸가지 없게 구는데?"

"요즘 들어 좀 얄밉기는 한데 마음 정리가 안 돼요. 내가 싫어서 피하는 것 같지 않거든요. 뭐랄까, 너무 좋아서 쉽게 손을 못 대는 그런 느낌? 그래서 좀 귀엽고, 나잇값 못하는 것 같기도 하고."

예준의 말에 명진이 박장대소를 했다. 이 정도 여자라면 태수를 감당하기 충분하다. 아니, 태수가 예준을 감당하지 못해 쩔쩔맬 것만 같다. 여자는 조금 내숭도 떨고 밀당도 해야 남자가 질리지 않는다는 말은 예준에겐 먹히지 않을 것 같았다. 태수가 여자들과 어울리는 걸 본다고 예준이 순순히 떨어져 나갈 것 같지는 않고, 앞으로 두 사람을 지켜보는 게 꽤 재미있을 것 같았다.

"똑같은 거 한 잔 더 줄까요?"

"아뇨, 조금 더 술맛 나는 거 없을까요?"

"일명 칵테일 폭탄이라고 불리는 걸 소개하죠. 롱아일랜드 아이스티 만들어줄게요. 칵테일이지만 4가지 이상의 술이 들어가니까 취하지 않게 조심해야 해요. 처음 만났는데 이걸 권한다, 뻔한 놈이니까 다시는 만나지 말고."

명준의 설명에 고개를 끄덕인 예준의 시선이 다시 가게 안을 헤매다 여러 사람들 사이에 둘러싸여 술을 마시며 즐겁게 웃고 있는 태수에게 가 닿았다. 그의 말 한 마디에 모여 있는 사람들이 크게 웃음을 터트렸고 모델 빰치게 늘씬한 여자가 그에게 안기듯 다가가자 자연스럽게 그의 팔이 여자의 허리에 감겼다. 키스라도 할 듯 가까워지는 두 사람을 보면 예준이 얼른 고개를 돌려버렸다.

"신경 쓰여요?"

"당연하죠. 짝사랑이라 더 슬픈 거예요. 다른 사람들에게 내 거라고 소유권을 주장할 수 없으니까."

"한 가지만 말해주자면 태수는 사람한테 정을 주지 않아요. 미리 만나자고 연락하는 법도 없고 만나도 안부인사 따위 하지 않고 그저 우연히 보게 되면 술 한잔하고 시시껄렁한 농담이나 하다가 그 자리가 파하면 그대로 끝. 그게 차태수의 인간관계죠."

"무척 슬프네요. 나는요……."

"안녕, 명진 오빠, 오랜만. 그쪽 태수 오빠와 일행이라고요?"

퉁명스러운 목소리가 들렸다. 목소리만큼이나 퉁명스러운 표정으로 대충 손을 들어 보인 명진이었고 술을 홀짝이던 예준이 제 옆에 와서 서는 인기척에 그쪽으로 고개를 돌렸다. 목소리의 주인공은 버건디색의 미니 원피스를 멋지게 차려입은 여자였다. 어디서 본 듯한 여자는 잡티 하나 보이지 않는 완벽한 물광 메이크업에 허리까지 오는 굵은 웨이브 머리부터 아찔하게 높은 하이힐과 손바닥만 한 파우치까지 완벽했다. 예준이 자신을 머리부터 발끝까지 훑어보는 여자의 불쾌한 시선에 대답을 안 하고 가만히 있자 상대 여자가 그녀를 재촉했다.

"지금 내 말 씹어요?"

"일행 맞아요. 근데요, 지금 숨은 쉬는 거예요? 그렇게 딱 붙는 원피스를 입으면 밥은 어떻게 먹어요? 군살 하나가 안 보이는데 혹시 보정속옷의 힘? 앗, 마지막 말은 취소예요. 내가 또 너무 나갔네."

대놓고 솔직한 예준의 말에 명진은 웃음을 삼켰고 여자는 어이없다는 듯 코웃음을 쳤다.

"내가 이 몸매를 만드느라 얼마나 고생을 했는데 보정속옷이라니. 진짜 태수 오빠랑 일행이라고? 명진 오빠, 오빠도 아는 여자야? 태수 오빠 요즘 심심하데? 아님 머리에 총이라도 맞았어? 같이 노는 애 수준이 왜 이래?"

여자는 예준을 턱짓으로 가리키며 불쾌한 감정을 들어냈고 그러거나 말거나 예준은 앞에 놓인 땅콩만 주워 먹고 있었다.

"알 거 없잖아. 너는 방송도 나오는 애가 이러고 다녀도 되냐? 소속사가 단속도 안 해?"

"내가 에이급도 아니고 차라리 여기서 남자 잘 물어서 시집가는 게 낫지. 태수 오빠가 잡혀주면 제일 좋은데 저 인간은 심장이 돌인지 아무리 들이대도 눈썹 하나 까딱을 안 하네. 그쪽 태수 오빠랑 많이 친해요? 어떤 사이?"

"태수 씨 레스토랑에서 알바하는데요."

"에, 겨우 알바생? 근데 요즘 알바생들은 사장님 이름을 막 부르는구나. 좀 건방지네."

"이름 부르는 관계가 먼저였거든요. 그러는 그쪽은 태수 씨와 어떤 관계신데요? 태수 씨가 오빠 맞아요? 보기에는 동생 아니라 누나 같은데……."

"이봐, 말조심해요. 발육부진 고등학생처럼 생겨가지고."

"하긴, 제가 너무 동안이긴 하죠. 대학도 졸업했는데 술집을 가면 꼭 신분증 보자고 하고 택시 운전사들은 고등학생이 수업시간에 학교 안 가고 어디 가냐 그러고 기본이 안 된 사람들은 잘 알지도 못하면서 반말부터 하고 짜증 난다니까요."

아무것도 모르겠다는 순진한 얼굴로 큰 눈을 껌벅이며 반말, 존댓말을 섞어 쓰는 여자를 대놓고 까는 예준 때문에 명진은 오랜만에 아주 유쾌했고 여자는 연신 콧방귀만 뀌고 있었다. 그러던 여자가 예준의 옆에 털썩 주저앉았다.

"이우희예요."

"서예준입니다."

"태수 오빠랑 아주 가까운 건 아닌가 봐요? 같이 와서 따로 노는 거 보면. 하긴 저 인간이 워낙 여자를 좋아하긴 하죠."

"여자들이 태수 씨한테 사족을 못 쓰는 것 같아 보이는데요?"

"좌측 엉덩이나 오른쪽 궁둥이나. 제가 좋아하는 거든, 여자들이 달려드는 거든 주변에 여자 많은 남자와는 깊게 엮이는 게 아니에요. 그런 남자 단속하며 연애하는 게 얼마나 피곤한 일인데. 그 대표 주자가 바로 차태수고."

방금 전 자신을 잡아먹을 것처럼 사납게 굴던 우희의 입에서 나온 의외의 말에 예준이 그녀를 새삼스러운 눈을 봤다.

"태수 씨 좋아하는 거 아니었어요?"

"좋아하죠."

"근데 막 험담하고 그래도 돼요?"

"이 정도가 험담이라고? 설마, 저 남자의 실체에 대해 10분의 1도 얘기 안 했는데. 궁금하면 얘기해 줄까요?"

유혹적인 말이었지만 예준은 고개를 좌우로 흔들었다. 명진은 친구니까 상관없지만 낯선 여자의 입에서 그에 관한 말을 듣고 싶지는 않았다. 알겠다는 듯 미소를 지은 여자가 손가락으로 술집 안의 여자들을 쭉 훑었다.

"이 술집에 있는 여자들의 반 이상이 차태수에게 관심이 있고 그 중의 절반은 좋아한다고 하겠지만 그건 진지한 게 아니에요. 눈 맞고 마음 맞아 좋은 시간 보내면 그거로 만족, 조금 더 좋으면 몇 번 더 만날 수 있지만 딱 거기까지. 차태수도 그걸 아니까 부담 없이 여기 놀러 오는 거고. 물론 개중엔 정신 못 차리고 사랑을 운운하며 눈물, 콧물 짜는 애들이 있긴 하지만 그런 애들은 단칼에 아웃. 안 그래, 오빠?"

우희의 말에 명진은 수긍의 뜻으로 고개를 끄덕였고 예준은 잘 이해할 수 없는 이야기에 술집 안의 사람들을 보고 있었다.

"그런 관계 좀 공허하지 않아요?"

"본인이 그걸 원하니까. 차태수가 제일 무서워하는 게 뭔지 알아요? 바로 사람, 사람이랑 감정 섞는 거. 평생을 저렇게 무인도처럼 외롭게 살다 죽을 거야. 차태수 좋아하죠?"

"열심히 짝사랑 중이에요."

"아하, 오늘따라 차태수가 친절한 이유가 여기 있었네. 내 동생 같으면 절대 안 된다고 머리끄덩이라도 잡아서 말리겠지만 본인이 알아서 할 일이니까 난 여기까지. 술이나 한 잔 해요. 참, 술은 마실 줄 알죠?"

"술 덕분에 태수 씨와도 친해졌거든요. 물론, 제가 술에 취해서 본의 아니게 추태를 보이고 그 사람 집에서 신세졌지만."

집이라는 말에 눈을 동그랗게 뜬 명진과 우희가 동시에 예준을 쳐다봤다. 막 술을 마시려던 예준은 뚫어지게 자신을 보는 두 사람의 기세에 눌려 입에 댔던 술잔을 다시 내려놨다.

"왜, 왜요?"

"태수 집에 갔었어요? 진짜?"

"네. 그 사람 집에서 술 마셨는데……."

"진짜? 집에서 술을 마셨다고? 거기다 술 취한 그쪽을 집에서 재웠단 말이에요?"

"당연한 거 아니에요? 술 취한 사람을 길거리에 버릴 순 없잖아요. 아침에 해장국도 끓여주던데."

"차태수라면 충분히 버리고도 남죠."

"풋, 해장국."

술을 뿜어낸 우희가 여전히 놀란 듯 정신이 없는 명진과 눈을 맞췄다.

'차태수 뭐야? 설마 좋아하는 거야, 진심?'

'집이라, 그런 거 같다.'

눈으로 대충 대화를 끝내자 우희가 자리에서 벌떡 일어나며 예준의 손목을 잡아 일으켰다.

"나 쫓아와요."

"어딜요?"

"내가 젊고, 잘생기고, 착하고, 아무튼 차태수보다 훨씬 더 괜찮은 애들 소개해줄게."

"괜찮아요, 난 여기서 그냥……."

"가서 놀아요. 나도 이제 바빠져서 예준 씨랑 못 놀아줘. 이우희, 잘 부탁한다."

명진은 일 핑계를 대며 예준을 쫓아냈고 우희는 망설이는 예준의 손목을 끌고 사람들이 많은 곳으로 갔다. 어딘가를 두리번거리더니 술집 안쪽 5~6명의 젊은 남자들이 자리 잡은 테이블로 예준을 데리고 갔다.

"다들 안녕."

"누나가 웬일이야, 아는 척을 다 하고."

"너는 입 다물고. 이쪽은…… 이름이 뭐라고요?"

"서예준이요."

"응, 서예준. 나랑 친한 동생. 이곳에는 초행이고 나와 같은 부류는 아니니까 나한테 하듯 버릇없이 굴지 말고 알아서 잘 모셔라. 대신 오늘 술값은 내가 계산할게."

우희는 불편해하는 예준을 빈자리에 앉혀 어깨를 꾹 눌러 일어나지 못하게 하고는 그 자리를 떠났다. 이러지도 못하고 저러지도 못하는 사이 남자들이 넉살 좋게 인사를 해왔고 생각보다 유쾌한 그들 덕분에 예준은 즐겁게 술을 마시기 시작했다.

태수는 우희가 소개한 남자들과 즐겁게 술을 마시고 있는 예준을 보며 미간을 좁혔다. 미소가 지워지지 않는 얼굴로 옆 사람도 툭툭 쳐가면서 끊임없이 이야기하고 중간 중간 박장대소도 하면서 예준은 무척이나 신나고 재미있어 보였다. 저게 바로 서예준의 참모습이지 싶다가도 자기 없는 곳에서 즐거워하는 그녀를 보니 심통도 좀 나곤 한다.

"오빠, 요즘 아주 재미있는 짓 하더라."

"왜 또 시비야?"

"서예준이 꽤 괜찮은 애던데."

"그래서?"

"저 중에 누구랑 잘돼도 괜찮은 거지?"

"……본인 마음이지."

"오빠, 제 확실하게 떨어뜨리고 싶어? 진심으로?"

우희의 질문에 태수는 대답 없이 그냥 빤히 보기만 했고 우희가 마치 키스라도 하는 것처럼 그에게 가깝게 다가왔다.

"내가 도와줄까?"

"우희야, 너랑은 계속 아는 동생으로 보고 싶은데……."

"푸하하하하, 쉬운 게 하나도 없는 인간. 난 이미 충분히 도와준 거 같다."

제가 할 일은 다 했다는 듯 몸을 일으킨 우희가 손가락으로 어딘가를 가리키고 자리를 떴고 그곳에는 도끼눈을 하고 자신을 째려보고 있는 예준이 있었다. 왜 저러나 하다 그쪽에서는 두 사람이 키스를 나누는 것처럼 보일 수도 있다는 걸 알게 됐다.

"말 그대로 충분히 도와줬네."

씁쓸하게 중얼거린 태수가 시선을 돌려 예준을 외면했다. 그래, 뭐 이곳에서 온 목적이 그녀를 밀어내는 거니까 이 정도 오해는 아무것도 아니어야 하는데 괜히 가슴 한쪽이 따끔따끔한 게 불편했다.

예준은 좀 알딸딸한 상태로 화장실로 향했다. 우희가 소개시켜준 남자들은 대부분 학생이었고 유일한 직장인인 친구가 특별 보너스를 받아 술 마시러 왔다고 했다. 또래도 비슷하고 고민도 비슷해서 이런저런 이야기를 하다 보니 생각보다 많은 술을 마셔버렸다.

"헤, 취했네. 정신 차려, 서예준."

두 손으로 뺨도 때려보고 화장실 가서 찬물로 세수도 하고 나오니 조금 나아지긴 했지만 그래도 여전히 알딸딸했다. 이제 그만 집에 갔으면 싶은데, 태수가 어디 있나 술집 이곳저곳을 살피는데 잘 보이지가 않는다.

"아야, 에구 이런 죄송합니다."

"난 괜찮은데 안 다쳤어요?"

"괜찮습니다."

예준은 한눈을 팔다 어깨를 부딪친 남자에게 얼른 사과를 하고 그 자리를 뜨려고 했다.

"나랑 술 한 잔 해요."

"아뇨, 저는 일행이 있어서……."

"태수라면 신경 안 써도 돼요. 일행한테 술 한 잔 산다고 거슬려 하지 않거든. 눈 맞아 같이 나가도 모르는 척하는 게 우리 사이 룰이기도 하고. 어차피 진지한 사이는 동행하지 않으니까."

"……."

"그쪽도 방금 전까지 다른 남자들이랑 어울리지 않았나? 내숭 떨 필요 없어."

예준은 자신의 손목을 잡아오는 남자의 손을 가차 없이 뿌리쳤다. 들을 가치도 없는 말을 지껄이는 남자를 두고 돌아섰지만 술 냄새 풍기는 남자는 쉽게 포기할 생각이 없어보였다.

"에이, 왜 이래. 태수랑 어울리는 거 보니 그쪽도 생긴 거와 달리 노는 걸 꽤나 좋아하는 거 같은데. 나랑도 놀아봐요, 실망하지 않을 거야."

"이거 치워요."

"와, 나 앙탈 부리는 여자 진짜 좋아하는데."

남자는 밀어내는 예준의 의사와는 상관없이 잡은 손목을 무조건 잡아끌기 시작했다. 있는 힘을 다해 반항해 봤지만 남자의 힘을 이길 수 없었고 물어뜯기라도 하려는데 누군가 단숨에 그녀의 손목을 자유롭게 해줬다.

"너 뭐하냐?"

"어이, 차태수, 이분이랑 술 한 잔 하려는데 앙탈이 좀 심하네. 너는 너 볼일 봐."

"가라."

"에이, 우리 사이에 술 한 잔 가지고 왜 그래? 파트너 공유쯤 별거 아니잖아."

남자의 말에 태수는 아는 척도 않고 예준의 손을 잡은 채 그를 지나쳐갔지만 남자가 반대편 예준의 손목을 잡으며 갑자기 분위기가 험악해졌다. 태수는 지체 없이 예준의 손목을 잡아 빼 제 뒤로 세웠다.

"반응이 센데? 너랑 어울리는 거 보면 제도 뻔한데 뭘 그렇게 아껴. 아직 재미를 덜 봤냐? 그럼 내가 술 한 잔만 하고 곱게 돌려보낼게. 좀 아쉽기는 한데 나중을 기약하지 뭐."

남자의 말이 끝나기도 전에 태수가 멱살을 잡으며 주먹을 들었고 예준이 그 팔에 매달렸다.

"한 마디만 더 지껄여봐, 어디."

"상대하지 말아요. 그냥 가."

"뭐하는 거냐, 너? 설마 연애라도 하냐, 네가? 너 따위가? 지나가던 개가 웃겠네."

남자는 계속 태수를 도발했고 다시 내지르려는 주먹을 예준이 말렸다. 그래도 전혀 잦아들지 않는 험악한 기세에 예준은 있는 힘껏 매달려 태수를 간신히 떼어내고 제 손으로 남자의 따귀를 쳤다. 태어나서 처음으로 누군가를 향해 폭력을 행사한 예준은 생각보다 큰 소리에 놀랐지만 겁먹었다는 걸 숨기기 위해 아무렇지 않은 척 앞에 버티고 섰다. 생각 못한 예준의 행동에 두 남자는 물론 주변의 수군대던 사람들도 조용해졌다.

"사, 상대 봐 가면서 껄떡대. 네 말대로 나 차태수랑 놀던 여자야. 어느 정도 급이 맞아야 상대를 하지."

이 상황 자체가 너무 당황스럽고 무섭기도 했지만 제 뒤에 서 있는 태수를 믿고 난생처음 건들거려 봤지만 태수의 눈엔 예준의 떨림이 그대로 보였다. 헛웃음을 지은 남자가 예준에게 바짝 다가오고 태수가 나서려고 했을 때 명진이 그 사이로 끼어들었다.

"하루도 조용할 날이 없네. 술집을 차린 내가 병신이다. 야, 너네 다 꺼져. 내 술집에서 나가라고."

"이대로는 못 끝내지. 내가 저년한테 따귀까지 맞았는데. 나 이거 폭행죄로 형사고소 할 거야."

"그래? 판 키워보려고? 좋아, 지금 당장 경찰 부르고 저 CCTV 화면 제출하고 그럼 그 안에 네가 먼저 여자한테 추근거리는 것도 다 나올 거고 이번 기회에 경찰 라인에 누구 입김이 더 센지도 알아보자. 이참에 너는 네 아버지 손에 사람 구실 못 한다고 간당간당 붙어 있는 회사에서 떨려나고, 참 좋아, 그지?"

"……."

"그만 씩씩거리고 꺼져. 그리고 너 다시 한 번만 내 술집 오면 그땐 내가 직접 네 이름에 붉은 줄 가게 할 테니까 그런 줄 알고."

"야, 김명진."

"왜 이 개만도 못한 새끼야."

부드러운 느낌의 얼굴에 생글생글 떠돌던 미소를 지운 명진은 꽤나 매서운 구석이 있었다. 명진이 그 남자를 붙잡고 요리하는 동안 태수는 예준을 데리고 그곳을 나왔고 술집 주차장까지 아무 말도 없이 걸어간 태수는 제 차 앞에 서고 나서야 잡고 있던 예준의 손목을 내팽개치듯 놨다. 그녀 한 번 보고 서성거리고 또 그녀 한 번 보고 서성거리고 무슨 말을 할 듯 입만 벙긋거리다가 또다시 외면하고 예준은 계속 그런 행동을 반복하는 태수를 보며 아무 말도 못하고 아픈 손목만 붙잡고 있었다.

계속 그렇게 제 화를 주체 못해 그녀를 외면하고 서서 씩씩대던 태수가 그래도 화가 가라앉지 않는다는 듯 결국 예준을 향해 돌아섰다.

"야, 너는……."

한소리 하려던 태수가 그녀의 손목을 잡아챘다. 벌겋게 자국이 남은 손목을 보며 짜증스러운 진한 한숨이 터져 나왔다.

"내가 워낙 피부가 약한 편이라 이러지 아무렇지도 않아요. 아, 아파요."

"이렇게 살살 만져도 아프다고 그러면서 뭐가 괜찮은데, 뭐가 아무렇지도 않은데! 너 바보야? 왜 화도 안 내!"

"태수 씨 잘못 아니잖아요. 그냥 저 사람이 술 취해서……."

"내 잘못은 아니어도 내 탓이긴 하지. 널 여기 데리고 온 것도 저 자식이 널 가볍게 취급한 것도 모두 나 때문이니까."

"……."

"너 내 옆에 있으면 이것보다 나은 취급 못 받아. 난 한 마디로 구제불능 개날라리고 그런 내 옆에 있으면 너도 똑같은 취급 받는 거야. 이래도 너 나 좋다고 옆에 있을래? 이제 나에 대한 환상 깨고 그 짝사랑인지 뭔지 접을 때도 됐잖아."

"태수 씨……."

짜증으로 시작한 태수의 말에 체념이 묻어나며 끝났다. 잔뜩 붉어진 눈을 해서 당장이라도 울 것 같은 표정으로 하는 말에는 자책이 묻어나고 있었다. 밀어낼 거면 저런 표정을 하지 말던가, 그의 태도가 마음 아프기도 했지만 화가 났다.

"그건 태수 씨가 일부러 만든 이미지잖아. 내가 정말 싫고 밀어내고 싶으면 그딴 표정 짓지 말고 정식으로 거절을 해요."

"지금 하고 있잖아."

"이건 진짜 아니니까 안 받아들여요. 나 바보 아니에요. 이제 집에 가요, 얼른."

"야, 서예준!"

"소리치지 말아요. 나도 화나고 짜증 나. 그동안 인사도 잘 안 받아주고 봐도 무시하고 내 마음 아프게 하더니 오랜만에 같이 외출하자고 해서 실컷 들떠서 쫓아왔는데 다른 여자들이랑만 어울리고 뭘 잘했다고 나한테 소리를 지르는데! 우씨, 너 못됐어, 차태수!"

야멸치게 쏘아붙인 예준이 뒤돌아서 가버렸다. 조금 더 시간을 끌다간 정말 다시는 못 보게 될지도 몰라서 부러 더 화난 척한 거였는데 말을 하다 보니 정말 화가 났다. 특히나 다른 여자들과 웃고 떠들며 자신을 아는 척도 안 한 그의 행동이 눈앞으로 지나가며 꼴보기 싫어졌다. 기세 좋게 가버리는 예준을 보며 골치 아픈 듯 머리에 손을 올렸던 태수가 얼른 쫓아가 그 앞을 막아섰다.

"데려다 줄게."

"됐어요."

"어떻게 가려고 그래."

"21세기 대한민국 서울에서 집에 갈 방법이 없을까 봐요."

"벌써 12시 넘었어. 말 들어."

끝까지 사과는 않고 제 앞에 버티고 선 태수를 쏘아보던 예준이었다.

"짝사랑이라고 가볍게 볼 생각 말아요. 나도 내가 왜 이렇게까지 태수 씨를 좋아하는지 모르겠는데 쉽게 포기할 생각 없어요. 태수 씨가 내 승부욕에 불을 지폈어. 이제 가요."

선전포고 같은 말을 던져놓고 예준이 다시 뒤돌아 그의 차를 향해 걷기 시작했고 한숨을 토해낸 태수가 그 뒤를 따랐다. 분명 그녀가 자신에게 실망하게 만들려고 데려온 거고 여기서 그냥 보내버리면 일이 더 간단해질 텐데 도저히 그럴 수 없었다. 전세 역전이라는 단어가 머릿속에 계속 반짝거렸다.

"어서 오세요, 자리 안내해 드리겠습니다."

계속되는 바쁜 하루하루의 연속이었다. 술집 사건 이후에도 일정 거리를 두고 그녀를 대하는 태수의 태도는 나아진 게 없었고 예준의 스트레스도 하루하루 높아지고 있었다. 그래도 일은 일이라 태수와 분리해 생각하고 싶은데 그게 쉽지 않았다.

"예준 씨, 왜 이렇게 힘이 없어?"

"티나요?"

"엄청. 요즘 계속 그런 거 같던데, 어디 아파?"

"날씨가 슬슬 더워져서요. 제가 여름을 좀 심하게 타거든요. 그래도 기운 내야지, 아자!"

"그렇게 때리면 아프지. 힘내고 조금 있으면 사장님 내려오실 시간이야, 기운 내."

은영은 사정없이 제 뺨을 때리는 예준의 손을 잡아 말리고 어깨를 한 번 툭 쳐주고는 홀로 갔다.

"주문한 음식 나왔습니다. 연어가지구이……."

"예준아, 서예준."

"동민 선배. 선배, 오랜만이에요."

"그렇지 않아도 아까 들어오면서 얼핏 보긴 봤는데 너 아닌 줄 알았어. 무겁겠다. 음식 접시들 일단 내려놔. 여기는 직장 동료들이고 이쪽은 내 대학 후배."

"만나서 반가워요."

"안녕하세요."

"처음 뵙겠습니다."

동민의 소개로 테이블에 앉은 사람들과 인사를 나눈 예준은 속으로 한숨을 삼켰다. 예준이 대학 2학년 때 군대 제대한 복학생이었던 동민은 다른 과였지만 교양수업을 같이 들으며 친해져 졸업할 때까지 2년 동안 꽤 가깝게 지냈었다. 예준이 접시를 다 내려놓자 피할 사이도 없이 동민이 손을 잡으며 안타까운 시선으로 그녀를 봤다.

"그동안 왜 이렇게 연락이 없었어? 톡해도 대답도 잘 안 하고."

"이것저것 바빴어요. 취준생인 내가 직장인인 선배보다 더 바쁘다고요. 지금도 알바하고 있잖아요."

"녀석, 여전하구나. 같이 앉았으면 좋겠는데 그건 안 되지?"

"그럼요. 보시다시피 매우 바쁘답니다."

"두 분 그냥 대학 선후배 맞아요?"

"그렇게 보기엔 두 사람 분위기가 묘한데."

"어, 책상 위 사진 속 유일한 여자 후배인 거 같은데. 맞지?"

“하하, 저희 선배님이 이 촉촉한 눈빛으로 많은 여자 후배들을 착각에 빠트리셨답니다. 식사 맛있게 하세요.”

예준은 아쉬워하는 동민과 그 일행에게 환하게 웃어 보이고 얼른 테이블을 벗어났다. 조금 거리가 멀어진 후 그 테이블을 돌아본 예준은 방금 전과 달리 무척이나 불편한 얼굴이었다.

‘나는 네가 참 좋아, 예준아.’

‘저도 선배 좋은 사람이라고 생각해요.’

‘나한테 너는 여자다, 서예준. 나하고 진지하게 만나보지 않을래?’

친한 선배이고 좋은 사람이었지만 남자로서 매력을 전혀 느껴보지 못한 동민의 뜬금없는 고백에 예준은 무척이나 당황했었다. 예준의 거절과 그의 졸업이 겹치며 두 사람 사이는 정리되는 듯싶었지만 동민은 2년이 지난 지금까지 계속 그녀의 주변을 맴돌았다. 그녀를 향한 마음은 이미 다 정리됐을 거라고 생각하지만 그의 존재는 여전히 불편했다.

“10번 테이블 음식 나왔습니다.”

“네, 갑니다.”

예준은 잡생각을 떨쳐버리고 얼른 주방을 향해 달려갔고 그런 자신을 태수가 바라보고 있는 것도 모르고 평상시보다 더 부지런히 더 많이 움직였다. 동민과 다시 이야기할 수 있는 기회가 생기는 것도 싫었고 생각이 많아지는 것도 싫었다.

홀 전체를 조용히 돌아보던 태수는 한적한 복도에 기대서서 계속 미간을 찌푸리고 어딘가를 응시하고 있었다. 그의 눈은 예준과 인사를 나누던 남자에게 고정되어 있었다. 깔끔한 양복 차림에 일행과 어울리는 행동이며 분위기가 자신감 넘치는 게 꽤 괜찮은 사람처럼 보였다.

"흐음, 그냥 단순히 아는 사이는 아닌 거 같은데."

예준을 덥석 잡는 손길하며 사람들에게 소개하는 것도 그렇고 특히나 예준을 보는 남자의 시선에는 애정이 가득했다. 무슨 얘기를 하는지 예준이 남자와 시선을 맞추며 활짝 웃는데 멀리 선 태수의 얼굴이 파삭 굳는다. 예준이 테이블을 떠나고도 남자의 시선은 쉽게 떨어지지 않았고 옆에 남자가 뭐라고 하자 쑥스러운 듯 웃는 게 보인다.

얼굴을 가깝게 하고 눈을 맞추며 정답게 이야기하는 두 사람의 모습이 머릿속에서 지워지지 않았다. 서빙을 하는 중간 중간 예준이 가까이 오면 남자가 계속 그 모습을 지켜보고 잠깐이라도 아는 척하며 그녀의 관심을 끌었다. 제법 잘 어울리는 두 사람의 모습이 태수의 신경을 살살 긁어댔다. 관심을 끊어야 하는데 결국 참지 못하고 태수가 예준에게로 향했다.

"문제 있어?"

"네? 아뇨, 아무 문제없는데요."

"근데 왜 음식을 보고 잔뜩 인상을 쓰고 있는데?"

"접시가 좀 뜨거워서요."

태수는 예준이 잡고 있는 접시에 손을 슬쩍 대보고 그녀의 손을 밀어내고 자신이 대신 들었다.

"몇 번 테이블이야?"

"제가 할게요."

"접시 또 중간에 던져버리게?"

"딱 한 번 그랬어요, 딱 한 번. 그때는 접시가 비상식적으로 뜨거웠고……."

"그래서 몇 번?"

"13번이요."

익숙하게 양손으로 음식을 들고 가던 태수의 발걸음이 순간적으로 멈칫했다.

"아는 사람들이지?"

"대학 선배예요."

"그래?"

"근데 어떻게 알았어요? 혹시 봤어요? 신경 쓰는 거예요?"

"꼴통, 거기 빵바구니 빼먹었다."

"아이코, 이런."

예준은 그가 말한 빵바구니를 들고 입을 삐죽이며 졸래졸래 태수의 뒤를 따랐다. 오랜만에 아는 척하는 태수가 무척이나 반가웠는데 갑자기 나타난 동민 때문에 신경이 분산돼 제대로 얘기도 못 나눴다.

"선배, 이분은 우리 사장님. 사장님, 대학 선배예요."

예준의 소개로 자리에서 일어난 동민이 손을 내밀었고 태수가 그 손을 맞잡으며 악수를 나눴다. 계속 태수에게 머무는 예준의 시선과 표정에서 불안함을 느낀 동민의 손에 저절로 힘이 들어갔고 태수 역시 같은 악력으로 인사를 나눴다.

"차태숩니다."

"이동민입니다. 사장님이 직접 서빙도 하시나 봅니다."

"선배 그건……."

"예준이 아시는 분들이라고 해서요. 제가 좋은 와인 한 병 대접하겠습니다."

"예준이? 사장님이 알바생들 이름을 부르십니까?"

"이런, 공사구분 해야 하는데 습관이 돼서 자꾸 실수를 하네요. 그럼 저는 먼저 실례하겠습니다. 즐거운 식사 되십시오."

여유롭게 인사를 마친 태수가 슬쩍 예준의 어깨를 밀어 같이 그 자리를 떠났다. 그냥 동민이 어떤 남자인지 보고 싶었을 뿐인데 날 선 태도에 적대적으로 반응하고 말았다. 분명 머리로는 예준이 옆에는 저렇게 반듯한 남자가 더 잘 어울린다고 생각했는데 마음은 그게 아니었다. 애정과 질투가 듬뿍 담긴 남자의 시선이 예준에게 머무는 걸 가까이서 보고나니 마치 제 물건에 타인의 손길이 닿은 양 불쾌하기 짝이 없었다.

"왜 그렇게 보세요?"

"아니다. 가서 일해."

'저 남자한테 가지 마. 눈길도 주지 마.'

질투심 가득한 말이 튀어나오려는 걸 간신히 참고 자신의 사무실로 돌아와버렸다.

예준은 알 수 없는 태수의 시선에 고개를 갸우뚱했다.

"질투하는 건 아닐 텐데. 모르겠다, 일이나 하자."

미친 듯이 바쁜 시간이 지나고 조금 숨 쉴 틈이 생겼다. 예준이 무거운 접시를 나르느라 뭉친 어깨를 주먹으로 통통 치고 있는데 누군가 다가와 그녀의 어깨에 손을 올렸다.

"많이 힘드냐?"

"엄마야. 선배, 놀랐잖아요. 괜찮아요."

“어깨가 많이 뭉쳤어.”

“여전히 무거운 가방 메고 다니느냐 그러죠, 뭐.”

예준은 제 어깨를 주무르는 동민의 손을 슬쩍 밀어내고 그를 향해 돌아섰다. 동민은 자꾸만 벽을 세우는 예준의 행동에 조금씩 예민해져 가고 있었다.

“사장님께 와인 고맙다고 전해.”

“그럴게요.”

“사장이랑 꽤 친한가 봐. 이름도 막 부르는 거 같고 아는 사람 찾아왔다고 비싼 와인도 대접하는 거 보면.”

“우리 사장님이 원래 인심이 후하기도 하고 저랑은 좀 특별한 인연이기도 해요.”

태수의 이야기를 하며 해맑게 웃는 예준을 보는 동민이 빠직 인상을 썼다. 그를 생각하는 듯 반짝이는 눈동자가 허공을 향하고 숨길 수 없는 웃음이 만면에 피며 얼굴에 홍조가 오른다. 저건 분명 누군가를 좋아하는 여자의 얼굴이었고 남자친구가 있을 때도 예준이 저런 표정을 한 적이 없었다. 동민은 갑자기 마음이 급해졌다.

“그렇지 않아도 너한테 할 말 있어서 연락 여러 번 했었다. 이거 받아.”

“이게 뭐예요?”

“대기업은 아니지만 알짜배기 중소기업이야, 우리 협력업체기도 하고. 매형이 여기 인사부장으로 근무하는데 너 하나쯤은 충분히 취업시켜줄 수 있다고 하더라. 여기서 몇 년 경력 쌓고 이직하는 것도 나쁘지 않아. 내일이라도 당장 가봐.”

“뜻은 고맙지만 거절할게요. 이만 가볼게요.”

예준은 명함을 내밀고 있는 그의 손을 밀어 거절의 의사를 분명히 밝혔지만 동민은 받아들이고 싶은 마음이 전혀 없는 것 같았다. 동민이 제 손을 밀어내는 예준의 손을 낚아채 명함을 억지로 쥐여줬다.

"뭐 하는 거예요?"

"이거 받고 내일이라도 당장 여기 그만둬."

"선배 너무 지나치네요. 선배가 상관할 일 아니에요."

"아니, 상관해야겠다. 나 여전히 너 좋아하고 있어. 부담 주고 싶지 않아서 너 취업될 때까지 기다려야지 했는데 이젠 더 이상 못 참겠다. 이제 나한테 와, 예준아."

동민이 반쯤 얼이 빠져 있는 예준을 안았다. 복학을 하고 적응하기 힘든 학교에서 만난 예준은 동민에게 많은 힘이 되어줬었다. 재미있고 명석하고 때론 직설적으로 독설을 날리던 예준은 꽤나 이야기가 잘 통하는 후배에서 어느샌가 여자로 그의 마음에 들어와 있었다. 여자로서도 매력적이었지만 현명한 예준이라면 제 인생의 좋은 파트너가 되어줄 것 같았다.

또 한 번의 고백, 동민은 꽤나 진지했지만 예준의 마음은 여전히 움직이지 않았다. 그를 피하는 동안 마음이 정리됐을 거라고 생각했는데 동민은 여전히 현재진행형이었나 보다. 분명 거절해야 하는데 누군가를 짝사랑하고 있는 자신의 모습에 동민이 투영되며 함부로 거절하기가 어려웠다.

사장실에 앉아 그 모습을 보던 태수가 CCTV를 신경질적으로 꺼버리고 돌아앉았다. 예준이 다른 남자와 함께 있다, 다른 남자가 그녀를 안았다. 동민이 그녀를 안고 그를 뿌리치지 않았던 예준의 모습만 태수의 머릿속에서 계속 맴돌고 있었다.

"대학교 선배라, 그럼 학력은 볼 것도 없고 양복에 회사 배지 단 것 보면 직업도 패스, 동료들과 어울리는 게 성격도 괜찮아 보이고 그럼 가족관계만 남은 건데."

의자에 기대 마치 예준의 가족처럼 남자를 평가하는 태수였다. 어투는 무척이나 담담하지만 책상을 두드리는 손가락이며 무표정한 얼굴이 그의 들끓는 마음을 보여주는 듯했다.

"근데 인물은 별로네. 키도 그냥 그렇고 생긴 것도 개성 없이 너무 평범해. 예준이가 너무 아까운데. 풋, 뭐하냐 차태수. 여동생 시집보내냐?"

태수는 남자에 대해 평가하는 제가 우스워 허탈한 웃음을 터트리며 자리에서 벌떡 일어났다. 예준이 남자를 만나 자신을 향한 짝사랑을 그만두는 게 그가 원하는 건데 막상 다른 남자와 있는 걸 보니 속에서 쓴물이 올라온다.

"젠장, 기분 더럽네."

태수가 꺼버렸던 CCTV를 다시 켰고 두 사람이 있던 자리는 이미 텅 비어 버렸다. 무슨 대화를 나눈 건지 그래서 결론이 뭔지 궁금증이 치솟은 태수가 얼른 가게 안 다른 곳도 CCTV로 확인했고 그 남자가 가버린 것과 빈 테이블을 치우고 있는 예준을 보고야 안심을 했다. 최소한 두 사람이 같이 나간 건 아니었다. 그래도 밖에서 그녀를 기다리고 있을지도 모르는데 사장실 문을 죽어라 째려보던 태수가 다시 힘없이 의자에 주저앉았다.

"병신 새끼, 네가 원하는 대로 됐잖아. 뭐가 불만이야."

허공을 향해 중얼대던 태수가 제 손을 내려다봤다. 태어나서 평생 뭔가를 욕심껏 가져보지 못한 자신의 손, 제 손에 있던 장난감이 날아가 지울 수 없는 비극을 만든 후부터 태수는 이 손에 뭔가를 가지는 게 무서웠었다. 그래도 예준은…… 정말 가져보고 싶었다.

'네가 태어나면서부터 난 불행해졌어. 네 옆에 있는 그 누구도 행복하지 못할 거다. 넌 그런 아이니까.'

어머니가 평생 그의 귀에 못 박히게 해댔던 말과 김 매니저 때문에 다쳤던 예준을 떠올린 태수가 제 손을 감췄다. CCTV 속 환하게 웃으며 동료와 이야기하는 예준이 보였다. 저 웃음은 꼭 지켜주고 싶어서, 제 옆에서 불행해지는 사람에 예준을 포함시킬 수 없어서, 그녀를 보던 태수가 눈을 감고 의자를 돌려 앉았다.

"욕심, 이겠지. 욕심이지."

힘없는 태수의 목소리만 넓은 사장실 안을 맴돌았다.

이른 아침 취직 준비 때문에 졸업한 학교의 도서관으로 향하는 딸아이를 태워다 주는 유덕의 얼굴에 안타까움이 한가득이었다.

"딸, 너무 일찍 일어나는 거 아니야?"

"아침 일찍 움직이는 게 훨씬 좋아요. 차도 안 막히고, 도서관 자리도 널널하고. 헤헤 오늘처럼 아빠 차 얻어 탈 수도 있고."

"매일 태워다 줄까?"

"에이, 그럼 재미없지. 엄마 몰래 이렇게 가끔 타야 스릴도 있고 재미도 있지."

"우리 딸, 요즘 힘들어? 왜 이렇게 기운이 없어."

"음, 다이어트?"

"농담하지 말고. 무슨 일 있는 거 아냐?"

"에이, 일은 무슨. 그냥 좀 피곤해서 그래요."

"그렇게 힘들면 아르바이트 그만둬. 아빠가 엄마 몰래 용돈 좀 더 줄게."

"괜찮아, 아빠. 너무 공부만 하면 도리어 능률이 떨어져요."

억지로 웃는 얼굴이 더 보기 싫다. 좀 무뚝뚝한 아들들과 달리 항상 집안의 활력소 역할을 하는 딸인데 요즘 그 딸의 얼굴에서 미소가 사라졌다. 말수도 확 줄어들고 우울한 표정으로 어깨를 축 늘어트리고 다니는데 보고 있기가 힘들었다.

"아빠…… 아니에요."

"왜? 얘기해봐."

"아빠 나랑 데이트해주세요. 이 딸이 활기를 되찾기 위해선 맛있는 보양식과 다정한 우리 아빠와의 시간이 필요합니다."

동민과 태수의 이야기를 하려던 예준은 말을 삼켰다. 취직도 못해서 빌빌거리고 있으면서 남자 고민을 털어놓는다는 게 무척이나 철없게 느껴졌다. 일의 우선순위, 마음에선 사랑이 먼저였지만 머리에선 취업이 먼저라고 하고 있다.

"우리 딸이 데이트하자고 하면 아빠는 언제든지 환영이지. 당장 오늘 저녁에라도 시간 비울까요, 아가씨?"

"오빠한테 전화해서 저녁에 잠깐이라도 나올 수 있나 물어볼게요. 그럼 엄마까지 나오시라고 해서 저번에 갔던 고기집에서 밥 먹으면 되겠다."

"우리 딸, 누구 닮아서 이렇게 예뻐."

"헤헤, 엄마랑 아빠를 골고루 잘? 다 왔다. 오늘 데려다 주셔서 감사하고 엄마한테 너무 걱정하지 마시라고 하세요. 아빠도 그렇고.

이제 곧 여름이라 좀 지쳐서 그래요."
"오냐. 딸 혹시라도 고민 있으면 아빠한테 다 털어놔야 한다."
"그럴게요."
"얼른 들어가. 우리 딸 오늘도 파이팅!"
"아빠도 좋은 하루."
예준은 얼른 차에서 내려 환하게 웃으며 유덕을 향해 크게 손을 흔들어 보였다. 제 고민 때문에 가족들에게까지 걱정을 끼친 것 같아 마음이 무거웠다.
취업 준비 때문에도 힘들어 죽겠는데 좋아하는 태수는 코빼기도 볼 수가 없고 분명하게 거절의 의사를 밝힌 동민은 하루가 멀다고 연락을 해오고 있었다. 좌청룡 우백호도 아니고 좌동민 우태수가 그녀의 마음을 너무 복잡하고 힘들게 하고 있었다.
"한 놈은 너무 보고 싶어서 문제고 한 놈은 너무 보기 싫어서 문제네. 근데 지금 내 처지에 이런 고민을 하고 있어도 되는 거니? 너무 한심하다."
1년 넘게 취업도 못한 주제에 최대의 고민이 남자라니 이런 제가 제일 실망스러웠다. 태수고 동민이고 마음 접고 연락 끊고 지금부터라도 산사에 들어가 취업 준비에 올인해야 하는 거 아닌가 심각하게 고민했다. 사실 동민의 연락은 피하면 그만이지만 제일 문제는 태수에 대한 자신의 마음이었다.
"정말 더럽고 치사해서 이노무 짝사랑 확 때려치우고 싶은데 그게 내 마음대로 안 된다고. 정말 미치겠네."
마치 태수를 처음 만났던 첫날처럼 길거리 한복판에서 머리를 쥐어뜯으며 괴로워하는 예준을 사람들이 슬슬 피해갔다.

"아, 속이야. 내가 또 너무 지나치게 발광을 했구나. 요즘은 내가 날 조절을 못 하겠다."

예준은 눈앞에 커피숍을 지나 그 옆에 약국으로 들어갔다. 며칠 전부터 탈이 난 속 때문에 좋아하는 커피도 못 마시고 약을 달고 살았다.

"아저씨, 위장약 하나 주세요."

"오늘도 또 왔네요. 계속 이러면 병원 가봐야 해."

"네, 알겠습니다. 수고하세요."

예준은 단골 약사 아저씨한테 인사를 하고 그 자리에서 위장약 하나를 털어먹고 터덜터덜 학교로 걸어 올라갔다. 오늘따라 이 길이 참 길기도 길었다.

"사장님, 주스 한 잔 하세요."

"고마워요, 은영 씨. 근데 웬 생과일주습니까? 혹시 주문 취소?"

"아뇨, 과일가게에서 공짜로 오렌지 한 박스 보내주셨다고 주방장님께서 만드셨어요. 다들 한 잔씩 나눠 마실 참이에요."

"잘됐네요. 새로 온 매니저는 어때요? 괜찮은 거 같아요?"

"좀 깐깐하시긴 한데 규칙만 잘 지키면 괜한 걸로는 트집 안 잡으세요. 고지식하신데 손님 응대하시는 건 무척 능숙하시고요."

"다행이네. 나가봐요."

태수의 말에도 은영은 쉽게 나가지 못하고 할 말이 남은 듯 우물쭈물 거렸다. 한 번은 이야기해봐야겠다 생각이 들어 주스를 핑계로 오긴 했는데 막상 태수의 얼굴을 보니 말 꺼내기가 쉽지 않았다.

"할 말 있으면 해요. 그만둔다는 얘기만 아니면 다 괜찮으니까."

"저기, 사장님. 혹시, 예준 씨가 사장님께 뭐 실수한 게 있나요?"

"아니, 그런 거 없는데. 왜 그런 걸 물어요?"

"요즘 사장님께서 예준 씨한테 너무 냉정하셔서요."

"내가 그랬나?"

"네. 예전에는 다른 직원들은 몰라도 예준 씨한테는 농담도 하시고 잘 웃어주시더니 요즘은 얼굴 보는 깃조차 불편해 하시잖아요. 다른 직원들도 다들 한 마디씩 해요. 그래서 예준 씨가 좀 곤란하고요."

은영의 말에 아차 싶었다. 오너인 자신의 행동이 어떻게든 직원들에게 영향을 미칠 것이고 결국 예준이 고스란히 직격탄을 맞게 되어 있다는 걸 잠시 잊었다.

"무슨 말인지 알았어요."

"사장님, 혹시 예준 씨가 사장님 좋아하는 것 때문에 피하시는 거라면 정식으로 사장님의 의견을 말씀해주세요. 그게 예준 씨에 대한 예의라고 생각합니다. 주제넘지만 이 말은 꼭 하고 싶었어요. 그럼 나가보겠습니다."

은영은 꾸벅 인사를 하고 사무실을 나가버렸고 혼자 남은 태수가 손에 들었던 팬을 책상에 던지고 의자에 무너지는 듯 기대앉았다. 은영의 말이 다 맞았다. 그가 하루하루 피하고 있는 현실을 그녀가 꼭 집어 이야기했다.

이제는 정리하자 마음먹었다가도 막상 그녀 얼굴을 보면 다시는 못 만난다는 사실이 무서워 돌아서고 그럼 고백하자 결정했다가도 자신 때문에 예준이 상처 받으면 어쩌나 걱정하다 용기를 내지 못했다. 이렇게 줄타기를 하듯 두 마음 사이에서 갈팡질팡 질질 시간만 끌었고 그 와중에 예준만 상처 받고 있었던 것이다.

마음이 답답한 태수가 자리에서 벌떡 일어나 창가로 다가갔다. 잠시 숨을 돌리려 식당 밖 세상을 구경하고 있는데 쨍하게 내리쬐는 햇살을 고스란히 받으며 어깨를 한 뼘이나 늘어트린 예준이 걸어오고 있었다.

"밥도 못 먹었나, 왜 이렇게 기운이 없어. 잘 좀 먹고 다니지 그렇지 않아도 작은 얼굴이 더 작아진 것 같네. 오전 출근을 해야 점심이라도 든든히 먹일 수 있는데."

예준 걱정을 쏟아내던 태수가 신경질적으로 창에서 돌아섰다. 멀리서 보기만 해도 이렇게 걱정이 쏟아지는데 뭘 어떻게 정리하겠다고, 태수는 원하는 대로 정리되지 않은 제 마음이 참 원망스러웠다.

"다들 간식 먹고 오후 근무 시작합시다."

예준이 유니폼으로 갈아입고 나오자 송 매니저가 직원들을 불러 모았다. 새로 온 송 매니저는 여자였는데 부드러운 면은 부족했지만 공정하고 본인 일에는 최선을 다하는 그런 사람이었다. 일만 잘하면 그 외에 것들에 대해 별로 잔소리가 없는 송 매니저가 예준은 꽤나 마음에 들었다. 다른 직원들은 모두 오후 간식인 샌드위치와 여러 가지 종류의 음료들이 차려진 테이블로 갔지만 예준은 별로 생각이 없었다. 속이 쓰릴 때 빵 같은 걸 잘못 먹으면 더 고생스러워서 먹는 게 조심스러웠다.

"왜 안 먹어?"

"속이 좀 안 좋아요."

"체했어? 약 사다줄까?"

"체한 건 아니고 좀 쓰려서요. 약 먹었으니까 곧 괜찮아질 거예요."

은영은 기운이 하나도 없어 보이는 예준을 안쓰러운 눈으로 보다 머리를 한 번 쓰다듬어 주고 멀어졌다. 이 세상에 사람 좋아하는 일만큼 힘들고 열정적인 일이 또 있을까, 쓰디쓴 연애는 두 번 다시 경험하고 싶지 않았다.

"서예준이."

"네, 주방장님."

"간식 안 먹을 거면 심부름 좀 해라."

"네, 알겠습니다."

예준을 데리고 주방으로 가던 장근은 2층 사장실로 향하는 계단을 보며 피식 웃었다.

'내일 간식은 빵 말고 뭐 맛있는 것 좀 먹죠.'

'주방 식구들은 안 힘든 줄 압니까?'

'배달시킬 겁니다. 하나로 통일할까요? 아님, 이것저것 섞어서 주문할까요?'

'갑자기 무슨 바람이 불어서?'

'다들 여름 되기 전에 보양식 좀 드시라고요. 싫으시면 취소해요?'

'쯧쯧, 솔직하지 못하긴. 내일 스테이크 고기 추가 주문하고 수삼이랑 전복이나 들여와요. 내가 솜씨 발휘 좀 하려니까. 예준이가 의외로 고기라면 사족을 못 씁디다.'

'저기, 이왕 말이 나왔으니까 하는 말인데 오늘 간식 좀 신경 써 주세요. 요즘 통 뭘 못 먹는 거 같아서요.'

'소 닭 보듯 할 땐 언제고 챙기는 척은. 그렇게 걱정되면 투명인간 취급하지 말고 말 한 마디라도 예쁘게 해줘요.'

'제가 부탁했다는 말은 하지 마시고요.'

'쯧쯧, 내가 몇 년 더 산 사람으로 한 마디 하겠는데 인생에 기회는 몇 번 안 돼요. 놓치고 후회하는 것처럼 멍청한 짓도 없고.'

점심 영업이 끝나고 태수와 나눈 대화였다. 누구 못지않게 예준이를 끔찍하게 위하면서 제 마음도 제대로 표현 못해 다른 사람 손이나 빌리다니, 바보 같다는 생각도 들었지만 안쓰럽기도 했다. 분명 싫어하는 것도 아닌데 뭐가 부족하다고 계속 피하기만 하려는지 모르겠다.

"여기 와서 앉아."

"심부름시키실 거 있으시다고."

"네가 주방에서 심부름할 게 뭐 있냐? 이거나 먹어. 요즘 통 아무것도 못 먹더라."

장근은 태수의 부탁으로 만든 특별 간식을 예준에게 내주었다. 색이 고운 호박죽과 블루베리 요구르트였다.

"속 쓰린데 좋은 음식들이니까 다 먹어."

"저 속 쓰린 거 어떻게 아셨어요? 주방장님, 설마 저한테 다른 감정이 있거나 그러신 거 아니죠?"

"녀석아, 농담할 기운 있으면 한 숟가락이라도 더 먹어라."

"헤헤, 감사합니다. 정말 맛있어요."

"당연하지, 누가 만든 건데."

별로 좋아하는 음식은 아니었지만 장근이 신경 써서 만들어준 죽을 천천히 먹었다. 고운 색만큼이나 풍미 역시 최고였다.

"예준아, 요즘 뭐 힘든 일 있냐?"

"아니에요. 그냥 좀 피곤해서요."

"세상에 마음만큼 마음대로 안 되는 게 어디 있겠냐."

"네?"

"그냥 눈에 보이는 것보다 안 보이는 게 더 많다는 얘기다. 얼른 먹고 나가. 너 여기 오래 있으면 괜한 소문난다."

"에이, 주방장님도 참."

"얘 봐라, 나 은근 인기 좋아."

"근데 주방장님은 사모님만 좋아하시잖아요. 주방장님 애처가이신 거 저희 다 알아요."

"흐으음, 얼른 먹어, 얼른."

예준은 쑥스러워 시선을 피하는 장근을 보며 요거트 한 컵을 단숨에 다 비웠다. 장근의 따뜻한 마음 씀씀이에 기운을 얻어 오후 시간은 잘 버틸 수 있을 것 같았다. 간식을 다 먹고 이빨까지 닦은 예준이 다시 홀로 돌아갔고 태수가 그 모습을 사장실 CCTV 모니터로 다 보고 있었다. 그나마 가게 들어올 때보다 얼굴이 좋아보여서 다행이었다.

"널 어떻게 해야 좋을까?"

태수는 모니터 위 예준의 얼굴을 손가락으로 툭툭 두드렸다. 숨바꼭질하듯 예준을 피해 다니고 있다. 그녀를 해고하면 그만인데 이렇게라도 잡고 있는 마지막 끈을 놓아버리기 무서워 차마 그러지 못하고 있었다. 아침에 출근하기 전엔 오늘은 그녀를 해고해야지, 오늘이 마지막이다 몇 십 번씩 다짐을 했다가도 그녀가 출근할 시간만 되면 뭐 마려운 강아지마냥 서성이며 그녀를 기다리게 된다. 그러다 막상 그녀가 출근을 하면 얼굴 볼 용기를 내지 못한다. 그 남자랑 어떻게 됐냐고, 여전히 날 좋아하냐고, 이젠 네가 널 좋아해도 되겠냐고 하고 싶은 말을 꼭꼭 담고 있는 가슴이 터질 것만 같다.

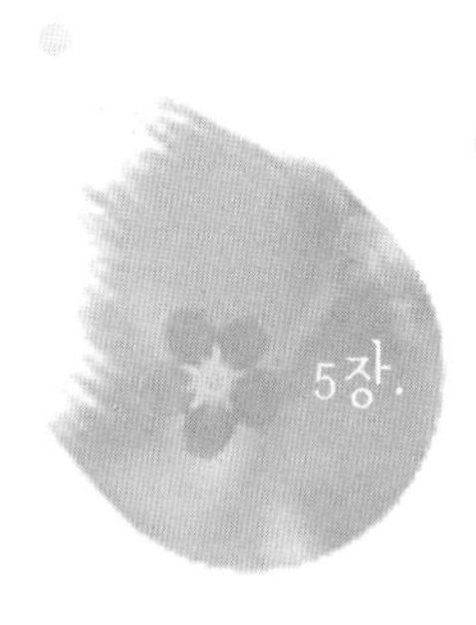

공부하러 온 도서관 대신 교정에 벤치에 앉은 예준의 입에서 힘없는 넋두리가 쏟아졌다.

"세상에는 마음대로 안 되는 게 왜 이렇게 많은 거야? 이왕 사람 살게 만들어준 세상이면 좀 마음대로, 원하는 대로 훅훅 되면 오죽 좋아?"

"세상 일이 그렇게 쉬우면 누가 열심히 살겠어요?"

"엄마, 깜짝이야."

"앗."

놀란 예준이 놀라서 벌떡 일어나는 바람에 바짝 붙어 서 있던 명진이 그녀의 어깨에 턱을 제대로 부딪쳤다.

"명진 씨? 여기서 뭐 해요?"

"그쪽 보러 왔죠. 이렇게 격하게 환영해줄 줄 몰랐네. 여기 내 턱, 아무렇지도 않나 좀 봐봐요."

"너무 놀라서 그랬죠. 정말 나 보러 왔어요? 나 여기 있는 건 어떻게 알았는데요?"

"지난번에 톡으로 그랬잖아요, 오전 대부분 학교 도서관에서 보낸다고. 밑져야 본전이다 하고 왔는데 예준 씨가 딱 여기 앉아 있더라고요. 우리 운명인가 봐."

"어머, 명진 씨까지 날 좋아하면 곤란한데요."

"신소리 말고 커피나 마셔요."

"아, 예. 왜 그렇게 봐요?"

예준은 자신을 빤히 보는 명진의 시선을 피하며 그가 내미는 커피를 받아 들었다.

명진이 이곳까지 온 건 예준에게 도움을 청하기 위해서였다. 태수가 얼굴 보기 힘들 정도로 가게 일에 열심이더니 얼마 전부터 밤마다 그의 술집으로 출근을 하고 있었다. 밤에는 술을 마시고 낮에는 취미로 하는 위험한 운동들을 즐기고 예전 한참 위태로웠을 때의 태수를 보는 것 같아 무척이나 불안했다. 해결할 방법은 예준밖에 없을 것 같아 찾아왔는데 태수만큼 얼굴이 상한 예준을 보니 차마 말이 나오지 않았다.

"요즘 태수 가게 잘 안 나오죠?"

"알게 뭐예요. 얼굴도 안 보여주는데 내가 알 방법이 없잖아요. 내가 끔찍한 전염병이라도 되는 것처럼 피해 다니고 있다고요. 왜요, ……그 사람 무슨 일 있어요?"

"금세 그 녀석 걱정이에요?"

"어쩌겠어요. 많이 좋아하는 사람이 죄인이죠."

그건 아닌 거 같은데, 입만 열면 예준 이야기와 걱정 아니면 할 말이 없는 태수였다. 명진도 예준의 사소한 버릇까지 다 알 정도로 태수는 그녀의 이야기만 반복했다. 생각 같아선 태수 대신 확 다 털어놓고 싶은데 그럴 수도 없고, 명진은 옆에 앉아 멍하니 나뭇잎만 보고 있는 예준의 어깨를 툭툭 쳤다.

"나랑 어디 좀 가요."

"어딜요?"

"절대 후회하지 않을 겁니다. 얼른 가서 가방만 챙겨 와요. 어서, 어서, 어서."

예준은 제 어깨를 밀며 서두르는 명진을 빤히 봤다. 전화번호를 알아냈다고 대뜸 전화를 하지 않나 갑자기 찾아와 어딜 가자고 조르지를 않나 좀 당황스러웠다.

"누구 무서워서라도 해가 되는 짓은 절대 못 하니까 그렇게 잔뜩 의심스러운 눈으로 보지 말고. 한 번 믿어보라니까."

"알았어요. 기다려요."

산만해서 공부도 안 되는데, 예준은 긴 고민 없이 명진을 따라나섰다.

태수는 시원하게 물을 가르며 수상스키를 타고 있었다. 모든 걸 다 잊고 고민을 좀 날려보려고 왔는데 여전히 잡념이 남아 있어 자꾸만 실수를 하게 된다. 그답지 않게 벌써 몇 번이나 물에 빠진지 모르겠다. 그가 보트 선착장으로 돌아가자 이곳을 운영하고 있는 김사장이 잔뜩 인상을 쓴 채 그를 보고 있었다.

"야, 너 집에 가."

"왜 시비야?"

"초보도 안 하는 실수를 하니까 그렇지."

"겨우내 쉬었잖아."

"얼씨구, 그걸 핑계라고."

"시끄러워. 따뜻한 차나 한 잔 줘봐."

태수는 약간 서늘한 공기에 어깨에 타월을 두르고 김 사장이 건네주는 차를 받아 들었다. 따뜻한 차를 손에 드니 그나마 차가운 기운이 좀 사라지는 것 같았다. 그러고 보니 예준의 손은 항상 따뜻했다. 그 따뜻한 손은 위로가 됐고 지금은 미련으로 그의 마음을 잡아채고 있었다. 따뜻한 차 한 잔에 예준을 떠올린 태수가 얼른 잔을 비우고 자리에서 일어났다.

"가려고? 명진이 연락왔는데 반가운 손님 모시고 온다고 너 잡아두라더라."

"반가운 손님?"

"여자친구라도 데리고 오려나 보지. 너는 누구 없냐? 나이도 있고 좋다는 애들 많은데 좀 진득하게 만나봐."

"관심 꺼. 명진이 오면 그냥 갔다고 해. 다음에 가게로 간다고."

"그냥 가면 후회할 거라던데?"

김 사장이 하는 말에 태수의 이마에 내천(川) 자가 그려졌다.

"이 새끼 또 무슨 꿍꿍이야. 설마, 서예준? 김 사장아, 명진이 언제 전화 왔었어?"

"한 10분쯤 됐나? 20분쯤 후에 도착한다고 했으니 올 때 다 됐네."

"그 반가운 손님이 누군지 아무 말 없었어? 여잔지 남잔지도 얘기 안 했냐고."

"안 했어. 갑자기 왜 이렇게 흥분하고 그래?"

"전화기 좀 줘봐."

급한 마음에 태수는 김 사장에게 손을 내밀었고 핸드폰을 주던 김 사장이 뒤쪽을 가리켰다.

"저 인간도 양반은 못 된다니까. 저기 온다. 근데 명진이 취향이 저렇게 청순하고 착하게 생긴 스타일이었냐? 제 글래머 좋아하는 거 아니었어? 저 여자애 고등학교는 졸업했겠지? 미성년자면 곤란한데."

김 사장은 옆에서 계속 뭐라고 떠들었지만 태수의 귀에는 아무것도 들리지 않았다. 그저 명진을 따라오는 예준만 크게 확대되어 보였다. 그들에게 시선을 고정하고 있는 태수 앞으로 두 사람이 다가왔다.

"친구, 요즘 자주 본다."

"김명진, 너 무슨 꿍꿍이야."

"뭘? 오늘 날씨는 여름 못지않게 덥고, 나는 심심하고 마침 예준 씨는 노는 날이라고 하고. 삼박자가 딱 맞아떨어졌지."

"너는 여기까지 무슨 생각으로 쫓아온 거야?"

"아니, 저기……."

"워, 워, 예준 씨 오늘 내 손님이다. 예준 씨, 이리 와요."

명진은 예준의 손목을 잡고 태수를 지나쳐 김 사장에게 갔다. 뒤에 서 있을 태수의 표정이 정말 궁금했지만 조금 더 큰 즐거움을 위해 참기로 했다.

"지금 뭐 하는 거예요? 태수 씨 있단 말 안 했잖아요."

"걱정 말아요. 예준 씨한테 나쁜 일 절대 없을 테니까. 수상 스포츠 해본 거 있어요?"

"없어요. 이런 데 처음 와 보는데. 뭐 할 수 있는데요?"

"수상스키, 바나나보트, 웨이크보드, 그 외에 기타 등등."

"나는 번지점프."

예준은 엉뚱한 곳을 손가락으로 가리켰고 그 손가락 끝, 엄청 높은 번지점프대를 보는 명진의 안색이 하얗게 질렸다. 저렇게 높은 곳은 고소공포증이 있는 그로서는 감히 엄두도 못 낼 일이었다.

"차라리 4륜 바이크 타고 저기 산악코스를 한 바퀴 도는 건 어때요?"

"두개 다 하면 되겠다. 갑자기 여기 온 게 신나졌어요. 우리 가서 놀아요."

"아니, 하나만……."

예준은 거의 사정조로 이야기하는 명진에게 가깝게 다가가 이를 꼭 깨물고 작게 속삭였다.

"지금 태수 씨 표정 무지 안 좋거든요. 여기 온 거 엄청 후회되려고 하니까 내가 하자는 거 하죠."

"방금 전에 갑자기 신나졌다고……."

"그건 태수 씨 들으라고 하는 소리죠. 그래서 나랑 번지점프 안 한다고요?"

"아, 알았어요. 해요, 하면 되잖아."

명진은 어쩔 수 없이 고개를 끄덕여야 했고 그제야 예준은 만족한 듯 싱긋 웃었다. 그렇지 않아도 큰 눈을 더 크게 뜨고 똑바로 바라보면서 이야기하는데 밑에 손이라도 받쳐줘야 할 것 같았다. 약간 처진 눈초리에 볼살도 좀 있고 생긴 건 정말 착하고 순한 병아리처럼 생겼는데 성격은 만만한 구석이 하나도 없다. 이야기를 마친 두 사람은 각자의 짐을 들고 탈의실로 향했고 그 뒤에 남은 태수의 표정은 더할 나위 없이 구겨졌다.

두 사람이 나눈 이야기는 별거 아니었지만 멀리서 보기엔 무척이나 다정해 보였고 명진에게 귓속말을 하는 것 같은 예준 때문에 태수의 빈정이 확 상했다. 동민도 모자라 명진까지, 저 꼴을 보려고 이곳에 온 게 아닌데 가슴이 더 답답해져 버렸다.

"태수야, 저 둘이 커플이냐?"

"커플은 무슨 커플!"

"아니면 그만이지 왜 소리를 질러. 근데 은근 잘 어울리네."

"쓸데없는 소리 말고 보트나 다시 타. 한 바퀴 더 돌자."

"너 저 여자 좋아하냐?"

"뭐?"

"푸하하하, 재미있네. 미친놈아 질투할 정도로 좋아하면 잡아. 인생 뭐 있냐? 한바탕 꿈이라는데 이왕이면 행복한 꿈 꿔야지. 알았어, 보트 탄다고. 새끼, 오늘따라 까칠하네."

김 사장이 탄 보트는 이내 태수를 매달고 신나게 달리기 시작했고 수상스키에 오른 태수는 명진과 예준에게 신경을 끊기 위해 죽어라 노력하며 물 위를 달렸다.

"운동신경 진짜 없네. 내가 수없이 많은 사람들을 가르쳐 봤지만 너처럼 못 타는 여자는 처음이다. 꼬마들도 몇 번만 타면 금방 일어나는데 어쩜 그렇게 못 타냐."

"생소한 거니까 그렇죠. 그리고 원래 애들이 뭐든 훨씬 빨리 배우거든요. 그러는 명진 씨는 뭐 처음부터 잘 탔나?"

"잘 타는 건 바라지도 않아. 물 좀 그만 먹고 서기라도 해보라고. 벌써 몇 번 째야."

"나도 하고 싶다고요, 나도. 근데 안 되는데 어쩌라고!"

"한 번만 더 해보는 거야. 이번까지 안 되면 포기다."

"포기가 어딨어요 될 때까지 하는 거지. 남자가 오기도 없어."

"와, 진짜 사람 뚜껑 열리게 만든다. 그만 종알대고 보드나 신어라."

명진과 예준의 다툼 소리가 선착장을 울렸다. 예준은 생각보다 운동신경이 없었고 명진은 그걸 봐줄 만큼의 인내심이 없었다. 남자답고 선이 굵게 생긴 태수는 느긋한 성격인데 반해 부드럽게 생긴 명진은 성격이 너무 급해서 탈이다.

"너도 아는 사이면 네가 가르쳐라. 불쌍해서 못 봐주겠네. 명진이 저 새끼는 생긴 거 같지 않게 성격이 너무 급해. 저렇게 닦달하면 타려던 것도 못 타겠다."

"둘이 알아서 하겠지."

"쯧쯧, 저 여자 조금 있으면 울겠네. 물에 하도 빠져서 입술도 파랗게 질렸는데 손바닥이 멀쩡할까 모르겠다."

예준은 손 피부가 유난히 얇다. 음식 접시가 조금만 뜨거워도 손이 벌겋게 달아올랐고 한 번은 복도 중간에 접시를 떨어뜨린 적도 있었다. 그런 예준인데 봉 하나에 체중을 싣고 매달려 달려야 하는 웨이크보드는 오죽할까. 아까부터 예준은 계속 손바닥을 만지고 있는데 명진은 그런 건 눈에 보이지도 않나 보다. 태수는 제 무릎 위에 있는 장갑을 가만히 내려다보다 그냥 모른 척했다. 어차피 제 장갑은 맞지도 않을 거라는 핑계를 대면서.

예준이 매달린 보트가 또 한 번 출발했고 이번엔 서는 듯하더니 다시 물에 빠졌다. 봉을 놓치며 중심을 잃은 예준이 보트에 부딪치는 것처럼 보이자 구경하고 있던 태수가 벌떡 자리에서 일어났다. 결국 인내심이 바닥을 드러낸 명진은 예준을 선착장에 내려준 채 자신이 웨이크보드를 타고 나갔고 파랗게 질린 예준만 바들바들 떨며 서 있었다.

"물 밖에 나오니까 되게 춥네."

팔을 비비며 서 있는데 머리 위로 뭔가 덮이더니 시야를 가렸다. 태수는 예준의 머리 위로 타월 한 장을 던져놓고 그녀가 고맙다는 인사를 할 사이도 없이 수상스키를 타고 선착장을 떠나버렸다. 조금은 시무룩한 표정으로 서 있던 예준이 태수가 준 타월에 얼굴을 묻었다.

"인사라도 받고 가지, 그래도 좋다."

자신을 위한 태수의 배려라고 생각하자 별것도 아닌 타월도 참 고마웠다.

태수와 명진을 매단 두 대의 보트가 물 위를 아찔하게 가로질렀다. 뒤에 매달린 두 사람은 자신들의 솜씨를 뽐내며 웨이크보드와 수상스키를 즐겼고 혹시나 다치지 않을까 마음 졸이는 예준과 달리 다른 사람들은 흥분해서 떠들었다.

"누가 저렇게 멋지게 타는 거야, 부럽게?"

"저 정도 실력은 차태수밖에 없지 않나?"

"어머, 태수 오빠라고? 우와, 횡재했다."

"그럼 저 옆은 명진이겠네. 둘이 곧잘 붙어 다니잖아."

"하긴 태수 오빠가 여기 같이 오는 사람은 명진 오빠가 유일하니까."

평일인데도 꽤 많은 사람들의 무리는 태수와 명진을 잘 아는 건지 자신들끼리 수다를 떨며 두 사람을 지켜보는데 열중해 있었다.

"우와, 방금 전 태수 오빠 점프 봤어? 진짜 근사해."

"명진 오빠도 만만치 않아. 몸을 거의 눕히듯 회전하는 거 아무나 못 한다니까."

"몰라, 몰라, 둘 다 멋져."

"태수 오빠가 수상스키 실력만큼 친절하면 얼마나 좋을까? 수상스키도 좀 가르쳐주면 좋을 텐데."

"그랬으면 네 차례는 오지도 않아. 대신 명진이가 친절하잖아."

"명진 오빠는 가르치는 덴 젬병이잖아. 똑같은 말 두 번 시키면 버럭 화부터 내는데 뭘. 내가 지난번에……."

예준은 사람들이 뒤섞여 떠는 수다를 들으며 혼자 피식 웃었다.

"욕할 게 아니었네. 나한테는 많이 참으신 거구만. 고맙네."

혼자 중얼거린 예준이 힐긋대는 사람들의 시선에 타월로 얼굴을 닦는 척 가리고 수상스키를 타는 태수를 눈으로 좇기 바빴다. 불친절하고 미운 태수였지만 이렇게라도 볼 수 있는 건 너무 좋았다.

태수와 명진이 선착장으로 돌아오자 여러 사람들의 인사가 오가며 갑자기 시끄러워졌다.

"태수 오빠, 보고 싶었어."

"태수 오빠 그새 핸드폰 번호 바뀌었더라. 새 번호 알려줘요."

"태수 오빠 레스토랑은 도대체 어디야?"

"저리 가라."

"명진 오빠, 안녕. 안녕."

"다들 오랜만, 가게 놀러 오라니까 왜 안 왔어?"

명진은 인사해 오는 사람들과 손을 부딪치고 반갑게 인사를 나누느라 바빴고 태수는 짜증스러운 얼굴로 사람들을 피해 그 자리를 나왔다. 의자에 앉아 수건으로 얼굴을 닦던 태수는 커다란 타월을 둘러쓰고 혼자 앉아 있는 예준과 사람들에게 정신 뺏겨 있는 명진을 번갈아 보고 있었다.

"저 새끼는 데리고 왔으면 좀 챙기지, 저러고 있으면 추울 텐데."

"태수야, 차 한 잔 더 마셔라."

"나 말고 저기 좀 챙겨줘. 수건 새것 하나 더 가져다주고."

"새끼야, 내가 네 심부름꾼이냐?"

김 사장은 투덜거리면서도 고개를 끄덕여 보였다. 아무래도 이 관계 좀 의심스럽다. 데리고 온 사람은 명진인데 막상 그쪽은 별 관심이 없어 보이고 여자가 등장할 때부터 인상을 확 쓰고 데면데면 굴던 태수가 더 살갑게 챙긴다. 태수의 시선이 닿는 끝에는 항상 저 여자가 있었다. 눈을 가늘게 뜬 김 사장이 태수 앞으로 얼굴이 디밀었다.

"나한테만 솔직하게 말해 봐, 너 저 여자 좋아하지?"

"그런 거 아니야."

"아니다, 그럼 그 뜨거운 눈빛부터 치워. 관심 없는 여자 그렇게 보는 것도 범죄야."

김 사장은 입을 여는 태수를 피해 얼른 차 한 잔 만들어 예준에게 향했다. 여자를 보는 눈빛만 봐도 딱 답 나오는데 혼자만 아닌 척 저러고 있다.

"답답한 새끼. 이거 마셔요. 수건도 이거 쓰고. 구명조끼는 벗는 게 덜 추울 겁니다."

"아, 감사합니다."

"데리고 온 사람은 명진인데 챙기는 건 태수네. 이거 태수가 부탁한 건데, 두 사람 무슨 관계인지 물어봐도 됩니까?"

"아, 뭐……."

"대답하기 곤란하면 안 해도 돼요."

"저도 잘 모르겠어요."

짝사랑이라고 자신 있게 말할 수 있었던 것도 태수가 그 자리에 있었기 때문인데 그 관계에서조차 태수가 뒤로 물러나버려서 그런 말을 하는 것 자체도 조심스러웠다. 자신의 그 말이 태수까지 불편하게 하고 자신에게서 완전히 등 돌리게 만들어버릴까 봐 무서웠다. 김 사장도 더 이상 묻지 않았다. 예준이 모르는 태수의 마음을 그가 먼저 읽었지만 자신이 참견할 일이 아니라고 생각했다. 남의 사랑에는 함부로 끼어드는 게 아니었다.

"내가 볼 때 명진이 녀석 이제부터 혼자 신나게 놀 거 같은데 웨이크보드 더 배울 거 아니면 옷 갈아입어요. 그렇게 있다가 감기 걸릴라."

"네, 감사합니다."

김 사장은 그 자리를 떠났고 예준은 손을 녹이던 차를 한 모금 마셨다. 따뜻한 게 들어가니까 덜덜 떨리던 몸이 좀 녹는 것 같았다. 김 사장의 말대로 명진은 사람들과 웃고 떠드느라 정신이 없어 보였고 더 이상 물에 들어가고 싶은 마음도 없었다. 김 사장의 말대로 옷을 갈아입기 위해 자리에서 일어난 예준이 잠시 고민하다 어깨에 타월을 걸치고 앉은 태수에게로 갔다.

"저기, 이거 고마워요. 당신이 챙겨 보냈다면서요."

"그래."

태수는 그녀를 보지도 않고 하는 둥 마는 둥 대충 대답했고 냉정한 태도에 잠시 머뭇거리던 예준이 계속 마음에 걸린 말을 털어놓기 시작했다.

"오전에 공부하러 학교에 갔는데 명진 씨가 찾아왔더라고요. 며칠 전에 태수 씨 핸드폰에서 내 번호 알아냈다고 톡 왔었는데 별생각 없이 내 하루 일정을 말했었나 봐요. 설명도 없이 어디 갈 곳이 있다고 다그쳐서 따라왔는데 도착지가 여기네요, 하하하하."

"설명할 필요 없어. 네가 누구와 어딜 가든 네 마음이지."

"신경 쓴 거 아니었어요? 그럼 표정은 왜 안 좋고 수건이랑 차는 왜 챙겨 보낸 건데요?"

"내가 또 오해하게 만든건가? 의미 두지 마, 사장으로서 직원에게 베푸는 호의니까."

"사장, 직원. 우리 관계가 정말 사장과 직원 그 이하도 이상도 아닌 거예요? 그렇게 정리하고 싶은 게 태수 씨 마음이에요?"

그의 말을 힘없이 쫓아 하던 예준이 뭔가 결심한 듯 단호한 표정으로 물었고 그녀의 시선을 피했던 태수가 몸을 돌려 정면으로 그녀를 마주했다. 깊은 이야기를 하게 되면 결국 두 사람의 관계가 끝날 것 같아 피해왔는데 더 이상은 안 될 모양이다. 복잡한 마음과 달리 태수가 약간 짜증이 섞인 표정으로 예준을 바라봤다.

"짝사랑은 하는 사람이 정리하면 그대로 끝나는 거잖아. 그걸 왜 나한테 묻지?"

"나한테 감정이 전혀 없냐고 말하는 거예요?"

"전혀 없다고는 할 수 없지. 처음 만났을 땐 신선하고 재미있었어.

공부하면서 일하면서 어린애가 열심히 사는 게 기특했고 나 돕겠다고 나대는 게 귀찮기는 했지만 고마웠고 나 좋다고 쫓아다니는 건 귀엽기도 했던 것 같다. 동생 같아서 나답지 않게 너한테는 좀 너그러웠던 것도 같은데 널 착각하게 했다면 미안하네."

"착각이라고요? 태수 씨는 동생처럼 생각하는 여자랑 같이 영화를 보러 가고, 늦은 밤이라고 부러 집까지 데려다 주고, 손잡고, 입맞추고, 날 걱정하고, 나 대신 화를 내고 그래요? 당신 같으면 이 말 믿겠어요?"

태수는 예준 앞에서 무방비하게 자신을 드러냈다는 사실에 무척이나 놀랐지만 겉으로는 아무렇지도 않은 척 담담함을 가장해 보였다. 태수는 예준이 좋아하는 한쪽 입꼬리만 올라가는 매력적인 웃음을 지었다.

"이래서 연애 경험이 없는 애들은 곤란하다니까. 맞아, 그랬어. 나 좋아한다니까 나도 좀 좋아해볼까 노력했는데 더 이상의 감정이 안 생겼어. 내가 널 여자로 좋아했다면 넌 이미 내 침대에서 내 여자로 나와 같이 잠을 잤을 거야, 애들 장난 같은 입맞춤이 아니라."

"그렇게 몇 번 만나고는 이내 싫증났다는 핑계로 헤어지겠죠."

"이번엔 내가 좀 묻자. 넌 날 왜 좋아하니? 뭐 때문에 좋아해? 날 좋아할 만큼 나에 대해서 알기는 해?"

"태수 씨."

"아직은 어리니까 눈에 보이는 외모나 레스토랑 사장이라는 타이틀에 마음이 혹해 자신의 감정을 착각할 수 있다고 여겼어. 조금 지나면 정신 차리고 마음 정리하겠지 생각해서 그냥 둔 건데 끝이 안 보이잖아. 짝사랑입네 어쩌네 떠들고 다니는 거 나한테 피해 주는 거라는 생각은 못 하나?"

태수의 표정이 어느샌가 매서워져 있었다. 빙글빙글 장난치듯 한 마디씩 하던 태수가 아니었다. 작정을 한 사람처럼 날카로운 시선으로 예준을 보며 그녀를 철부지 어린애처럼 몰아세우고 있었다.

예준은 억울했고 화가 났다. 어린애처럼 철없이 그를 좋아한 게 아니었다. 그를 좋아하는 마음에 최선을 다했고 제 마음과 그에게 미안한 일은 하지 않았다.

"당신을 왜, 뭘 알고 좋아하냐고 물었죠? 처음엔 내 이상형인 당신 외모에 눈이 갔지만 내 마음을 사로잡은 건 당신 내면이었어요. 내가 좋아한 차태수는 냉정한 개인주의자처럼 보이지만 종업원들 생일을 다 기억하고 어려운 사정을 뒤에서 몰래 도와줄 줄 아는 섬세한 사람이에요. 가끔 외로운 눈빛을 해보이지만 잘 웃고 싸가지 없어 보여도 소탈한 구석이 있는, 한낱 개인 세스를 가족만큼 사랑하는 그런 따뜻한 사람이요. 그래서 좋아했어요."

"어이구, 내가 그렇게 괜찮은 사람인 줄 몰랐네. 근데 어쩌냐, 나는 너한테 별로 끌리지 않는데."

태수는 날카로운 기색을 거두고 다시 느물거렸다. 이렇게 많이 제 본모습을 노출시켰다는 걸 알았다면 진즉에 정리했을 것이다. 더 이상 독설을 쏟아낼 필요 없이 이쯤에서 예준이 물러나 주길 바랐다.

"나는 태수 씨가 하는 말이 하나도 진심으로 느껴지지 않아요. 미안해 죽을 것 같은 눈빛으로 거짓말까지 해가면서 날 밀어내려는 진짜 이유가 뭐예요? 태수 씨야말로 나한테 솔직해져 봐요."

"젠장, 나 너 안 좋아해. 여자로 관심 없어. 너랑은 안 자고 싶다고. 이제 만족해? 그리고 너, 사랑 타령할 만큼 한가해? 대학 졸업하고 1년 넘게 취업 못 했다고 눈물 콧물 짜던 게 몇 달 전이야. 짝사랑한다고 이만큼 시간 낭비했으면 된 거 아니야? 부모님께 죄송하다며, 철 좀 들어."

'제발, 너만은 내 옆에서 불행해지지 마, 제발!'

예준은 가슴에 쿡하고 칼이 박히는 것 같았다. 지금으로는 제일 아프고, 제일 속상하고, 그녀의 가장 큰 약점이자 열등감을 건드렸다. 그가 좋으면서도 하루에도 수십 번씩 스스로도 고민을 했고 다른 사람은 몰라도 태수에게만은 취업 못한 자신이 초라해 보이지 않길 바랐는데 별수 없었나 보다.

"후우, 나는 태수 씨가 당신 좋아하는 내 마음이 귀한 줄 알 거라고 생각했어요. 그래서 당신이 내 마음 받아주지 않아도 괜찮았고 혼자 하는 짝사랑도 행복했어요. 근데 당신은 정말 내가 싫고 부담스러웠나 봐요. 미안해요, 주제도 모르고 좋아한다고 나대서."

예준의 말은 무척이나 차분하고 표정 역시 담담했지만 뚫어질 것처럼 태수를 응시하는 눈빛만큼은 지금까지와 달리 무척이나 차가웠다. 원망, 미움, 분노 따위의 감정도 필요 없는 양 그저 냉정한 눈길로 그를 바라보다 뒤돌아섰다. 차마 잡지 못하는 태수가 미련 많은 손을 달싹거렸지만 결국 힘없이 제자리를 지키고 있을 뿐이었다. 몇 발자국 걷던 예준이 갑자기 태수를 향해 다시 돌아섰다.

"근데 지금 이 순간까지도 난 당신 말이 왜 전부 거짓 같을까요? 뭐가 그렇게 무섭고 겁나서 자기감정도 속이고 비겁한지 모르겠지만 본인이 노력하지 않으면 그 누구도 도와줄 수 없어요. 태수 씨가 평생 겁쟁이로 살고 싶다면 어쩔 수 없죠. 나도 지금 이 순간부터 그쪽 안 좋아해요. 내 마음이, 사랑이 아까워서 그쪽처럼 못난 사람한테 안 줄 거예요."

자기 할 말을 다 끝낸 예준이 그대로 가버렸다. 드디어 그가 원하는 대로 됐다. 그의 독한 말에 상처받은 예준은 가버렸고 그 혼자 남겨졌다. 그녀까지 불행하게 만들면 안 된다는 생각에 보냈는데 가슴이 쪼개지는 것처럼 아팠다. 숨을 쉬기 힘들 만큼 답답해져 오는 심장을 몇 번이나 때리고 쓰다듬어도 전혀 진정이 되지 않았다.

'지금이라도 가서 잡아. 너 예준이까지 보내고 나면 어떻게 살려고 해?'

그녀를 처음 만났던 그 순간부터 지금까지의 모습이 머릿속으로 쭉 지나갔다. 바닥에 앉아 엉엉 울던 거, 세스가 무서워 도망치던 거, 술에 취해 춤인지 발광인지 모를 행동을 하던 거, 가게에서 자신을 졸졸 따라다니며 웃던 거, 영화관, 같이 먹던 밥, 지쳐서 걸어오던 모습, 그 뭐 하나 잊힌 게 없었다.

"오래 아파하지 말아야 하는데, 눈물 끝도 긴 녀석이라 혼자 울면 안 되는데."

그녀의 걱정에 피가 바짝바짝 마르면서도 태수는 차마 그녀를 잡을 용기를 내지 못했다.

8살 이후, 자신이 왜 존재하는지 그 이유조차 모르고 그저 하루하루 무의미하게 보내던 태수였지만 그녀가 이름을 불러주면서, 손을 잡아주면서, 같이 웃어주면서, 좋다고 말해주면서 스스로가 소중해져 갔고 아침마다 눈을 뜰 이유가 생겨났었다.

'너 때문에 내 아들이 죽었어. 그 아름다운 아이가 너처럼 형편없는 아이 때문에 죽었다고. 태어난 것부터가 실수였다. 내가 죽는 한이 있어도 널 낳는 게 아니었는데, 넌 불행을 몰고 다니는 악마의 자식이야!'

형의 죽음 이후, 엄마의 입에서 모질게 쏟아지던 말들은 매번 중요한 순간 태수의 용기를 빼앗고 좌절하게 만들었다. 지금 역시 그랬다. 예준에게 좋아한다고, 옆에 있어달라고 솔직하게 말하면 행복해질 수 있겠지만 그녀가 다칠까 봐, 혹시라도 목숨을 잃은 형과 다리와 꿈을 잃은 누나처럼 될까 봐 그럴 수 없었다.

"예준아, 서예준."

태수가 푹 고개를 떨궜다. 앞으로 이렇게 대답 없는 이름을 얼마나 불러야 할까? 그녀를 또 얼마나 오래 그리워하고 긴 세월이 지나야 무뎌지고 덜 아파할 수 있을까? 과연 그런 날이 오긴 올까? 맥 놓고 앉아 있던 태수가 자리에서 벌떡 일어났다. 이렇게 앉아 있다간 심장이 졸아붙어 죽어버릴 것만 같았다.

"김 사장, 김 사장!"

"김 사장 여기 있다. 왜 이렇게 숨넘어가게 불러?"

"보트 타. 한 바퀴 더 돌 거야."

"알았다. 태수야, 너 괜찮냐? 탈 수 있겠어?"

"당연하지, 나 차태수야. 위험한 순간마다 살아남은 불사조 차태수."

태수는 김 사장의 어깨를 툭 치며 그를 앞질러 갔다.

'그래서 불행한 차태수라고.'

탈의실로 돌아와 로커에서 짐을 챙기던 예준의 눈에서 눈물이 뚝 떨어졌다. 야무지게 닦아냈지만 어느새 눈물은 감당할 수 없을 정도로 흥건히 흐르기 시작했고 예준은 신경질적으로 짐을 던져버리고 바닥에 털썩 주저앉았다.

"나쁜 놈, 나쁜 새끼. 내가 얼마나 좋아했는데."

짧은 기간이었고 혼자만의 마음이긴 했지만 그 누구보다 진심으로 좋아했다. 어떻게 그렇게 빨리, 깊이 한 사람을 마음에 담고 좋아할 수 있었는지 본인도 불가사의했지만 지금까지 한 연애 상대들과는 좋아함의 깊이가 달랐다.

자신을 외롭게 만들었다며 바람을 피웠던 전남친과 헤어졌을 때는 울기는커녕 친구들과 술을 마시며 진탕 욕을 하고 한 일주일 동안 기분 나빠하고 그것으로 끝이었다. 그런데 지금은 완전히 달랐다. 울고 싶지 않은데 자꾸 눈물이 나고 태수가 미워 죽겠는데 그만큼 또 보고 싶어서, 그런 제가 너무 바보 같아 화가 났다.

"정말 왜 이래 바보같이. 제발 정신 차리라고, 서예준."

자신의 마음을 받아주지 않는 그가 밉기도 했지만 그보다 더 서러운 건 뻔히 보이는 거짓말까지 해가며 자신을 밀어냈다는 것이다. 그 사실이 그녀의 마음에 더 큰 상처를 냈고 자존심도 상하게 만들었다. 한참을 울던 예준이 드디어 정신을 차린 듯 고개를 들었다.

"후우, 집에 가자. 청승은 집에 가서 떨어도 늦지 않아."

큰숨을 몇 번 내쉰 예준은 시원하게 쏟아지는 물 아래 섰다. 여전히 눈물은 나오려고 했지만 예준은 입술을 악물었다. 우는 건 나중에 혼자 해도 늦지 않는다.

급하게 샤워를 끝내고 옷을 갈아입고 나왔을 때 선착장 한 곳에 사람들이 웅성웅성 모여 있었고 명진은 그 한가운데 서 있었다. 먼저 가보겠다고 인사를 하려고 했는데 그 사이로 끼어들기 싫어 간단한 문자 하나만 보냈다. 꿀꿀한 제 기분만큼이나 어두워지기 시작하는 하늘을 보며 예준은 걸음을 서둘렀다.

"뭐야, 차태수 빠진 거야?"

"아직도 못 나왔어."

"수영선수 빰치는 실력인데 아직 못 나왔다고?"

"물도 잔잔한데 왜 못 나오지? 사고 난 거 아니야?"

"줄에 발이 감겼나?"

"설마 그 말이 사실인가?"

"무슨 말?"

"차태수 말이야, 자살시도를 밥 먹듯 한다더라고."

"에이, 설마."

"나도 그 말 들었어. 바이크 타는 후배가 얘기해 줬는데 차태수 바이크 위험하게 타기로 유명하데. 사고도 여러 번 났었는데 그중 몇 번은 좀 의아했다더라고. 차태수 실력 정도면 분명 피할 수 있었는데 마치 일부러 뛰어든 것 같은 그런 사고도 있었데."

"뭐가 부족해서? 레스토랑에 커피숍에 가게도 몇 개나 운영하고 집안도 꽤 괜찮다며?"

"항간에는 여자한테 크게 데어서 그렇다는 말도 있고 집안 문제라는 얘기도 있고 뭐가 맞는지 우리는 모르지."

"입 안 다무냐?"

아무렇게나 되는대로 떠드는 사람들에게 경고하는 명진의 기세가 꽤나 사나웠고 사람들은 입을 다물며 몇 걸음 물러섰다. 명진도 말은 그렇게 했으면서도 내심 태수가 걱정스러웠다. 지금은 많이 나아졌지만 한때는 살아 있는 게 신기할 정도로 위험한 짓만 하고 다녔던 그였다. 이미 어쩔 수 없게 예준이를 마음에 담아놓고 피해 다니는 게 안쓰러워서 얼굴이나 보라고 부러 데리고 왔는데 엉뚱한 방향으로 그를 자극해버린 거 아닌가 걱정스러웠다.

"이 새끼 진짜 일 내는 거 아니겠지?"

예준이와 무슨 일 있는 건 아닌가 예준이를 찾았지만 보이지 않았다. 당장은 태수가 무사히 나오는 게 먼저라 예준을 찾을 여유가 없었다.

물 위를 달리는 태수는 멍하니 제정신이 아니었다. 방금 전 무슨 일이 벌어진 걸까? 자신은 무슨 말을 하고 예준은 무슨 말을 했던 거지? 자신을 두고 떠나던 예준이 현실이긴 할까? 눈이 벌게져 자신을 보던 예준의 눈빛이 아직도 눈앞에 아른거렸다. 예준에게 준 상처가 못내 아파서 그 눈빛을 떠올리는 것조차 괴롭다.

마음이 괴로운 태수는 김 사장에게 보트 속도를 올리라고 수신호를 보냈고 김 사장은 고개를 갸우뚱하면서도 속도를 높였다. 무시무시한 속도의 보트에 매달려 태수가 큰 궤적을 그리며 공중으로 점프해 올랐다. 보는 사람들이 저절로 탄성을 내뱉을 정도로 멋지고 아찔하게 회전을 하고 착지하던 태수가 아차하는 순간 물속으로 사라졌다. 그 순간, 자신의 존재도 사라져버렸으면 좋겠다고 생각을 했던 것 같다.

물속에 빠진 태수는 맥없이 가라앉고 있었다. 다리를 다치긴 했지만 수영을 못 할 만큼 심한 부상도 아니었는데 빠져나가고 싶지 않았다. 편안한 침대에 누운 것처럼 온몸에 힘을 빼고 물에 몸을 맡겨버렸다. 최소한 자신의 이런 선택에 어머니인 진경만은 행복해질 것이다.

'그래, 나 하나 없어져서 그 누구라도 행복해진다면 그건 가치 있는 일일 거야. 이번에는 성공할 수 있을 것 같아.'

죽어야 할 이유는 찾았는데 예준이까지 포기한 지금 아무리 생각해도 살아야 할 이유는 없었다. 이젠 의미 없이 하루하루 살아가는 것도 지친다. 안식처를 찾아가듯 편안히 감기던 태수의 눈 안으로 밝은 섬광이 파고들었다.

'저게 뭘까?'

이 어둡고 탁한 물속에서 저 멀리 있는 게 보일 리 없는데, 뭔가에 끌린 듯 태수가 유난히 밝아 보이는 그곳으로 점점 다가갔다.

밝은 거실, 어린 사내아이가 또래 여자아이와 장난을 치고 있었고 푸근한 미소의 엄마는 차를 마시며 옆자리에 앉아 책을 읽고 있는 큰아들을 뿌듯한 눈길로 바라보고 있었다.

"싫어, 내가 가지고 놀 거야."

"이거 내 거잖아."

"엄마가 같이 가지고 놀라고 했단 말이야."

"엄마, 엄마, 태수가 내 기차 안 줘. 빨리 나 주라고 해."

"둘 다 이제 그만 놀고 이리 와서 케이크 먹자."

"네!"

"와, 내가 좋아하는 딸기 케이크다."

"손 닦고 와서 먹어야지. 빨리 닦고 오는 사람한테만 두 조각 줄 거야."

엄마의 말이 떨어지자마자 두 아이는 동시에 욕실을 향해 달려갔다. 넓은 욕실에 두 사람이 같이 닦아도 되는데 괜한 욕심에 욕실까지는 가지도 못하고 실랑이를 벌이고 있었다.

"왜?"

"녀석들 계속 투닥거리잖아요."

"그냥 두고 너는 책 읽어, 아줌마 시키면 돼."

"괜찮아요. 마침 좀 쉬려던 참이었어요. 이 녀석들, 왜 이렇게 소란스러울까."

"형."

"오빠."

사내아이는 자신에게 달려오는 작은 사내아이를 번쩍 안고 여자아이의 손을 잡았다. 특히 남자아이는 형의 목에 그 짧은 팔을 두르고 꼭 매달렸다.

"형아, 이제 나랑 놀아줄 거야?"

"태수가 누나랑 사이좋게 손 닦고 말 잘 들으면 형이 놀아주지."

"알았어. 누나랑 사이좋게 손 닦을게. 나도 빨리 형아처럼 컸으면 좋겠다."

"형처럼 크고 싶어?"

"응!"

"그럼 이것저것 잘 먹어야지. 너 우유도 싫어하고 멸치도 안 먹고 오이, 당근, 양파, 다 안 먹잖아. 그렇게 안 먹는 게 많으면 형아처럼 못 크는데."

"우웅, 그래도 맛없어."

"태수가 음식 안 가리고 잘 먹으면 형이 같이 로봇 조립해 줄게."

"진짜? 진짜?"

"당연하지. 형은 거짓말 안 해."

"오빠, 나는? 나는?"

"희수는 오빠 앞에서 예쁘게 춤춰주면 되지? 어때?"

"좋아! 오빠 최고."

"형이 최고!"

"녀석들."

경수는 어린 희수와 태수를 데리고 욕실로 들어갔고 소파에 앉은 진경은 무척이나 행복한 얼굴로 그 모습을 바라보고 있었다. 7살의 태수는 초등학교 6학년이었던 형이 무척이나 좋았고 바쁜 아버지 대신 뭐든 같이 해주는 형을 제일 사랑했다. 이 가족의 가장 행복하고 단란했던 어느 오후의 풍경, 당장이라도 저때로 돌아가고 싶었다.

'형, 형, 형!'

나오지 않는 목소리로 간절하게 경수를 불렀고 어린 태수를 안고 있던 경수가 마치 그 목소리를 들은 듯 물속 태수를 향해 돌아섰다.

경수는 태수를 향해 어서 가라고 손짓해 보였고 그 순간 안타까운 목소리로 부르는 제 이름이 들렸다.

[태수 씨, 차태수! 태수 씨!]

'나는 태수 씨가 좋아요.'

'헤헤, 사장님 보고 싶었어요.'

'아잉, 사장님. 태수 씨!'

수줍게 고백을 하고 강아지처럼 쫓아다니며 보고 싶었다고 말하고 애교를 부리는 예준의 모습들이 눈앞에 지나갔다.

[네 탓 아니야, 태수야. 절대 아니야. 내 동생 태수, 행복해야 한다. 어서 가, 어서! 널 사랑하는 사람을 아프게 하지 마.]

제 이름을 부르는 목소리와 예준의 모습, 경수의 목소리가 순차적으로 제 머릿속에 울렸다. 안고 있는 어린 자신에게 부드럽게 웃어주며 희수의 손을 잡고 욕실로 들어가는 경수, 잡고 싶었다. 다시 한 번만 저 생생한 얼굴을 보고 싶었다.

'형, 형! 경수 형!'

[차태수, 차태수, 태수 씨!]

그때 또 한 번 애타는 목소리로 부르는 제 이름이 들렸고 그 순간 참을 수 없게 숨이 막혀왔다. 폐가 찢어질 것 같은 고통, 이제 마지막이라고 생각되는 순간 태수가 수면을 향해 힘차게 움직이기 시작했다.

드디어 태수를 태운 보트가 선착장에 도착했고 명진이 단걸음에 달려가 태수를 부축해 올라올 수 있도록 도왔다.

"괜찮냐? 너 다리 왜 이래? 아씨, 속상하게 진짜. 일단 병원부터 가."

여전히 숨을 거칠게 몰아쉬고 입술이 파랗게 질려 벌벌 떨고 있는 태수의 어깨 위로 두꺼운 담요를 덮어준 명진은 계속 걱정을 쏟아냈지만 태수의 귀에는 아무것도 들리지 않았다. 정신이 멍한 상태에서도 계속 사방을 두리번거리며 지금 이 순간 가장 필요한 예준을 필사적으로 찾았다.

"서, 서예준 어딨어?"

"몰라, 어디 있겠지."

"예준이, 예준이부터 찾아.

"지금 서예준이 문제야? 너 다리에서 피 난다고. 상처가 커."

"내가, 내가 하면 안 될 말을 했어. 제발 부탁한다, 예준이 좀 찾아줘."

"다리 상처는 내가 보고 있을 테니까 그 서예준인지 뭔지부터 찾아와라."

김 사장은 버티고 선 명진이를 보내고 태수를 부축해 의자에 앉혔다. 그도 물속에서 태수를 찾느라 지치고 힘들었지만 피가 흘러내고 있는 그의 종아리를 지혈하기 시작했다.

"그렇게 마음이 힘들면 잡는 게 맞다. 뭐가 무서워서 몸까지 다쳐 가며 용을 쓰냐?"

"잡으려고, 이번엔 꼭 잡으려고."

그렇게 다짐은 했지만 이미 자신이 늦어버린 것 같아 너무나 불안했다. 결국 초조해하고 있던 태수에게 명진은 미안한 얼굴로 그녀가 먼저 가버렸다는 소식을 가져왔고 그는 바로 그녀를 찾아 나섰다.

가평역을 향해 걷는 예준의 걸음이 무척이나 힘겨워 보였다. 태수와의 싸움에 다친 마음도 아팠고 물놀이에 지친 몸도 힘들었다. 거기다 책이 든 가방과 아까부터 통증을 호소하는 위도 그녀의 바쁜 걸음을 방해하고 있었다.

"아이고, 배야. 위장약도 다 먹었네."

약이라도 사고 싶은데 황량한 1차선 도로 옆에는 무성하게 자란 풀 말고는 아무것도 없었다. 차를 타고 오면서 본 가평역은 가까웠던 것 같은데 열심히 걸어도 도무지 나타나지 않았다.

"안 돼, 우울해하지 마. 집에 가자. 언젠가는 도착하겠지. 많이 걸을 줄 알았으면 운동화를 신고 올 걸."

웬만하면 포기하지 않는 하이힐을 내려다보던 예준이 다시 걸음을 재촉했다. 울컥하는 마음에 자꾸만 눈물이 나오려고 해서 다시 이를 악물었다. 더 좋은 남자 만나서 복수해 줘야지, 꼭 취업하고 지금보다 더 행복해져서 후회하게 만들어줘야지 하는 유치한 생각을 해봐도 다친 마음이 전혀 나아지지 않았다.

"기운 내, 서예준. 연애할 주제도 못 된다는 얘기를 듣고도 그 사람 생각을 또 하고 싶니? 등신, 머저리, 바보, 똥개. 우물가에 올챙이 한 마리 꼬물꼬물 헤엄치다……."

또 태수 생각을 하던 스스로를 자책하던 예준은 우울할 때 습관적으로 부르는 동요를 부르기 시작했다.

태수는 자꾸만 먹구름이 몰려오는 하늘을 보며 불안한 마음으로 운전을 했다. 출발한 지 얼마 안 됐다는데 예준이 보이지 않았다. 길을 살피느라 속도 내서 달릴 수도 없고, 차라리 가평역에 가서 기다릴까 하다가 걸어서는 두 시간 남짓 걸린다는 말에 그럴 수도 없었다.

"도대체 어디 있는 거냐, 서예준. 제발 좀 나타나라."

그녀를 부지런히 찾고 있는데 후드득 비가 떨어지기 시작했다. 내리기 시작한 비가 순식간에 시야를 방해할 만큼 굵어졌다.

"젠장, 서예준."

태수는 이 비를 다 맞고 있을 예준의 걱정으로 치가 바짝바짝 말랐다.

비를 피할 곳도 없고 기운도 없는 예준은 그냥 비를 맞으면서 걸었다. 정말 오랜만에 맡아보는 비가 제법 시원하니 답답한 속을 좀 뚫어주는 것 같았다.

"찾았다!"

드디어 그의 눈에 예준이 잡혔다. 동그랗게 올려 묶은 머리에 평범한 청바지, 티, 거기에 엄청난 높이의 하이힐, 자기 반만 한 배낭을 메고 길 중간에 서서 비가 오는 하늘을 보고 서 있는 건 분명 서예준이었다. 반가운 마음 반, 다행이란 생각 반, 거기에 약간의 짜증이 섞여 차를 세우는 태수의 손길이 거칠었다.

"서예준. 서예준!"

빗소리에 섞여 제 이름이 들린 것 같기도 했다. 그럴 리 없는데, 다시 정신을 차리고 걷기 시작하는데 조금 더 크게 제 이름이 들렸고 천천히 고개를 돌렸을 때 보이는 건 태수였다. 비를 보며 다소 편해졌던 예준이 표정을 굳히며 그를 외면하고 앞으로 걷기 시작했다. 갑자기 나타난 그 때문에 위가 꼬이며 아팠지만 그를 향한 미움이 그 고통을 이기게 해줬다.

태수는 자신을 외면해버리는 예준을 보며 한숨을 내쉬고 다시 차를 출발해 이번엔 아예 그녀의 앞을 막아섰다. 얼른 차에서 내려 제 차를 피해가려는 예준을 잡았다.

"서예준, 일단 차에 타. 차에 타서 얘기하자."

"할 말 없어요."

"너 너무 많이 젖었어. 이러다가 감기 걸린다."

"그쪽이 상관할 일 아니에요."

"예준아, 나한테 말할 기회를 주면 안 될까?"

사정조로 들리는 태수의 말에 예준은 그 어떤 때보다 냉정한 시선으로 그를 바라봤다.

"싫어요."

단호한 거절이었다. 여지를 주지 않고 돌아서는 그녀의 손목을 태수가 잡았고 예준이 가차 없이 그 손을 쳐냈다.

"내 몸에 손대지 말아요."

"알았어. 손 안 댈게, 얘기하기 싫다면 그것도 안 해. 대신 집에만 데려다 주게 해줘. 걱정돼서 그래."

"그쪽이 뭔데 내 걱정을 해요? 날 밀어낸 건 그쪽이었고 그 순간부터 내가 다치든 어디 가서 죽든 상관하면 안 되는 관계가 된 거예요. 완벽한 남, 타인, 알겠어요?"

예준의 그 말에 태수가 잠시 행동을 멈췄다. 지금까지 자신을 걱정하고 호감만 말하던 예준에게서 듣는 차가운 말은 꽤나 충격적이었다. 멍하니 서 있는 그를 예준이 다시 외면해 걷기 시작했고 또다시 태수가 그 앞을 막아섰다.

"그럼 처음부터 다시 시작해. 난 차태수, 31살, 서울에서 레스토랑 경영해. 그쪽 가는 곳까지 태워다 줄게요."

"거절할래요. 비켜요."

"아니, 난 반드시 너와 같이 가야겠어."

태수의 손이 예준의 손목을 단단히 틀어잡았고 아무리 반항해도 뿌리칠 수 없자 예준이 발악하듯 소리치기 시작했다.

"거기 누구 없어요? 도와주세요!"

"차라리 경찰서 갈래? 그럼 너랑 나 아는 사이인 거 증명할 수 있어. 그렇게 할래?"

태수의 격양된 목소리에 예준이 사납게 그를 노려봤고 태수는 담담하게 그 시선을 받아냈다. 두 사람의 사나운 대치는 태수에 의해 깨졌다. 빗줄기는 점점 더 굵어지고 있었고 더 이상 그녀를 빗줄기 아래 세워놓을 수 없는 태수가 그녀를 번쩍 들어 안았다.

"왜 이래요. 이거 놔. 실컷 모욕해 놓고 이제 와서 왜 이러는 건데, 당신 나 싫다고 했잖아, 죽든 말든 신경 쓰지 말라고."

"어떻게 그래, 어떻게!"

태수는 예준을 운전석에 내려놓으며 버럭 소리를 질렀다. 제가 잘못한 게 맞았다. 예준이 상처를 받은 것도 알지만 죽는다는 말에는 민감하게 반응하게 되고 만다. 태수는 운전석에 앉아 어떻게든 내리려고 하는 예준 위로 그냥 몸을 밀어 넣었고 놀란 예준이 얼른 조수석으로 옮겨 앉으며 문고리를 잡았지만 잠그는 태수가 좀 더 빨랐다.

"아아악."

"지금은 네가 무슨 짓을 해도 안 보낼 거야. 그러니까 포기해."

태수는 그를 죽일 듯 노려보는 예준의 가방을 벗겨 뒷좌석으로 던지고 안전벨트를 매줬다. 그동안도 실랑이는 있었지만 예준은 태수의 힘을 이길 수가 없었다. 차를 출발시키기 전 제 손자국이 남은 예준의 손목으로 손을 뻗었지만 예준이 피해 버렸다.

"내 몸에 손대지 말아요. 당신 좋다고 헤헤거리던 서예준 없어요."

예준은 억울함에 악이 치받쳐 올랐다. 그에게 거절당했을 때만 해도 이렇게 태수가 미워질 줄 몰랐는데 지금은 정말 죽일 만큼 미웠다. 예준은 억울함에 울지 않기 위해 입술을 깨물며 몸을 돌려 그를 외면했다. 여기서 빠져나갈 수만 있다면 무슨 짓이든 할 수 있을 것 같았다. 아까부터 아프던 배의 통증이 점점 더 심해지고 있다.

태수는 가늘게 떨리는 예준의 어깨를 보다 차를 출발시켰다. 자신이 그녀를 더 악에 치받게 만든 걸 안다. 조금 더 시간을 가지고 잘 설명했다면 누구보다 잘 이해해줄 그녀지만 자신이 주면 안 될 상처를 줬고 자신을 봐달라고 몰아붙였다. 이런 걸 원한 건 아닌데, 두 사람이 탄 차는 불편한 침묵에 휩싸인 채 달렸다.

태수의 차가 도착한 곳은 그의 집이었다. 차가 멈추자마자 문을 열어 달라는 듯 손잡이를 덜컥댔지만 태수는 순순히 열어줄 생각이 없는 것 같았다. 태수가 여전히 문고리를 잡고 있는 예준의 어깨에 손을 올리자 그녀가 가차 없이 내쳐버렸다. 예준은 완전히 이성을 잃었고 태수는 애달았다.

"예준아, 나랑 얘기 좀 해."

"싫어요. 그쪽이랑 얘기 안 해요, 아무것도 안 해요."

"내가 잘못했어. 정말 미안해. 제발 한 번만 기회를 줘."

예준은 자신의 귀를 막고 고개를 숙였고 명백한 거부 의사에 한숨을 내쉰 태수는 잠시 고민을 했다. 이런 상태로 언제까지 차에 있을 수는 없고 생각 끝에 문의 잠금장치를 열었다. 그 소리를 듣자마자 기다렸다는 듯 예준은 차에서 튀어나가 버렸다.

"젠장."

태수는 엄청나게 쏟아지는 빗속을 내달리는 예준을 잡아 그대로 들어 안았다. 억지로 그의 품에 안기게 된 예준은 있는 힘껏 그의 어깨를 물었지만 태수는 악소리 한 번 없이 그녀를 안고 집 안으로 들어갔다. 힘으로 이길 수 없는 상황에서 예준은 점점 더 극으로 치받쳐갔고 태수는 예준을 데리고 곧장 욕실로 들어갔다.

예준을 샤워기 밑에 세우고 물을 트는 사이 예준이 사정을 보지 않고 태수의 뺨을 가격했다. '짝' 하는 소름 끼치는 소리와 함께 잠시의 정적이 찾아들었고 사납게 태수를 쏘아보던 예준의 눈에서 눈물이 뚝 떨어졌다. 자신이 맞았을 때도 담담했던 태수가 처참한 표정으로 그녀의 뺨에 손을 올렸지만 그 손을 쳐내버린 예준이 그를 외면하고 뒤돌아섰다.

"잘못했어. 내가 잘못했어, 예준아."

뒤돌아선 그녀의 등에 닿는 그의 목소리가 한없이 떨렸다. 제 몸 다치는 줄 모르고 몸부림치는 그녀가, 그녀를 울게 만든 사람이 자신이라는 게 참을 수 없을 만큼 아프게 했다. 뒤돌아선 예준의 어깨가 약하게 떨리고 이를 악문 입술 사이를 뚫고 약한 울음소리가 들렸다. 태수가 조심스럽게 그녀를 안았다.

"아프게 해서, 상처 줘서 미안해, 정말 미안해."

"……."

"무서워서 그랬어. 네가 너무 좋은데, 너무 좋아 죽겠는데, 너무 예쁜 네가 내 옆에서 망가질까 봐 겁이 났어. 한 번도 행복했던 적이 없던 사람은 행복할 기회가 오면 도망부터 가. 내 주변 사람들 모두 너무 슬프고 그게 다 나 때문이어서 너도 불행하게 만들까 봐, 너한테 이런 말 하는 지금 이 순간도 난 너무 무섭다."

"흐엉, 미워, 당신 너무 미워."

태수의 말에 결국 예준이 꾹꾹 참고 있던 눈물을 터트렸고 그가 예준을 돌려세워 자신의 품에 꼭 안았다. 울면서도 그의 어깨를 때리던 손이 결국 그 어깨를 잡고 매달렸고 태수가 그녀의 머리에 입술을 묻었다. 지칠 줄 모르는 그녀의 울음이 계속됐고 태수의 눈에서도 같이 눈물이 흘렀다.

꽤 긴 시간이 흐른 후 다소간 울음이 가늘어진 예준이 태수를 슬쩍 밀어냈다. 울음을 멈추고 싶은데 잘 안 되는지 예준은 큰숨을 쉬며 제 가슴을 쓸어내렸고 태수는 안타까운 얼굴로 그런 예준의 뺨에서 꼼꼼하게 눈물을 닦아냈다.

"미안해."

"응."

"다시는 안 울릴 게. 아프게도 안 해."

"응."

"사랑한다, 서예준. 너만, 너만 사랑해."

"흐엉, 나 눈물이 안 멈춰요."

사랑하다는 말 한 마디에 다시 울먹이는 예준의 뺨을 두 손으로 잡고 얼굴을 가까이했다. 비를 쫄딱 맞고 너무 울어서 얼굴이 다 퉁퉁 부었는데도 너무 예쁘다. 조심스럽게 하지만 한없이 뜨겁고 간절하게 그녀에게 입을 맞췄다. 그에게 아낌없이 사랑을 이야기하던 그녀의 입술, 너무도 가지고 싶었었다. 부드럽게 얽혔던 입술이 떨어져 나가고 두 사람의 시선이 공중에서 마주친 순간 태수가 다시 다가왔다.

서로의 숨결이 고스란히 느껴지는 거리, 눈이 아니라 모든 감각으로 느껴지는 상대방의 존재, 점점 온도를 높이는 그의 눈빛이 그녀의 심장을 짓누르는 것 같았다. 숨이 벅차다.

"그만두고 싶지 않아."

"태수 씨……."

"참고 싶지 않다, 서예준."

제 의사를 분명히 밝힌 태수, 선택권을 가진 예준이 그의 눈을 한참 바라보다 조용히 그의 입술에 입을 맞췄다. 서로가 서로를 너무도 원하는데 망설이고 시간 조금 더 끄는 게 무슨 소용이 있을까?

입술을 부딪쳐온 예준이 발뒤꿈치를 들어 그의 목에 온전히 매달렸고 태수가 그녀의 허리를 당겨 안으며 몸을 밀착해왔다. 바짝 다가온 그의 몸도, 입속을 점령한 그의 달콤한 혀도 끊임없이 자극하는 그의 손도 무척이나 뜨거웠고 그것으로 생각은 끝이었다.

두 사람은 키스에 빠져들었다. 서로를 원하는 만큼 간절하게 이어지던 키스는 점차 광포해졌고 처음으로 제 감정을 인정한 태수는 그녀를 잡아먹을 듯 덤벼들었다. 숨 쉬기도 힘들 정도로 조금의 틈도 주지 않고 그녀를 자극했다.

겁이 날 정도로 달려드는 그에게 예준 역시 죽을힘을 다해 매달렸다. 조금은 벅차고 무섭기도 했지만 자신의 마음이 이만큼 진지하다고, 당신을 이만큼 사랑한다고 아낌없이 느끼게 해주고 싶었다.

깊은 키스를 나누던 태수가 예준을 안아 들었다. 제 허리에 다리를 감게 하고 욕실을 나와 천천히 2층으로 올라갔다. 올라가는 내내 두 사람의 입술을 쉴 틈 없이 가볍게, 깊게 하나로 섞였다 떨어졌고 두 사람이 만드는 야한 소리만 집 안 가득 들어찼다.

태수가 예준을 안은 채 침실로 들어가 그대로 침대에 누웠다. 묵직하게 내리누르는 그의 체중, 옷 위로도 느낄 수 있는 그의 욕망, 예준은 벅차게 숨을 몰아쉬며 바로 눈앞에 있는 태수를 봤다.

금방이라도 일을 벌일 것 같았던 태수는 거친 숨을 내쉬며 예준을 보고 있었다. 욕망에 잔뜩 달아오른 얼굴이었지만 그녀를 보는 시선, 쓰다듬는 눈길은 무척이나 섬세하고 부드러웠다. 사랑을 느낄 수밖에 없는 그의 시선과 손길에 예준은 새삼스레 부끄러워졌다.

"왜 웃어?"

"말 안 해도 알겠어요, 태수 씨가 날 얼마나 사랑하는지."

"그럼 지금 내가 널 얼마나 안고 싶어 하는지도 알아?"

허리를 묵직하게 눌러 하체를 밀착시키며 하는 말에 조금 풀어졌던 두 사람의 분위기가 다시 달아올랐다. 한시도 그녀에게서 떨어지지 않는 태수의 눈에는 점점 더 강한 열망이 담겼고 눈빛만으로도 숨이 막혔다. 숨 쉬는 게 불편한 예준이 살짝 입술을 벌리며 숨을 몰아쉬었고 태수의 입술이 다시 다가왔다. 서로의 숨결이 느껴지는 거리, 말할 때마다 부딪쳤다 떨어지는 그의 입술에 발가락이 오그라들 만큼 찌릿했다.

"안고 싶다."

"하아, 태수 씨 너무 야해요."

"넘어올래?"

잠시의 고민, 처음인 여자의 본능적 반응이지만 그를 사랑하는 마음이 이겼다. 예준이 은근히 웃으며 그의 목을 꼭 끌어안았다.

"어떻게 꼬실 건데요?"

그 말 한 마디로 끝, 태수가 얼굴을 내려 그녀의 귀에 쪽 뽀뽀를 하며 뜨거운 입김을 불어넣자 예준이 진저리를 쳤다. 그렇게 하나 둘 그녀의 반응을 끌어내며 얼굴 전체에 뽀뽀를 하던 태수가 다시 그녀에게 입술을 부딪쳐왔다. 부드럽게 입술을 지분거리고 그녀만큼 상큼한 혀를 얽고 사정없이 그녀의 입속을 맛보고, 그것도 부족해 그녀의 목을 타고 흘렀다.

처음 볼 때부터 그의 시선을 사로잡던 하얀 목줄기, 깨끗하고 하얀 목에 괜히 심술을 부리듯 이를 박아 넣고, 아프다고 몸서리칠 정도로 강하게 빨아들였다.

"앗, 따가워."

"여기, 내 자국. 네가 내 여자라는 흔적. 또 만들어야지."

개구지게 웃은 그가 다시 그녀의 목에 얼굴을 묻었다. 어이없어 피식거리던 예준이 다시 인상을 썼다. 작은 고통과 동반되는 짜릿함에 그의 허리에 두른 다리에 저절로 힘이 들어간다. 조금만 더 이렇게 자극 받았다간 그녀가 먼저 그를 덮쳐버릴지도.

물에 젖은 그녀의 셔츠가 바닥으로 툭 떨어졌다. 하얀색 캐미솔을 입은 어깨와 쇄골을 쓰다듬고 이로 자근거리던 그의 입술이 벅찬 숨에 오르락거리는 그녀의 가슴 둔덕에 자리했다.

"태, 태수 씨. 하읏."

속옷에 싸인 유두에 키스하는 태수의 머리를 본능적으로 껴안으며 예준이 펄쩍 뛰었다. 자신이 자극하는 대로 어찌할 줄 모르고 반응하는 그녀가 무척이나 사랑스럽다. 마음이 급해진 태수가 얼른 자신의 래쉬가드를 벗어 던졌다. 단번에 맨몸이 된 태수가 다시 그녀의 가슴에 얼굴을 묻었다.

이미 정신을 반쯤 놓고 거친 숨을 내쉬고 있는 예준의 초점을 잃은 눈이 허공을 헤맨다. 입술로 그녀의 몸 이곳저곳을 누비던 태수가 고개를 들고 그녀와 눈을 맞췄다.

"왜?"

"하아, 죽을지도 몰라요."

"그럼, 그만둘까?"

아쉬움이 담긴 말을 하면서도 태수의 눈은 사랑스럽다는 듯 그녀의 얼굴을 바라보고 있었고 손은 머리를 부드럽게 쓰다듬었다. 참을 수 없는 욕망이 가득한 눈빛을 하고도 자신을 위해 참을 수 있다고 말하는 남자라서 사랑할 수 있었나? 열에 들떠 반은 제정신이 아닌 눈을 하고도 예준이 예쁘게 웃으며 고개를 들어 그의 입술에 가볍게 키스를 했다.

"싫어요. 나 안 참을래."

"후우, 예준아."

여우인 게 분명하다. 다른 사람들에게는 모르겠지만 그에게만은 여우인 게 분명하다.

모든 게 전부 다시 시작됐다. 그저 눈빛 하나로, 손가락 움직임 하나에도 태수는 마음을 담았고 그 사랑을 느낀 예준은 그것만으로도 마음이 꽉 들어차는 기분이었다.

태수의 입술이 그녀의 귓바퀴를 괴롭힌다. 있는지도 몰랐던 예민한 부위들이 그에 의해 자극되고 그때마다 예준은 작은 신음, 움찔대는 몸, 그를 꽉 안는 몸짓으로 자신의 감정을 솔직하게 표현했다.

어느새 그녀의 캐미솔 역시 바닥으로 떨어지고 그 위에 무늬 하나 없는 하얀색의 브래지어가 얹혔다. 생각보다 봉긋한 가슴에 태수의 손이 닿고 예준이 숨을 훅 들이쉬었다. 아직은 수줍은 듯 고개를 숙인 분홍빛 유두에 태수가 인사처럼 입을 맞추고 점점 도도하게 존재를 드러내자 곧 그의 입속으로 사라졌다. 입속의 유두를 잘근거리며 그의 한 손은 그녀의 옆구리를 따라 흐른다. 잘록한 허리와 아찔한 곡선을 만드는 골반에 걸쳐진 청바지를 따라 닿을 듯 말 듯 손가락을 움직이고 그럴 때마다 예준이 허리를 비틀어 댄다.

그녀의 갈비뼈, 옴폭한 배에 입술을 묻고 아이처럼 볼을 부풀려 장난을 치면 방금 전 긴장감을 잊은 듯 예준이 웃는 사이 '톡' 그의 손이 그녀의 청바지 단추를 풀었다. 살짝 벌어진 바지 사이로 브래지어와 똑같이 하얀 속옷이 보이고 목이 마른 듯 태수가 마른침을 삼켰다. 태수가 다시 고개를 올려 예준을 마주한다.

"키스해줘."

그의 요구에 예준이 그의 뺨을 잡고 입을 맞추면 불만이 가득한 으르렁 소리가 그의 목구멍을 울린다.

"뽀뽀 말고 더 달콤한 거, 키스. 내가 했던 것처럼."

살짝 벌어진 입술, 사람 홀리는 웃는 입매, 뜨거운 눈길, 그러면서도 부드러운 웃음, 예준은 홀린 듯 그가 원하는 대로 그와 엇갈려 입술을 맞물리고 아주 뜨거웠던 그의 입속으로 조심스럽게 혀를 밀어 넣었다. 넣을 듯 말 듯, 그의 치열을 살짝 건드리고 사라지고 다급하게 쫓아가면 더 멀리 도망가버린다. 그러다가 태수가 괴롭다는 듯 길게 숨을 내쉬면 그때야 그의 혀를 핥으며 또 다른 천국을 맛보게 하고, 복수처럼 태수가 손을 그녀의 바지 안으로 쑥 집어넣었다. 다급한 그녀의 숨소리가 그의 입 안으로 터졌지만 태수는 모르는 척 제 일에 열중했다.

통통한 엉덩이가 귀엽다. 마음껏 만지고 싶은데 물에 젖은 청바지가 더 이상의 공간을 허락하지 않는다. 태수가 자리에서 일어나 제 바지부터 벗어 던졌다. 갑작스러운 그의 움직임에 놀란 예준이 두 손으로 얼굴을 가렸고 그 손등에 쪽 입을 맞춘 태수가 그녀의 바지를 천천히 벗겨 냈다. 오목한 배, 귀여운 배꼽, 아무 무늬 없는 깨끗한 속옷, 그의 입술이 닿을 때마다 움찔거리는 사이 그녀의 청바지가 점점 벗겨지고 하얗게 드러난 허벅지와 무릎에 입술이 닿았을 때 예준이 진저리를 쳤다.

"흐앗, 태수 씨."

그러거나 말거나 태수는 바빴다. 침대 밑으로 툭 무거운 청바지가 떨어지고 태수는 제 한 손에 잡히는 얇은 발목 안쪽 흉터에 쪽 입을 맞췄다. 가느다란 종아리, 동그란 무릎, 약간은 통통한 하얀 허벅지 예쁜 그녀의 몸 곳곳 자신의 흔적을 남기고 점차 힘이 풀려가는 그녀 다리 사이에 자리를 잡았다.

그녀를 너무나도 원했다. 당장이라도 그녀 안으로 들어가 자신을 새겨 넣고 싶었다. 그녀의 팔을 들어 제 목에 걸게 하고 눈을 맞춘 채 그녀의 가장 은밀한 곳으로 손을 내렸다. 다급하게 숨을 들이쉬며 예준이 그의 손목을 잡았다.

"태, 태수 씨."

"쉬, 이래야 안 아파. 너 처음이잖아."

"어, 어떻게……."

태수는 대답 대신 부드럽게 웃으며 촉촉하게 땀에 젖은 이마에 입을 맞췄다. 스르르 감기는 눈두덩 위에도 동그란 코끝에도 가쁜 숨을 내쉬고 있는 입에 입술을 맞물리며 속옷 안 그녀의 가장 내밀한 곳을 확인했다.

낯선 침입에 스스로를 보호하듯 수축하는 그곳은 무척이나 뜨거웠고 촉촉했으며 비좁았다. 손가락 하나도 벅찰 만큼 좁은 그곳에 잠긴 손가락을 서서히 움직였고 다급한 그녀의 비명은 그의 입 안으로 쏟아졌다.

그녀의 마지막 속옷을 벗겨 낸 태수가 그녀의 다리 사이에 완전히 자리를 잡고 예준으로 하여금 자신을 보게 만들었다. 힘없이 축 늘어진 그녀의 다리 하나를 제 허리에 붙이고 한 손은 꼭 깍지 껴잡고 서서히 그녀와 하나가 되어갔다.

생경한 느낌이었다. 지금까지 존재감조차 느끼지 못하고 산 그곳에 뜨거운 불덩이가 들어찬 것처럼 홧홧했다. 전신을 감싸고도는 열기에 속이 다 울렁거릴 정도였다. 뜨거운 불구덩이에 더 큰 불덩이를 던지는 것처럼 그가 밀려든다. 자신을 보는 그의 시선에 옭매여 피하지도 못했다.

그녀의 몸이 뻣뻣하게 굳는 게 느껴진다. 노력을 했음에도 그녀는 고통을 느끼고 있었다. 갑자기 턱 막히는 고비 앞에서 잠시 고민하던 태수가 더 이상 시간을 끌지 않고 그대로 돌진했다. 고통으로 확장된 그녀의 동공, 소리 없이 지르는 비명, 또르르 굴러 떨어지는 한 줄기의 눈물, 그녀 못지않게 괴로운 표정의 태수가 그녀의 입술에 입을 맞췄다.

"사랑해, 예준아."

"아아, 태수 씨."

"쉬, 쉬, 괜찮아."

자신을 달래주는 목소리에 예준의 시선이 저만큼이나 고통스러워하는 태수의 얼굴에 고정됐다. 예준이 그의 얼굴을 살피며 턱 끝에 매달린 땀방울을 닦아줬다.

"아파요?"

"아니."

"아픈 얼굴이야."

"미안해, 아프게 해서."

예준은 아니라고 고개를 저었고 그의 이마에 쪽 입을 맞췄다. 두 몸이 한 치의 틈도 없이 맞닿았고 태수가 천천히, 아주 천천히 움직임을 시작했다.

예준은 고통스러운 만큼 그를 꼭 안았다. 제 안에 다른 사람의 분신이 있다는 게 무척이나 낯설면서도 뿌듯하고 왠지 슬프면서도 행복했다.

태수의 움직임이 점점 빨라졌다. 강하게 밀고 들어오다 한 박자 숨 쉴 틈을 주며 은밀하게 자극하고 그녀가 방심하는 사이 또 전사처럼 돌진한다. 능숙한 그의 리드에 예준이 서서히 박자를 맞췄다. 그가 들고 남에 따라 조였다 풀었다 하며 고통 사이에 숨어 있는 희열을 찾아 태수와 같이 움직였다.

어느새 고통을 몰아낸 환희가 두 사람을 덮쳤다. 강렬한 오르가즘은 아니었지만 처음이라는 고통을 잊기에는 충분했다.

"하으읏, 태수 씨."

"예준아, 흐억."

있는 힘껏 그녀를 몰아붙였던 태수가 몇 번의 큰 움직임 끝에 억눌린 신음소리와 함께 자신의 분신들을 토해내기 시작했다. 예준은 그의 손을 힘줘 잡고 숨 쉬는 것도 벅차게 만든 짜릿한 전율을 견뎌내고 있었다.

땀으로 흠뻑 젖은 그의 몸이 그녀를 내리눌렀다. 100미터 달리기라도 한 것처럼 거친 숨을 내쉬는 그의 젖은 등을 예준이 꼭 안았다.

"사랑해요."

"사랑해, 예준아."

태수는 제 모든 걸 받아준 예준에게 지금 느끼고 있는 모든 감정을 담아 키스했다. 사랑한다고, 고맙다고, 수고했다고, 행복하다고, 또 사랑한다고.

예준은 제 머리를 쓰다듬어 주는 그의 손이 좋았다. 묵직한 무게감이 느끼는 그의 몸이 제 위에 있는 것도 좋았다. 그의 감정을 전달해 주는 그의 입술과 키스는 더 좋았다. 이 사람을 좋아한 건 정말 잘한 선택이었다.

새벽녘 잠결에 몸을 뒤척이던 예준이 제 몸을 돌려 눕히는 손길에 눈을 떴다. 몽롱하게 잠에 물린 눈은 어두운 주변을 제대로 보지 못했고 그냥 따뜻하게 이마에 와 닿는 입술이 기분 좋단 생각만 했다.

"더 자."

"태수 씨다."

"말하면 잠깬다."

눈을 감고 그의 목소리에 히죽 웃은 예준이 그의 품으로 파고들었다. 이제야 생각났다, 그와 나눴던 뜨거운 시간들이, 부딪치는 맨몸이 좀 부끄러웠지만 행복한 마음이 더 컸다.

"이렇게 있는 거 좋아요."

잠이 물린 나른한 목소리와 제 품에 안기는 따뜻한 체온이 무엇보다도 좋다. 그가 부드러운 손길로 조심스럽게 그녀의 등을 쓰다듬었고 예준이 그의 가슴에 얼굴을 비벼대자 태수의 입에서 긴 한숨 소리가 터져 나왔다.

"킥킥킥, 또 안고 싶구나?"

"안게 해줄 거 아니면 그만해. 참, 피임 못 했는데 어쩌지? 위험한 날이야?"

"배란일 아니에요."

"다행이다."

"너무 좋아한다. 아기 부담스러워요?"

"난 좋은데 넌 아기 엄마 되기 너무 어리잖아. 꿈도 있다면서."

태수의 말에 예준이 고개를 들었다. 어쩌면 이 남자가 좋다고 먼저 고백했던 자신보다 더 큰 사랑을 담고 있을지도 모르겠다는 생각이 들었다. 예준이 다시 그의 가슴에 고개를 묻으며 가는 팔로 그를 꼭 안았고 태수도 그녀를 마주 안았다. 그의 품에서 잠시 침묵을 지키던 예준이 조심스럽게 말을 꺼냈다.

"나 묻고 싶은 거 있어요."

"얘기해."

"당신 때문에 다른 사람이 불행하다는 말 무슨 뜻이에요?"

그로 하여금 행복을 피하고 싶게 만든 태수 가슴에 숨겨진 그 이야기를 알아야만 할 것 같았다. 태수는 쉽게 대답을 못 했다. 해야만 하는 말이지만 혹시라도 이 이야기를 들으면 예준 역시 자신에게 등을 돌릴까 봐 무섭기도 했다. 예준은 태수를 더 꼭 안으며 그가 쉽게 말할 수 있도록 시간을 두고 기다렸다.

머리맡 스탠드를 켠 두 사람은 거리를 두고 서로 마주보고 누웠다. 태수의 시선은 슬쩍 예준을 빗겨나고 예준은 조용한 침묵으로 그를 기다렸다. 큰숨을 한 번 들이쉰 태수는 긴 자신의 이야기를 시작했다.

"나보다 6살 많은 형이 하나 있었어. 내 기억 속 아버지는 항상 바쁘셨고 그런 아버지의 빈자리를 조금이라도 메워준 게 형이었다. 어릴 때 나는 또래보다 작고 약한 편이라 우는 일도 많았는데 그럴 때마다 우리 형이 내 편을 들어줬지."

"좋은 형이었네요."

"응, 무척이나. 8살 때였어. 여름방학이었는데 가족여행을 약속하신 아버지는 여전히 바쁘셨고 자꾸 미뤄지는 약속에 심통이 난 나와 누나는 우리끼리라도 여행을 가자고 엄마를 졸라댔지. 결국 우리의 억지에 형이 엄마를 설득해 여행을 떠났다. 2박 3일간 경기도 근교로 간 짧은 여행이었지만 정말 즐거웠어. 하지만 그 여행이 처음이자 마지막이 됐지."

"……."

"그 사고로 형은 죽었고 발레리나가 꿈이었던 누나는 두 다리를 잃었지. 그리고 난…… 가족을 잃었어."

그날의 일은 부러 떠올리지 않아도 너무도 선명하게 입고 있던 옷의 색까지 하나도 빠짐없이 세세하게 그의 머릿속에 남아 있었다.

뒷좌석에 앉아 장난감 하나를 가지고 다투고 있던 누나와 자신, 장기간의 운전에 짜증이 가득했던 어머니, 어머니의 요청으로 태수와 희수의 싸움을 말리기 위해 안전벨트를 풀고 두 사람을 향해 몸을 돌렸던 경수.

울먹이던 희수, 태수의 손에 들린 장난감을 빼앗으려던 경수와 그 손길을 피하던 자신, 실랑이를 벌이던 와중에 장난감이 운전석으로 날아갔고 반사적으로 쳐내는 진경의 손길에 장난감이 브레이크에 끼어버렸다. 그 때문에 운전을 하던 진경은 완전 당황했고 방향을 잃은 차가 위태롭게 흔들리며 때마침 달려오던 트럭을 피하지 못하고 정면으로 충돌해 버렸다.

'쾅' 하는 굉음과 함께 경수가 힘없는 허수아비처럼 날아가 자동차 전면 유리에 충돌해 그 자리에서 즉사했고 차의 옆쪽을 가격한 또 다른 충돌로 희수는 다리를 잃었다. 그 혼란 속에서 무사했던 건 태수뿐이었다. 작은 찰과상 몇 개를 입은 채 혼자 자신의 두 다리로 그 자리를 피할 수 있었고 살아남았던 그 순간 태수는 가장 소중한 가족을 잃었다.

"그 사고는 나 때문이었어."

태수는 그 사고에 대해 아주 침착하게 이야기했다. 마치 남의 이야기처럼 담담했지만 어느새 예준과 맞잡고 있는 손에는 점점 더 많은 힘이 들어가고 있었다. 차분하게 이어지던 이야기가 끝이 났다.

"이런 내가 끔찍하지 않아? 형을 죽이고 누나에게서 꿈을 빼앗았잖아."

예준은 할 말을 잃었다. 사고 이야기도 무척 충격적이긴 했지만 그 사고를 자신의 책임으로 자책하고 있는 태수가 더 놀라웠다.

"그건 사고였잖아요. 누구의 책임도 아니고, 누가 책임질 수도 없는 그냥 사고였다고요."

"그 장난감은 내 손에 있었고 내가 형한테 얌전히 줬다면 그 사고는 안 일어날 수 있었어. 그랬다면 우리 집에 일어난 모든 불행은 막을 수 있었겠지."

"세상에서 가장 멍청한 짓이 이미 일어난 일에 만약이라는 가정을 두고 후회하는 거라고 했어요. 도대체 누가 그 사고가 당신 때문이라는 몹쓸 말을 한 거예요? 그렇게 원인을 찾는다면 가장 큰 잘못은 운전하신 태수 씨 어머님께 있는 거죠."

예준의 말에 태수의 동공이 크게 흔들렸다. 그 누구도 단 한 번도 그 사건을 태수가 아닌 다른 사람 탓이라고 말해주지 않았있다. 특히 아들을 잃은 슬픔이 너무 깊은 어머니는 그 사고의 완벽한 피해자였다. 때문에 태수는 항상 죄인이었고 가장 가까운 가족 중 그 누구도 지금까지 악몽을 꾸는 태수의 상처, 고통을 들여다봐주지 않았었다. 오랜 시간 가장 가까운 사람으로부터 받은 원망은 어느새 그를 자책이라는 굴레에 가둬버렸고 그건 쉽게 깨어지지 않았다.

"하지만 어머니는 아들을 잃었어. 자기 삶의 유일한 희망이자 자신의 심장 같은 아들을 잃었는데……."

"맞아요. 그렇지만 당신도 형을 잃었잖아요. 아버지보다 더 좋아했던 형을 잃은 당신 역시 슬펐잖아요. 그 사고의 슬픔은 모든 사람에게 다 똑같은 거예요."

태수는 울컥했다. 그러고 보니 그 사고 이후 형의 죽음을 자책하기만 했지 순순히 슬퍼하지 못했었다. 그때의 슬픔이 체기처럼 고여 있는 심장이 너무도 아팠다.

"정말 내 탓이 아닐까? 그 사고 때문에 가족들 모두가 다 불행해졌어. 다정했던 형은 죽어버렸고 누나는 몇 번이나 수술을 받고 겨우 휠체어에 의지해 살면서 아직까지도 물리치료를 받으러 다녀. 어머니는 정말로 형을 따라가고 싶어 하셨고 몇 번의 실패 후에는 술을 벗 삼아 사시지. 아버지는 워낙에 무심한 분이셨지만 가족과 더 소원해지셨어. 그 사고 때문에 불행해진 사람이 너무 많아."

예준은 여전히 스스로를 책망하는 태수의 얼굴을 두 손을 꼭 잡아 자신을 보게 만들었다. 흔들리는 눈동자에서, 불안해하는 표정에서 수많은 감정을 읽을 수 있었다. 그녀의 말을 믿고 싶어 하는 간절한 소망, 그러면서도 떨쳐낼 수 없는 자책과 이젠 벗어나고 싶다는 절규와 망설임 모두 담겨 있었다. 예준은 그를 이 끔찍한 감정들에서 벗어나게 해주고 싶었다.

"태수 씨, 내 말 잘 들어요. 그 사고는 분명 당신 잘못 아니에요. 하지만 만약 당신 잘못이라고 해도 이젠 그만 잊어야 해요. 과거를 떠나보낼 줄 알아야 앞으로 나갈 수 있어요. 나는 당신 덕분에 행복해요. 당신 좋아하면서 설레었고, 즐거웠고, 들떴고, 그리움이 뭔지도 배웠고, 또 아팠지만 그 모든 게 날 정말로 행복하게 만들어줬어요. 당신이 새로 시작할 준비가 됐다면 난 당신 손 잡을 준비가 되어 있어요, 당신은 어때요?"

예준의 얼굴을 보던 태수가 그녀를 꼭 끌어안았다. 자신 때문에 행복하다고 말해주는 사람은 예준이 처음이었고 그 말이 큰 안도를 주고 죄책감을 덜어지게 만들었다. 태수는 한참을 그녀의 품에 안겨 있었고 그건 오래전에 잃어버렸던 엄마의 품과 비슷했다. 드디어 태수가 고개를 들었다.

"나, 이제 행복해지고 싶어. 너만 옆에 있으면 가능할 것 같아."

"이렇게 껌딱지처럼 꼭 붙어 있을게요."

그를 보며 마주 웃던 예준이 그의 쇄골 부근을 손가락 하나로 부드럽게 쓰다듬었다.

"이 흉터는 뭐예요?"

"바이크 타다가 넘어져서."

"그럼 여기 팔뚝은?"

"암벽등반."

"여기 옆구리는?"

"거긴 산악바이크."

그녀의 손가락이 흉터를 만질 때마다 테수의 숨결이 거칠어졌다. 본의 아니게 예준이 태수를 자극시킨 셈이 됐다.

"골반에도 흉터가 있네."

그의 가슴에 몸을 반쯤 걸치고 그의 골반에 손가락을 댄 순간 태수가 더 이상 참지 못하고 몸을 뒤쳐 다시 그녀 위로 올라갔다. 두 손을 잡아 머리 위로 올리고 지금까지 한 앙큼한 짓과 어울리지 않는 순진한 표정인 예준과 눈을 맞추며 그녀의 다리 사이로 파고들었다.

"흐응, 또?"

"또."

"조금 피곤한 것도 같은데……."

"싫어할 리 없는데."

"근데 태수 씨, 나 여자로 안고 싶지 않다고……."

다 하지 못한 말은 태수의 입 안으로 사라졌다. 이미 달아오를 대로 달아오른 두 사람이 만들어낸 뜨거운 열기가 방 안 가득 넘실댔다.

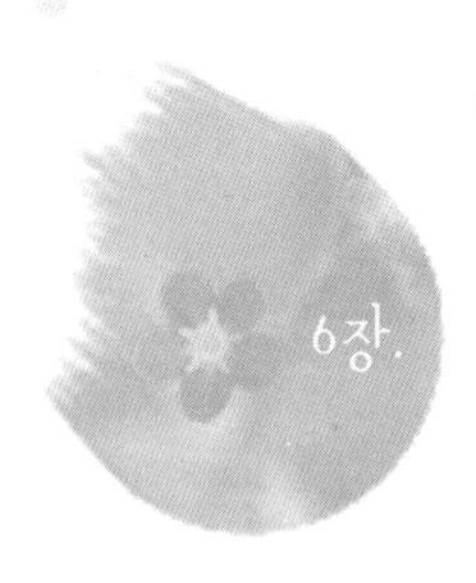

6장.

"엄마, 다녀오겠습니다."

정숙이 인사하는 예준을 머리부터 발끝까지 찬찬히 살폈다. 하얀색 펀칭 블라우스에 페이즐리 무늬의 살짝 퍼지는 플레어 미니스커트를 입은 예준은 말 그대로 참 상큼했다. 귀찮다고 거의 매일 쫑쫑 묶던 머리도 웨이브를 줘 풀어 내린 것도 그렇고 화사한 메이크업도 신경 쓴 게 한눈에도 확 티가 났다.

"오늘 중요한 약속 있어? 예쁘네?"

"헤헤, 예뻐? 친구가 오랜만에 전시회 가자고 해서 머리도 식힐 겸 갔다 오려고요."

"잘했어, 기분 전환도 필요하지. 매일 도서관에만 있다고 공부가 되는 것도 아닌데."

대답하는 정숙의 눈이 가늘어졌다. 도서관과 알바만 왔다 갔다 한다고 매일 칙칙하게 하고 다니던 딸이 이렇게 예쁘게 꾸미는 건 참 좋은데 뭔가 묘하게 변한 예준의 분위기가 정숙의 신경을 거슬렀다. 화장을 하지 않아도 화사하게 빛나는 피부나 사춘기 때로 돌아간 것처럼 실없이 막 웃고, 하루 종일 휴대전화를 내려놓을 줄 모르고 시도 때도 없이 오는 문자에 전화만 오면 방으로 들어간다. 저런 분위기를 풍길 때 의심할 건 딱 하나, 연애다.

"엄마, 왜 그렇게 봐?"

"너 남자 생겼어?"

"어?"

"워낙에 알아서 잘하는 애니까 남자 생겼다고 해도 뭐라 안 해. 엄마 너 믿어. 얼른 가, 늦은 거 아냐?"

"저기, 엄마 내 남자친구가 인사드리고 싶다는데."

"……인사는 무슨, 여태까지 연애하던 놈들도 인사 안 시켰잖아. 스쳐지나가는 놈들까지 볼 게 뭐야, 결혼할 놈만 데려와."

"이 사람은 좀 다른데, 다녀와서 자세히 이야기할게요."

정숙은 고개를 끄덕이고 예준을 보냈다. 대학 다닐 때 연애를 하면서도 한 번도 저런 말한 적 없는데, 뭔가 가볍지 않은 느낌에 정숙이 인상을 썼다. 정숙이 딱 저 나이 때 결혼을 했다. 막 재미가 붙었던 회사를 그만두고 결혼을 했는데 종종 후회가 됐다. 물론 지금의 생활에 크게 불만이 있는 건 아니었지만 조금 더 자신만의 인생을 즐기고 결혼을 했어도 늦지 않았을 텐데라는 생각을 계속했었다. 그래서 예준만큼은 조금 늦게 이것저것 경험해보고 결혼을 했으면 했다.

"저런 건 나 안 닮아도 되는데, 닮으라는 건 안 닮고 이상한 것만 닮으려고 해."

정숙은 혀를 끌차며 청소를 하기 시작했다. 괜히 마음이 복잡해졌다.

예준이 심각한 얼굴로 골목을 걸어 내려갔다. 가족들에게 무척이나 예민한 정숙이니 언젠가 알아차릴 거라고 생각했었다. 차라리 정식으로 말을 할 걸 후회가 됐다.

“태수 씨 얘기하고 난 다음에도 인사 안 받으신다고 하면 어쩌지? 큰일이네.”

이런저런 생각에 복잡한 얼굴로 약속 장소에 도착한 예준이 태수 차를 발견하고는 얼른 표정을 바꿨다. 그녀에 관한 거라면 정숙보다 더 예민한 게 태수였다.

“무슨 일 있었나?”

멀리서 걸어오는 예준의 표정이 별로 좋지 않았다. 자신을 보고 얼른 웃으며 종종걸음을 치기는 하는데 이미 그녀의 유쾌하지 않은 기분을 느낀 후였다.

어제 보고 또 보는 건대도 무척이나 반갑다. 가게 밖에서 만나는 것도, 데이트라는 말도 그녀를 꽤나 들뜨게 했다.

“밤새 잘 잤어요?”

“물론, 우리 아가씨는 어떠셨나?”

“그 아가씨 소리 하지 말라니까.”

“지난번에 TV에서 보면서 좋다며. 그런 말 들어보고 싶다며.”

“그건 그 남자가 하니까 멋있는 거죠.”

“아하, 그 남자 연예인이 멋있었단 거였군.”

“뚜쉬, 나 말 안 해.”

태수는 오리 입을 한 예준에게 쪽 입을 맞추고 차를 출발했다. 놀릴 때마다 팔팔 뛰는 게 너무 예뻐서 기회만 되면 더 놀리고 싶어진다. 예준은 애교 많고 살가운 여자친구였다. 콧소리하며 애교 부리는 것도 예쁘고 가끔 칭얼대는 것도 귀엽고 땀을 뻘뻘 흘려가며 제 일에 열심인 건 멋지다.

"밥은 먹었지?"

"그럼요, 시간이 몇 신데. 나는 쉬는 날이니까 상관없지만 태수 씨 가게 비워도 돼요?"

"직원들이 나도 당연히 안 나오는 걸로 알던데? 근데 무슨 일 있었어?"

"아무 일도 없었는데."

대답을 하면서 예준은 슬쩍 시선을 내렸다. 두 사람의 공식적인 첫 데이튼데 기분 좋게 시작하고 싶었다. 그런 예준의 마음을 안 건지 태수도 더 이상 묻지 않았고 그냥 넘어가는 듯했다.

두 사람은 곧 예술의전당에 도착했고 전시장으로 들어가기 전부터 예준은 들떠 있었다. 이런 전시회 다니는 거 정말 좋아하는데 취업준비 때문에 문화생활과는 너무 오래 담쌓고 살았었다. 태수가 첫 데이트로 전시회를 골라왔을 때 정말 좋았다.

태수는 좋아하는 예준을 보며 자신도 같이 웃었다. 미술을 하고 싶었다는 말이 생각나서 급작스럽게 찾아낸 전시회였는데 예준이 좋아해 주니까 보람이 있었다.

"이리 와."

태수는 방방 뛰면서 자신보다 앞질러 가는 예준의 손을 잡아 제 옆에 세웠다.

"나 진짜 묻고 싶은 거 있는데 그 하이힐 말이야, 꼭 신어야 해?"

"이건 나의 자존심이에요."

"알았어. 두 번 다시 말 안 할 건데 대신 한 번이라도 다치면 다시는 못 신게 할 거야."

"피, 내 마음이지 뭐. 얼른 가요, 얼른."

예준은 태수의 손을 잡아끌어 전시회장으로 들어갔다. 레스토랑에서 일할 때 그의 못마땅한 시선이 종종 제 신발에 꽂히는 걸 느꼈었다. 태수를 만나기 전에는 이렇게까지 힐에 집착하지는 않았는데 워낙 키 차이 많이 나는 그를 만나다 보니 벗을 수가 없었다. 요즘 발목이 조금 뻐근하긴 하지만 아직은 고통보다 예뻐 보이는 게 먼저였다.

전시회장에 들어간 예준은 지루할 정도로 천천히 그림을 감상했다. 다른 사람들이 다 지나가도록 한 그림 앞에 서서 보고 또 보고 글의 행간을 읽는 것처럼 그림의 작은 여백까지 다 감상하는 것 같았다. 저런 태도는 가짜로 만든다고 해서 되는 게 아닌데, 예준은 지루한 줄 모르고 그림을 감상했고 태수는 그런 예준을 감상했다.

"왜 그렇게 봐요?"

"그림보다 네가 더 좋아서."

"그럼 우리 이렇게 마주보고 서 있어야 하는데."

이길 수가 없다, 이길 수가. 환하게 웃으며 솔직한 감정에 애교를 섞어 이야기할 때면 너무 예뻐서 손끝이 저릿하다. 지금이라도 당장 둘만 있을 수 있는 곳으로 가 질리도록 안고 싶다. 괜한 생각에 쑥스러워진 태수는 자신을 놀리듯 말하는 예준의 볼을 꾹 찔러 그림을 보게 만들었다. 예준이 옆걸음으로 제 옆으로 꼭 붙어오자 그녀의 허리에 팔을 둘렀다. 잠자리를 한 후 그의 손 위치는 항상 허리에서 골반 내려가는 그곳이었다.

'내 허리가 손잡이예요? 왜 항상 거기다 손을 올려?'

'예뻐서, 환상적이거든. 여길 보면 네가 너무 안고 싶어.'

노골적으로 속삭이던 태수 때문에 그날 하루 얼마나 부끄러웠는지 모른다.

"나 다리 아파요."

그 한 마디에 태수는 지체 없이 예준의 손을 잡고 커피숍으로 들어갔다. 그렇지 않아도 그림을 보는 내내 발목이 휘청거리는 것 같아 좀 위태위태했었다.

"아이스 아메리카노?"

그의 질문에 고개를 끄덕인 예준은 테이블 밑으로 땅땅 뭉친 종아리를 툭툭 두드렸다. 정말 예뻐지는 건 쉬운 일이 아니다. 생각 같아선 발을 조이고 있는 신발도 좀 벗어버리고 싶은데 차마 그럴 수가 없었다.

커피를 주문받는 종업원이 수줍은 미소를 짓든 말든 태수의 관심은 온통 예준에게 쏠려 있었고 다리를 두드리는 모습에 슬쩍 인상을 썼다.

주문한 커피를 가지고 온 태수는 손에 들린 커피를 테이블에 내려놓자마자 웃옷부터 벗으며 자리에 앉았다. 차가운 커피를 기분 좋게 마시던 예준은 갑자기 제 무릎에 놓이는 그의 웃옷을 멀뚱하게 보고 있다 다리를 잡아 올리는 태수 때문에 기겁을 했다.

"뭐, 뭐해요?"

"다리가 너무 뭉쳤다. 이래서 계속 돌아다닐 수 있겠어?"

"아파, 아파, 아파."

태수는 제 다리 위에 올려놓은 그녀의 발에서 신발을 벗기고 웃을 잘 덮어준 후 종아리를 주무르기 시작했다. 그녀의 종아리는 벌써 땅땅하게 뭉쳐서 그가 손만 대도 아프다고 엄살이었다. 잔소리를 해도 하이힐은 포기할 거 같지 않고 태수는 묵묵히 다리만 주물렀다.

이거 하이힐 신지 말라는 시위 맞지? 100마디 잔소리보다 훨씬 더 효과적인 한 번의 행동, 벌써부터 하이힐을 갖다 버리고 싶다는 마음이 드는 자신을 보며 어쩌면 평생 이 사람을 이길 수는 없을지도 모른다고, 앞으로도 쭈욱 이럴 것 같다는 생각이 퍼뜩 머릿속을 스치고 지나갔다.

입을 꾹 다물고 제 다리만 주무르는 태수를 보다 커피숍에 앉은 사람들을 살폈다. 부러운 시선으로 보는 여자들과 못마땅한 듯 인상을 쓴 남자들의 표정이 대조적이다. 물론 이 사람이 내 남자예요 자랑하고 싶은 마음이 컸지만 슬쩍 다리를 내리는 것으로 그 마음을 꾹꾹 눌렀다.

"왜?"

"이제 많이 나아졌어요. 전시도록 사는 걸 잊어버렸어요. 사올게요."

"앉아 있어."

태수는 일어나는 예준의 어깨를 누르고 자신이 일어났다. 도록을 사러 가며 오후 일정으로 가기로 했던 북악산 스카이웨이 대신 편안하게 갈 곳이 어디 있을까 머릿속으로 생각하기 시작했다.

턱을 괴고 앉은 예준은 미끈한 태수의 뒷모습을 보며 바보 같은 미소를 지었다.

"흐흐, 멋있다. 누구 남자래."

보기만 해도 좋고 볼 때마다 가슴이 찌릿한 사람, 지금까지의 연애에서는 한 번도 느껴보지 못한 감정, 그래서 약간은 보수적인 성격답지 않게 쉽게 그와 사랑까지 나눌 수 있었고 태수와의 관계에서 느껴지는 특별함이 좋았다.

"어머, 이게 누구야? 오랜만이다, 서예준."

상념을 깨는 목소리에 예준이 웃음을 지우며 그쪽으로 고개를 돌렸다. 분명 낯이 익은 얼굴이고 같은 과 동기였었던 것까지는 기억이 났는데 이름도 모르겠고 일부러 아는 척하며 인사할 정도로 친했었는지도 모르겠다. 인사를 건넨 상대방만큼이나 예준의 목소리도 뚱했다.

"어, 안녕."

"잘 지냈어? 지난번에 과 애들이랑 한 번 만났는데 너는 안 나왔더라고."

"아, 맞다. 조교 오빠."

불현듯 소리친 예준의 목소리에 상대방의 얼굴에서 웃음기가 싹 가시고 예준은 얼른 입을 막았다. 기억났다, 기억력이 비상한 예준이 이름도 기억 못한 이유, 2학년 학기 중에 돌연 휴학하고 사라졌던 이유까지. 예준은 살짝 미안한 마음이 들었고 앞에 여자는 눈초리가 사나워졌다.

"후배들 얘기 들어보니까 너 아직 취업 못 했다며? 대학 다닐 때 그렇게 학점 관리 열심히 하고 스펙 쌓기에 열을 올리더니 다 소용없었나 보다. 어쩌니 인간관계 포기하고 만든 것들인데 무용지물이라 아깝네."

"우리 겨우 25살이야, 뭘 얼마나 해봤다고 벌써부터 무용지물이야."

"그렇게 여유 넘치는 소리 하면서 분수에 넘치는 문화생활 즐기다 남들한테 뒤처지는 거 한순간이라니까. 정신 차려, 서예준."

"남의 인생 두고 뭐라고 하지 말고 너나 잘해."

"난 잘하고 있지. 벌써 취업해서 직장 잘 다니고 있고 이제 곧 약혼도 해. 너보다 훨씬 낫지 않니?"

여자의 말에 예준이 이를 악물었다. 인정하고 싶지 않았지만 결과로만 보면 백수인 예준보다 직장 생활을 하고 있는 그녀가 더 잘 살고 있는 게 맞다. 저 여자보다 못한 인생을 산다고 생각하고 싶지 않았지만 지금 당장은 말문이 막혔다.

비웃음이 떠오른 여자와 눈싸움을 하고 서 있는 예준의 허리로 태수의 팔이 감겨들었다. 태수는 심기가 불편해 보이는 예준의 얼굴을 돌려 자신을 보게 만들었다. 잔뜩 억울한 얼굴로 눈가가 빨개져 자신을 보는 예준의 뺨을 태수가 감쌌다.

"어머, 너 연애도 하니? 취업 대신 취집하려고? 그것도 나쁜 생각은 아닌데 사회의 동량이 될 거라고 널 자랑스럽게 생각하셨던 교수님들은 많이 아쉬워하시겠다. 하긴 뭐, 취집은 쉽겠니? 상대는 잘 고른 거야? 취업처럼 실패하면 안 될 텐데."

태수가 상대 여자를 향하려는 예준의 뺨을 잡아 계속해서 자신만 보게 했다. 상대 여자의 빈정거림을 들었을 텐데도 태수의 얼굴엔 부드러운 미소가 떠올라 있었다.

"교수님들께 자랑스러운 학생이었어?"

"……응."

"깨알 같은 몇 천 명의 학생 중 기억하실 정도로 자랑스러운 제자였단 말이지? 아주 잘 살았구나, 서예준. 장하네, 그만 가자."

태수의 말이 사포처럼 꺼끌꺼끌하게 일어났던 마음에 큰 위로가 됐다.

두 사람이 은밀하게 이야기를 나누는 사이 여자가 심상치 않은 눈빛으로 태수를 머리부터 발끝까지 훑어봤다. 입은 옷과 액세서리 값만 수천만 원의 가치, 거기다 명품 옷이 빛을 바랄 만큼 뛰어난 외모까지 서예준에게는 무척이나 아깝다는 계산이 나왔다. 남자라면 자신 있는데 여자가 은근한 눈빛을 빛냈다.

"그딴 과거 따위가 뭐라고, 현재가 중요하죠. 서예준이 아무것도 가지지 못한 빈주먹의 현재, 안 그래요?"

태수는 예준이 아니라 자신에게 말을 거는 여자를 향해 돌아섰다. 자신을 향해 천박한 교태를 담은 눈빛을 흘리는 여자가 한없이 더럽게 느껴졌다.

"그쪽, 나 알아?"

"예준이 대학 동기예요, 같은 과. 내 이름은……."

"대학 동기? 근데 왜 이렇게 싸구려야? 그 천박한 눈빛이나 치워, 기분 더럽게."

"뭐, 뭐라고요? 하, 진짜. 야, 서예준 넌 뭐 저따위 남자를 만나니?"

"왜, 딱 내 수준인데. 내 애인이 사람 보는 눈이 이렇게 정확한지 나도 처음 알았네. 네가 왜 갑자기 휴학을 하고 학교에서 자취를 감췄는지 이제야 다 생각이 났거든. 동시에 만나던 세 명의 남자들이 우리 강의실에서 맞닥뜨려 들통이 났었잖아. 그중에 한 명이 우리 과 조교 선배였고 다른 한 명이 네 절친의 남친이었지? 세 명의 남자가 너 씹다가 친해져 지금은 둘도 없는 사이로 지내고 있다더라. 거기 뒤에 친구분들 조심하세요, 쥐도 새도 모르게 남친을 빼앗길

수 있답니다. 잘 살아라, 웬만하면 네 과거 아는 사람은 먼저 와서 아는 척하지 말고. 회사에다 확 대자보 걸기 전에."

얼굴이 벌게져 발을 동동 구르는 대학 동기를 두고 나오며 통쾌하게 웃은 것도 잠시였다. 연애 첫날부터 이래저래 생각을 복잡하게 만드는 것들이 너무 많았다. 아, 인생 참 쉽지 않았다.

"미안해요."

"뭐가?"

"첫 데이트인데 나 때문에 불쾌한 일 겪게 하고."

"네 탓 아니야. 세상에는 함량 미달인 인간들이 생각보다 많아."

"그래도 걔는 취업했네요. 후우, 나보다 성적도 안 좋았고 평판도 안 좋아서 대학 졸업식에도 못 왔었는데. 그래도 취직은 됐나봐."

말 중간 중간 섞여 나오는 한숨에 태수까지 시름이 깊어졌다. 대신 해결해줄 수 없는 문제라 자신이 도움이 못 되는 것 같아 안타까웠다. 순간적으로 차 회장을 떠올렸지만 문제만 복잡하게 만들 것 같아 그냥 접었다. 태수는 달리고 있는 차의 속도를 올렸다.

"와, 시원하다. 한강 참 좋아요."

"다행이네."

뒷걸음으로 태수를 보며 걷던 예준의 표정이 다소간 가벼워졌다. 예준이 종종 달려와 그의 허리에 매달렸고 태수가 긴 팔로 그녀를 꼭 안았다. 별다른 생각 없이 그냥 옆에 있는 상대방의 존재를 느끼며 두 사람은 별말 없이 산책로를 걸었다.

"나 때문에 일부러 여기 온 거죠? 나 기분 풀어주려고."

"뭐……."

"어쩌면 난 지금 홍역을 앓고 있는지도 몰라요."

"홍역?"

"인생의 홍역이요. 나요, 취직 준비하면서 실패라는 거 처음 해봤어요. 초등학교 들어가면서부터 대학 들어갈 때까지 별로 실패라는 거 겪어보지 못했거든요. 공부도 잘했고 모난 성격 아니라 친구들도 많았고 어른들도 별 탈 없이 크는 날 예쁘다 예쁘다 해줬으니까."

"그랬어?"

"그래서 처음 취직시험 떨어지고 난 꿈을 꾸는 줄 알았어요. 시험에 떨어져 본 건 거의 처음이었거든. 몇 번 그런 일이 반복되니까 뭐랄까, 무릎이 탁 꺾이면서 앞으로 나갈 힘이 없어지는 거예요. 내가 너무 낙담하니까 우리 엄마가 자신이 애를 너무 약하게 키웠다고 후회하셨어요. 그것 때문에 겨우 힘을 내는 척했지만 솔직히 지금도 무서워요. 내 인생이 실패로 끝나는 건 아닐까 해서."

태수는 자리에 우뚝 서 예준의 어깨를 잡아 자신을 보게 했다.

"나는 너처럼 두려움이 생길 정도로 인생에 대해 진지하게 고민해본 적 없어. 형이 그렇게 죽고 쭉 죄인처럼 살면서 오늘이 내 인생의 마지막 날이었으면 좋겠다 소망했었거든."

"태수 씨."

"근데 너 만나면서 내가 생각해도 신기할 정도로 변해가, 마치 내 인생에 따뜻한 봄바람이 부는 것처럼. 네 옆에는 내가 있을게. 지금처럼 바보 같은 생각하면 혼도 내고, 주저앉으려고 하면 손도 잡아주고, 힘내라고 맛있는 것도 사주고 이렇게 안아주기도 하고."

태수는 부드럽게 예준의 어깨를 안았고 제게 안기는 예준의 머리에 턱을 올렸다.

"좀 재미없는 얘기를 하자면 인생은 마라톤이라고 하잖아. 길게 보자, 길게. 아주 길고 가늘게 우리 오랫동안 같이 있자."

예준은 고개를 끄덕이고 그의 가슴에 얼굴을 묻었다. 쿵쿵 뛰는 그의 심장 소리가 들리고 따뜻하게 안아주는 팔이 있고 진심으로 응원해주는 그가 있으면 지금 이 힘든 시간도 견딜 수 있을 것 같았다. 그렇게 가만히 안겨 있던 예준이 갑자기 고개를 들어 턱을 그의 가슴에 대고 빤히 그를 올려다봤다.

"왜?"

"죽고 싶다는 생각, 많이 했어요?"

"……그냥 왜 태어났나 싶고 내 삶은 무의미한 것 같았으니까."

"지금도 해요?"

"아니, 누구 때문에 너무 정신이 없어서 그런 생각할 틈도 없다."

"가늘고 길게, 오래 같이 있자는 약속 꼭 지켜요. 나 따라 해요, 나 차태수는 서예준이 지루하다고 해도 절대 헤어지지 않고 죽어서 한 무덤에 묻힐 때까지 가늘고 길게 오래 같이 행복하게 살겠습니다. 아 얼른."

"맹세합니다."

"자, 이제 뽀뽀."

예준은 살짝 뒤꿈치를 들었고 태수가 허리를 숙여 입을 맞췄다. 입맞춤이 깊어지려던 찰라 갑자기 태수가 고개를 들었다.

"잠깐만, 근데 너 이동민은 어떻게 했어?"

갑작스러운 태수의 질문에 예준이 그의 눈치를 보며 뒤로 한 걸음 물러났고 태수가 그런 예준의 팔을 잡았다.

"솔직하게 말해."

“……얼마 전에 만났어요.”

“만났어?”

“언성 높이지 말아요, 해결하려고 만난 거니까. 만나서 나 좋아하는 사람 있다, 그 사람이랑 잘돼서 이제 내 남자친구 됐다. 나 이제 임자 있는 여자다. 그렇게 말했다고요.”

“그래서 얌전히 떨어져 나갔냐?”

“뭐, 선배로 연락은 하겠데요.”

“새끼가 끝까지…… 다음에 연락 오면 나한테 말해. 내가 정리할 테니까.”

예준이 성을 내는 태수의 허리에 매달려 다시 입을 맞췄고 태수가 입을 떼려고 했지만 예준이 계속 따라왔고 결국 그의 입술을 살짝 깨물고 난 후에야 떨어졌다. 태수는 아릿한 입술을 만지며 어이없는 웃음을 지었다.

“이렇게 어물쩍 넘어가지, 또?”

“아닌데, 아닌데, 난 태수 씨가 좋아서 이러는 건데?”

“미치겠네, 진짜. 너 이렇게 도발하면 곱게 집에 못 보낸다.”

“내가 그걸 원할 수도 있잖아요.”

태수는 곱게 눈웃음치는 예준의 허리를 잡고 주차장으로 향하는 발길을 서둘렀다. 이렇게 끌려가면 그의 말대로 침대로 직행해야 하는 걸 아는 예준이 그의 팔에서 빠져나와 손을 붙잡고 매달렸다.

“나 배고파요. 우리 맛있는 거 먹으러 가요.”

“야.”

“아, 얼른. 내가 살게요.”

예준은 먼저 뛰어가버렸고 멀찌감치 서서 손을 흔드는 예준을 보며 태수는 이마를 짚었다. 아무래도 계속 저 여자에게 휘둘리며 살 것 같은 불길한 생각이 들었다.

책상에 앉은 예준은 제가 지금까지 딴 자격증을 쭉 꺼내보고 있었다. 지피지기면 백전백승, 일단 자신의 부족함이 뭔지 파악하기 위해 그동안 공부한 것들과 스펙들을 점검하고 있는 중이었다.

"딸, 뭐해? 나와서 과일 먹어."

"엄마, 나 지금이라도 공무원 시험 준비할까?"

"너 싫다고 했었잖아. 왜? 취직공부가 영 잘 안 돼?"

"생각이 가닥이 안 잡혀요. 어떻게 보면 한없이 부족한 거 같고 또 어떻게 보면 차고 넘치는 것 같고 그러네."

"이러지 말고 며칠 쉬어. 머리가 복잡할 땐 쉬어 가는 것도 답이야."

"내 남자친구랑 똑같은 말하네. 참, 엄마 내 남친 소개받는 거 생각해 봤어?"

"싫어. 집에는 결혼할 놈만 데리고 와."

예준이 단칼에 거절하는 정숙의 눈치를 봤고 정숙은 침대에 자리 잡고 앉았다. 가볍게 이야기하고 넘어갈 수 있을 거라고 생각했는데 예준의 눈치가 심상치 않았다.

"너 그 사람이랑 결혼할 거야? 솔직히 얘기해봐."

"당장은 아니고 몇 년 후에."

"뭐 하는 사람이야?"

"레스토랑 운영해."

"혹시 너 알바하는 거기?"

"응."

"이노무 계집애, 일 안 하고 연애하러 다녔구만. 그래서 몇 살인데?"

"연애하기 시작한 지 며칠 안 됐는데 뭐. 나이는 나보다 6살 많아."

"그럼 31살? 인섭이 보다도 한 살 많은데 무작정 너만 기다린다고? 부모님은? 형제는 어떻게 되는데?"

"양친 부모님 다 생존해 계시고 누나 하나 있고 외동아들이야."

첩첩이 산중이다. 예준이 이야기할수록 정숙의 표정이 무거워졌다. 정숙은 예준이 한 일 년쯤 연애하고 28살이나 29살쯤 자신들과 비슷한 평범한 집안의 작은아들에게나 시집가기를 원했다. 물론 원하는 대로 다 되는 건 아니지만 그래도 대충 비슷하길 바랐는데 지금 들어본 조건은 전부 마음에 안 들었다. 특히 혼기 꽉 찬 나이가 그랬다.

"그 남자야 너 좋으니까 기다린다고 하지만 부모님은? 그리고 나중에 헤어지면 어쩌려고, 조금 무책임한 거 같지 않아?"

"하지만 엄마, 나 그 사람 진짜 좋은데. 나 지금까지 연애하면서 심각했던 적 한 번도 없잖아. 내가 먼저 이 사람 좋아했거든. 엄마, 일단 엄마가 한 번 봐. 보고 나서도 엄마 마음 안 변하면 그땐 내가 생각해 볼게."

"그렇게 자신 있어?"

"응, 엄마도 보면 알 거야."

남자 만나면서 먼저 소개시키겠다는 건 처음인데 정숙은 무조건 거절할 수가 없었다.

"알았어. 엄마 혼자 결정할 수 있는 거 아니니까 아빠랑 의논해

볼게. 너 요즘 연애한다고 게으름 피우는 거 아니지?"

"아니야."

"연애에 정신이 반쯤은 빻겨 있을 텐데 아니긴. 아무튼 잘해. 너 하기 달렸어. 나와서 과일 먹어."

"안 먹을래."

정숙은 그래, 지금 네가 목구멍으로 과일이 넘어가겠니, 하는 얼굴로 고개를 끄덕이고 방을 나갔고 혼자 남은 예준이 한숨을 푹 쉬며 침대에 누웠다. 태수를 혼자 좋아할 때는 연애만 하면 다 해결될 줄 알았는데 막상 연애를 하고 나니 여러 가지로 참 걸리는 게 많았다. 백수가 연애한다고 하면 취직도 못한 게 연애만 한다고 뭐라고 할까 봐 친구들한테 자랑도 못했다. 태수와 만날 땐 내가 이렇게 놀아도 되나 고민이고 공부하려고 책상은 앉으면 태수가 눈앞에 아른거렸다. 자신 사정 봐주느라 첫 데이트 이후 제대로 데이트 약속도 못 잡고 있는 태수한테도 미안해 죽겠다.

"아아악, 내가 미안해지려고 연애를 하는 게 아니라고. 백수가 죄냐!"

예준은 머리를 쥐어뜯으며 베개에 얼굴을 묻었다.

"나도 당당한 직장인이고 싶다고. 차라리 인턴사원이라도 갈 걸 그랬다."

힘없는 중얼거림과 함께 예준은 잠이 들었고 그 밤, 발이 달린 사원증 잡으러 뛰어다니는 악몽을 꿔야만 했다.

예준의 집 앞, 파란 대문 앞에 선 태수가 마른침을 꿀꺽 삼켰다.

'엄마가 걱정이 많으신가 봐요. 우리 엄마는 나 늦게 결혼했으면

하시는데 혼기 꽉 찬 당신 혼자 마음고생 할까 봐 미안하시데. 나보고 양심 없다고만 하셨어요, 미안.'

인사 가겠다는 말에 예준이 그의 눈치를 보며 내놓은 대답이다. 정숙의 말도 이해가 됐다. 자신도 예준이처럼 예쁘고 똑똑한 딸이 있으면 빨리 시집보내고 싶지 않을 것 같았다. 자신 역시 예준을 정말 사랑하지만 아직은 결혼해서 한 가정을 책임지고 좋은 남편, 좋은 아빠가 될 자신은 없었다.

"거기 누구예요? 남의 집 대문 앞에서 뭘 하시나?"

"안녕하십니까? 차태수라고 합니다. 처음 뵙겠습니다, 어머님."

"어머님? 나는 그쪽 처음 보는데……."

"아, 저 예준이 남자친구입니다."

어리둥절해서 미적지근한 미소를 짓던 정숙의 표정이 단번에 굳었다. 저녁에 오랜만에 고기나 먹여야겠다며 시장을 갔다 왔더니 부담스러운 손님이 떡하니 기다리고 있었다.

"아, 얘기는 들었어요. 근데 이렇게 만나기는 내가 좀 부담스러운데."

"예준이한테 말씀 전해들었습니다. 오늘은 제가 드리고 싶은 말이 있어서 실례인 줄 알면서 이렇게 찾아왔습니다. 저한테 10분만 시간 내 주십시오. 부탁드리겠습니다."

"잠깐 기다려요. 내가 장봐 온 거 냉장고에만 넣고 올 테니까 저 밑에 커피숍으로 장소 옮겨요."

"저기, 어머님. 여기 이것들도 가지고 가셔야 하는데요."

정숙은 태수 발밑에 있는 물건들을 둘러봤다. 꽃, 고기, 과일, 생선 받기 부담스러운 너무 과한 선물이었다.

"이거 너무 많은데, 선물이 너무 부담스럽네요."

"뭐가 좋을지 몰라서 고르다 보니 이렇게 됐습니다. 받아주십시오."

정숙은 키는 전봇대만큼 커서 어쩔 줄 몰라하는 태수를 봤다. 적당히 세상의 때가 묻은 노련한 남자를 생각했는데 순진해 보이는 표정의 태수는 예상과 많이 달랐다.

"그럼 잠시 들어와요."

태수는 물건들을 들고 정숙을 따라 대문 안으로 들어갔다. 깨끗하게 정리된 작은 마당을 지나 마루에 물건들을 내려놓고 태수는 마당으로 뚝 떨어져 섰다. 소박하게 잘 꾸며진 집 안, 예준의 방이 보고 싶었지만 호기심 어린 눈을 얼른 다른 쪽으로 돌렸다. 마당 한쪽 여러 가지 채소들이 심겨진 화단이 참 예뻤다.

"이제 나가요."

"마당이 참 예쁩니다."

"우리 애 아빠가 흙 가지고 노는 걸 참 좋아해서요. 저기 텃밭도 그 양반이 만들었어요. 은퇴하면 귀농하자는데 난 그건 싫더라고. 아이고, 내가 말이 많았네. 가요."

정숙은 태수와 함께 집을 나서 큰길가에 있는 커피숍으로 갔다. 두 사람은 각자 취향에 맞는 음료를 시키고 잠시 땀을 식혔다. 시원한 아메리카노를 한 모금 마신 태수가 먼저 말문을 열었다.

"갑자기 찾아와서 놀라셨죠? 인사드리고 싶었습니다. 차태수라고 합니다."

"그래요, 예준이 통해서 대충 얘기 들었어요. 우리 예준이가 먼저 좋아했다고."

"딱히 그렇지는 않습니다. 저도 좋아했는데 마음 표현을 못 했었습니다. 예준이가 너무 예뻐서 욕심을 못 냈었습니다."

정숙은 진중해 보이는 태수를 보며 차를 한 모금 마셨다. 태수를 보고 나니 예준이가 왜 먼저 좋아했는지 이해가 됐다. 키가 큰 것도, 어깨가 넓은 것도, 웃을 때마다 살짝 접히는 눈매도, 잘생겼다고 하기보단 매력적으로 생긴 게 딱 예준이 이상형이었다.

'앞으로 인섭이한테 업어달라고 조르지는 않겠네.'

정숙이 제 생각을 하는 사이 태수가 마른 목을 커피로 적시고 다시 입을 열었다.

"어머님께서 뭘 염려하시는지 전해 들었습니다. 결혼은 몇 년 더 있다가 예준이가 원할 때 할 생각입니다."

"그러다 두 사람 헤어지면 어쩌려고."

"인연이 거기까지밖에 안 된다면 어쩔 수 없겠지만 저는 왠지 저희가 꽤 오래 잘 지낼 것 같습니다."

"부모님께서는 결혼 서두르시지 않나요? 나이가 꽤 있는데."

"저희 부모님은 제 결혼에 별 관심이 없으십니다. 제가 그리 착한 아들은 아니라서 그냥 알아서 잘 살라 하시는 편입니다."

"나는 착한 아들이 좋은데. 하긴, 우리 집 아들내미들도 친절하진 않아요. 둘 다 무뚝뚝한 편이라서 우리 예준이가 분위기 메이커 노릇 하느라고 힘들지. 그래도 그 계집에 꼬라지 부리면 볼 만한데."

"알고 있습니다. 완전히 앞뒤 꽉 막힌 벽창호처럼 굴기는 하지만 귀엽던데요."

"귀여워, 그게? 완전히 콩깍지가 씌었네. 예준이 꼬라지 부릴 땐 내 속으로 낳은 내 자식이지만 확 갖다 버리고 싶던데."

"앞으로 또 그러면 저희 집에다 갖다 버려주세요."

태수의 농담에 눈을 동그랗게 뜬 정숙이 피식하고 웃었다. 처음엔 딱딱하게 얼어서 어쩔 줄 모르더니 이젠 제법 농담도 하고 눈을 내리깔고 웃으니 저 모습은 꼭 사춘기 소년같이 풋풋하다.

"저기 어머님, 저는 예준이와 예쁘고 좋은 연애하고 싶습니다. 지금 당장은 예준이가 취업하는 게 먼저이니까 제가 도울 수 있는 건 돕겠습니다."

"무슨 뜻이에요?"

"어머님께서 허락하시면 학교 대신 제 집에서 공부하라고 하고 싶습니다. 다른 뜻이 있는 게 아니라 예준이가 학교에서 우연히 마주치는 선후배들 때문에 은근 스트레스를 받아 하더라고요. 낮 시간에 집이 비니까 예준이 혼자 공부하고 가게하고 집이 가까우니 점심 때 제가 잠깐 들러서 식사 챙기면 되고요. 그리고 설득해서 알바 그만두게 하고 다니고 싶어 하는 학원도 보내주고 싶은데…… 주제넘었다면 죄송합니다."

태수의 말에 정숙이 좀 씁쓸하게 웃었다. 다 큰 자식들이 제 앞가림 잘하는 것도 좋긴 하지만 더 큰 버팀목이 되어줄 수 없을 때 부모는 참 슬프다. 3년 후에는 남편이 정년퇴직을 하고 군대 간 막내도 제대하면 바로 복학을 해야 한다. 레지던트인 인섭인 아직 박봉이고 예준이는 열심히 장학금을 받고 다녔어도 학자금 대출이 좀 있다. 큰돈도 아닌데 매달 용돈 받는 것도 미안해하는 예준이는 알바를 그만두고 제 공부만 하자고 욕심을 내지 않았다.

"우리 예준이가 참 속이 깊어. 근데 가끔은 그게 부모 속을 아프게 하네."

"죄송합니다."

"태수 씨가 미안해 할 일은 아니에요. 집에서 공부하게 하는 건 그렇게 해요, 하지만 학원은 우리가 보낼 거야. 아직 그럴 능력은 있어."

그 후로도 두 사람의 이야기는 꽤 길게 이어졌다. 같이 웃을 때도 있었고 태수는 약간 난감한 얼굴로 정숙은 재미있는 표정으로 같이 음료를 마시기도 했다. 두 사람이 같이 자리에서 일어났을 때 두 사람의 표정은 처음 이곳에 왔을 때보다 훨씬 밝았다. 특히 태수는 중요하고 어려운 숙제를 해결한 것처럼 홀가분한 표정이었다.

"다음엔 집으로 초대해 주십시오. 아버님과 함께 뵙고 싶습니다."

"우리 바깥양반 쉽지는 않을 텐데. 그래요, 우리 집에서 간단하게 밥 먹어요."

집까지 정숙을 배웅한 태수는 크게 허리를 숙여 인사를 하고 뒤돌았다. 이 기분대로라면 춤이라도 출 수 있을 것 같았다.

"저기, 나 하나만 부탁해도 되나?"

"네, 뭐든 말씀만 하세요."

"예준이가 여름만 되면 약 먹은 병아리마냥 비실거려요. 더위에 약한데 먹는 것도 분식같이 먹기 편한 것만 찾고. 같이 식사하게 되면 제대로 된 음식 좀 챙겨서 먹여줘요."

"네, 걱정 마세요. 하루에 한 끼는 꼭 제대로 먹게 하겠습니다. 그 외에도 다른 일 생각나시면 언제든지 전화 주세요. 얼른 들어가세요, 어머니."

정숙은 멀어지는 태수의 모습을 흐뭇하게 봤다. 중간 중간, 내비치는 약간의 우울한 표정이나 주눅 들어 보이는 게 좀 마음에 걸렸지만 반듯하게 말하는 거나 예준에 대한 마음 씀씀이는 나무랄 데 없었다.

정숙에게라도 인사를 하고 가게로 돌아오는 태수는 마음이 한결 가벼웠다. 예준에게도 알리지 않고 벌인 일인데 생각보다 매끄럽게 마무리되어 정말 다행이었다. 정숙은 예준의 약 30년 후 모습을 연상시킬 정도로 두 사람은 많이 닮아 있었다. 아담한 키와 나이를 가늠할 수 없는 예쁜 미소 엉뚱하고 재미있는 언변이 여러모로 예준과 비슷했다. 앞으로 예준과 함께하는 시간이 길어지면 태수의 주변에도 마음을 붙이고 살 사람들이 하나, 둘 늘어날 것만 같았다.

"그럼 내 인생도 좀 살 만해지려나."

저절로 콧노래가 나오는 날이었다.

보고 있던 서류를 덮은 차 회장이 책상을 두드리며 심각한 얼굴로 한참을 앉아 있었다. 매달 태수 모르게 비서실을 통해 가게 일을 보고받는데 몇 달 사이 매출이 부쩍 늘었다. 좋은 일이긴 한데 차 회장의 머릿속은 복잡하기만 했다.

"김 비서, 들어와."

"부르셨습니다, 회장님."

"김 매니저는 찾았나?"

"소재 파악했습니다. 명령하시면 언제든지 잡아올 수 있습니다."

"도대체 태수는 무슨 생각으로 그놈을 그냥 보낸 거야? 경찰 고발을 할 수 있는 증거가 이렇게 많은데 왜 그냥 보냈느냔 말이야."

"아마도 회장님에 대한 대우가 아니었을까 생각됩니다."

"언제부터 제 놈이 내 생각을 그렇게 했다고, 태수는 요즘도 한량 짓하고 다니나?"

"아닙니다. 아주 착실하게 가게 일을 하고 계십니다. 매일같이 출근하시고, 영업시간엔 거의 가게에 상주하시고 직원들, 거래처 관리부터 손님 응대까지 아주 철저하게 하신답니다. 그 때문인지 서류에서 보신대로 매출이 나날이 증가하고 있습니다. 회장님께서 차려주신 레스토랑뿐만 아니라 독자적으로 운영하시는 커피숍도 성업 중입니다."

"그 녀석 여전히 이것저것 투자도 하나?"

"네, 부동산부터 주식, 펀드, 외환까지 다양하게 하십니다. 몇 년 전에 저가로 구매한 영세 아파트 몇 채가 얼마 전 재개발 지역으로 지정되면서 엄청난 차액을 벌어들이신 걸로 압니다. 계속 그런 식으로 돈을 벌어들이고 계십니다."

"도대체 그 녀석 그렇게 번 돈으로 뭐 해?"

"꾸준히 기부도 하시고 계속해서 투자를 반복하십니다. 투자 규모도 점점 커지고 있고 그로 인해 벌어들이는 수익도 엄청납니다. 사실 저도 아드님의 재산 상황을 정확히 파악하지 못했습니다. 다시 조사할까요?"

"됐어."

비서의 설명에 차 회장이 생각에 잠겼다. 태수가 벌어들이는 돈의 액수가 문제가 아니다. 태수는 돈에 대한 감각을 타고났다. 그런 면은 꼭 그를 닮았는데 녀석은 그 장점을 이용할 생각은 않고 세월만 낭비하고 다닌다. 회사에 들어와서 몇 년 만 배우면 회사 경영도 문제없이 잘해낼 수 있을 것 같은데 회사에 회자만 꺼내도 진절머리를 치고 도망가니 잡아올 방법이 없었다. 몇 년 전에 한 번 시도했다가 반항하던 태수가 거의 죽을 뻔한 후에는 차 회장도 말 꺼내기가 무서워졌다. 희수가 잘하기는 하지만 그저 현상 유지 정도이고 발전을 하려면 태수 같은 배짱이 필요하다.

"태수를 회사에 데려와야겠는데, 방법이 없을까?"

"그 문제는 저도 잘 모르겠습니다. 아드님께서 워낙 강경하셔서요. 아가씨를 통해 권해 보시면 어떨까요?"

"희수, 자리에 있으면 당장 오라고 해."

"알겠습니다."

차 회장의 명령에 비서는 자리에서 물러났고 조금 있다가 휠체어를 탄 희수가 들어왔다. 언제 봐도 단정하고 우아한 딸, 다리만 안 다쳤으면 훨씬 더 생기 있어 보일 텐데 가끔 희수는 밀랍인형 같은 느낌을 주곤 했다.

"부르셨어요, 아버지."

"태수 좀 만나봐."

"회사 일 때문에 그러세요?"

"네 동생, 언제까지 저렇게 바깥으로 돌게 둘 거야? 그 녀석 능력이 아깝지도 않아?"

"능력이 아니라 가족 때문에 처참하게 망가진 마음이 안타깝죠."

차 회장은 헛기침을 하며 자신을 빤히 보는 희수의 시선을 피했다. 희수의 깨끗하고 바른 시선은 없는 죄까지 만들어 자백해야만 할 것 같이 만드는 힘이 있었다.

"흐음, 태수야 제 엄마 때문에……."

"아버지는 방관자셨잖아요. 직접적 가해자인 어머니만큼 아버지도 나쁘셨어요. 최소한의 방어막이라도 되어주셨어야죠."

"다 지난 일 지금 와서 얘기해 봐야 무슨 소용이야?"

"정말 다 지난 일이라고 생각하시는 거예요?"

희수의 되물음에 차 회장이 다시 입을 다물었다. 희수가 조목조목 따지지 않아도 차 회장 역시 아내인 진경과 태수의 갈등은 점점 더 깊어지는 진행형이라는 걸 안다. 어떻게 해야 하나 고민을 무척이나 많이 했지만 너무 오랫동안 방치를 한 상태라 해결할 방법을 어디에서부터 찾아야 할지 모르겠다.

희수는 고민이 깊어지는 차 회장의 얼굴을 보며 한숨을 내쉬었다. 조금 더 적극적으로 진경과 태수의 문제에 개입해 주길 바라지만 차 회장은 항상 저기까지였다. 여전히 방관자의 자세를 버리지 못하는 차 회장을 보며 희수가 체념한 듯 긴 한숨을 내쉬었다.

"태수에게 가보긴 할 거지만 절대 강요는 안 해요. 아버지 욕심에 태수 불행해지도록 하지는 않을 거니까요. 회사에 욕심이 나서 그런다고 생각하셔도 돼요, 상관없어요. 제가 오해받는 게 태수 불행해지는 것보다 나으니까, 나가 볼게요."

그대로 사무실을 나가려던 희수가 문고리를 잡고 멈춰 섰다.

"이대로 두면 어머니와 태수 두 사람 중 한 명은 크게 다칠 겁니다. 지금보다 더 크게 후회할 일 만들지 마세요. 후회는 아무리 빨라도 늦은 거라고 아버지가 그러셨잖아요."

희수는 사무실을 나가버렸고 혼자 남은 차 회장의 시름만 더 커졌다. 어디서부터 잘못된 것일까? 태수를 가지게 한 거, 죄 없는 어린 경수가 죽은 거, 아님 자신이 진경을 욕심낸 거? 도대체 어디서부터 꼬여 어떻게 잘못된 건지, 제발 누군가 나서서 해결할 방법을 알려줬으면 좋겠다.

"아아, 그냥 국수나 떡볶이 먹어요."

"안 돼."

"아까 샌드위치도 먹었는데 무슨 고기를 먹자고 해."

"샌드위치도 한쪽밖에 안 먹었으면서."

"덥고, 힘들고 장보러 가기 귀찮단 말이에요. 고기를 먹을 거면 사가지고 오든가."

"산책하면서 운동 좀 하라고 일부러 안 사왔어. 너 운동 부족이야. 공부한다고 책상 앞에만 앉아 있는 거 능률도 안 올라."

예준은 세스까지 데리고 굳이 장보러 같이 가자고 제 손을 잡아끄는 태수에게 끌려가며 계속 징징거렸다.

그의 집으로 공부하러 온 지 일주일이 조금 넘었다. 태수가 이야기했을 땐 남자 집에 함부로 드나드는 것 같아 좀 꺼림칙했는데 정숙이 허락해 줘서 편히 다니고 있다. 그의 집으로 오면서 여러 가지로 편해졌다.

일단 사람들 때문에 받는 스트레스에서 벗어날 수 있었고 그가 그녀를 위해 거실에 놓아준 커다란 책상에서 마음껏 책을 늘어놓을 수도 있는 것도 좋았다. 공부하다 지치면 거실에 누워 쉴 수도 있고 가끔은 마당에 나가 세스와 놀기도 했다. 세스도 그녀가 워낙 무서워하는 걸 아는지 이젠 무조건 덤비지 않고 한 걸음 떨어진 곳에 앉아 꼬리만 열심히 흔들어 댄다. 그리고 가장 좋은 건 이렇게 중간, 중간 태수가 그녀를 보러 온다는 거였다.

태수는 그녀가 간식으로 먹을 것들을 잔뜩 준비해 놓고 출근을 하고 점심 영업이 끝나면 지금처럼 집으로 돌아와 그녀와 함께 제대로 된 식사를 했다. 예준이 가게로 가서 먹어도 되는데 직원들 사이에서 괜히 눈치 보며 먹는 게 싫다며 태수가 집으로 왔다.

"참, 가게 그만두는 거 생각해봤어?"

"생각은 해봤는데……."

"하반기 채용 준비하려면 바쁘다며."

"그렇긴 한데 나 용돈을 벌어서 쓰고 싶단 말이에요."

"떡볶이 사 먹을 돈 줄게."

"떡볶이만 먹나? 나는 커피도 좋아하고 빙수도 많이 먹고 종종 몸보신도 해야 하고……."

예준은 눈앞에 떡하니 내밀어진 골드 신용카드 한 장에 입을 다물었다. 농담이 아닌 건 알았지만 막상 카드를 꺼내 드는 태수를 보니 기분이 좀 묘했다. 무시당하는 것 같아 자존심이 상하기도 하지만 한편으론 자신을 정말 가깝게 느끼는구나 생각되기도 하고 그렇지만 덥석 그의 카드를 받게 되지는 않았다.

"마음에 안 들면 플레티넘으로 줘?"

"이왕이면 블랙으로 주죠, 그거 한도 없다면서."

"알았어, 그러지 뭐."

예준은 지갑을 여는 태수의 손을 덥석 잡았다.

"뚜쒸, 농담인 거 알면서 이렇게 반응하면 재미없죠. 여기서 다른 여자들 들먹이며 잘난 척을 하면 가만 안 있어요."

"이런 거 안 줘도 쫓아와서 귀찮아. 너 요즘 너무 피곤해 보여서 그래. 아침에 올 때마다 축축 처져서 저녁에 일할 때 보면 네가 그릇을 든 건지, 그릇에 달려가는 건지 불안하다고. 나 걱정돼."

진심으로 제 걱정을 하는 태수를 보던 예준이 장난기를 거두고 씩 웃으며 그의 목에 매달렸다. 여름만 되면 축축 처지고 시간만 나면 잠만 자려고 해서 가족들도 걱정을 많이 하지만 남자친구에게 듣는 걱정의 말은 많이 달랐다.

"좋다. 우리 엄마가 내 걱정을 하면 그냥 그런가 보다 하는데 태수 씨가 걱정을 하면 여기, 심장이 막 찌르르해요."

그녀보다 내리막 아래쪽에 서 있던 태수가 예준의 허리에 팔을 둘러 꼭 안았다. 서로의 얼굴이 상대의 어깨에 딱 걸치기 좋은 높이 태수가 예준의 목덜미에 얼굴을 비비다 쪽 하고 입을 맞췄다.

"그래도 카드는 안 받을래. 떡볶이 먹고 싶음 그냥 사달라고 할게요."

"세스야, 누나 말 너무 안 듣는다. 네가 좀 혼내줄래?"

"컹."

"세스도 이제 내 편이거든요. 그지, 세스야. 야, 그렇다고 덤비지는 말고."

그런 두 사람의 애정행각을 유심히 지켜보는 사람이 있었다. 차 회장의 부탁으로 태수를 만나러 온 희수는 가게가 아니라 그의 집으로 온 길이었다. 자신의 처지 때문에 혹시나 가게로 가면 태수가 불편해질까 봐 희수는 웬만하면 사람들 앞에 제 존재를 드러내지 않았다. 그래서 부러 집으로 왔는데 뜻밖의 모습을 보게 됐다.

태수가 가볍게 여자들과 어울리는 건 알았지만 집까지 불러들일 줄은 몰랐다. 거기다 저렇게 어려보이는 여자라니, 고등학교나 제대로 졸업한 건가 의심이 들 정도의 순진한 얼굴의 아가씨라는 게 더 의외였다. 당장이라도 태수를 불러 뭐라고 한 마디 하려던 희수가 입을 꾹 다물었다.

인상을 쓰고 찡찡대는 여자와 장난을 치며 내려오는 태수의 얼굴이 무척이나 행복해 보인 탓이었다. 가볍게 몸을 부딪치고, 잡은 손을 가지고 장난을 치고 다양한 표정으로 이야기를 하는 태수는 집에서는 한 번도 본 적 없는 가벼운 표정과 밝은 미소를 짓고 있었다.

"안 비서 눈에도 우리 태수 행복해 보여요? 저렇게 환하게 웃을 수 있다는 거 몰랐어요."

"처음 뵙는 모습입니다."

"우리 태수도 웃을 수 있구나."

투닥이며 내려오던 두 사람 분위기가 갑자기 심각해지더니 태수가 지갑에서 뭔가 꺼내는 게 보였다. 그때부터 잠시 풀어졌던 희수의 얼굴이 다시 심각해졌고 동네 골목에서 벌이기엔 좀 진한 스킨십을 하는 두 사람을 보면서도 표정이 풀릴 줄 몰랐다.

"상무님, 어떤 판단을 하시기 전에 얘기를 좀 들어보시죠."

"후우, 그래야겠어요. 나 괜찮아요?"

태수의 손님 앞에 나서도 괜찮겠냐는 뜻을 내포한 물음 앞에 승택은 마음이 아팠다. 그가 볼 때 희수는 언제나 완벽했는데 낯선 사람들 앞에서 항상 이렇게 위축되는 게 싫었다.

"상무님은 항상 완벽하십니다."

"안 비서는 항상 인심이 후해요. 그럼 이제 대면해 볼까요?"

그녀는 결심한 듯 휠체어를 밀며 서서히 두 사람에게로 다가갔다.

"차태수."

"누나. 여기까지 어쩐 일이야? 무슨 일 있어? 어디 아픈 거야?"

"아니야, 그런 거. 그냥 너 보려고 왔는데……."

말끝을 흐리는 희수의 시선이 예준을 향했다. 갑작스러운 희수의 등장에 놀란 예준이 얼른 허리를 90도로 꺾으며 인사를 했다.

"안녕하세요, 서예준이라고 합니다."

"이쪽은 우리 누나, 이쪽은 내 여자친구."

"반가워요. 차희수예요. 세스야, 오랜만이다. 우리 세스는 못 보는 사이에 더 컸네."

"컹컹, 컹."

희수는 제 무릎에 고개를 올린 세스의 머리를 쓰다듬어 주며 반가운 기색을 숨기지 않았다. 이렇게 동생을 만나고 세스를 볼 때면 가끔 자신도 평범한 사람의 일상을 나누는 것 같아 마음이 편해지고는 했다.

"어디 가는 거야?"

"마트에 장 보러 가는 중이었어."

"그래? 얘기를 좀 했으면 좋겠는데."

"그럼 집으로 가. 누나 점심 안 먹었지? 뭐 먹고 싶은 거 없어?"

"네가 해준 음식은 뭐든 다 맛있지."

태수의 말에 대답을 하는 희수의 눈길이 자주 예준에게 머물렀다. 자신을 너무 빤히 보고 있어서 점점 더 기분이 나빠지고 있었다. 결국 신경이 날카로워진 희수가 날이 선 목소리로 말을 꺼냈는데 예준에 의해 막히고 말았다.

"왜 그렇게 보는……."

"언니, 정말 예쁘세요."

"네?"

"정말, 정말 예뻐요. 꼭 인형 같아요. 얼굴이 어쩜 이렇게 작고 하얗고 예뻐요? 와, 목도 되게 되게 길다."

불쾌하게 일그러졌던 희수가 곧 곤란한 표정으로 태수를 바라봤다. 처음엔 예준의 태도가 자신을 놀리는 것 같아 기분 나빴는데 정말 순수한 동경의 눈길에 예준이 진심인 걸 알았다. 동정이나 호기심이 아닌 시선이 얼마나 오랜만인지, 그렇지만 찬양하듯 자신을 보는 시선도 난감하긴 마찬가지였다.

"그렇게 예쁜 거 아닌데……."

"아니에요, 정말 예뻐요. 같은 여자인데 반했어요. 언니한테 비하면 태수 씨 미모는 미모도 아니었네요. 나 사기당한 기분이에요."

"뭐가?"

"언니를 먼저 만났다면 태수 씨한테 반해서 먼저 좋다고 쫓아다니지 않았을 거라고요. 완전 속았어."

"저기, 태수야."

"저 꼴통 진짜. 누나가 이해해. 이 친구가 예쁜 것만 보면 사족을 못 써. 완전 탐미주의자야. 서예준, 정신 차려. 집에 가서 얘기해, 누나 힘들어."

"아, 알았어요. 언니, 제가 언니라고 해도 되죠? 제가 오빠랑 남동생만 있어서 언니가 없어요. 꼭 언니가 가지고 싶었는데, 언니 해주세요."

"그, 그래요."

"야호, 언니 생겼다. 야, 세스 너한테 말한 거 아니야. 덤비지 마."

"네가 그렇게 펄쩍펄쩍 뛰니까 세스가 같이 흥분하잖아. 좀 가만히 있어, 서예준."

"어떻게 가만히 있어요, 제가 자꾸 쫓아오는데. 소리만 지르지 말고 좀 말려 봐요. 야, 세스 침 묻는다. 하지 마, 덤비지 말라고."

희수는 태수를 사이에 두고 도망가는 예준과 따라가는 세스, 그 사이에 서서 정신없어하며 말리는 태수를 보며 웃음을 터트렸다. 수줍은 미소가 아니라 골목이 울리도록 웃는 희수를 보며 태수도 또 휠체어를 밀고 있는 승택도 모두 함박웃음을 지었다. 저렇게 입을 크게 벌리고 입속이 다 보이도록 웃는 희수의 모습은 참으로 오랜만이었다. 마음이 저릿할 정도로 반가운 희수의 웃는 모습, 태수는 목이 빠근할 정도로 마음이 울컥했다. 괜히 눈물이 나올 것 같아 희수와 함께 더 크게 웃었다.

집으로 돌아오자마자 태수는 늦은 점심을 준비하기 위해 주방으로 들어갔고 예준은 희수와 함께 거실에 앉아 있었다. 마주 앉아서도 예준은 희수가 무안할 정도로 뚫어지게 그녀를 보고 있었다.

"너무 그렇게 빤히 보면 나 부끄러운데."

"아, 죄송해요. 일부러 그러는 건 아니고 제가 지금 언니한테 정신을 반쯤 빼앗긴 상태라서요. 도저히 시선이 떨어지지 않아요."

"두 사람 만난 지 오래됐어요?"

"아뇨, 처음 만난 건 3월 말쯤이었어요. 완전 제 인생 최악의 날이었죠."

"과장하지 마, 서예준."

"과장이래, 내가 그날 세스 때문에 얼마나 놀랐는데. 저 그날 세스 때문에 골목에서 대자로 넘어지고 치마도 찢어지고, 구두 굽도 부러지고 완전 난리 났었어요. 세스, 너. 복날이 곧 다가온다."

희수는 유리문 밖에 세스를 향해 주먹을 내보이는 예준을 보며 피식 웃었다. 천성이 밝은 사람 같았다. 밝고 씩씩하고 생긴 건 되게 참하고 순하게 생겼는데 말하는 거나 행동하는 건 좀 말괄량이 기질이 보였다.

"아직 학생?"

"아뇨, 취준생이요."

"누나, 깊게 묻지 마. 취직 준비 때문에 스트레스 무지 받아 해."

"나도 떳떳하게 직장이라고 얘기하고 싶나고요."

시원한 음료를 가지고 나온 태수는 예준의 머리를 쓰다듬어 주며 희수와 눈을 맞추고 다시 주방으로 들어갔다. 깊게 묻지 말아달라고 눈빛으로 부탁하는 태수에게 살짝 고개를 끄덕여준 희수가 예준을 살폈다. 방금 전과 달리 조금 시무룩한 표정의 예준을 보며 태수가 말한 뜻을 조금은 알아들었다.

"그래서 우리 태수가 용돈 준 거예요?"

"네? 아, 저, 그게……."

"우리 가게에서 아르바이트하는 거 그만두고 취직 준비만 하라는데 말을 안 들어. 카드 줘도 싫다고 하고 대신 부를 때마다 달려 나와서 밥 사래."

"내가 언제요?"

"떡볶이 먹고 싶으면 사달라고 하겠다며. 너, 여자 너무 독립적이고 고집 센 것도 별로 매력 없어."

"그렇다고 카드 준다고 덥석덥석 받아요? 난 그것도 별로 매력 없네요, 잠깐, 설마 나 밥 사주러 다니는 거 귀찮아서 카드로 때우려는 거예요? 그런 거죠, 언니."

희수는 그냥 웃고 말았지만 머릿속은 좀 복잡했다. 정확한 사정을 모르고 이리저리 추측하는 건 싫은데 어떤 형편인지 모르니 자꾸만 그렇게 됐다. 그래도 무조건 남자에게 받고 보자 이런 성격은 아닌 거 같아 한편 다행이지 싶었다.

"근데 왜 음료수는 나만 줘? 예준 씨는?"

"제 주지 마, 누나. 우리 꽃돼지가 요즘 밥을 잘 안 먹어서 내가 무지 신경 쓰고 있거든. 서예준, 밥 먹기 전에 아무것도 먹지 마."

"고기도 안 사왔으면서, 나 뭐 줄 건데요? 국수……."

"닭고기 구울 거야."

"구워서 샐러드……."

"통으로 다 먹어."

"아, 진짜. 안 넘어간다고요."

"소스 만들어줄게. 너 하루 한 끼는 제대로 먹게 한다고 어머니께 약속 드렸다니까."

음료로 입을 축이고 있던 희수가 멈칫하며 주방에서 부지런히 움직이는 태수를 봤다.

"예준 씨네 집에 인사드린 거야?"

"아니, 어머님만 뵀어. 다음에 정식으로 인사드리러 가야지."

"두 사람, 결혼까지 생각하는 거야?"

희수의 질문에 두 사람은 침묵을 지켰다. 예준은 자신의 처지 때문에 쉽게 대답을 하지 못했고 태수는 혹시나 자신의 대답 때문에 예준이 곤란해질까 봐 생각을 정리할 시간이 필요해서였다.

"결혼은 몇 년 후 이야기야. 난 아직 마음의 준비가 안 됐고 예준인 어려. 나 아직 유부남 될 생각 없다. 나보다 누나가 먼저 가야지. 누나 나이 이제 만만치 않아."

선반에서 후추를 꺼내던 태수는 묵묵히 희수의 뒤를 지키는 승택을 봤다. 승택은 모르겠지만 희수를 볼 때면 평상시의 무표정과 달리 아주 미묘하게 풀어지고는 했는데 저게 승택의 진심이지 싶었다. 이제 좀 강하게 다가갔으면 좋겠는데, 언제까지 저렇게 바보처럼 보고만 있을지 모르겠다.

"아, 맞다. 누님이시지. 태수 씨보다 몇 살 위신데요?"

"2살."

"그럼 33살? 초절정 동안이시다. 제 또래로밖에 안 보이세요. 친구라고 해도 믿겠어요. 언니 저랑 사진 한 장 찍으실래요? 사진 한 장만 같이 찍어주세요."

"그, 그래요."

사진 찍는 걸 너무너무 싫어하는 희수지만 두 손을 모으고 눈을 반짝이며 말하는 예준의 부탁을 차마 거절할 수가 없었다. 예준이 핸드폰 카메라를 켜며 희주의 뒤쪽으로 가서 섰고 어느새 태수가 주방에서 나와 합류했다.

"태수 씨는 나중에. 일단 언니랑 나랑 둘이만 찍을 거예요."

"진짜 치사하네. 야, 내가 어디 가서 외모로 안 밀리거든."

"언니한텐 택도 없네요. 언니, 여기요. 하나, 둘, 셋."

활짝 웃는 두 여자의 모습이 사진 안에 담겼다. 그 후에는 태수와 둘이, 예준까지 셋이서, 또 승택까지 합류해 사진을 찍고 또 찍었다.

"우리 밥 먹기 전에 마지막으로 마당에서 세스까지 다 찍어요. 얼른요. 안 비서님이라고 하셨죠? 우리 언니 좀 안아서 나오실래요? 아무리 언니라도 태수 씨 제 남자라 못 빌려드리겠어요, 죄송해요."

예준은 태수의 손을 잡고 마당으로 먼저 나갔고 승택이 희수를 번쩍 안아 들었다.

"그냥 휠체어……."

"기회도 못 잡는 바보는 아닙니다."

먼저 마당에 나간 예준과 태수는 현관을 나오는 두 사람을 흐뭇한 얼굴로 보고 있었다.

"안 비서님이 언니 좋아하죠?"

"12년의 질긴 짝사랑이지."

"12년? 그럼 언니는요?"

"싫었으면 진즉에 정리했겠지. 우리 누나가 조금만 더 용기를 냈으면 좋겠는데."

"잘될 거예요. 내 눈엔 보여요. 여기 이쪽으로 오세요."

태수가 직접 만들어 놓은 하얀색 작은 벤치에 희수와 예준이 나란히 앉고 그 뒤를 지키고 선 두 남자가 허리를 굽혀 한 카메라 앵글 안으로 들어왔다. 희수의 다리에 얼굴을 얹은 세스까지 자리를 잡으며 모든 준비가 끝났다.

"김치, 치즈, 위스키, 하나, 둘, 셋."

예준의 구호에 맞춰 사진이 찍히고 너무나 행복하게 웃고 있는 네 사람이 그 안에 있었다.

"오늘 너무 반가웠어요. 예준 씨 덕분에 내가 아주 많이 웃었어요."

회사로 돌아가는 희수의 얼굴에는 아직도 흥분이 가시지 않은 듯 약간 홍조가 드리워 있었다. 점심을 먹는 내내 너무 많이 웃어서 머리가 띵할 정도였지만 기분은 정말 좋았다. 예준은 시종일관 유쾌했고 그런 예준과 투덕거리면서도 흐뭇한 미소를 지우지 못하는 태수를 보는 재미도 쏠쏠했다. 예준이 옆에 있어 준다면 태수는 지금부터라도 잃었던 제 인생을 제대로 살 수 있을 거 같단 생각이 들었다.

"저도요, 언니. 언니 저 종종 전화 드려도 되나요?"

"언세든지 연락해요. 떡볶이 나도 사줄게요."

"오호, 신난다. 저 진짜 연락합니다."

"꼭 해요, 연락 안 하면 내가 서운할 거 같아. 그리고 태수가 용돈 준다고 하면 받아요. 너무 거절하면 남자들 삐쳐요. 남자들이 더 속 좁은 거 알죠?"

"네, 알겠습니다."

"누나, 조심해서 가. 전화할게."

"그래, 아까 내가 얘기한 거 생각해볼 거지?"

태수는 대답 없이 희수를 안아 차에 태웠다. 혼자 충분히 할 수 있는 희수였지만 태수의 손길을 거절하지 않았다. 뒷좌석에 자신을 태워주는 태수의 귀에 희수가 작게 속삭였다.

"예준 씨, 놓치지 마. 좋은 사람 같다."

"응, 안 놓쳐."

"행복하니?"

"태어나서 처음으로 행복해."

희주는 태수를 꼭 안아줬고 태수도 그런 희수를 마주 안았다.

"누나, 미안해."

"그러지 마, 태수야. 네가 행복해지는 게 나도 행복해지는 거야.

예쁜 내 동생."

태수는 희수를 힘줘 안았다 놓아줬다. 조금 더 안고 있다간 엉엉 울음을 터트릴 것만 같았다. 멀어지는 차 안에서 두 사람에게 신나게 손을 흔들어준 희수가 편안히 의자에 기대며 눈을 감았다.

"하아, 정말 행복한 하루였어요."

"태수 씨와 예준 씨 정말 잘 어울리는 것 같습니다."

"그러게요. 저렇게 행복해 하는 두 사람 오래 보고 싶네요."

진경을 떠올린 희수의 마음에 작은 불안이 피어올랐지만 이내 무시했다. 진경이 아무리 독해도 예준에게까지 해코지를 할 거라고는 생각하고 싶지 않았다. 나쁜 생각을 하고 싶지 않은 희수는 눈을 감았고 룸미러로 그 모습을 보던 승택이 자동차의 속도를 늦췄다. 많이 예민한 희수가 조금이라도 편히 쉬게 해주고 싶었다.

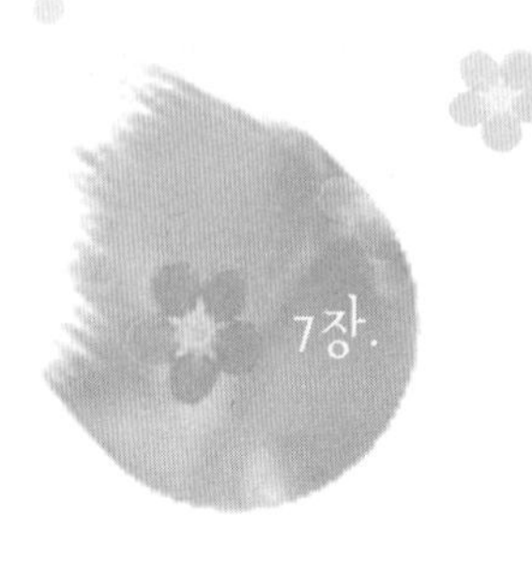

7장.

승택으로부터 서류를 건네받는 희수의 얼굴이 꽤나 밝았다. 생각지도 못하게 예준과 태수를 만나고 돌아온 후부터 희수의 기분은 계속 상승곡선을 그리고 있었다.

"하반기 채용 지원자 서류인가요?"

"네, 정식 공개채용이 아니라 결원을 보충하는 수준이기 때문에 따로 서류 접수는 받지 않았습니다. 상반기 채용 지원자 중 마지막 면접까지 올라온 응시자들 중에 가장 출중하고 아깝다고 생각되는 사람들만 골라봤습니다."

"그래요? 굳이 그럴 필요가…… 어라, 서예준 씨네요? 이게 어떻게 된 거죠?"

"상반기 최종합격자 중에 최 이사님 때문에 떨어진 사람이 바로 서예준 씨였습니다."

"이유는요?"

"최 이사님 조카 때문이었습니다. 결국 그 조카는 석 달 만에 그만뒀고요."

"허, 어이가 없어서. 아직도 이런 일이 많습니까?"

"부모가 대기업에 다니는 자녀가 대기업에 합격되는 경우가 많답니다. 우리 회사도 예외는 아닙니다."

불쾌한 듯 인상을 쓴 희수는 예준의 지원서를 꼼꼼히 챙겨 봤다. 부모님과 오빠 하나, 남동생 하나, 한국 최고 대학 졸업, 높은 학점, 봉사 중심이 되는 동아리 활동, 여러 종류의 다양한 자격증과 이러저러한 경험에서 성실성은 증명됐고, 개성 넘치는 자소서에서 그녀의 독창성이 보였다. 보는 사람이 흐뭇할 정도로 완벽한 지원서였다. 이런 인재가 혈연에 의해 입사 기회를 박탈당한 건 회사로서도 손해였다.

"최 이사님 요즘도 하도급 업체에서 불법 리베이트 받으시죠?"

"네."

"물론 아버지도 알고 계시고요?"

"일정 부분 눈감아 주시는 것으로 알고 있습니다."

"이참에 정리 좀 하고 가야겠어요. 최 이사님에 대한 조사 다시 시작하세요. 조만간 정리해야겠어요."

"하지만 상무님, 최 이사님께서는 회장님과도 막역한 사이시고 이번 일이 잘못되면 상무님께서 타격을 입으실 수도 있습니다."

"잘됐네요. 이번 기회에 아버지 의중이 어느 쪽에 머무는지 알아보는 것도 좋겠어요. 알잖아요, 나 이 회사에 별 미련 없는 거."

승택은 그래서 더 걱정됐다. 희수가 태수에 대한 부채감으로 회사 일에 뛰어들긴 했지만 희수는 항상 한 발을 빼고 있는 사람처럼 적극적이지 않았다. 차 회장이 그런 희수의 태도가 능력이 없어서라고 생각해 태수에게 더 미련을 못 버리고 있지만 결코 그렇지 않았다. 다른 듯 닮아 있는 희수와 태수, 생애 별 애착을 두지 않는 남매, 태수에겐 예준이란 미련이 생겼지만 희수는 아직 아니었다.

"희수야."

승택의 부름에 창밖을 보던 희수가 고개를 돌렸다. 참으로 오랜만에 들어보는 그의 하대에 희수가 피식 웃었다.

"선배, 그거 알아요? 대학 다닐 때 선배 별명이 노친네였다는 거. 가끔 날 이름으로 부를 때면 정말 노친네 같아."

"복학 후에는 차희수 껌딱지로 더 유명했지."

승택의 말에 희수는 입을 다물었다. 그의 말이 맞았다. 승택은 군대 다녀온 복학생, 희수는 예쁘장한 얼굴이 아까운 다리병신 신입생, 흥미로 다가오는 사람들에게 무척이나 까칠하고 도도하게 굴었던 희수는 저돌적으로 다가온 승택이 아니었다면 대학 생활을 무사히 마치지 못했을 것이다. 결국 그녀를 따라 회사에 입사하고 옆에 쭉 머물렀던 승택, 그녀를 향하는 마음을 알면서도 모르는 척 외면했는데 가끔 이렇게 에둘러 표현할 때면 가슴이 먹먹했다.

"부모님은 건강하시죠?"

미미하게 인상을 쓴 승택은 대답을 하지 않았다. 간접적이긴 하지만 그의 마음을 거절하는 가장 확실한 대답, 무표정한 승택의 시선이 희수를 향했고 희수는 얼른 서류철로 시선을 돌렸다.

"서류심사는 통과했으니 마지막은 면접인가요?"

"그렇습니다."

"서예준 씨가 합격하고 나서 내 존재를 알게 되면 혹시라도 오해할 수 있겠죠?"

"미리 말씀하시는 게 낫지 않겠습니까?"

"알겠어요, 나가보세요."

살짝 허리를 굽혀 인사하고 물러나던 승택이 다시 희수를 향해 돌아섰다.

"희수야, 벌써 12년이다. 몇 년 더 지난다고 해도 난 별로 달라질 거 없어."

"선배."

"네 옆에 있을 수만 있다면 계속 이대로 지내는 것도 나쁘지 않아. 나가보겠습니다."

희수의 부름에도 승택은 그대로 나가버렸고 혼자 남은 희수의 표정은 복잡했다. 12년, 무척이나 긴 그 시간 동안 승택은 항상 그녀의 옆에 있었다. 아쉬울 때도 먼저 손 내밀 필요 없이 항상 알아서 챙겨 준 그였다. 어쩌면 그를 놓지 못하는 건 희수 쪽일 수도 있다.

"후우, 붙잡고 있어서 어쩌자는 거야. 차희수, 가장 냉정해야 할 문제를 질질 끌고 있네, 나답지 않아."

다시 서류를 붙잡는 희수의 표정이 무척이나 어두웠다.

사장실을 나서기 전 태수는 휴대전화를 꺼내 예준에게서 온 문자를 한 번 더 확인했다.

[싸장님, 저는 오늘 마르게리타피자가 먹고 싶습니다. 치즈 듬뿍, 바질 듬뿍 올려서. 내 거, 오늘도 아자! 보고 싶어용~♥]

태수는 내 봄이라고 뜬 예준의 저장 화면에 쪽 하고 뽀뽀를 했다. 이제 곧 보겠지만 괜히 마음이 급했다. 예준이 부탁한 피자를 받으러 주방으로 내려가자 이미 포장을 다해 놓은 장근이 그를 보며 빙글빙글 놀리듯 웃고 있었다.

"아이고 우리 사장님 점심 영업 정리도 안 끝났는데 벌써 가십니까?"

"왜 또 시비십니까? 제가 부탁드린 피자는요?"

"이미 준비 다 해놨지요. 오늘은 내 봄 님께서 피자가 드시고 싶으시답니까?"

"네, 저는 내 봄한테 피자 먹이러 갑니다."

예준의 핸드폰 저장 명인 '내 봄'을 들키고 난 후 장근은 종종 태수를 지금처럼 놀려먹었다. 예준과의 연애 이후 태수만 보면 도둑놈이라고 장난삼아 시비를 거는 장근에게 아주 좋은 빌미를 제공한 셈이었다. 가게를 벗어나자마자 태수는 발에 모터를 단 듯 빠르게 걸었다. 자신 때문에 항상 늦은 점심을 먹어야 하는 예준에게 미안했다. 오늘은 간식을 좀 먹었으려나 생각하며 도착한 집이 유난히 조용했다.

"어라, 세스는 어디 있지?"

마당을 돌아보고 현관으로 간 태수가 열린 현관문 사이로 보이는 세스의 엉덩이와 꼬리 앞에 발을 멈출 수밖에 없었다. 원래 집 안에는 안 들어오는데, 태수는 혹시라도 예준이 놀랐을까 봐 다급하게 현관문을 열었다.

"풋."

태수는 나오려는 웃음을 얼른 참고 주머니 안의 휴대전화를 꺼내 들었다. 마룻바닥에 옆으로 누워 잠이 든 예준과 거실 턱에 얼굴을 올리고 현관 바닥에 누워 잠든 세스, 그리고 슬쩍 겹쳐 있는 예준의 한 손과 세스의 앞발이 무척이나 다정해 보였다. 햇살이 스며드는 거실에서 평화롭게 잠이 든 예준과 세스, 만약 저기에 두 사람의 아이가 있다면 더 완벽한 그림이 되지 않을까 하는 생각을 불현듯 머릿속을 스쳤다.

"세스만 보면 질겁하더니 언제 이렇게 친해진 거야."

태수가 핸드폰을 켜 사진을 찍었다. 살짝 입을 벌리고 잠든 예준, 슬쩍 눈을 떠 태수를 한 번 보고 다시 잠에 빠지는 세스, 겹쳐진 손과 발을 확대해서 몇 장 더 찍었다. 태수는 귀찮은 듯 몇 번 꼬리를 털어대는 세스를 피해 조심해서 안으로 들어갔다.

"그래, 알았다. 방해 안 하마. 이 녀석은 갈수록 까칠해져."

발끝으로 조심해서 들어간 태수는 소파 위 쿠션을 들어 잠든 예준의 머릿밑으로 넣어주고 얇은 담요도 덮어줬다. 편히 잠이 든 예준의 옆에 앉아 조심스레 그녀의 머리를 쓰다듬던 태수도 슬쩍 누웠다. 팔베개를 하고 천장을 보고 누웠던 태수가 몸을 움직여 뒤에서 예준을 꼭 끌어안고 누웠다. 태수 때문에 세스의 발을 잡고 있던 손이 슬쩍 멀어지자 세스가 불만이라는 듯 작게 으르렁대며 발을 더 깊게 들이밀었다.

"어이가 없다, 어이가 없어. 내쫓기기 싫으면 조용히 자자."

그 말을 들었는지 말았는지 세스도 다시 조용해졌고 예준을 꼭 안은 태수는 지금의 평화와 침묵을 즐기며 눈을 감았다.

"아, 좋다."

만족이라는 걸 느끼는 순간마다 예준에게 아주 많이 진심으로 감사했다.

책상에 앉은 차 회장은 깊은 생각에 빠져 있었다.

'회사 이야기는 했지만 태수는 여전히 생각하기도 싫데요. 강요하지 않았어요. 태수 태어나서 처음으로 행복하데요, 아버지 욕심으로 그 아이의 행복을 방해 마세요.'

태수를 만나고 돌아온 희수의 말이었다. 태수가 행복이라는 말을 입에 올렸다는 것 자체가 믿을 수 없었지만 희수는 거짓말할 아이가 아니다. 더 자세한 이야기를 듣고 싶었지만 희수는 물론 비서인 승택까지 입을 딱 다물어버렸다.

"지독한 것들."

희수와, 승택 둘은 한 푼어치도 안 틀리고 똑같아서 사람 질리게 하는 구석이 있다.

"저럴 거면 확 결혼이라도 해버리지, 눈앞에 알짱거리면서 사람 신경 쓰이게 만들고. 승택이 녀석은 남자가 되어서 여자 마음 하나를 못 얻어서 몇 년을 허송세월만 하고 있고. 후우, 자식들이라고 내 마음대로 되는 놈들이 없어."

가벼운 말투에 섞인 시름이 깊었고 표정 역시 무척이나 심각했다. 태수가 희수를 도와 회사 일을 맡아주면 차 회장은 당장이라도 은퇴를 하고 아내인 진경에게만 집중해서 살고 싶었다. 너무 늦었지만 지금이라도 노력해서 최소한 좋은 남편이라도 되고 싶었다.

"김 비서 차 대기시켜."

성격 급한 차 회장이 이 정도면 많이 참았다. 되든 안 되든 이젠 직접 태수와 대면해 봐야 할 때라고 생각했다. 제발 느긋하게 여유를 가지고 이야기해야 할 텐데, 마음만 급해서 서두르다간 일을 그르치게 될 텐데 말이다. 비서가 들어오기도 전에 회장실을 나가는 차 회장의 걸음은 여유를 가지자는 다짐과는 달리 이미 너무 빨랐다.

"거기서 같이 잠이 들면 어떻게 해요? 날 깨웠어야지."
"너무 곤히 자고 있어서 차마 못 깨웠다니까."
"빨리 좀 걸어요. 나보다 다리도 길면서 왜 이렇게 늦장이에요."
"그렇게 안 서둘러도 돼. 아직 시간 있어."
"알바생들은 영업 30분 전에 가 있어야 하는 거 몰라요? 지금까지 지각 한 번 없이 잘 다녔구만 마지막 날 이게 뭐예요."
"마지막 날이니까 늦어도 돼."
"유종의 미 몰라요? 사람은 있을 때보다 떠날 때 더 잘해야 한다고요. 지금 나 골탕 먹이려고 일부러 늑장 부리는 거죠. 나 먼저 갑니다."
"어딜."
태수는 자신을 혼자 두고 앞질러 가려는 예준의 허리에 팔을 감아 제 옆에 세웠다. 자신도 모르게 잠이 들었고 자신을 두드려 깨우는 예준의 손길에 일어나 정신도 차리기 전에 집을 나온 참이었다. 아직도 잠이 덜 깬 머리는 좀 멍한데 예준은 늦었다고 종알대기 바빴다. 잘 몰랐는데 은근 잔소리가 많다, 서예준은.
"으엑. 뭐 하는 거예요? 허리 놔요, 빨리."
"뽀뽀해주면 놔줄게."
"이럴 시간 없다니까. 야, 차태수!"
"뭐? 야, 차태수! 아주 맞먹어라."

"에이씨, 안 내려놓으면 때려준다."

"그러던가."

태수는 옆구리에 끼고 있던 예준이가 발로 찰 것처럼 버둥거리자 아예 어깨에 메버렸다. 사정을 두지 않는 주먹으로 몇 대 얻어맞고 예준을 내려놓은 태수가 그녀의 얼굴을 잡고 입술을 꾹 밀어붙였다.

"쪽."

"아이고야, 정신이 하나도 없다."

"풋, 그래서 싫다고?"

"음……."

"대답 안 하네?"

"지금은 얄미워서 대답 안 해줄 거예요."

"그래도 좋아하는 거 다 보여, 여기 입꼬리가 실룩실룩하거든."

"다음 생애는 내가 남자로 태어나서 막 놀려줄 거야!"

"날 정말 많이 사랑하는구나. 그래, 다음 생애도 또 만나자."

예준은 계속 자신을 놀리는 태수 때문에 열 받아 팔짝팔짝 뛰었고 태수는 그런 예준을 계속 건드리면서 약을 올렸다. 살짝 삐친 예준이 허리에 손에 올리고 오리 입을 하고 째려보자 태수가 슬슬 다가와 그녀를 확 안고 좌우로 몸을 흔들었다.

"서예준, 나 누구 거라고?"

"내 거, 서예준 거."

"그래, 네 거. 난 너밖에 없다."

"나도 차태수밖에 없네, 뭐."

가볍게 입술을 부딪친 두 사람이 함빡 웃으면서 손을 꼭 잡고 가게를 향해 걷기 시작했다. 예준이 뛰기 시작하자 태수가 따라가고 어느 순간 태수가 앞서 뛰어가며 예준을 잡아끌며 두 사람은 동시에 웃음을 터트렸다. 애정을 담아 투닥거리고, 비슷한 표정으로 웃고, 말하지 않아도 서로를 너무나 사랑하는 게 겉으로 보였다.

"저기, 저놈이 우리 태수 맞나?"
"네, 맞습니다."
"둘이 심상치 않아 보이는데 자네 눈에는 어때?"
"제가 보기에도 꽤 진지해 보입니다."
"허, 허참."
레스토랑으로 태수를 찾아온 차 회장은 차창 밖으로 보이는 아들의 모습에 할 말을 잃었다. 어린 나이가 아니니 만나는 여자야 있을 수 있다고 생각하지만 태수와 예준의 분위기는 가볍게 만나는 사이처럼 보이지 않았다. 특히나 두 사람이 걸어 내려오는 방향은 태수의 집 쪽이었는데 개인적 영역을 굉장히 중요시하는 태수가 집까지 들이는 여자라면 정말 심각한 사이라는 거다.
어린애들처럼 꼭 잡은 두 손을 앞뒤로 흔들며 레스토랑으로 들어가는 두 사람을 보는 차 회장의 눈이 가늘어졌다. 태수가 태어나 처음으로 행복한 이유가 저 여자 때문일 만큼 중요한 사람이라면 차 회장에게도 또 다른 기회를 만들어줄 수 있을지 모른다.
"저 여자애에 대해 조사해 와."
"네?"
"낼모레까지 저 여자애에 대해 조사한 거 내 책상에 올려놔."
"알겠습니다."
"그만 출발해."

"안 만나고 가십니까?"

"지금은 아니야."

그의 명령에 차는 그대로 출발했고 회사로 돌아가는 차 회장은 꽤나 꿍꿍이가 많아 보였다.

낯선 사무실 소파에 앉은 예준은 불안한 시선으로 주변을 살피고 있었다.

"아, 뭐야. 이런 데로 납치할 리는 없고 설마 태수 씨 아버지가 여기 회장님? 아닐 텐데, 그런 말 없었는데."

불안함에 혼자 중얼거리고 있는데 주머니 속 핸드폰이 덜덜 울렸다. '내 거' 라고 뜬 액정을 확인한 예준이 입술을 깨물었다. 왜 아직까지 오지 않냐고 걱정하는 태수의 전화일 게 뻔한데 목소리가 떨려 나올까 봐 받을 수가 없었다. 전화가 끊어질 때까지 기다렸다가 교수님을 만나는 중이라고 거짓 문자를 보내고 얼른 전화기를 주머니에 넣었다.

"이대로 그냥 가버릴까?"

슬쩍 의자에서 엉덩이를 든 예준이 꼭 닫힌 문을 한 번 보고 소파에서 한 걸음 멀어졌다. 한 걸음, 또 한 걸음 문에 가까워질수록 하얗게 질린 예준의 얼굴에 혈색이 돌아왔고 마지막 한 걸음 막 문손잡이에 손을 올렸을 때 문이 벌컥 열렸다.

"엄마야."

"헉!"

"죄, 죄송합니다."

"아, 아니 괜찮네. 자네는 안 다쳤나?"

"저는 괜찮습니다."

"오전 회의가 있어서 좀 늦었네. 많이 기다렸나?"

"예, 조금, 아, 아닙니다."

때맞춰 문을 열고 들어온 차 회장의 가슴을 들이박고 뒤로 밀린 예준이 소파에 허리를 부딪쳐 꽤 아팠지만 얼른 문지르던 손을 내리고 똑바로 섰다. 차 회장도 갑자기 벌어진 일에 당황했지만 이내 평정심을 되찾았다. 두 사람의 소란에 회장실 문이 꽤 오랫동안 열려 있었고 마침 희수 대신 회장실로 올라온 승택은 회장실 안 예준을 보고 얼른 그 자리를 떴다.

소파에 앉은 차 회장과 예준은 한참 말이 없었다. 궁금한 게 많은 예준은 차 회장이 말문을 열 때까지 그의 입술만 보고 있었다.

"우리 태수랑 만나는 사이라고?"

"네, 맞습니다."

"만난 지는 오래됐나?"

"그렇게 오래되지는 않았습니다. 저기, 저도 궁금한 게 있는데 물어도 될까요?"

"그러시게."

"정말로 태수 씨 아버님 맞으시죠?"

"그러네."

흐음 소리를 낸 예준은 입을 꾹 다물었다. 딱히 묻지 않아도 알 수 있을 정도로 차 회장은 태수와 많이 닮아 있었다. 예준은 좀 떨리긴 했지만 차 회장을 정면으로 응시했다.

태수가 어머니와 죽은 형을 이야기할 때 아버지는 한 번도 거론되지 않았었다. 아들과 아내가 그 끔찍한 일을 겪을 때 남편과 아버지란 사람은 어디서 뭘 하고 있었던 걸까? 예준의 머릿속은 그 의문으로 가득 들어차 다른 생각은 할 수가 없었다.

그녀의 상념을 모르는 차 회장은 차를 마시며 자신의 궁금증을 채워나가기 시작했다.

"그렇게 긴장하지 않아도 되네. 아직 많이 어려 보이는군."

"25살입니다. 대학은 졸업했고 취준생입니다."

"흐음, 취준생이라. 우리 회사에도 지원했었나?"

"상반기 채용에서 마지막 면접까지 봤는데 결국 불합격했습니다."

예준의 대답에 차 회장이 눈을 반짝였다. 마지막 면접까지 갔다면 어느 정도 실력은 인정받았다는 이야기다. 만약 이 아이를 이용해 태수를 회사로 끌어들일 수 있다면, 기분 좋게 두 사람 사이를 허락하고 그걸 계기로 태수와의 관계도 회복할 수 있다면 일거양득을 넘어서는 이익을 얻게 된다.

거기다 차 회장은 눈빛이 살아 있는 예준이 마음에 들었다. 처음 봤을 때 너무 어리고 순해 보여서 어떻게 태수를 감당하나, 저러다 태수가 질려서 도망가지 그런 생각을 했는데 자신의 시선을 피하지 않고 똑바로 받아내는 게 기특했다.

예준은 하고 싶은 말을 참느라 입술을 질겅거렸다. 그의 부모님에 대한 반감이 이렇게까지 큰 줄 자신도 몰랐다. 당장이라도 차 회장의 앞에 그 어린 아들이 마음의 병이 깊어 인생을 포기하고 싶어질 때까지 당신은 뭘 했냐고 따지고 싶었는데 간신히 참고 있었다.

차 회장은 자신의 본심을 꺼내기 위해 주변 이야기부터 하기 시작했다.

"우리 태수가 집안에 대해선 아무 이야기도 안 했겠지?"

"……네, 그렇습니다."

"그럼 많이 놀랐겠네."

"회장님을 갑자기 뵙게 돼서 놀랐습니다."

"그 점은 내가 양해를 좀 구하지. 내가 성격이 급한 편이라 막상 자네 존재를 알게 되니 인사시킬 때까지 기다릴 수가 있어야지. 내 비서가 무례하진 않았지?"

"아니요, 충분히 예의 바르셨습니다."

"태수가 가족들에게 별로 마음을 못 붙이고 살아. 그래서인지 밖에 나가면 절대 집안 이야기를 하지 않지. 자네한테만 그런 건 아니니 너무 기분 나쁘게 생각하지 마시게."

"기분 나쁘게 생각 안 합니다."

"지금이라도 우리 태수가 마음잡고 가족들과 잘 지내는 게 내 바램이라네. 일단 가게 정리하고 제 누나 도와 회사 일을 맡아줬으면 좋겠는데 영 말을 안 들어. 참, 자네도 우리 회사에 지원했었다니까 세 사람이 함께 출근하는 것도 아주 보기 좋겠군."

대답 없이 자신을 빤히 보는 예준의 시선에 차 회장이 인자한 미소가 점점 사라졌다. 아까와는 달리 서늘한 시선과 무표정이 소리 없이 그를 비난하는 것 같았다.

예준은 머릿속에서 '팍' 하고 전구 나가는 소리가 들렸다. 그나마 태수의 아버지라 예의는 지키기 위해 큰숨을 들이쉬고 입을 열었다.

"회장님, 설마 취업을 미끼로 절 이용하시려는 건 아니시죠? 회장님처럼 대단하신 분이 그런 치졸한 방법을 쓰실 거라고 생각하지 않겠습니다. 그리고 정말 묻고 싶은 게 있는데요."

"말씀하시게."

"돌아가신 형님의 교통사고 후 아버님은 태수 씨에게 어떤 역할을 하셨습니까?"

"자, 자네가 그 이야기를 어떻게 알고 있는 건가?"

"태수 씨가 이야기해줬습니다."

"그, 그 이야기를 자네에게 했단 말인가?"

"네."

차 회장의 표정이 처참해졌다. 모든 불행의 시작인 경수의 사고와 죽음, 이름만 들어도 숨이 턱턱 막힐 정도로 고통스러운 기억, 여전히 그 고통에서 빠져나오지 못하고 괴로워하는 가족들이 차 회장의 눈앞에 지나갔다.

"그 녀석 많이 원망하던가?"

"모두 자신의 잘못이라고 했습니다. 자신만 아니면 일어나지 않았을 사고였다고 자신 때문에 가족들 모두 너무 불행해졌다더군요."

"하아, 그렇군."

"그런데 그 이야기 안에 회장님은 안 계셨습니다. 그래서 저는 혹시나 태수 씨가 아버님이 안 계신가 그런 생각도 했는데 도대체 아버지로서 회장님은 어디 계셨던 겁니까?"

"……."

"회장님, 8살 어린 아들이 떨쳐버릴 수 없는 죄책감에 마음의 병이 깊어 골수에 사무쳤어요. 자기 때문에 불행해진 사람이 너무 많다면서 왜 살아야 하는지 몰랐다고 했어요."

예준의 목소리는 담담했다. 호통도 아니었고 비난도 아닌 조용한 외침이 그 누구의 말보다 날카롭게 그의 폐부를 찔러왔다. 차 회장이 괴로운 듯 눈을 질끈 감았고 예준이 고개를 숙이며 그를 향했던 시선을 거뒀다. 정말 물어보고 싶었던 질문이었는데 막상 입 밖으로 말하고 나니 가슴이 더 답답해졌다. 그건 아마도 아버지로서 너무 괴로워하는 차 회장의 이면을 봐서인지도 모른다.

차 회장은 그저 의자에 기대 눈을 감고 있었다. 제 잘못을 힐책하는 예준 덕분에 도리어 마음이 조금 가벼워졌다고 하면 너무 역설적일까? 결혼 초부터 미움으로 점철됐던 진경의 비난에는 조금 무뎌졌었고 반발감도 있었다. 하지만 타인인 예준의 말은 꽤나 객관적이라 그로 하여금 더 많은 죄책감을 느끼게 했고 타당한 비판이라고 생각됐다.

"나는 자꾸만 죄인을 만드는 아내와 아이들의 얼굴을 보는 게 괴로워 일을 핑계로 도망가는 것밖에 할 수가 없었네. 도망가는 것도 습관이라고 한 번이 어렵지 그다음부터는 아주 쉽더군. 보지 않을 때만큼은 그 괴로움을 느끼지 않아도 됐으니까."

"비겁하셨어요. 아버지라면 당당하셨어야죠, 지금도 회장님은 많이 비겁하십니다."

"맞아, 난 비겁해. 내 아들의 행복보다는 자네를 이용해 태수를 회사로 끌어들일 생각부터 먼저 했으니까. 난 그런 사람이고, 그런 생각으로 이 회사를 키웠네. 아마 한순간에 변하지는 않을 거야."

"……."

"경수 이야기를 했다는 걸 보면 태수한테 자네는 이미 절대적인 존재가 된 것 같은데 무슨 일이 있어도 꼭 그 아이 옆에 있어주게. 이건 그 아이의 아버지로 부탁하는 걸세. 내가 두 사람에게 힘이 되어주지."

"그럴 겁니다. 꼭 그 사람 옆에 있을 거니까 회장님께서 태수 씨에게 좋은 아버지가 되어주시는 것도 보여주세요. 저 그만 일어나 봐도 될까요? 태수 씨한테 거짓말하고 여기 왔는데 마음에 걸려요."

"그러게."

"참, 태수 씨가 물으면 회장님 만나 뵙게 된 거 솔직하게 말하겠습니다. 저 거짓말하는 거 정말 싫어하거든요."

"그렇게 하게. 오늘 만나서 아주 반가웠네. 조만간 태수와 함께 보세."

"건방지게 굴어서 죄송합니다. 건강하세요."

예준은 크게 허리를 굽혀 인사를 하고 얼른 회장실을 나왔다. 흥분된 마음이 가라앉고 나니 너무 건방을 떤 것 같아서 부끄럽고 차 회장을 볼 면목이 없었다.

"미친 서예준, 언제가 한 번 사고 칠 줄 알았어. 그 사람 아버지 앞인데 생각나는 대로 말을 하면 어떻게 해."

예준은 복도에서 발을 동동 구르며 제 머리를 마구 쥐어박았다. 엄마가 그 욱하는 성질 좀 죽이고 때와 장소를 가려서 솔직하게 굴라는 말을 들었어야 했다.

"그래, 어른들 말 들어서 손해 볼 건 없다고. 으씨, 서예준, 진짜 대책 없어!"

"예준 씨, 뭐해요?"

"어, 언니. 안녕하세요."

"우리 아버지 만났다면서요?"

"언니, 저 사고 쳤어요. 어떻게 해요."

"후후, 우리 밥 먹으면서 얘기해요, 나랑 같이 가요."

"네에."

희수는 뚱한 표정으로 고개를 왼쪽으로 갸우뚱하고 힘없이 터덜터덜 걷는 예준의 모습에 터지려는 웃음을 간신히 참았다. 이렇게 웃을 때가 아닌데 감정이 고스란히 드러나는 예준을 보면 참을 수가 없다.

"우리 태수네 식당으로 가요."

"저기, 언니 제가요…… 여기 오면서 거짓말을 했는데요."

"걱정 마, 태수는 이해할 거야. 예준 씨 잘못도 아닌데 뭐. 혹시라도 태수가 화내면 내가 책임져줄게."

"그럼 언니만 믿어요."

예주는 희수의 손을 덥석 잡았고 더 이상 참지 못하고 희수가 웃음을 터트렸다. 다치고 난 후 승택 외에는 희수의 영역 안에 들어온 사람이 거의 없는데 예준은 참 쉽게 희수의 경계심을 무너트렸다. 예준은 사람들로 하여금 무방비하게 만드는 매력이 있는 것 같았고 그래서 태수도 그녀를 받아들일 수 있었던 것 같았다.

레스토랑 사장실에 앉은 태수는 예준이 보낸 문자를 반복해서 보고 있었다. 뭐든 미리미리 계획을 세워서 움직이길 좋아하는 예준이 교수님 만날 약속이 생겼다면 당연히 먼저 알려줬을 텐데 만나는 도중이라고 문자 온 게 영 수상했다.

"흠, 큰일이 있는 건 아니겠지? 취업 때문인가? 아침에 갑자기 부른 건가? 학교 가는 줄 알았으면 데려다 줬지."

공부한다고 매일 커다란 배낭에 책을 꾹꾹 채워 다니는 예준이 못마땅했다. 그녀의 집에서 전철역까지도 꽤 멀고 학교에 가거나 그의 집에 오려고 해도 전철을 한 번은 갈아타야 하는데 출근 시간에 맞물려 움직였을 그녀가 걱정이다.

"차라리 차를 한 대 사주나? 운전하는 거 영 못 미더운데."

집에 데려다 줄 때 본인이 운전하겠다고 해서 시켰다가 무서운 속도와 요리조리 끼어들기 신공을 펼치며 운전하는 걸 보고 다시는 운전대 잡게 안 하겠다고 작심을 했었다. 그래서 차 사주는 걸 망설였는데 땡볕에 자기 반만 한 배낭을 메고 더위에 허덕이며 걸어오는 모습을 생각하면 마음이 흔들렸다.

"똑똑, 태수 씨!"

"언제 왔어? 왜 집으로 안 가고……."

태수는 대뜸 제게 와서 안기는 예준 때문에 좀 놀랐다가 그녀의 어깨에 팔을 둘러 안았다.

"무슨 일 있었어?"

태수의 질문에도 예준은 별말 없이 그냥 그의 등을 토닥였다. 차 회장을 만나고 온 그녀는 마음이 좀 복잡했다. 태수가 불쌍했고 또 미안했고 아주 약간은 밉기도 했다.

"나요, 거짓말 무지 싫어하는데, 그쪽은 어때요?"

"나도 싫어."

"숨기는 것도 없었으면 좋겠어요. 그래서 말하는 건데 우리 아빠는 태수 씨 마음에 안 든대요. 딸내미 마음 훔쳐갔다고 보기 전부터 미운털 박혔어요. 당신은 말해줄 거 없어요?"

순간적으로 차 회장의 얼굴이 떠올랐지만 태수는 아무 말 못 했다. 지금까지 차 회장과 별다른 연관 없이 살았고 앞으로도 그러려고 준비 중이었다. 물론 언젠가는 말해야 한다고 생각하지만 지금 당장 털어놓기에는 마음의 준비가 덜 됐다. 그가 어물거리는 사이 예준은 슬쩍 그의 품에서 빠져나와 조금 삐친 표정으로 그를 바라봤다.

"난 기회를 줬어요. 언니 와 있어요, 내려가요."

"누나가? 연락도 없이 웬일이지?"

태수는 사람 많은 곳에 오는 걸 좋아하지 않는 희수가 여기에 와 있다는 말에 서둘러 밑으로 내려갔다. 가자미눈을 한 예준이 그 뒤를 따랐고 태수가 내려갔을 때 희수는 VIP 룸에서 그들을 기다리고 있었다.

"누나, 여기까지 웬일이야?"

"보고 싶어서 왔지, 할 말도 있고."

"그래, 잘 왔어. 가게는 처음이지?"

"개업하고는 처음이네. 손님들이 제법 많은 것 같다."

"아마 우리 사장님께서 조금 더 일찍 정신을 차리셨다면 옆 빌딩도 사셨을 걸요?"

약간 시비조인 예준의 말에 태수와 희수가 시선을 맞췄다.

'예준 씨 왜 저래?'

'몰라, 나한테 좀 삐쳤나봐.'

"두 분, 눈으로 말고 언어로 대화하세요."

두 사람의 눈 맞춤이 불만이 있었던 승택도 슬쩍 고개를 끄덕이며 예준의 말에 동의를 표했고 두 사람의 행동에 태수와 희수가 슬쩍 미소를 지었다.

"근데 누나 안 바빠?"

"우리 밥 먹으면서 이야기하자. 나 배고파."

"잠시만 기다려. 서예준, 따라와."

"아, 왜요?"

"떨어트려놓기 싫어서."

태수가 예준의 손목을 잡고 데리고 나갔고 새쭉한 미소를 지은 예준도 좋다고 그 뒤를 따랐다. 시간이 꽤 지나고 태수와 예준이 음식과 함께 돌아왔다. 종업원이 드나드는 걸 희수가 달가워하지 않을까 봐 많은 음식을 한꺼번에 가지고 돌아왔다. 외식을 할 때면 어느 식당을 가도 항상 이렇게 식사를 하곤 했다.

"오늘의 주방장 추천 메뉴입니다. 누나 좋아하는 신맛 없이 끓인 토마토 수프와 올리브오일에 구운 채소를 곁들인 싱싱한 참돔 지중해식 구이입니다. 비트루트를 곁들인 새싹채소 샐러드도 있고, 와인도 한잔할래?"

"상무님 오후 일정이 빡빡합니다."

"형, 우리 누나 너무 부려먹지 말아요. 누나 조금이라도 아프면 형부터 가만 안 둡니다."

"나도 동생이라면 두 명이나 있다, 태수야."

태수는 어깨를 들썩해 보이고 희수의 맞은편에 앉았고 예준 앞으로 접시를 당겨 주며 그녀를 챙겼다.

식사시간은 부드럽게 흘러갔고 거의 끝나갈 때쯤 희수가 예준과 함께 이곳에 온 이유를 말했다. 마지막 고깃덩어리를 포크로 찍던 태수가 그대로 멈췄고 서늘하게 느껴지는 시선이 그대로 예준을 향했다.

"우리 아버지를 만났어?"

"예준 씨가 원해서 그런 거 아니야. 아버지가 만나자고 하는데 그걸 어떻게 거절하니?"

"못할 이유는 뭐야? 서예준, 너 우리 아버지랑 내 사이 대충 알고 있잖아."

"알긴 알지만……."

"차태수 억지 쓰지 마. 입장을 바꾸어 생각해봐. 예준 씨 아버지가 널 찾아왔는데 무조건 싫다고 할 수 있겠어?"

태수는 짜증스럽게 손에 들었던 포크를 던져버렸다. 접시에 부딪치는 시끄러운 소리가 방을 채우는 소음의 전부였다. 다들 아무 말 안 하고 침묵을 지키고 있을 때 뚱한 표정을 한 예준이 입을 열었다.

"근데 태수 씨, 나한테 사과하는 게 먼저 아니에요?"

"사과?"

"내가 회장님을 만난 건 사고에 가깝지만 당신 아버지가 뭐하시는 분이신지, 당신이 어떤 집안 자식인지 나한테 일부러 얘기 안 한 거잖아요. 생각할수록 열 받네. 왜요, 내가 당신의 그 블링블링한 조건을 알면 더 달라붙을까 봐?"

"너야말로 억지 부리지 마. 그런 거 아니라는 건 네가 더 잘 알잖아."

"말을 안 해주는데 내가 어떻게 알아요? 누님도 똑같으시네. 지난번에 만났을 때 귀띔도 안 해주시고. 완전 배신이다. 와, 나 차 씨 남매한테 배신당했어요."

예준은 부러 더 화난 척을 했다. 정말 화가 나기도 했지만 태수가 생각보다 더 심하게 차갑게 굴었고 거기다 태수와 희수의 언성도 점점 높아지고 있어서였다. 점점 경직되어 가는 분위기에 희수가 휘발유를 부었다.

"예준 씨 하반기부터 우리 회사에 출근할 거야."
"누나."
"언니."
"상무님."
"말 나온 김에 한꺼번에 해치우는 게 좋겠어. 분명히 말하자면 예준 씨 합격은 너와 상관없이 결정된 일이야. 상반기에 마지막 면접까지 갔었죠, 예준 씨."
"네. 하지만……."
"예준 씨 합격했었는데 우리 회사 이사님 한 분이 자기 조카 붙이겠다고 예준 씨를 떨어뜨렸어요. 그리고 하반기에 결원 몇 명을 보충하기 위해 비공식 채용이 있을 예정이고 상반기 지원자 중 몇 명을 뽑았는데 그중에 예준 씨가 합격 1순위였어요. 난 예준 씨가 태수와 관계있다고 불합격시킬 마음 없어요. 차태수, 내가 너 때문에 우리 회사에 필요한 재원을 잃어야 해?"
부드럽고 여성스러웠던 희수는 일에 관한 이야기를 시작하자 지금까지와는 달리 무척이나 매섭고 직선적이었다. 저렇게 여린 사람이 어떻게 회사 일을 할 수 있을까 살짝 걱정도 했었는데 카리스마 넘치는 지금의 모습은 차 회장을 조금 닮은 것 같기도 했다.
"저기 언니 그래도 저와 태수 씨 관계가 사람들에게 알려지면……."
"그럼 대놓고 우리 집 예비 며느리라고 알리고 들어올래? 그 방법도 있어. 그렇게 소문이 나면 저 녀석 여자 문제도 한 방에 해결되고 좋지 않을까? 너 요즘도 명진이네 술집 드나들면서 여자애들이랑 노니?"

"누나, 그 얘기가 지금 왜 나와? 예준이 만나고 나서 명진이네 발 딱 끊었어."

"글쎄, 그건 더 두고 봐야지. 예준 씨, 남자 너무 믿지 말아요. 오래된 습관은 쉽게 고쳐지는 게 아니지. 세 살 버릇 여든까지 간다는 말이 왜 있겠어, 안 그래?"

희수가 농담을 섞으며 분위기를 좀 부드럽게 만들었지만 태수는 여전히 고압적인 자세를 유지했다. 차 회장의 이야기가 나오자 태수는 상당히 적대적으로 변했다.

"본질 흐리지 마. 우리가 이야기할 건 예준이 취직이야. 무엇보다 중요한 건 예준의 의사지만 난 싫어. 예준이 입사하면 그 순간부터 아버지가 가만 안 두실 거야."

"아버지가 예준 씨 꽤 마음에 들어 하시는 것 같았어."

"미우면 미운 대로 좋으면 좋은 대로 이용하시려고 하겠지. 내가 아버지를 몰라? 아버지에게 사람은 딱 두 가지야. 이용 가치가 있느냐 없느냐. 가치 있는 사람은 그 가치가 없어질 때까지 이용할 거고 가치가 없다고 판단되면 그때부터 무관심으로 일관하시겠지. 나한테 그랬던 것처럼."

"태수야."

"내 말이 틀렸다면 틀렸다고 해봐. 서예준, 오늘 아버지가 너 불러서 무슨 말씀하셨는지 솔직하게 얘기해봐. 나 회사에서 일하게 설득하라는 말씀하시지 않았어? 누나, 봤지? 아버지는 그런 분이셔."

예준은 너무 콕 집어 하는 말에 차마 아니라는 말을 할 수 없었고 그녀의 침묵이 긍정이라는 걸 아는 태수는 허탈한 반응을 보였다. 이번만은 자신이 틀리길 바랐는데 예준을 처음 부른 자리에서조차 그런 말을 꺼내실 줄은 몰랐다. 태수가 틀린 말을 한 게 아니라서 희수도 반박할 말이 없었다. 사업에 있어서 차 회장은 피도 눈물도 없이 냉정한 구석이 있지만 분명 이해받아야 하는 부분도 있다. 희수가 뭔가 이야기를 하려고 입을 달싹거렸지만 예준이 살짝 고개를 저었다. 지금 더 길게 이야기를 해봐야 태수의 반발심만 더 부추길 게 뻔했다.

"나 배고파요."

갑작스러운 예준의 투덜거림에 태수가 고개를 돌리자 거의 음식이 줄어들지 않은 접시가 보였다. 기분이 불퉁한 태수는 별말 없이 그녀의 앞으로 접시만 더 끌어다 놔줄 뿐이었다.

"아이고 나 죽네, 배고프고 기운 없어서 예준이 죽겠다. 내가 아침도 못 먹고 얼떨결에 회장님 만나서 발발 떨다 왔더니 고기 썰 기운도 없네. 음식을 코앞에 놓고도 못 먹어 죽을 수 있겠구나."

"발발 떨었다고? 믿을 말을 해. 네가 어디 가서 기죽을 애냐?"

말은 그렇게 하면서도 태수는 예준의 접시를 가져다 열심히 고기를 썰었다. 손길이 아주 다정하진 않았지만 중간 중간 고기를 먹여가며 구박하는 눈길로 보는 것도 잊지 않았다.

"나 샐러드도 주세요."

"손 있잖아."

"아직 힘이 안 돌아와서 손이 막 떨려요. 아잉, 오빠, 예준이 샐러드."

"하지 마, 너 그거 하지 마."

콧소리로 애교 부리는 예준의 입을 막아버리듯 샐러드를 무지막지 먹이는 태수의 귀가 벌겋게 달아올라 있었다. 어느새 애정행각을 벌이고 있는 두 사람을 보며 희수와 승택도 다시 식사를 시작했다. 네 사람은 별다른 말없이 식사를 끝마쳤고 희수는 다시 회사로 돌아가기 위해 식당을 나섰다.

"태수야, 다시 잘 생각해봐. 예준 씨 취업 때문에 마음 고생하는 거 너도 힘들어했잖아. 다시 말하지만 우리 회사 입장에서도 예준 씨 놓치고 싶지 않은 인재야. 아버지가 오늘 일만 벌이지 않으셨다면 당연히 입사했을 거라고. 다시 생각해볼 거지?"

"어서 가. 승택이 형 기다린다. 나한테만 뭐라고 하지 말고 누나부터 잘해. 승택이 형 불쌍하지도 않아? 누나, 나는 나만 행복해지고 싶지 않다."

태수는 별 대답 없이 항상 그랬듯 희수를 안아 차에 태웠고 승택과 희수가 탄 차가 출발하자 떨어져 섰던 예준이 슬쩍 태수 옆으로 다가가 그의 손을 잡았다.

"사장님, 오늘도 가게 업무에 충실할 예정이십니까?"

"원하는 게 뭔데?"

"우리 땡땡이쳐요."

"땡땡이?"

"응, 사장님은 가게 하루 쉬고, 나는 공부 하루 쉬고. 제대로 데이트한 지 너무 오래됐어요, 우리. 여자친구를 이렇게 방치해도 되는 겁니까?"

"그동안 방치 당한 사람은 나거든. 치사하게 매일 공부한다고 아는 척도 안 하고 손가락 하나 못 대게 한 사람이 누군데?"

"그래서 우리 남친 삐쳤어요? 그럼 내가 이렇게 안아주면 기분 풀려서 나랑 놀아주나?"

"겨우 안아주는 걸로? 어림없다."

태수는 예준의 손을 뿌리치고 가게로 걸어갔고 입을 삐죽이던 예준이 장난스러운 웃음을 지으며 뛰어가 그의 목에 매달렸다.

"컥."

업히는 게 목적이었지만 워낙 키 차이가 많이 나는 탓에 대롱대롱 매달리는 게 전부였다. 목이 졸린 태수가 팔을 풀려 했지만 예준이 악착같이 매달렸고 결국 태수가 그녀의 엉덩이를 한 대 때리고 제대로 업었다.

"쪼그마한 게 굉장히 무겁네. 안 내려올래?"

그 말에 예준이 그의 목덜미에 얼굴을 묻고 더 꽉 안는 것으로 싫다는 대답을 했고 태수가 예준이를 업은 채 천천히 집을 향해 걸었다. 두 사람은 아무 말도 하지 않았다. 서로 속에 담아놓은 말을 꺼내는 순간 이야기는 한없이 복잡해질 것 같았고 굳이 입 밖으로 꺼내지 않아도 서로 무슨 생각을 하는지 대충은 알 것도 같았다.

그가 예준을 업고 대문 안으로 들어가자 단번에 세스가 달려들어 버둥거렸다.

"누나 아픈 거 아냐. 그냥 자는 거야, 괜찮아."

"끼이잉, 낑."

태수의 말에도 그의 허리를 짚고 선 세스는 떨어지지 않았고 예준이 손을 내려 한 번 쓰다듬어 주고 난 후에야 안심한 듯 바닥에 엉덩이를 대고 앉았다. 현관에 들어서서도 예준은 내려올 생각을 하지 않았고 태수는 약하게 한숨을 내쉬며 그녀의 발에서 신발을 벗기는 순간 예준이 발칙하게 그의 귓불에 쪽 키스하며 빨아들였다.

"익, 서예준."

경고성이 짙은 그의 부름에도 예준의 입술은 계속해서 움직였고 땀에 촉촉하게 젖은 그의 목덜미에 자국이 남을 정도로 진하게 입을 맞췄다. 그의 몸에 힘이 들어가기 시작하는 걸 느끼며 예준은 목을 감쌌던 팔을 내려 애무하듯 그의 가슴 부근을 슬슬 쓰다듬었다. 그녀의 뜻을 이해한 태수는 그녀를 업은 채 2층 침실로 올라갔고 두꺼운 문이 두 사람만의 공간을 차단했다.

두 사람이 한 덩어리로 엉켜 있는 방 안에 탱고 음악이 흘렀다. 바이올린 선율에 따라 태수의 허리가 움직이고 그를 받아들이고 있는 예준은 날카로운 신음으로 제 열정을 표시했다.

"하아, 태수 씨 제발……."

"My happiness, 이 음악의 제목이야. 어떻게 해줄까?"

여유를 부리며 얄밉게 구는 태수의 가슴으로 예준의 손이 날아들었다. 손에 잡힐 듯 선명한 오르가즘 앞에서 매번 좌절하게 만드는 태수에게 예준이 성난 고양이처럼 성질을 부렸다. 주먹을 휘두르는 그녀의 손목을 잡아 침대에 고정하고 그녀의 턱을 붙잡아 자신을 보게 했다. 성질을 내던 예준이 그의 손가락을 깨무는 것과 동시에 거의 끝까지 빠져나왔던 그가 강하게 치고 들어갔다.

"흐으, 태수 씨."

밀려드는 환희에 전신을 바르르 떠는 그녀의 얼굴을 보다 태수가 자세를 바꿔 그녀를 제 위에 앉혔다.

"네가 움직여. 내 최고의 행복이 되어줘야지."

태수는 제 분신을 품고 제 허리에 걸터앉은 예준을 아름다운 작품을 보듯 바라봤다. 전체적으로 분홍빛이 짙어진 살결, 촉촉하게 땀이 배어 나온 이마, 작은 얼굴에 달라붙은 검은 머리카락 몇 올,

품고 있는 그가 벅찬 듯 살짝 구겨진 미간과 그와 대조적으로 열망에 들떠 붉어진 뺨과 몽롱한 눈동자, 살짝 벌어진 입에서 쏟아지는 색스러운 탄성들이 그 어떤 명화보다도 아름다웠다.

그녀의 아름다움과 색기에 취한 태수의 손아귀에 힘이 들어가고 그 힘에 이끌린 그녀의 허리가 서서히 움직이기 시작했다.

"하읍, 태수 씨."

"천천히, 다시."

목구멍까지 치받치듯 깊숙이 들어와 자리 잡은 그의 분신 때문에 숨 쉬는 것조차 벅찬 예준이 꼭 감았던 눈을 떴다. 자신을 사랑스럽게 보고 있는 그가 있었다. 눈가가 벌겋게 달아오를 정도로 강렬한 열기에 휩싸여 노골적으로 유혹적인 표정을 짓고 있는 사랑스러운 남자. 그의 가슴을 짚고 있던 손을 움직여 그의 뺨을 부드럽게 쓰다듬었다. 그녀의 작은 움직임에도 예민하게 반응해 금방이라도 터질 듯 부풀어 오르지만 태수는 혼자 가지 않았다.

그녀의 골반을 잡은 손에 힘이 들어가고 천천히 아주 부드럽게 앞뒤로 움직이게 했다. 그의 눈길에 사로잡혀 끌려가던 예준은 불편함 속에 숨겨진 옅은 열정이 점점 더 짙어짐을 느꼈다. 발끝부터 시작한 전율은 천천히 그녀의 몸을 타고 오르고 저절로 허리가 뒤틀리고 동시에 그녀는 스스로 움직여 속도를 높였다.

"하윽, 예준아."

깊은 탄성을 내뱉은 태수의 고개가 뒤로 아찔하게 꺾였다. 온몸의 근육들이 살아날 듯 불퉁거렸고 가슴이 단단해졌다. 가만히 누워 있던 태수가 벌떡 일어나 그녀를 꼭 껴안으며 뜨거운 숨을 내쉬고 있는 입 안으로 혀를 밀어 넣었다.

예준이 불덩이같이 뜨거운 그의 부드러운 살덩이를 빨아들이며 강한 힘으로 그를 끌어안았다. 예준의 가느다란 손가락이 그의 머리카락 속으로 파고들고 그의 어깨엔 기다란 손톱자국이 남았다.

태수의 커다란 손이 연주하듯 훑어 내리던 그녀의 가녀린 등과 목을 힘줘 안았다. 제 가슴에 뭉개지는 그녀의 가슴이 기분 좋았다. 맞닿아 있는 그녀의 촉감, 자신을 죽일 듯 조이며 깊게 품고 있는 그녀의 속몸, 하나로 엉켜 있는 예민한 혀와 숨결, 끊일 듯 이어지는 그녀의 달뜬 숨소리, 그 모든 게 지독할 정도로 그를 자극해댔다. 한 덩어리처럼 엉켜 더 큰 열락을 찾는 태수의 허리가 쉬지 못했고 예준 역시 그 움직임에 맞춰 강약을 조절하며 그를 따라갔다.

"태, 태수 씨."

끝을 모르고 몰아붙이는 쾌락의 파도에서 숨결마저 잊은 듯 벅차하는 예준은 그의 어깨를 단단히 붙잡는 것밖에 할 게 없었다. 그녀의 팔만큼이나 강하게 제 분신을 물고 늘어지는 그녀의 몸속을 빠르고 강하게 들락거리는 태수가 순간적으로 자세를 바꾸고 미친 듯이 그녀를 몰아붙였다. 더 이상 갈 곳이 없는 열락의 끝자락, 태수가 참지 못하고 제 욕망의 덩어리들을 폭발시켰다.

눈앞이 하얗게 바라고 주체할 수 없을 정도로 밀려드는 희열에 예준은 온몸을 파들파들 떨어댔고 태수는 마지막 남은 1프로까지 다 쏟아내기 위해 여전히 허리를 흔들어댔다. 두 사람 다 극도의 향락 앞에서 철저히 무너졌다.

태수는 여전히 떨고 있는 예준을 안고 그대로 누웠고 작은 자극도 벅찬 듯 예준은 몸을 틀어댔다.

"사랑해, 서예준."

태수가 그녀의 머리에 입을 맞추며 땀이 촉촉하게 배어 나온 작은 그녀의 등을 손가락으로 부드럽게 쓰다듬었다. 꿈만 같았다. 누군가를 만나 사랑을 하게 된 것도, 그 상대가 서예준이라는 것도, 그 서예준을 이렇게 제 품에 안고 있는 것도 모두 다 한바탕 꿈같았다.

"너는 절대 나 떠나지 마라. 내가 널 떠나도 너는 끝까지 내 옆에 있어라."

"차태수라는 남자는 평생 여기, 내 마음에서 못 놓을 것 같아요."

"그래, 혹시라도 몸이 떨어지면 마음에라도 꼭 새겨놔, 절대 절대 잊지 않게. 내 생살여탈권은 이미 너한테 있어."

"그래요, 당신 목숨은 이미 내 꺼야."

그의 가슴에 얼굴을 묻은 채 속삭이던 예준이 그대로 잠이 들었다. 태수는 그렇게 한참을 그녀를 안고 있다 몸을 굴려 조심스럽게 옆으로 내려놓았다. 얼굴에 흐트러진 머리카락을 귀 뒤로 넘겨주며 태수가 예준의 이마에 뽀뽀를 했다. 아버지를 만나고 와 상처받은 그의 지난 시간을 위로해줄 만큼 마음 깊은 서예준이었다.

"고맙다. 서예준."

태수의 상념이 깊었다. 잠든 얼굴 위로 취직 때문에 고민하고 힘들어하던 그녀의 모습이 스쳐 지나간다. 그녀가 차지했어야 했던 합격을 다른 사람에게 빼앗기고 지금까지 안 해도 됐을 마음고생을 한 예준이, 근데 만약 그가 고집을 부리면 그녀는 그 고생을 계속 더 해야 한다. 정당한 권리를 찾아야 하고 그 방법도 있는데…….

"예준아, 네가 아버지와 부딪치는 걸 보면서 난 얼마나 견딜 수 있을까? 널 위해서 난 뭘 해야 할까? 사랑하는 사람을 위해선 희생이라는 게 당연한 건데 말이다."

태수는 예준을 품에 안고 눈을 감았다. 그가 뭘 해야 하는지 이미 잘 알고 있지만 결심이 서지 않았다. 겁나는 게 많은 그는 아직까지 비겁했다.

차 회장의 접견실에 앉아 아직 출근 전인 그를 기다리며 태수는 계속 주먹을 쥐었다 폈다 하고 있었다. 하얀색 차이나 셔츠에 감색 정장을 입은 멋진 사내가 회장님 아들이라고 등장했을 때 다들 너무 놀랐다. 한 번도 본 적이 없어서 상무실의 연락이 아니었다면 회장님 아들이라는 사실을 믿지 못했을 것이다. 회장님 아들이 갑자기 나타난 것도 놀랄 일인데 너무 잘생겨서 여자 비서들의 눈이 그에게서 떨어지질 않았다.

"회장님 로비에 도착하셨답니다."

"알겠습니다."

비서의 말에 자리에서 일어난 태수가 큰숨을 들이쉬고 옷옷 매무시를 가다듬었다. 아버지를 만나는 데 이렇게까지 긴장을 하는 자신과 아버지의 관계가 참 우스웠다.

"이 시간에 네가 여기까지 웬일이냐?"

"들어가서 말씀하시죠."

"커피 마실 테냐?"

"빨리 가봐야 합니다."

"내가 따로 지시할 때까지 아무도 들이지 마."

"알겠습니다, 회장님."

차 회장은 자신을 기다리는 태수를 보고 적지 아니 놀랐다. 회사로 오라고 해도 매번 거절하던 태수가 직접 찾아왔다는 게, 그게 아마도 예준이 때문일 거라는 게 차 회장을 놀라게 했다. 차 회장은 자리에 앉자마자 말을 돌리지 않고 바로 주제를 꺼냈다.

"예준 양 때문에 온 거냐?"

"이거 먼저 받으세요."

차 회장은 제 앞에 내밀어진 봉투를 들었고 그 안에 들어 있는 거액의 수표에 꽤나 놀란 얼굴로 옆에 앉은 태수를 봤다.

"식당 차려주신데 들어간 돈입니다. 부지와 공사비용 일체, 시세대로 계산한 가게 세까지 전부 정산한 금액인데 계산이 잘못됐으면 말씀하세요."

"가게 세까지? 이 돈을 왜?"

"처음엔 가게에 별 흥미가 없었지만 운영하면서 재미있어졌어요. 제 것으로 만들어야겠다고 생각하는 순간부터 아버지 돈 돌려드릴 계획하고 있었습니다."

차 회장은 강단 있게 말하는 태수를 물끄러미 바라봤다. 강남은 아니지만 강북 핫플레이스에 꽤나 넓은 부지를 잡아 3층으로 지은 레스토랑이라 돈을 꽤 투자했었다. 적지 않은 돈을 만들어온 것도 기특하지만 제대로 운영한 지 얼마 되지도 않았는데 적자였던 순수익이 흑자로 돌아선 것도 태수의 사업수단이 얼마나 좋은지 증명된 셈이었다. 차 회장의 얼굴에 숨겨지지 않는 뿌듯함이 떠올랐다.

"이 돈은 잘 받으마. 아주 기특해."

처음 듣는 차 회장의 칭찬에 태수가 순간적으로 할 말을 잃었다. 겸연쩍고 앉아 있는 자리가 불편하고 그러면서도 가슴은 조금 간질간질한, 무슨 감정인지 정의되지 않는 것들이 가슴속에 보글보글 끓어올랐다. 태수는 괜한 헛기침을 하며 차 회장의 시선을 피하고 진짜 이곳에 온 이유를 꺼냈다.

"예준이 출근하라고 할 겁니다."

"의외구나, 당연히 반대할 거라고 생각했는데."

"당연한 권리인데 찾아야죠. 부당한 합격 취소는 한 번으로 족하지 않겠습니까?"

"흐으음."

차 회장은 그 부분에 있어 딱히 할 말이 없었다. 평소 그와 친분이 깊은 최 이사 때문에 예준이 부당한 대우를 당한 거라 더 불편했다.

"그래, 할 얘기는 그게 다고?"

"예준이 조금이라도 불편하게 하지 마세요."

"뭐?"

"아버지가 아는 척하시면 실력으로 입사한 정당함은 사라질 거고 예준이는 그저 회장님 낙하산의 불편한 존재가 될 겁니다. 그렇게 만들지 마세요."

"그런 불편함은 잠시 잠깐이지. 내가 힘이 되어준다면 인사고과나 그 외 회사생활……."

"아마 그렇게 되면 예준이가 먼저 회사를 그만둘 겁니다. 예준이는 그런 아이예요. 뭐든 제 힘으로 하려고 노력하고 정당하지 않은 건 받아들이지 않습니다. 그렇기 때문에 예준이는 어떤 상황에서도 당당할 수 있는 거고요."

"그건 짧은 소견일 뿐이야. 비빌 언덕이 있다는 게 얼마나 힘이 되는지 너는 사회생활을 해보지 않아서 모른다."

"사회생활은 몰라도 예준이는 알아요. 아버지 방식 예준이한테 안 통해요. 그러니 괜한 헛수고 마시고 그냥 놔두세요."

"강요하는 거냐?"

"아뇨, 부탁드리는 겁니다. 철들고 처음이에요, 들어주세요."

차 회장은 앞에 앉은 태수를 뚫어지게 봤다. 아들과 이렇게 진지하게 대화를 해본 건 참으로 오랜만이었다. 그래도 철이 좀 든 건지 예전에는 몇 마디만 해도 그대로 뛰쳐나가 깨고 부수고 폭력을 수단으로 사용하더니 이젠 제법 말로 해결하려 했다.

"그럼 난 예준 양을 위해 널 이용하면 되는 거냐?"

"......"

"만약에 예준 양을 그냥 두는 조건으로 너보고 회사에 들어오라고 하면 어쩌겠니? 원하는 게 있으면 내놓는 것도 있어야지."

"아버지답네요. 저한테 예준이는 신성불가침의 존재예요. 유일하게 지키고 싶은 거, 예준이가 아니었다면 아버지 아들로 여기 앉아 있을 일 없었을 겁니다. 아버지도 아시잖아요."

차 회장은 그 말에 대답하지 않았다. 태수가 말하지 않아도 너무나 잘 알고 있는 사실이었다. 언제였더라, 태수가 군대를 막 제대했을 때쯤 무슨 일 때문이었는지 잊었는데 태수가 완전 뒤집어져 난동을 피운 일이 있었다.

'아버지 아들인 거, 난 그게 제일 후회돼요. 형이 죽고 아버지는 한 번도 날 아들로 봐주지 않았잖아요. 날 상처 준 게 엄마뿐이라고 생각하세요? 천만에요, 아버지가 더 날 아프게 했어요! 날 왜 낳았어요? 차라리 엄마가 원하는 대로 날 포기하게 두지 그랬어요.'

피가 뚝뚝 떨어지는 손보다 더 아픈 눈을 해서 외쳤던 말, 제대로 대화할 사이도 없이 집을 나가 거의 1년 동안 소식을 듣지 못했었다. 그때는 정말 하나 남은 아들마저 잃는 게 아닌가 더럭 겁이 났었는데 겨우 집으로 돌아오긴 했지만 두 사람의 관계는 더 멀어졌었다. 차 회장이 한 거라고는 한 걸음 떨어져 지켜본 것밖에 없었다.

"그래, 회사에서는 네 의견 존중해서 예준 양 특별대우는 하지 않으마. 하지만 사석에서는 내 마음대로 할 테니 그리 알아."

"아버지 마음대로라뇨?"

"난 예준 양 아주 마음에 든다. 너한테도 귀한 사람인 것 같으니 며느리 대접 제대로 하고 싶다는 말이야. 결혼, 해야지."

"앞서 나가지 마세요. 예준이가 조금이라도 불편해하면 저 가만히 안 있습니다. 이제 저한테 예준이보다 중요한 건 아무것도 없어요. 그만 가보겠습니다."

태수는 그대로 자리에서 일어나 회장실을 나왔다. 이만큼 이야기했으면 차 회장도 충분히 그의 의중을 알았을 것이다. 차 회장과의 만남도 그리고 이 회사도 항상 불편하고 마음을 답답하게 만든다. 목까지 꽉 잠갔던 셔츠 단추를 풀며 마침 도착한 엘리베이터에 올랐다.

"후우, 이제야 좀 살겠다."

풀어진 단추를 핑계로 긴 한숨을 내쉬었다. 밑으로 내려가는 숫자판을 보며 그나마 한숨 돌렸다.

"회사 출근 언제부터야?"

"나 입사 안 하는 거였잖아요."

밥을 먹던 태수는 눈을 동그랗게 뜨고 되묻는 예준을 못마땅한 눈으로 바라봤다.

"그래서 매일 누나랑 통화하면서 날 그렇게 씹었냐? 남자가 속이 좁다는 둥, 이해심이 부족하다는 둥 그것도 다 들리게?"

"어머, 그게 들렸어요? 난 몰랐죠."

"내가 진짜 여우새끼를 키운다. 단, 조건 있다."

"남자가 치사하게 무슨 조건을…… 그렇게 좀 보지 말아요. 아주 무서워 죽겠네, 조건이 뭔데요?"

"부모님께 정식으로 인사드릴 거야. 자리 마련해. 그리고 이거."

"어라, 반지케이스네. 선물이에요? 우와, 예뻐요."

깔끔한 플래티넘 밴드 안에 사파이어와 다이아몬드가 번갈아 세팅되어 있고 한가운데 하나의 다이아몬드만 좀 크게 디자인되어 있었다.

"네 탄생석이랑 내 탄생석이랑 골라서 만든 세상에 하나밖에 없는 반지니까 잘 간직해."

"근데 갑자기 웬 반지?"

"그거 반지 아니고 족쇄다. 회사 출근하면 여자보다 남자들이 더 많을 텐데 나 임자 있습니다, 티 내고 다녀."

"그럼 태수 씨도 끼고 다니는 거예요?"

무심한 척 예준이를 보지도 않고 밥만 먹고 있던 태수가 제 왼손을 들어 보였고 그의 검지에 똑같은 반지가 끼워져 있었는데 다른 점은 그의 반지엔 다이아몬드 대신 예준의 탄생석인 사파이어가 좀 크게 들어가 있다는 거였다. 그의 손에게 반지를 본 예준이 제 손에도 끼려고 했는데 태수가 반지를 빼앗아 똑같이 검지에 끼워줬다.

“근데 왜 검지예요? 대부분 약지에 끼워주잖아.”

“거기는 결혼반지 끼워줄 거야. 얼른 밥 먹어. 다 식었다고 또 남기지 말고.”

“근데 진짜 무드 없다. 처음 받아보는 커플링인데 촛불도 없고 케이크도 없고 꽃다발도 없이 이게 뭐예요? 하다못해 자기 레스토랑에서 이벤트라도 하면서 주지.”

“내가 막상 무릎 꿇고 분위기 잡으면 오글거린다고 도망갈 거면서.”

“헤헤, 날 너무 잘 안다니까. 그래도 밥 먹으면서 툭, 이건 좀 아니다.”

반지에서 눈을 떼지 못하면서 입으로만 투덜거리는 예준을 보며 태수가 빙그레 웃었다.

“놀고 싶으면 놀고 싶다고 말을 해. 어디 가고 싶은데?”

“명진 씨네 가게, 우리 술 마셔요. 거절은 거절입니다!”

“좋아, 가는데 대신 너 술 딱 3잔만 마셔.”

“에계, 3잔이 뭐예요? 3병이면 몰라도.”

“다시는 술집 안 가고 싶으면 네 마음대로 하고. 난 너 술 취해서 눈웃음 살살 치면서 애교 부리는 건 못 보겠으니까.”

태수는 그대로 자리에서 일어나 빈 밥그릇을 개수대로 가지고 갔고 마지막 한 숟갈을 입에 밀어 넣은 예준도 얼른 그를 따라 일어났다.

“진짜 치사하게, 내 애교가 그렇게 마음에 안 들어요?”

태수는 계속 투덜거리는 예준의 뺨을 두 손으로 잡아 꾹 눌러 오리 주둥이를 만들고 입을 쪽 맞췄다.

"네 애교로 다른 놈들 눈요기시켜줄 생각 없거든."

"헤헤, 태수 씨 나 많이 좋아하는구나?"

"내가 네 콧대를 높여주고 있는 거지, 지금."

"이미 늦었네요, 당신 목숨도 내 거라며."

태수가 예준이를 안고 그녀의 머리에 턱을 올렸다. 매일 이렇게 같이 밥을 먹고, 한 침대에서 잠을 자고, 한 공간에 머물며 다른 사람들처럼 평범하게만 살 수 있다면 뭐든 감수할 준비가 되어 있었다.

"나 당신 아버지 회사 안 가도 돼요. 찾아봤는데 하반기 채용하는 회사들도 작년보다 늘었고 이번엔 왠지 감이 좋아요. 나 더 좋은 회사에 취직될 수 있을 것 같아, 정말이에요."

"아버지께 말씀드렸어, 너 곤란하게 하는 그 어떤 행동도 하지 마시라고. 회사에서는 조심해주신다고 약속했는데 사적으로는 널 귀찮게 하실지도 몰라. 참지 말고 조금이라도 불편하면 나한테 말해, 내가 해결할게."

"태수 씨, 나 어린애 아니야. 뭐든 혼자 다 하려고 하지 말아요. 내가 감당해야 할 부분은 내가 감당해. 아버님 문제도 내가 해결할 수 있는 건 내가 해결할 거예요."

"알았어. 그래도 혼자 견디기 힘든 건 꼭 말하는 거야."

"대신 내가 SOS 칠 때까지 태수 씨도 두고 보기."

두 사람은 서로 원하는 걸 약속받고 자연스럽게 태수는 설거지를 하고 예준은 커피를 탔다. 예준은 회사 취업은 반 이상 포기하고 있었는데 태수가 저렇게 말해줘서 한결 마음이 가벼웠다. 조금 더 깊게 생각해봐야 하는 건 아닌가 했는데 취업에 대한 다급함은 그

망설임까지 가져가 버렸다. 취업한 후에 후회할 일이 생길지도 모르지만 태수가 저렇게까지 말을 하니 일단은 출근부터 하자고 마음을 먹었다. 두 사람은 각자의 할 일을 마치고 예준이 만든 냉커피를 들고 마당으로 나갔다. 나른한 한여름의 햇살 속 편안한 일상들이 되길 정말 바랐다.

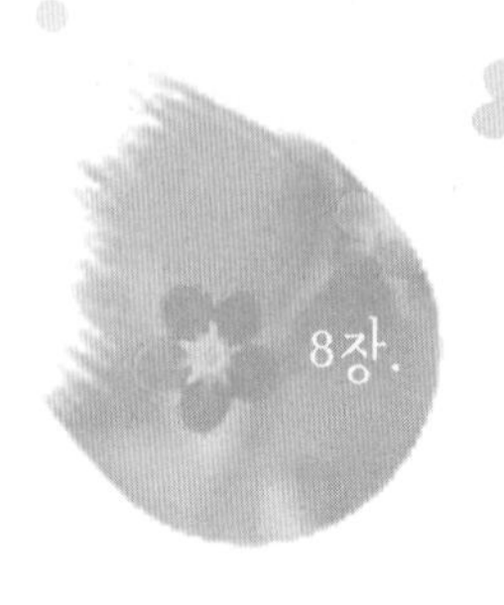

8장.

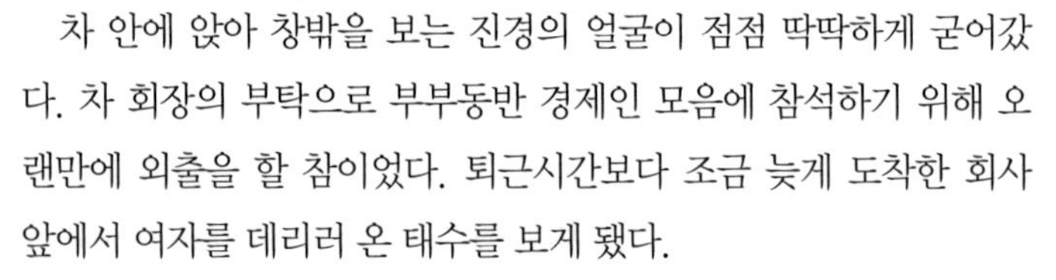

차 안에 앉아 창밖을 보는 진경의 얼굴이 점점 딱딱하게 굳어갔다. 차 회장의 부탁으로 부부동반 경제인 모음에 참석하기 위해 오랜만에 외출을 할 참이었다. 퇴근시간보다 조금 늦게 도착한 회사 앞에서 여자를 데리러 온 태수를 보게 됐다.

태수가 재미삼아 이 여자, 저 여자 만나고 다니는 건 알고 있었지만 만나는 상대가 회사원이라는 게 좀 의아했지만 그러려니 했었다. 하지만 여자를 대하는 태수의 태도에 여자를 보는 진경의 눈매가 날카로워졌다.

예준을 바라보는 태수의 눈빛과 태도는 딱 사랑에 빠진 남자의 모습이었다. 사랑이 묻어나는 시선이 예준의 얼굴에서 떨어지지 않고 손 하나 잡는 것도 무척이나 신중했다. 마주선 여자도 태수를 좋아하는 게 한눈에 보였고 거기다 두 사람의 손가락에 멀리서도 똑같아 보이는 반지가 끼워져 있었다. 설렁설렁해 보여도 차라리 현찰을 쓰면 썼지 선물 같은 건 쉽게 주는 태수가 아니었다.

두 사람은 손을 꼭 잡고 똑같이 환하게 웃는 얼굴로 진경의 시야에서 사라졌다. 무척이나 행복해 보이는 태수와 차 회장의 회사에서 나온 여자의 존재, 나 몰래 식구들이 무슨 꿍꿍이를 벌이고 있는지 알아야 했다.

"출발해."

"네? 이제 곧 회장님께서 나오실……."

"출발하라고."

"네."

"그리고 3일 안에 요즘 태수가 만나고 있는 여자에 대해 샅샅이 조사해와. 하나 더, 태수 재산 상태와 운영하고 레스토랑 재정 상태도 같이."

"알겠습니다."

진경은 오래전부터 데리고 있는 자신의 개인 비서에게 명령을 내리고 의자 깊숙이 몸을 묻었다.

"차태수가 행복이라. 참 안 어울리네."

그 말을 중얼거린 진경의 눈빛이 심상치 않게 번쩍였다.

그녀의 요구대로 예준에 관해 모든 게 담겨 있는 서류가 이틀 만에 진경에게 보고됐고 처음부터 차근차근 살펴본 진경이 콧방귀를 뀌었다.

"태수가 먼저 접근한 거야?"

"만난 건 우연이었고 여자분이 먼저 짝사랑한 거랍니다. 레스토랑 알바로 일하면서 사장님 좋아한다고 공공연히 떠들고 다녔답니다."

"생긴 것보다 당돌하네. 돈 없는 거 빼고는 부족한 게 없어 보이는데 가족들은 어때?"

"부부간 금실도 좋고 남매들도 우애 좋다고 동네에서 평판이 자자합니다. 군대 간 막내만 좀 말썽을 피웠다고요."

"회사 때문에 다른 꿍꿍이 가지고 태수에게 접근했을 가능성은 있어?"

"아닙니다. 회사에 대해서 알게 된 건 이번 취업 때문이었답니다. 서예준 씨가 상반기 합격자였는데 최 이사님 조카를 취업시키기 위해 불합격 처리됐고 그 사실 때문에 이번에 합격시키면서 상무님께서 먼저 만나셨다고요."

"그래? 그럼 단순히 태수 하나만 보고 달라붙었다는 건데 도대체 뭘 보고 좋아했을까 태수 같은 애를."

태수를 무시하는 게 역력한 진경의 말에 비서의 대답은 따라오지 않았다. 진경만 저렇게 생각하지 겉으로 보기엔 태수도 어디 가서 빠지는 조건은 아니다. 집안 좋고, 인물 좋고, 본인이 운영하는 레스토랑 있고 경영 수업한다고 묶여 있는 재벌 2세, 3세들보다 유쾌하게 살고 싶어 하는 여자들에게 더 인기 많은 조건이었다.

"참, 레스토랑은 어때? 제대로 운영되고 있는 거야?"

"태수 씨가 열심인 모양입니다. 작년 같은 분기 대비 수익이 10배가 넘습니다."

"천박하기는, 제 아버지를 닮아서 뼛속까지 장사꾼인 기질이 어디 가겠어? 우리 경수는 학자가 됐을 텐데. 그 아이가 책을 읽을 때면 그림처럼 아름다웠어. 책을 잡고 있는 손마저 질투가 날 정도였다니까."

경수 이야기를 하는 진경의 표정은 마치 꿈을 꾸는 것 같았다.

지금 진경은 자신의 과거, 경수가 살아 있는 그 시간으로 돌아가 있었다. 따뜻한 봄날, 밝은 햇살이 스며든 서재에서 책장에 기대 책을 읽고 있는 경수와 소파에 앉아 수를 놓으며 그런 아들을 뿌듯하게 보고 있던 자신. 그 행복한 기억이 치떨리게 무서운 새빨간 피로 뒤덮이며 진경을 한순간 불행의 한복판으로 뚝 떨어지게 만들었다. 부드럽게 감겨졌던 눈이 번쩍 뜨이고 얼굴에 참을 수 없는 경멸과 아픔이 떠올랐다.

경수, 자신이 사랑했던 유일한 아이, 사랑하지 않는 차 회장과의 결혼 생활을 견뎌야만 했던 유일한 이유, 끔찍한 현실에서 도피처를 제공했던 그 아이가 사라진 순간 진경은 살아야 할 이유 자체가 없어졌었다. 꾸역꾸역 살아남은 그녀에게 남은 건 오직 미움과 독기밖에 없었다. 자신을 비롯해 이 집안 식구 모두, 경수의 죽음에 책임이 있는 사람 모두 불행해야 한다는 생각에 사로잡혀 진경은 제대로 된 사고를 할 수 없게 된 지 꽤 오래다.

"두 사람 사이가 심각한 건 맞지?"

"그런 것 같습니다."

"차 회장이랑 희수도 이 여자에 대해 다 알고 있겠지?"

"회사 입사 문제로 알게 된 것 같습니다."

"그래? 그럼 이제 나만 끼면 완벽해지겠네. 태수가 우리 경수 죽음을 잊은 모양이야, 혼자 행복해지려고 발버둥 치는 걸 보면. 잊은 건 다시 상기시켜줘야지. 머리 나쁜 애들은 이래서 피곤하다니까."

진경의 얼굴엔 잔잔한 미소가 피어올랐지만 손에선 예준의 신상이 담긴 서류가 처참히 구겨지고 있었다. 이번 일이 죽지 않고 살아 있을 마지막 이유가 될지도 모르겠다.

진경의 호출로 갑자기 집에 오게 된 태수는 차에 기대앉아 길게 한숨을 내쉬었다. 20년 넘게 자신이 자란 집인데 이곳은 올 때마다 낯설고 불편했다. 엄마이면서 항상 상처를 주고 잔인하기만 한 진경을 마주해야 하는 게 한없이 두렵고 힘들었다.

"후우, 정신 차려. 이젠 나 혼자가 아니잖아."

그가 막 대문 초인종을 누르려 했을 때 차 한 대가 빠른 속도로 다가왔고 그 뒷좌석에서 생각지도 못한 사람이 내렸다.

"예준이? 서예준?"

"태수 씨."

당황한 기색이 역력한 예준은 차가 서자마자 다급하게 내려서 태수에게 다가왔다.

"네가 왜 여길…… 설마 어머니가 부르셨니?"

"네, 퇴근하는데 저분이 오셔서 태수 씨 어머니가 절 보고 싶어 하신다고 해서요. 너무 경황이 없다고 다음에 오겠다고 했는데…… 나 이렇게 와도 되는 거예요?"

태수는 운전석에서 내려서는 진경의 개인 비서를 죽일 듯이 쏘아봤다. 진경의 명령이라면 불에라도 뛰어들 인간, 예준의 존재를 알고 있다면 그녀에 관한 건 이미 다 보고가 됐을 것이다. 무슨 상처를 어떻게 받으라고, 아무 준비도 없이 예준을 진경 앞에 그냥 세울 수는 없었다.

"예준아, 그냥 가."

"태수 씨."

"들어가시죠, 사모님께서 기다리고 계십니다."

"예준아, 오늘은 그냥 가고 다음에, 내가 먼저 말씀드리고 난 후에 뵙자."

"도련님."

"입 다물어."

"아가씨를 집 안까지 잘 모시고 오라는 명을 받았습니다."

태수는 자신들 앞을 막아서는 비서와 대치하며 예준을 제 뒤로 서게 했다.

"한 번도 날 제대로 제압해본 적이 없을 텐데."

"도련님."

"도련님 같은 소리 하고 있네. 쥐새끼처럼 사람 뒤나 캐고 다니는 게 전부인 주제에. 다시 한 번 예준이 앞에 나타나면 그땐 내가 네 목을 물어뜯을 줄 알아."

"주먹으로는 한계가 있을 텐데요."

"겪어보고 싶으면 계속 깐죽대던가. 사람 뒷조사하는 거 당신만 할 수 있는 거 아니야. 그동안은 어머니 사람이니까 무조건 참았지만 그 상대가 예준이라면 말이 다르지. 어머니 말 믿고 또 한 번만 나대 봐, 갈기갈기 찢어발겨줄 테니까."

한 발, 한 발 다가가며 씹어뱉듯 말하는 태수의 기세에 눌려 상대가 주춤주춤 뒤로 물러섰다. 태수의 폭력적인 면은 익히 알고 있고 몇 번인가 그 주먹에 병원 신세를 지기도 했었는데 주먹을 휘두르는 그때보다 날카로운 눈빛으로 상대방을 제압해 들어오는 지금의 그가 훨씬 더 무서웠다.

태수와 진경의 비서가 대치를 하고 그 뒤에서 예준이 안절부절 어쩔 줄 모르고 있을 때 차 회장과 희수가 도착했다. 각자의 차에서 내린 두 사람은 태수와 예준, 그리고 진경의 비서를 보면서 대충 어떻게 된 일인지 짐작을 했다. 진경이 퇴근하자마자 집으로 오라고 했을 때 알아차렸어야 했다.

"태수야."

"누나."

"얼른 예준 씨부터 보내고 나서 얘기하자."

"응. 예준아, 얼른 가. 승택이 형, 부탁 좀 할게요."

"알겠습니다."

차 회장의 묵인하에 예준이가 집으로 돌아가는 것으로 정리될 때쯤 대문이 열리며 우아한 복장의 진경이 등장했다.

"다들 안 들어오고 대문 앞에서 뭐해요?"

"여보."

"엄마."

"예준이 보내겠습니다. 어머니, 저랑 이야기하세요."

"뭐야, 아들 여자친구라는데 나는 소개 받을 자격도 없다는 건가? 어머, 섭섭해라."

진경의 말에 태수의 눈동자가 불안하게 떨렸다. 진경이 다정하게 나오면 나올수록 뒤따라오는 공격은 훨씬 더 깊고 날카로웠다. 진경은 부드럽게 웃는 얼굴로 태수 뒤에 숨듯 서 있는 예준 앞으로 다가가 손을 내밀었다.

"서예준 양?"

"네."

"반가워요. 나는 태수 엄마 되는 사람이에요. 아들 여자친구가 너무 궁금해서 갑작스러운 초대를 하는 실례를 범했네요. 이해, 해줄 수 있죠?"

"그, 그럼요."

"대신 내가 아주 맛있는 저녁을 대접할게요. 들어가요."

진경은 예준이 거절할 수 없도록 그녀의 손을 잡고 대문 안으로 들어가며 찌를 듯 날카로운 눈으로 태수를 쏘아봤다. 태수는 심장에 또 하나의 얼음덩이가 와서 박히는 느낌이었다. 입으로 말하는 내 아들이라는 말처럼 눈빛까지 따뜻하게 자신을 반겨주길 얼마나 바랐는데, 저런 눈빛을 마주할 때마다 아직 다 버리지 못한 죄책감이 더 짙어지는 기분이었다.

"태수야. 흔들리지 마. 예준 씨가 믿을 사람 너밖에 없어."

"들어가자."

차 회장은 생각을 읽을 수 없는 표정으로 안으로 들어갔고 태수와 희수가 그 뒤를 따랐다.

진경과 마주 서 이야기를 나누던 예준이 태수가 들어서자 걱정하지 말라는 듯 환하게 웃어 보였다. 궁금했다는 말과 달리 자신을 살피는 차가운 눈빛이나 손끝을 잡은 차가운 손이 소름 돋게 만들었지만 태수의 어머님이라 도망가고 싶은 걸 간신히 참고 있었다. 그가 걱정할까 봐 웃어 보였는데 그 안에 담긴 불안을 읽은 건지 단걸음에 그녀 옆으로 다가왔다.

"웃는 게 참 예쁘네. 우리 희수도 그렇게 환하게 웃었을 때가 있었는데. 언젠가부터 웃어도 웃는 것 같지 않아. 하긴 어린 나이에 다리도 잃고 꿈도 잃었으니 그것도 무리는 아니지. 예준 씨는 꿈이 뭐예요?"

진경의 말에 막 거실로 올라서던 차 회장도 희수도 그대로 움직이지 못했고 태수는 놀란 듯 예준과 맞잡은 손에 힘이 들어갔다. 갑작스럽게 깔린 침묵, 사람들의 놀람과 고통에 만족하는 듯 진경이 미소 지었고 예준이 그 얼굴을 똑바로 보며 그 침묵을 깨트렸다.

"제 꿈은 태수 씨랑 아주 오랫동안 행복하게 사는 겁니다. 제가 이 사람한테 반해서 쫓아다녔는데 희수 언니 보고 배신감 느꼈어요. 희수 언니가 정말 예쁘고 웃는 모습이 마치 천사 같아서 같은 여자인데도 첫눈에 반했거든요. 언니가 꼭 어머님을 닮았네요."

예준의 말에 긴장된 분위기가 녹아내린 듯했지만 진경만 예외였다. 그녀의 옅은 미소 아래 느껴지는 불쾌감에 태수가 바짝 긴장했고 희수가 얼른 끼어들었다.

"또 그 얘기? 그럼 예준이 태수 대신 나랑 살래?"

"어, 언니 그건 생각을 좀 해봐야겠는데요? 내가 언니랑 살겠다고 하면 여기 살기 띨 남자가 둘이나 있어서."

"그건 예준이 말이 맞다. 승택이 너도 저녁 먹고 가라."

"네, 회장님."

예준과 희수가 나누는 가벼운 대화에 끼어든 차 회장의 표정은 담담해 보였지만 진경은 무척이나 불쾌한 얼굴이었고 태수는 여전히 긴장을 풀지 못하고 있었다.

"쓸데없는 이야기는 이쯤하고 다들 식사해요."

"손 닦고 싶어요, 퇴근하자마자 숨 돌릴 틈도 없이 끌려오다시피 해서."

"이리 와."

잠시 두 사람만의 시간이 필요했던 태수는 얼른 예준을 데리고 제 방이 있는 2층으로 올라갔다. 사람들의 시야가 다 가려지자 태수는 예준의 어깨를 잡아 자신을 보게 만들었다.

"예준아, 내 말 잘 들어. 어머니께 대들지 마. 무슨 말을 하셔도 그냥 못 들은 척 넘겨. 이해하기 어렵겠지만 내 말 들어줘."

"태수 씨, 하지만……."

"알아, 네가 어떻게 느낄지 충분히 알아. 하지만 내가 감내해야 하는 일이야. 너한테는 정말 미안하다."

태수가 왜 이러는지도 알겠고 부당하다고 느껴졌지만 미안하다고 고개를 숙이는 남자 앞에서 제 주장만 세울 수는 없었다.

"알았어요. 나 고분고분하게 굴게요. 거스르는 일 없을 테니까 태수 씨도 너무 걱정하지 말아요."

태수는 잠시 예준을 품에 안고 숨을 고른 뒤 다시 1층으로 내려가 식구들이 앉은 식탁으로 향했다. 비워진 자리로 다가가 앉으려던 태수의 발걸음이 진경에 의해 멈췄다.

"너 말고 예준 씨가 내 앞에 앉아. 괜찮죠? 아들 여자친구를 좀 자세히 보고 싶어서 그러는 거니까."

"네. 괜찮습니다."

미소 같지 않은 미소를 짓고 예준에게 시선을 고정한 채 말을 하는 진경을 보는 태수의 시선은 무척이나 불안했지만 순순히 자리를 바꿔 앉았다. 두 사람이 자리하고 차 회장이 숟가락을 드는 것으로 식사는 시작됐지만 태수는 쉽게 밥을 뜨지 못했고 예준은 어느새 제 허벅지 위에 올라온 그의 손을 도닥거리며 열심히 밥을 먹었다.

솔직히 너무 빤히 쳐다보는 진경 때문에 밥이 코로 들어가는지 입으로 들어가는지도 모르겠고 음식 맛도 못 느꼈지만 그냥 보란 듯이 열심히만 먹었다. 거의 밥과 국만 먹는 예준의 밥그릇 위에 태수가 너비아니 한쪽을 놓아줬고 예준이 눈을 반달로 만들며 웃어 보였다.

"고마워요."

"천천히 먹어, 예준아."

"요즘 우리 부서 너무 바빠서 점심시간도 쪼개 쓰고 있거든요. 거기다 오늘 직원식당 점심 메뉴가 삼계탕이었는데 더운 음식 먹기 싫어서 대충 먹었더니 배가 너무 고파요."

"직원들 몸보신하라고 신경 쓴 메뉴였는데, 잘 못 먹어서 어쩌지?"

"너 요즘도 밥 제대로 안 먹어?"

"아니에요. 다 잘 먹었는데 오늘만 안 먹었다니까. 언니, 다른 직원들은 다 맛있다고 잘 먹었어요."

태수, 예준, 희수의 이야기를 듣던 진경이 모르는 척 대화에 끼어들었다.

"예준 씨, 우리 회사 다니나 보네?"

"네? 아 네. 얼마 전에 입사했습니다."

"어머, 섭섭해라. 이렇게 중요한 이야기를 나한테 해주는 사람이 없었네."

"그건 당신이……."

"그럼 다음엔 태수가 입사할 차례인가? 차 회장님처럼 잇속에 빠른 사람이 아무 이득 없이 입사시켰을 리 없는데. 안 그래요, 차 회장님?"

"어머니, 예준 씨는 본인 실력으로 입사한 거예요."

"글쎄, 그 말 별로 신빙성이 없다. 회장 아들의 여자친구에 상무 이사와도 언니 동생 하는 관계인데 너라면 그 말을 믿겠니? 사람들은 진실을 알고 싶은 게 아니라 믿고 싶은 사실을 진실로 만들지. 회사에서 여러모로 조심해야겠네, 예준 씨."

진경이 마음먹으면 상대를 얼마나 잔인하게 짓밟아버리는지 아는 태수는 꿍꿍이가 있어 보이는 진경의 표정에 뒷목 줄기가 서늘해졌다.

"어머니."

사정조인 태수의 부름에 진경의 눈초리가 사나워졌다. 태수에게서 어머니란 소리를 들을 때마다 벌레가 온몸을 기어 다니는 것 같이 끔찍하다.

"입 닫고 밥이나 먹어. 너랑 내가 언제 또 겸상을 하겠니?"

다소간 부드러웠던 지금까지와는 달리 굉장히 가시 돋친 목소리였다. 밥을 먹던 예준이 놀라 젓가락을 입에 넣은 채로 진경을 바라봤고 그나마 지었던 미소까지 거둔 그녀의 표정 역시 굉장히 싸늘했다. 밥을 깨작이던 젓가락을 소리 나게 테이블에 내려놓은 진경이 비웃음이 가득한 얼굴로 예준을 봤다.

"벌써부터 놀라면 재미없지. 무척이나 흥미진진하고 대단한 이야기들이 숨어 있거든, 우리 집에는. 꾸역꾸역 밥 먹는 것도 고역이었을 텐데 거실로 자리 옮기자. 아줌마, 거실로 양주 한 병 내다 줘."

"여보."

"며느릿감으로 생각해서 회사까지 들인 거 아니야? 그럼 우리 집이 어떤지 실체를 알아야지, 안 그래?"

진경은 먼저 자리에서 일어났고 남아 있는 사람들은 모두 당혹스러운 얼굴이었다. 자신을 보는 사람들과 하나하나 눈을 맞추며 진경은 뒤에서 어쩔 줄 몰라 하는 도우미에게 소리를 쳤다. 다정한 엄마, 사이좋은 식구인 척하는 게 재미없어졌다.

"아줌마, 내 말 안 들려? 술!"

"네, 사모님."

대답을 들은 진경이 먼저 주방을 빠져나갔고 난감하게 앉은 사람들 사이에서 예준이 가장 먼저 일어났다. 무섭기도 했지만 진경이 무슨 말을 할지 궁금하기도 했고 알아야만 할 것 같기도 했다. 자리를 뜨려는 예준의 손목을 태수가 다급하게 잡았다.

"너한테 하시는 가시 돋친 말은 전부 나 때문이니까 상처받지 마."

예준은 벌써부터 잔뜩 상처받은 눈인 태수를 빤히 바라보다 그의 어깨를 살포기 안았다.

"걱정하지 마요, 나 씩씩하잖아. 꼴통, 서예준. 알죠?"

거실 소파에 진경과 예준이 마주 앉았다. 테이블에는 양주 한 병과 간단하게 먹을 수 있는 안주들과 케이크와 쿠키가 놓여 있었다. 잘 차려진 테이블과 달리 둘러앉은 사람들의 표정은 무겁기만 했다. 진경은 아무 말 없이 벌써 세 잔째 술을 비우고 사나운 눈초리는 계속해서 예준을 향해 있었다.

"태수 뭘 보고 반했니?"

"처음엔 멋져서요. 딱 제 이상형이었거든요. 키 크고 어깨도 넓고 다리도 길고 얼굴은 매력적이고 그래서 좋았어요."

"하긴, 속이 부실할수록 겉은 화려한 법이지. 태수도 마찬가지야, 지금까지 제 손으로 해낸 게 아무것도 없어, 의지박약의 전형이랄까. 태어날 때부터 민폐더니 나이 먹어도 나아지질 않아. 이제라도 정신 차리고 사람 구실 좀 하고 살아야 할 텐데."

태수를 깎아내리는 말에 예준이 대꾸를 하려고 입술을 달싹거리자 태수가 예준의 손목을 잡아 말렸다. 예준은 큰숨을 들이쉬고 억지로 웃는 얼굴을 해보였고 진경은 아주 재미있다는 듯 두 사람을 봤다. 마치 어디까지 참을 수 있나 두고 보자 하는 얼굴이었다.

"우리 태수랑 사귀는 건 재미있니?"

"네, 재미있어요. 태수 씨가 워낙 아는 게……."

"그래, 노는 건 아주 잘할 거야. 다른 건 몰라도 노는 거 싸움질에는 아주 도가 텄지. 어릴 때부터 그랬는데 그거라도 잘한다고 칭찬을 해줘야 하는 건지 그것밖에 할 줄 아는 게 없다고 혼내야 하는 건지 헷갈려."

"아하하하."

"그렇게 열심히 놀고 다닌 덕분에 태수가 여자에 대해서는 정말 잘 알아. 아마 여자에 대해서는 백과사전도 쓸 수 있을걸? 일 년 동안 가출을 한 적이 있었는데 그동안 무슨 짓을 했는지 알 수가 있어야지. 혹시 어디선가 태수의 아이가 크고 있을지도 모른단다."

"어머니, 그만하세요."

"왜, 찔리는 거 있니?"

진경이 대놓고 하는 비아냥거림은 좀 유치하단 생각이 들 정도였다. 물론 태수에 대해 많은 오해가 있었지만 이 정도는 듣고 넘길 수 있는 수준이었고 여기서 그만뒀으면 했지만 진경은 그럴 생각이 없는 것 같았다.

"참, 진짜 중요한 걸 빼먹었네. 데이트하면서 불미스러운 일은 없었니? 예를 들어 무섭게 화를 낸다거나 폭력을 쓴다거나."

"그런 일 전혀 없었는데요."

"그래? 지금까지는 잘 참은 모양이네. 태수가 분노조절장애가 좀 있어. 생각이나 말보다 주먹이 먼저 나가는 스타일이지 뭐야, 야만스럽게. 아무리 가르쳐도 고쳐지질 않아. 지금까지 물어준 합의금 합치면 강남에 빌딩 하나는 지었을 텐데, 범죄자가 되지 않은 건 천운이란다."

진경의 말을 듣는 예준의 얼굴에서 미소와 함께 핏기가 서서히 가셨다. 무섭다. 자식에 대한 이해와 애정이 전혀 없는 어머니란 사람이 가하는 언어폭력은 그 어떤 것보다 지독하고 잔인했다. 진경은 점점 두려워하는 기색을 띠는 예준을 보며 무척 만족스러워하는 표정이었고 천천히 술잔을 비우며 아직 다 끝내지 못한 말을 이었다.

"안심하지 말고 조심해요. 언제 무슨 짓을 할지 모르니까. 아들이라는 걸 인정하기 싫을 만큼 못난 구석이 많고 곁에 다가가기 무서울 만큼 폭력적이거든."

"어머님."

"어머, 그렇게 정색하면 내가 좀 무안하지 나도 딸 가진 부모라 예준 씨 걱정돼서 하는 말인데. 여자는 남자를 잘 만나야 행복하고 인생이 편해. 아직 어려서 그런가 사람 볼 줄 몰라 큰일이네."

걱정하는 투였지만 걱정은 하나도 담기지 않은 진경의 말에 예준이 뭔가를 다짐하듯 크게 숨을 들이쉬었다. 제 손목을 잡고 있는 태수의 손을 풀어 그 손에 깍지를 낀 예준이 담담하게 제 말을 시작했다.

"외람되지만 제가 한 마디 하겠습니다. 사람은 변하기 마련인데 어머님이 아시는 태수 씨는 도대체 몇 살입니까? 태수 씨와 허심탄회하게 이야기한 적이 있으시긴 합니까?"

"사람의 본성은 그리 쉽게 변하지 않아. 특히 태수 같은 아이는……."

"태수 씨가 어떤 사람인데요? 태수 씨, 겉으로는 설렁설렁 날라리 같지만 속은 꽤 여문 사람입니다. 마음만 먹으면 못 해낼 일이 없어요. 섣부르게 여자들 만나고 다니며 풋정 흘리지 않고 몸 간수 아주 단정하게 합니다. 요즘 말로 철벽남이죠."

"설마."

"그리고 절대 폭력적이지 않아요. 감정표현이 서툴긴 하지만 다른 사람 배려 잘하는 따뜻한 사람입니다. 직원들 개개인 사정 다 살필 만큼 좋은 오너이고 저한테는 두말할 것 없이 다정하고 따뜻한 연인입니다. 하지만 집안 분위기를 보니 이 사람이 폭력적이었다는 것도 전혀 이상하지 않네요."

"마치 우리 탓이라고 말하는 것 같네."

"네, 아이의 잘못은 부모에게서 비롯되죠. 이 사람이 잘못한 게 있다면 그 책임은 이 사람의 양육을 책임지고 있는 부모님께 있다고 생각합니다."

예준의 말에 진경이 손에 들었던 빈 잔을 테이블에 내려놨다. 가벼운 빈정거림은 완전히 없어지고 사나운 눈초리로 예준을 보며 천천히 술잔을 채운 진경이 단숨에 술을 비워냈다.

"태어날 때부터 불행을 몰고 다니는 사람들이 있단다, 바로 태수처럼. 저 아이 옆에 있으면 누군가는 죽고, 누군가는 다쳐. 나나 희수처럼 아주 소중한 걸 빼앗기게 되지. 하긴, 그 아비가 악마인데 자식이 악마인 게 당연하지. 저 아이 지독할 정도로 제 아버지를 닮았거든. 너도 조심해, 저 아이는 악마란다."

속삭임에 가까운 진경의 말이 너무나 똑똑히 예준의 귀가 아닌 가슴에 박혔다. 악마의 현신은 바로 눈앞에 앉은 진경 같았다. 눈에 핏발이 서고 누군가를 지독히도 미워해 아름다운 얼굴마저 괴물처럼 보이는 진경, 예준은 보는 것만으로도 소름이 끼쳤다. 진경의 도를 넘은 행동을 차 회장과 희수가 말리려 했지만 도리어 더 자극하는 꼴이 되고 말았다.

"엄마."

"당신 그만해, 취했어."

"누굴 주정뱅이로 보는 거야, 난 멀쩡해. 태수, 네가 대답해봐. 내가 틀린 말한 거니?"

"형님 돌아가신 사고에 대해 말씀하시는 건가 봐요."

직접적으로 경수의 사고를 거론하는 예준 때문에 사람들 모두 놀랐다. 그날 일은 이 집안에선, 특히 진경 앞에선 절대 이야기가 되어지면 안 되는 금기였다. 경수 이야기에 지금까지와는 비교할 수 없을 정도로 진경의 분위기가 험악해졌다.

"지금 네가 우리 경수 이야기를 하는 거니? 감히 너 따위가?"

"죽은 아들이 그렇게 안타까우신 분이 살아서 옆에 있는 아들에게는 왜 이렇게 잔인하세요? 이 집 식구들 모두 왜 이렇게 태수 씨에게 가혹하신 건데요? 자신 잘못도 아닌 일로 태수 씨가 언제까지 괴로워하고 죄책감을 안고 살기를 바라시는 겁니까? 아버지나 누님은 왜 이 사람 편 안 들어주세요? 왜 감싸주지 않으시는데요?"

지금까지 침착했던 예준의 언성이 올라갔고 그 자리에 있는 모든 사람들을 질책했다. 예준은 억울했다. 태수가 당하는 부당한 대우, 방치, 어린 나이부터 혼자 견뎌온 그가 불쌍해서 참을 수가 없었다.

"어머님이 그러셨죠, 사람들은 제가 믿고 싶은 걸 진실로 만든다고. 그 잘못 바로 어머님이 하고 계신 것 같은데요."

"아니, 그 사고는 태수의 잘못이야. 제만 아니었으면 우리 경수는 지금쯤 멋진 청년으로 자라 행복한 가정을 이루고 잘살고 있겠지. 우리 희수는 원하는 대로 발레리나가 되었을 거고 그런 아이들을 보면서 난 무척이나 행복했을 거다. 하지만 내 가정을, 내 유일한 꿈을 저 악마 새끼가 다 망쳐버렸어!"

"아니요. 태수 씨 잘못이 아니에요. 큰아드님의 죽음은 마음 아프지만 그저 사고였을 뿐이에요. 굳이 책임을 묻고 싶다면 그 자리에 있던 모든 사람들, 특히 운전대를 잡고 있으셨던 어머님 스스로에게 물으셨어야죠. 어머님의 꿈과 가정을 망쳐버린 건 악과 원망으로 꽁꽁 뭉쳐 있는 어머님 자신이세요."

그녀를 힐책하는 말에 진경이 서서히 자리에서 일어났다. 갑자기 조용해진 진경이 도리어 더 큰 불안을 야기시켰다. 진경이 언제 어떤 식으로 폭주할지 몰라 불안한 차 회장 역시 자리에서 일어났고 희수는 불안한 눈으로 모든 걸 지켜보고 있었다.

"이제라도 이 사람 좀 봐주세요. 자라는 내내 제 잘못도 아닌 일로 괴로워하고 지금까지 죄책감에 억눌려 있는 이 사람 좀 봐주시라고요. 이 사람도 어머님 뱃속으로 낳은 어머님 자식이에요."

예준의 호소에 진경은 손에 들렸던 술잔을 벽으로 던져버렸다. 무거운 크리스털 잔이 날카로운 파열음과 함께 산산조각이 나 사방으로 날아갔고 태수가 반사적으로 예준을 제 품에 껴안았다. 완전 정신줄을 놓은 것처럼 보이는 진경이 흉측한 얼굴로 태수를 향해 손가락질을 했다.

"저 새끼는 내 자식 아니야. 태수를 낳고 싶어 낳은 줄 알아? 강간당하듯 임신을 했고 임신한 10달 내내 혹시라도 뱃속의 자식에게 해악을 끼칠까 사람들의 감시 속에서 지냈어. 그렇게 낳은 녀석은 내 자궁까지 가져가 버렸지. 그러더니 결국 내 아들을 죽였어! 저 녀석은 괴물이라고!"

"아들을 괴물 만드시느라고 어머님도 괴물이 되셨네요. 돌아가신 아드님이 어머님의 이렇게 망가진 모습 보면 행복해 할 것 같으세요? 내 생각해 줘서 고맙다고 할 것 같으세요? 어머님 정말 불쌍하세요."

예준의 말이 다 끝나기도 전에 진경의 손이 날아들었고 그 손을 맞은 건 예준 대신 태수였다. 순간 거실에 정적이 감돌았고 태수가 한쪽으로 돌아간 고개를 천천히 돌려 진경을 마주보며 입술 옆에 슬쩍 묻어나오는 피를 닦았다. 제 손가락에 묻는 피를 보며 태수가 아주 허탈하게 미소 지었다.

"어머니 손은 여전히 맵네요."

"태수 씨, 괜찮아요? 상처 좀 봐요."

태수는 제 얼굴을 걱정스럽게 들여다보는 예준에게 편한 얼굴로 어깨를 툭툭 두드려주고 다시 굳은 표정으로 진경을 바라봤다.

"어머니, 더 이상 저한테 손찌검하지 마세요. 사고 이후부터 지금까지 20년 넘게 맞아 드린 것으로 충분하다고 생각합니다. 그 말은 더 이상 어머니 앞에서 죄인 안 하겠다는 겁니다. 예준이 만나기 전에 난 행복하면 안 된다고 생각했고 불행하게 살려고 노력했어요. 근데 그게 잘못된 생각이랍니다. 저 지금까지 포기했던 것까지 몇 배로 행복하게 살 겁니다. 저 안 보겠다고 하시면 다시는 눈앞에 안 나타날게요. 건강하세요."

태수는 진경에게 깊게 허리를 숙여 인사를 하고 예준의 손을 잡고 그곳을 떠났다. 그의 뒤를 따르며 원망 섞인 예준의 시선이 차 회장에게 머물렀고 차 회장은 시선을 돌려 두 사람을 외면했다.

"행복해지겠다고? 절대 그럴 수 없을 거다. 무슨 수를 써서라도 네 행복은 내가 막아. 네가 포기하지 않는다면 네 옆에 있는 사람들이 다치겠구나."

나지막한 독기 서린 진경의 목소리가 태수의 뒷덜미에 떨어졌고 예준을 협박하는 그 말에 저절로 멈춘 발을 예준이 이끌어 그곳을 빠져나왔다.

대문 밖으로 나온 예준의 눈에서 눈물이 뚝 떨어졌다. 태수가 눈물이 닦아주려 손을 뻗었지만 그 손까지 피해버렸다.

"짜증 나."

"예준아."

"화나고 억울해요. 당신 부모님이지만 정말 너무해. 어쩜 저렇게까지 지독하실 수 있어요? 자식이잖아, 자신이 낳은 자식인데…… 회장님도 마찬가지야. 말리셨어야죠. 아내가 괴물이 되어갈 때까지 아버님은 뭘 하신 건데요? 정말 나빠요. 어머님도, 아버님도 정말 나빠요."

태수는 아무 말 없이 예준을 품에 안았고 몇 번인가 빠져나가려 버둥대던 예준이 그의 허리에 팔을 감아 꼭 안았다.

자신 대신에 화내주는 사람, 대신 울어주고 가족 앞에서 제 편을 들어주는 사람은 예준이 처음이었다. 차마 말로 다 할 수 없는 지금의 감정을 그녀를 힘줘 안는 것으로 대신했고 예준도 그의 품에서 안정을 찾아갔다.

차 회장이 제일 먼저 적막을 깨뜨렸다.

"승택이 희수 데리고 2층으로 올라가."

"아버지."

희수의 불안하고 안타까운 부름에 차 회장이 고개를 끄덕여 보였고 승택은 희수를 안아 2층 계단을 올랐다. 떨고 있는 그녀의 작은 몸이 무척이나 안쓰러웠다. 두 사람만 남은 거실, 차 회장이 여전히 화를 주체 못하고 태수와 예준이 나간 현관문만 사납게 쳐다보고 있는 진경의 팔에 손을 올렸다. 진경은 가차 없이 그 손을 쳐냈고 시선을 그에게로 돌렸다.

"이게 다 당신 때문이야."

"여보."

"당신이 내 인생을 망쳐놨어. 네 욕심이 내 인생을 망가트렸다고!"

"제발 그만해. 당신은 지치지도 않나? 그렇게 오랜 시간 부부로 한지붕 밑에 살았어. 나에 대한 이해는 전혀 없는 거야?"

"이해? 부부? 하, 훔치듯 내 인생을 당신과 엮어놓고 이해를 바라? 죽을 때까지 당신 용서하는 일 따위 없을 거야."

살벌한 눈빛으로 차 회장을 보던 진경이 차츰차츰 그에게 다가갔다. 얼굴이 맞닿을 정도로 가깝게 다가선 진경이 차 회장의 귀로 얼굴을 가깝게 했다.

"비밀 하나 알려줄까? 경수, 당신 아들 아니야. 내가 유일하게 사랑했던 그 남자의 핏줄이라 내가 그렇게 사랑했던 거야."

차 회장에게서 물러나는 진경은 아주 통쾌해 보였지만 그는 도리어 아주 차분한 표정이었다.

"모를 거라고 생각했나? 당신과 결혼을 결심하기 전부터 알고 있었어. 그래서 나 역시 그 녀석을 더 애지중지했었지. 태수에겐 부족하고 형편 없는 아버지였지만 경수에겐 안 그랬어. 경수의 대소사엔 다 쫓아다녔을 만큼 당신도 내가 경수에게 최선을 다했다는 건 인정할 거야."

"……."

"어이없는 사고로 경수를 잃고 그 여행을 따라가지 않은 내 스스로를 얼마나 원망했는지 당신은 몰라. 이제 그만합시다. 내가 당신이 원하는 대로 뭐든 다 보상할 테니까 태수에 대한 원망 지우고 당신도 좀 편해져."

진경은 꽤나 허탈한 표정을 지었다. 평생 마음에 꼭꼭 숨겨놓고 그 누구에게도 털어놓지 못했던 비밀을 차 회장이 이미 알고 있었을지 몰랐다. 방으로 돌아가려 뒤돌아서던 진경이 비틀거리자 차 회장이 얼른 부축했지만 진경은 여전히 그에게 냉랭했다.

"당신이 그 사실을 알고 있다고 해서 달라지는 건 없어. 난 여전히 그와 이별하게 만든 당신을, 경수를 죽게 만든 태수를 용서할 마음이 전혀 없으니까. 당신하고 난 죽을 때까지 평행선이야."

차 회장은 여전히 자신을 밀어내는 진경의 뒷모습을 안타깝고 애절하게 바라봤다. 옛 연인의 숨겨진 진실은 알지 못한 채 차 회장의 사랑을 여전히 독이라고 생각하는 그녀야말로 너무 안타까웠다.

"나쁜 녀석, 잘못은 제가 다 해놓고 끝까지 놔주지를 않아. 나쁜 녀석."

진실과 함께 죽어버린 친구가 오늘 밤 너무 원망스러웠다.

태수는 그냥 미안했다. 예준이 자신과 얽히지 않았다면 오늘 같은 일은 겪을 필요가 없었다. 예준이는 예쁘고 좋은 것만 보고 즐기고 살아야 하는데, 자신이 마치 그녀 인생의 큰 오점 같아 마음이 무거웠다. 처음에 더 독하게 마음을 먹고 그녀를 밀어냈어야 하는 게 아닌가 하는 후회가 자꾸 됐다.

그런 그의 마음을 알았던 걸까, 예준이 기어에 올라와 있는 태수의 손 위로 손을 올렸다. 예준은 아예 차창에 기대 창밖만 보고 있었지만 그의 손을 잡은 손에는 잔뜩 힘이 들어가 있었다. 태수는 그런 예준의 손등을 잠시 힐긋거리다 다시 시선을 돌렸다. 자격이 있을까란 생각이 자꾸만 그를 괴롭혔다.

"오늘은 차 여기다 세워요."

"왜?"

"좀 걷고 싶어서 그래요."

차에서 내려서도 예준은 제 옆으로 오지 않고 한 걸음 뒤에서 걷는 태수를 보며 약하게 한숨을 내쉬었다. 더워서 땀 난다고 하면 입에 아이스크림을 물려주고서라도 꼭 손을 잡거나 어깨동무를 하고 눈을 맞추며 이야기를 하던 태수답지 않은 행동이었다.

집으로 향하는 골목 중간쯤 도착했을 때 예준의 인내심도 끝이 났다. 앞서 걷던 예준이 갑자기 뒤로 홱 돌았고 부딪칠 뻔한 태수는 반사적으로 뒤로 한 걸음 물러났다. 그 후에도 예준은 계속해서 두 사람의 거리를 좁혔고 태수는 다가오는 만큼 뒤로 물러났다.

"한 걸음만 더 뒤로 도망가요, 나 다시는 당신 손 안 잡는다."

허리에 손을 올리고 협박조로 이야기하는 예준의 말에 태수가 행동을 멈췄다. 눈을 가늘게 뜨고 째려봐도 인상을 써도 안 무서웠지만 손을 안 잡아준다는 말은 좀 무서웠다. 다시 태수 코앞으로 다가온 예준이 그와 자신의 눈높이를 가늠하다 푹 인상을 썼다. 힐도 신고 경사면 위쪽에 섰음에도 태수의 눈높이가 더 높았다.

"우씨, 무식하게 키만 커. 매너다리 좀 해봐요."

"뭐?"

"매너다리요. 다리 좀 벌리고 서 보라고요. 조금 더, 좀만 더, 됐어요."

예준은 자신보다 눈높이가 낮아진 태수를 밉살스럽다는 듯 흘려보다 그의 어깨를 꼭 안았다. 거리를 벌리려는 듯 그녀의 팔을 떼려는 태수였지만 아랑곳 않고 그의 어깨를 더 힘줘 안았다.

"고마워요."

"어?"

"태어나줘서 고맙고, 이렇게 잘 자라줘서 고맙고, 내 남자가 되어줘서 더 고마워요. 당신은 나한테 정말 고마운 존재예요."

"하아, 예준아."

그의 입에서 긴 안도의 한숨이 나오는 동시에 뻣뻣하게 굳어 있던 몸에서 힘이 쭉 빠지며 그의 고개가 그녀의 목덜미로 툭 떨어졌다. 어깨를 잡았던 손이 그녀의 허리에 둘러지고 숨쉬기 힘들 정도의 강한 힘으로 그녀를 안았다.

그 한 마디면 충분했다. 지금껏 살면서 단 한 번도, 그 누구에게도 들어보지 못한 말이었다. 그를 세상에 태어나게 한 부모도 피를 나눈 누나도 가까운 친구들도 해주지 않았던 말을 예준이 해줬다. 누구에게든 고마운 존재가 될 수 있다는 것 자체만으로 시뻘겋게 상처 난 마음이 서서히 아물어져 가고 있었다.

항상 강건하던 그의 어깨가 잘게 떨리며 그가 얼굴을 묻은 예준의 목덜미가 축축하게 젖어가기 시작했다. 갑작스러운 그의 울음에 놀라기는 했지만 예준은 그냥 더 꼭 안아주는 것으로 괜찮다, 충분히 아파해라, 울고 싶은 만큼 울어라 하는 제 마음을 표현했다. 소리도 없는 태수의 울음은 무척이나 질기고 서러웠고 결국 그를 안고 있는 예준의 눈에서 눈물이 뚝 떨어졌다.

"오늘 너무 운다. 그만 울자."

태수의 다독임에 고개를 끄덕이면서도 예준의 울음 끝은 참 길었다. 또 한 줄기 눈물이 흐르는 얼굴로 예준이 태수의 얼굴을 닦아줬다. 눈이 빨개질 때까지 운 태수의 얼굴이 다소 가벼워 보여 예준은 울면서도 슬쩍 미소를 지었다.

"내가 참 못난 놈이네, 사랑하는 여자 울리기나 하고."

"끄읍, 나도 울고 싶지 않은데…… 끕, 한 번 울면 잘 멈추지 않아서…… 흡."

"그래, 알았어. 매번 느끼는 거지만 너 우는 얼굴 참 못났거든. 이래서 내가 널 울리면 안 되는 건데."

"흐읍, 남자가 치사하게 놀리기나 하고."

예준은 부러 농담을 하며 마음을 가볍게 만들어주는 태수를 애교 담아 흘겨보며 눈물을 멈추기 위해 애썼다. 예준이 막 눈물을 닦으며 머리를 쓰다듬어 주는 태수가 얄미워 손을 쳐낼 때였다.

"거기 누나야?"

"어? 인준아. 너 언제 왔어? 휴가 나온 거야?"

"오늘 왔어. 사격 1등 포상휴가 5박 6일. 근데 이 사람은 누구야?"

자랑삼아 휴가 이야기를 하던 인준이 태수를 슬쩍 훑어본 후 예준에게 더 가깝게 다가섰다. 흐릿한 가로등 밑으로 괜스레 제 시선을 피하던 예준의 얼굴을 차근히 살피던 인준의 표정이 험악해졌다.

"누나, 너 울었냐?"

"아, 아냐. 그냥 눈에 뭐가 좀 들어가서……."

"웃기고 있네. 눈에 뭐가 들어갔는데 코가 빨개질 정도로 우냐? 누가 울렸어? 이치가 울린 거야? 그러고 보니 방금 전에 이치가 누나 얼굴에 손대려고 했지. 이 새끼가 미쳤나, 뭐 할 짓이 없어서 여자를 희롱해!"

"그게 아니라…… 억!"

"태수 씨!"

태수가 설명하기도 전에 인준이 주먹을 날렸고 그 주먹은 정확히 태수의 아래턱에 꽂히며 피딱지가 앉은 상처를 다시 터트렸다. 얼떨결에 얻어맞은 태수가 피로 축축하게 젖어든 입술을 닦아내는데 인준이 그의 멱살을 다시 잡아 올렸다.

"너 오늘 임자 만난 줄 알아. 그 더러운 버릇 내가 고쳐줄게."

"그거 아니라고, 인준아 그만해!"

"누나 너는 저리 가 있어. 이런 새끼들은 매운맛을 봐야…… 아야, 누나!"

"이놈 시끼, 그 손 안 치우냐?"

예준의 가방으로 뒤통수를 얻어맞은 인준은 억울하다는 표정으로 태수의 멱살을 던지듯이 놓고 뒤로 한 걸음 물러났다.

"태수 씨, 괜찮아요? 많이 다쳤어요?"

"괜찮아."

"괜찮기는 뭐가 괜찮아요? 상처 찢어져서 피 엄청 난단 말이에요.

이놈 시끼야, 너는 말도 안 들어보고 주먹부터 날리면 어떻게 해! 저 개도 안 물어갈 성질, 진짜."

"뭐야, 둘이 아는 사이야?"

"누나 남자친구다, 왜!"

"그럼 데이트 폭력?"

"이 시끼가 누굴 어디다 취직시켜! 그런 사람 아니거든."

예준은 얼른 가방에서 손수건을 꺼내 태수의 상처를 눌렀지만 피가 쉽게 멈추지 않았고 예준의 사나운 눈초리는 인준에게서 벗어나지 않았다.

"그럼 누나 왜 울었는데?"

"아니라고."

"아니긴 뭘 아니야. 내가 누나 널 한두 해 보냐? 얼굴 딱 보니 울어도 아주 많이 울었구만. 저 인간 때문 아니면 뭔데?"

"너 호칭 똑바로 안 해? 인섭 오빠보다도 한 살 많거든."

"엑, 진짜? 그럼 완전 노땅인데? 아니 나이도 많은 양반이 왜 여자를 울려."

"저기 그게……."

"이 사람 때문에 운 거 아니라고. 이 사람은 달래준 죄밖에 없다고."

"그니까 왜 울었는데."

"진짜 이 끈끈이 아재비. 회사 때문에 울었다, 회사."

"뭐야, 대기업이라고 다 좋은 거 아니네. 그래서 내가 누나 너 공부해서 공무원 시험 보라고 했잖아."

"공무원은 뭐 쉬워서? 요즘은 공무원고시라는 말이 있을 정도로 어렵거든. 근데 태수 씨, 이거 안 되겠다. 피 안 멈춰요. 어떻게 하지? 그냥 우리 집 갈래요?"

"보기보다 약골이네. 그거 한 대 맞았다고 무슨 피까지 나."

입술을 질끈 깨문 예준이 손에 들고 있던 손수건을 태수에게 넘겨주고 옆에서 종알대고 있는 인준의 머리를 또 한 대 때렸다. 정말 세게 때렸는지 인준이 아프다는 소리도 못하고 맞은 머리만 감싸고 낑낑거렸다.

"그만 까불고 집으로 뛰어가라. 엄마한테 누나랑 누나 남자친구 같이 간다고, 누나 남자친구가 너 때문에 다쳤다고 이실직고한다, 실시!"

"누나."

"실시!"

"아, 알았어. 가면 되잖아, 가면."

인준은 팔을 쭉 뻗어 골목 위쪽을 가리키는 예준의 손을 따라 슬슬 몸을 움직였다. 저 남자랑 둘이 남겨두는 거 좀 불안한데, 그런 인준의 생각을 읽은 건지 예준이 발을 한 번 굴렀고 인준은 씨 소리와 함께 집을 향해 뛰었다.

한편의 코미디 같은 남매의 투덕거림을 본 태수가 빙그레 웃다가 통증이 느껴지는 입술 때문에 인상을 썼다. 다친 곳을 또 다쳐서 그런지 생각보다 피도 많이 나고 손으로만 만져봐도 꽤 부었다는 걸 느낄 수 있었다.

"저 시끼 아이스크림 다 떨어트리고 갔네. 어우 동생이라고 하나 있는 게 손은 무지하게 가. 집에 온 줄 알았으면 시내에서 아이스크림 사올걸."

"시내에서?"

"네, 시내에 우리 인준이 좋아하는 아이스크림 파는 곳 있거든요. 회사랑도 별로 안 먼데 연락을 하지. 인준이랑 나랑 체질이 비슷해서 여름만 되면 밥보다 아이스크림을 더 많이 먹거든요. 이제 가요."

"정말 가도 돼? 너무 늦은 거 같은데."

"괜찮아요. 우리 엄마가 친자식은 셋밖에 안 되는데 꼭 한 다스는 키우는 기분이라 그럴 정도로 친구들 많이 놀러 왔었어요. 우리 부모님이 워낙 사람을 좋아해서 그런가 내 친구들도 그렇고 우리 오빠 친구들, 내 동생 친구들 다들 우리 집 오는 걸 그렇게 좋아하더라고요. 우리 대학 동기들은 술 먹으면 우리 집 와서 자고 그 다음 날 울 엄마 해장국으로 해장하는 걸 당연시 여겼으니까. 이번 기회에 아빠한테 인사도 해요."

"나 빈손인데?"

"지난번에 이것저것 엄청 많이 들고 왔다고 우리 이 여사님 타박하시더만요. 그러면서 입이 귀에 걸리더라."

생각지도 못한 전개로 태수는 오밤중 갑자기 예준의 집으로 향하게 됐고 미리 마당에 나와 기다리던 정숙은 두 사람이 집 안으로 들어서자마자 태수의 팔을 잡고 마루에 앉게 했다.

"이렇게 잘난 얼굴에 상처 나서 어쩐데. 인준이 너 내가 이렇게 가르쳤어?"

"엄마, 나 진짜 억울해. 누나가 울고 있는데 내가 이것저것 앞뒤 생각할 틈이 없었다고."

"내가 너 급한 성격 고치라고 했지. 딱 제 아빠 나쁜 것만 닮아가지고."

"내가 뭘?"

"안녕하십니까? 차태수라고 합니다. 이렇게 늦은 시간 갑자기 찾아뵙게 돼서 죄송합니다."

"뭐, 실례는 실례인데……."

"여보."

"그래, 우리 애가 조금 실수한 것도 있고…… 근데 남자가 어떻게 주먹 한 방에……."

"흐으음. 당신은 저기 구급상자나 좀 줄래요?"

정숙의 헛기침에 뒷짐을 지고 태수에게 시비를 걸던 유덕은 두말없이 구급상자를 가져다줬다. 유덕은 후덕한 몸집에 배가 좀 나온 평범한 중년 사내였지만 젊은 시절엔 잘생긴 얼굴이었다. 둥글둥글한 전체적인 느낌과는 달리 깊은 눈매에선 통찰력이 느껴졌고 떡 벌어진 어깨에는 한집안을 책임지고 있는 당당함 같은 게 있었다. 차 회장과는 사뭇 다른 분위기의 유덕이 참 좋은 아버지일 것 같은 느낌이 들었다.

"입술이 생각보다 많이 찢어졌어. 이거 멍도 들겠고, 며칠 고생하겠는데 어쩌지?"

"괜찮습니다."

"너 이놈 시끼, 제발 주먹부터 날리는 버릇 좀 고쳐. 너 군인이야. 사고 치면 바로 영창인 거 몰라? 복무기간 늘리고 싶어?"

"누나는 무슨 그런 끔찍한 소리를 하냐? 앞으로 안 그럴게. 나는 누나 네가 울고 있었으니까 그랬지."

"근데, 딸. 왜 울었어? 남의 집 아들 다친 거 때문에 정작 중요한 건 못 물어봤네."

"회사에서 무슨 일 있었대요."

예준이 대답할 사이도 없이 인준이 넙죽 대답을 내놨고 그 말 한 마디에 정숙과 유덕이 걱정스러운 얼굴을 해보였다. 얼굴에선 걱정하는 게 그대로 느껴지는데 예준에게 한 마디 건네는 정숙의 말은 그냥 담담했다.

"세상에서 제일 어려운 게 내 힘으로 젓가락질 해먹고 사는 거야. 남의 돈 내 거로 만드는 게 쉽겠어?"

"욕심내지 말고 차근차근해. 우리 딸 파이팅!"

"헤헤, 열심히 하겠습니다. 두 분도 너무 걱정하지 마세요. 그래도 우리 부서 대리님이 동문이라 이모저모 잘 챙겨주세요."

식구들의 대화를 듣고 있던 태수가 슬그머니 자리에서 일어났다.

"저는 이만 가보겠습니다."

"여기까지 왔는데 물 한 모금 안 마시고 그냥 간다고?"

"근데 엄마 아까부터 맛있는 냄새나."

"어이고, 내 정신. 전복 넣고 갈비탕 끓이고 있는데 깜빡 잊어버렸네. 지금 한 그릇 먹을 거면 낙지 넣고."

"나 먹을래, 엄마. 훈련이 너무 고되."

"엄마, 우리도 주세요."

"갈비탕 안주 삼아 술 한잔했으면 좋겠네."

"저 양반은 기회만 되면 술을 마시려고 해. 조금만 기다려요, 금방 상 차려올 테니까. 인준이 와서 좀 도와."

"네."

인준이는 두말하지 않고 일어나 정숙을 따라 부엌으로 들어갔고 예준도 옷을 갈아입는다며 방으로 들어가 버렸다. 태수와 유덕만 남은 거실에는 불편한 침묵만 맴돌았고 가뜩이나 어른을 어려워하는 태수는 제게 다정한 눈길 한번 안 주는 유덕 앞에서 어쩔 줄 몰라 했다.

유덕은 멀끔한 외모의 태수를 예리하게 살폈다. 정숙에게 대충 이야기를 듣고 반가운 마음보단 걱정이 앞섰다. 외모가 됐든 집안이 됐든 돈이 많든 너무 잘난 놈들은 여자를 힘들게 하기 마련이다. 정숙은 못난 놈들이 꼴값 떠는 게 더 꼴불견이라고 했지만 아무튼 마음에 안 들었다.

"따르는 여자들이 많겠네."

"그렇지도 않습니다."

"그렇지 않기는 옷차림새도 그렇고 생김새도 그렇고 여자들이 많이 따르겠는데. 본인 몸가짐이 단정해도 주변에 여자들이 많으면 옆에 사람은 본의 아니게 상처를 받지."

"혹시 아버님 경험담이십니까?"

"뭐?"

"네?"

제 질문에 갑작스럽게 언성이 높아진 유덕 때문에 태수가 더 놀랐다. 정말 궁금해서 물은 건데 다른 뜻이 있는 것으로 오해를 한 것 같았다.

"저기 아버님……."

"내가 왜 자네 아버님인가?"

"어라, 우리 아버지 심통 나셨네. 맘 좋은 울 아빠가 왜 기분이 나빠지셨을까?"

마침 방에서 나온 예준이 유덕의 옆으로 가 앉으며 애교를 부렸고 이내 정숙이 갈비탕과 밑반찬을 차려 거실로 왔다.

"우와, 맛있겠다. 엄마 냄새 끝내줘."

"이번 여름도 잘 넘기라고 끓인 거니까 뜨거워도 싫다 말고 많이 먹어."

"네, 잘 먹겠습니다. 아빠, 아. 전복 들어갑니다."

예준은 잔뜩 인상을 쓰고 앉은 유덕의 입에 전복 한 점을 넣어주고 눈만 멀뚱멀뚱 뜨고 앉은 태수에게 살짝 윙크를 해보였다. 그 모습에 대충 어떻게 된 건지 분위기 파악이 끝난 정숙이 유덕 앞으로 술잔을 내밀었다.

"인삼주예요. 당신부터 한 잔 받아요. 혈압 조심해야 하니까 딱 석 잔만 마셔요."

정숙의 말에도 유덕의 표정은 별로 풀리지 않았고 예준은 그 옆에서 열심히 유덕의 비위를 맞춰가며 기분이 풀어지게 노력했다. 한 식탁에 앉아도 별말을 나누지 않는 자신의 가족들과 달리 예준이네 식구들은 대화와 웃음이 끊이질 않았다. 가벼운 농담 사이 서로를 배려하는 깊은 속내들이 오가고 그러다가 또다시 웃고 이야기의 이야기가 꼬리를 물었다.

"그렇다니까. 우리 부장님은 양복 밑에 꼭 하얀 양말을 신어. 거기다 발가락 양말이다. 책상 밑으로 부장님 하얀 양말 발가락이 꼼지락거리는 게 다 보인다니까. 나 처음엔 무슨 벌레인 줄 알고 깜짝 놀랐어."

"무좀이 있나 보네. 요즘은 약도 좋다는데 병원을 좀 가지."

"그러니까. 우리 부장님 별명이 하얀 양말 공주님이야. 말투가 정말 여자처럼 나긋나긋하시거든. 저기, 서예준 씨는 김 대리 도와서 상반기 영업실적 보고서 작성하시면 됩니다, 수고하세요, 호호."

예준이 입에 손을 대고 흉내 내는 부장의 모습에 다들 배꼽을 잡고 웃는 와중에 유덕이 술잔을 탁하고 내려놓는 바람에 다들 깜짝 놀랐다.

"나는 자네가 마음에 안 들어."

"아버님."

"여보."

"우리 예준이 겨우 25살인데 벌써 남자친구가, 그것도 서른 넘은 놈이, 이 도둑놈아!"

"취했네, 취했어. 그러게 그만 마시라니까."

"엄마, 아빠 어떻게 하지?"

"너도 나빠. 어릴 땐 아빠랑 결혼한다고 손가락 걸고 약속했으면서 몇 살이나 먹었다고 벌써 남자친구를…… 흑."

"아빠, 울어? 내가 미치겠다. 아빠, 울지 마. 내가 잘못했어."

"그럼 저놈이랑 헤어질 거야?"

"아빠 그건 좀…… 대신 늦게 결혼할게, 아주 늦게."

예준은 다시 눈물을 글썽이는 유덕의 눈가를 휴지로 눌러주며 태수에게 멋쩍은 웃음을 지어보였다. 아빠도 늙으시는지 요즘 따라 감정 기복도 심해지시고 가끔은 티비 다큐멘터리를 보면서 우시기도 했다. 눈물을 글썽이는 유덕과 그를 달래는 예준을 보며 정숙이 긴 한숨을 내쉬었다.

"에휴, 자네가 이해해. 저 양반이 워낙에 예준이를 애지중지하는데다가 남자도 갱년기가 오는 건지 요즘 들어 눈물이 많아졌어."

"괜찮습니다."

"피곤하지? 일어나, 우리 큰아들 방에서 자고 가."

"아닙니다. 그만 가봐야죠."

"술까지 마셨는데 어떻게 가려고. 불편하겠지만 자고 가. 인준이는 가서 형 추리닝 한 벌 꺼내오고."

"네. 근데 우리 집에서 재워도 돼? 고양이와 생선을 한지붕 아래 두는 건 좀."

"녀석아, 집 아니면 엄한 짓 할 때가 없을까 봐? 그리고 넌 뭐 네 여자친구랑 손만 잡고 연애해? 젊은 놈이 왜 이렇게 갑갑하게 굴어?"

"엄마는 누구 편이냐?"

"중립이다, 왜!"

인준이게 말은 그렇게 했지만 인준이 투덜투덜 인섭의 방으로 들어간 후에 정숙이 웃음기 싹 가신 얼굴로 태수를 바라봤다.

"난 두 사람이 손만 잡는 연애를 한다고 생각할 거야."

"아하하하, 네 어머님."

"그리고 난 밤 귀가 무척이나 밝다네."

"명심하겠습니다."

"저기가 욕실이고 우리 큰아들 방은 저기. 옷은 뭐 대충 맞을 거야. 그럼 난 우리 남편 잠자리 봐줘야 해서. 인준이 아빠 부축해."

정숙은 이미 마루에 대자로 뻗은 유덕을 수습해서 방으로 들어갔고 어쩌다 보니 태수는 얼굴도 모르는 인섭의 조금 낡은 추리닝을 입고 그의 침대에 누워 있었다.

특별히 잠자리를 가리는 것도 아니고 술까지 기분 좋게 한 잔 걸쳤는데 잠이 오지 않았다. 여전히 귀에는 시끌벅적 웃고 떠들던 예준 가족들의 목소리가 들리는 것 같았다.

"일 년치 할 말을 오늘 다 했네. 너무 웃었더니 얼굴 근육이 다 아프다."

굉장히 즐겁고 유쾌한 저녁이었지만 마음 한편 쓸쓸함은 더 깊어졌다. 뭔가 좀 억울한 생각도 들고 왜 우리 가족은 이렇게 평범하게 살지 못할까 의문도 들었다. 밤의 침묵 속에 생각만 많아지고 좀 답답한 느낌에 방에서 나온 태수는 조용히 마당으로 나가 평상에 앉았다.

"안 주무시고 뭐 하세요?"

"그냥 잠이 좀 안 오네."

물을 마시러 나왔던 인준은 잠을 자지 못하는 태수를 보며 짜증난다는 듯 그 옆으로 가서 털썩 앉았다.

"들어가서 자."

"우리 엄마 아부지가 나보다 불쌍한 사람 보면 그냥 두는 거 아니랬어요."

"풋, 내가 불쌍해 보여?"

"지금 그쪽은 좀 그래요."

인준의 눈길을 따라 자신의 행색을 살핀 태수가 피식 웃었다. 찢어지고 퉁퉁 부은 입술, 슬쩍 멍이 올라온 턱에 소매와 바지 기장이 어정쩡한 옷과 고등학교 때 즐겨 신었던 삼선 슬리퍼까지 동네의 흔한 백수 청년과 다를 바 없었다.

"우리 누나가 좋다고 쫓아다녔죠?"

"왜 그렇게 생각해?"

"외모로만 보자면 그쪽 딱 우리 누나 이상형이거든요. 우리 남매 중에 이상하게 누나만 작은데 그래서 그런가 어릴 때부터 그렇게 키에 집착하더라고요. 지금까지 사귄 남자친구들이 전부 180이 넘었을 걸요."

"말은 예준이가 먼저 했을지 몰라도 마음은 내가 먼저였어."

"와, 의외로 돌직구네요. 그런 말 안 창피해요?"

"창피해야 하나? 잘 모르겠어. 예준이한테 배운 건데. 감정에 솔직해라, 그래야 더 용감할 수 있다. 그 말이 맞는 거 같다."

인준은 잘난 척하고 어른이라고 으스댈 거라고 생각한 태수의 솔직한 면에 좀 놀랐다. 뭐랄까, 서른 넘은 남자에게서 느낄 수 없는 순수함이랄까 그런 게 느껴졌다.

"다른 건 모르겠고 우리 누나 울리지 마요. 어릴 때부터 누나라고 나 데리고 다니면서 보호자 노릇 많이 했어요. 그러니까 우리 누나 속상하게 하는 건 나 하나로 족하다고, 쬐그만 게 울면 얼마나 불쌍해 보이는지 알아요?"

"알지, 아주 사람 마음을 후벼 파지."

"알면 됐어요. 난 들어갑니다. 참, 나는 무식하게 주먹을 쓰지만 우리 형은 굉장히 지능적이거든요. 취미는 눈빛으로 숨통 조이기, 침묵으로 사람 고문하기고, 알아서 잘하십시오."

태수는 끝까지 협박을 잊지 않은 인준에게 웃어 보였고 인상을 팍 쓴 인준이 방으로 들어가버렸다. 여자 형제 지키는 가드가 높기도 하지, 그러면서도 불쾌하다기보단 기분이 좋았다.

"도대체 저런 남동생과 오빠를 두고 연애는 어떻게 한 거야?"

평상에 벌렁 누운 태수는 오랜만에 밤하늘을 봤다. 별도 잘 안 보이는 서울의 밤하늘이지만 오늘따라 하늘을 가득 메운 저 어둠도 아름답다는 생각이 들었다.

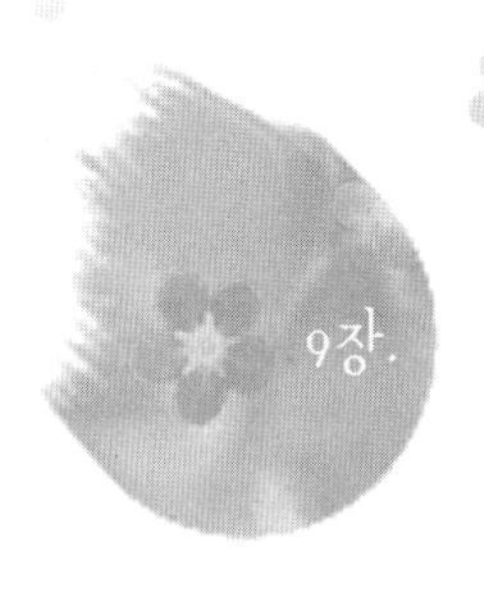

9장.

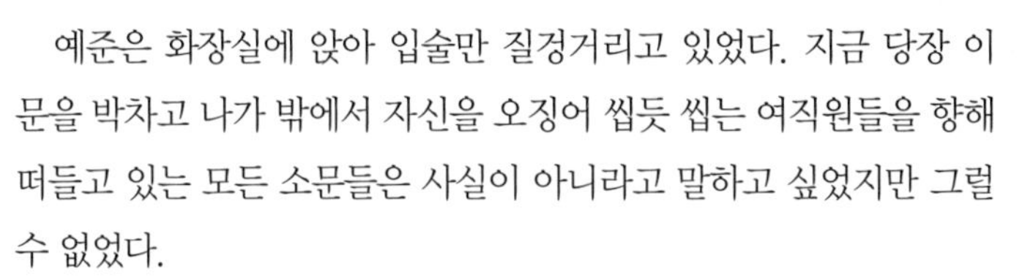

예준은 화장실에 앉아 입술만 질겅거리고 있었다. 지금 당장 이 문을 박차고 나가 밖에서 자신을 오징어 씹듯 씹는 여직원들을 향해 떠들고 있는 모든 소문들은 사실이 아니라고 말하고 싶었지만 그럴 수 없었다.

"서예준이 회장님 아들을 만나고 있는 건 맞지?"

"그러니까 집안 반대니 어쩌니 하겠지."

"그럼 어떻게 보면 게도 피해자 아니야?"

"피해자는 무슨, 처음부터 회장님 아들인 거 알고 접근해서 사귄 거라며."

"설마, 그렇게 순진하게 생겼는데?"

"그런 애들이 뒤로 호박씨 까는 거야. 최 이사님 비서실에서 나온 이야기로는 회장님이 무슨 입막음 조로 입사시킨 거래. 우리 회장님 아들 문제 많다며, 서예준이 약점을 잡아도 단단히 잡았나 봐."

"완전 꽃뱀이잖아, 아우 소름 끼쳐. 앞으로 무서워서 어떻게 같이 일하냐."

"그런데 김 대리님은 서예준을 왜 그렇게 챙기는 거야?"

"말로는 대학 동문이라는데 모르지, 뒤로 어떤 거래가 오갔는지."

"어쨌든 참 싫다. 언제쯤 사람한테 실망 안 하고 살 수 있을까?"

"그게 가능하겠어? 점심시간 끝나간다, 얼른 가자."

직원들이 우르르 몰려나가고 화장실이 조용해진 후에야 예준은 길게 한숨을 내쉬며 몸에 잔뜩 들어갔던 힘을 쭉 뺐다.

"서예준 졸지에 남자 약점 잡고 흔드는 꽃뱀이 됐구나. 내가 어쩌다가 이런 지경이 됐냐? 내가 순진하게 생기고 싶어서 생겼나? 뒤로 호박씨 깐 거는 뭔데? 완전 짜증 나."

투덜거리던 예준의 목소리가 잦아들었다. 화도 나고 속도 상하고 억울하기도 하고 자신을 믿어주지 않는 사람들 때문에 슬펐다. 하루 대부분의 시간을 동료로 선배로 보내며 꽤 가까워졌다고 생각했는데 회사에 떠도는 몇 마디 말에 사람들의 태도는 한순간에 변했다.

"이게 다 그 얼굴도 모르는 최 이사 때문이야. 자기가 날 언제 봤다고 진짜……."

며칠 전 복도에서 만났던 최 이사를 떠올렸다. 끝나가는 점심시간에 동료들과 서둘러 사무실로 돌아가고 있는데 갑작스럽게 앞을 막으며 최 이사가 아는 척을 했었다.

"자네가 서예준인가?"

"네, 그렇습니다. 안녕하십니까, 신입사원 서예준입니다."

얼굴도 잘 모르는 사람이 자신을 아는 척해서 좀 어리둥절했었다. 누구냐고 묻고 싶었지만 옆에 있는 선배들이 이사님 하며 인사를 하기에 그녀도 얼른 허리를 숙여 인사를 했는데 제 인사에는 대답도 없이 이리저리 기분 나쁜 눈길로 예준을 살피던 최 이사는 뜻밖의 말을 꺼내 그녀를 놀라게 했다.

"자네, 태수 만난다면서?"

"예, 예? 그걸 어떻게……."

"회장 사모님께서 나에게 전화를 하셨어. 자네와 태수 때문에 이것저것 걱정이 많으시다면서 자네를 좀 잘 살펴보라고 하시더군. 사모님께서는 자네가 여기 입사한 것부터가 회장님께서 안 하시던 일을 하셨다고 걱정이신 것 같은데 그거야 뭐…… 회사 일 잘 모르시는 사모님의 오해일 수도 있고."

그녀의 입사에 의혹을 내비치는 최 이사의 말에 예준을 보는 동료들의 눈초리가 예리해졌다. 당황한 예준이 설명을 하기 위해 입을 열었지만 최 이사는 그녀에게 말할 기회조차 주지 않았다.

"저기 그게……."

"젊은 사람들이 사귄다고 다 결혼하는 게 아닌데 사모님이 너무 이른 걱정을 하시는 게 아닌가 하는 생각도 들긴 하네만, 내 하나 충고를 하자면 연애든 결혼이든 격 맞는 사람과 하는 게 가장 좋아. 과한 욕심은 사람을 참 초라하게 만들지. 차라리 실속을 챙기는 게 더 나을 걸세. 어른들이 반대하는 데는 다 이유가 있지 않겠나."

최 이사는 말 한 마디로 예준이를 남자 집에서 거부당하는 철딱서니 없는 욕심쟁이로 만들어버렸다. 복도 한중간에 마주서서 이야기하는 두 사람은 사람들의 이목을 집중시키기에 충분했고 이 모든 상황이 무척이나 당황스러운 예준은 어떻게 해야 할지 몰라 안절부절못하고 있었다.

"웬만하면 사모님과는 부딪치지 말게나. 내가 오래 두고 봤지만 참 무서운 구석이 있는 양반이야. 그래도 이 결혼을 꼭 해야겠다면 나를 찾아오게. 내가 태수도 잘 알고 젊은 사람들 사랑을 무조건 막고 보는 그런 답답한 사람은 아니니까 자네에게 힘이 되어줄 수도 있을 거야. 그럼 오늘도 수고하게."

최 이사는 얼굴만 벌게져 제대로 말도 못하고 서 있는 예준의 어깨를 툭툭 두드려주고 가버렸다. 혼자 남겨진 예준은 곁에 서서 모든 이야기를 들은 선배들의 달라진 눈초리와 빈정거림 가득했던 최 이사의 말에 그녀답지 않게 움츠러들었었다.

최 이사가 선심을 쓰듯 던진 몇 마디 말의 파장은 참 크고도 컸다. 차라리 며느릿감이라고 소문이 났으면 사람들이 조심이라도 했을 텐데 예준이 일방적인 꽃뱀으로 몰려 소문은 점점 더 악의적으로 번져나갔다. 회장 아들인 줄 알고 작정하고 덤볐다더라, 그 덕분에 낙하산으로 입사했다더라, 결혼을 하려고 별의별 수단을 다 동원 중이라더라, 학력 위조설은 다른 흉측한 말들에 비하면 점잖은 편이었다.

"후우, 언제까지 견딜 수 있을까?"

참아보자 했지만 하루하루 커지는 소문과 직원들의 수군거림, 이상한 눈초리까지 자꾸만 그녀를 작아지게 만들었다. 맥 놓고 앉아 있던 예준이 다시 자세를 똑바로 했다.

"정신 차려, 서예준. 사람들 말에 상처받지 마. 내가 태수 씨를 사랑하는 건 잘못한 것도 아니고 비난 받을 일도 아니야. 난 여기 내 실력으로 들어온 거잖아. 당당하게 행동해."

눈을 똑바로 뜨고 무너졌던 표정을 가다듬은 예준이 화장실을 박차고 나왔다. 아직은 무너질 수 없었다. 하루에도 수십 번 이곳을 떠나고 싶었지만 악의적인 소문에 무너지는 나약한 모습을 보이고 싶지 않았다.

"나는 떳떳해. 떳떳한 만큼 버텨. 나중엔 사람들도 다 헛소문이었다는 거 알게 될 거야. 이겨내, 반드시."

조금 있으면 다시 꺾일 수 있는 용기였지만 예준은 다짐에 다짐을 하고 화장실을 나왔다. 누구보다 고개를 빳빳이 들고 웃음을 지었다. 다른 사람들은 참 뻔뻔하다 하겠지만 그녀는 잘못한 게 없었다.

사무실에 앉은 희수는 짜증스러운 얼굴로 승택을 마주하고 있었다.

"사내에 돌고 있는 소문들은 다 뭡니까? 언제부터 이런 거예요?"

"좀 됐습니다."

"도대체 어떻게 된 일이에요? 사람들이 예준이랑 태수 일을 어떻게 알고 있는 거냐고요?"

"최 이사님께서 시작하신 일입니다. 그 후에 소문이 자꾸 나쁜 쪽으로 흐르는 바람에 지금은 차마 입에 담기 힘든 지경입니다."

희수는 길게 한숨을 내쉬며 인상을 썼다. 회의 끝나고 배변 주머니에 문제가 생겨 직원 화장실을 가지 않았다면 그녀는 소문을 듣지 못하고 넘어갔을 것이다. 지금이라도 알아서 다행이긴 한데 혼자 힘들었을 예준을 생각하면 너무 미안했다.

"하아, 미치겠네. 최 이사님은 두 사람 사이를 어떻게 알게 됐는데요? 알았으면 입 다물고 있지 그걸 왜 떠들어서, 도대체 무슨 억하심정이랍니까?"

"……."

"왜요, 내가 모르는 뭔가가 또 있는 겁니까? 뭔데? 말해 봐요."

"아무래도 사모님께서 개입하신 거 같습니다."

"엄마가요? 설마……."

"두 분 통화하신 거 비서실 통해 확인했고 꽤 긴 통화 후에 모든 일이 벌어졌습니다."

"젠장. 그럼 두 분이 뭔가 거래를 하셨겠군요."

"곧 정기 이사회가 열립니다. 사장직을 욕심내는 최 이사가 원하는 건 뻔합니다."

"어머니의 주식 위임장이 필요하겠군요. 엄마가 보유하고 있는 주식 지분 변동 있나 꾸준히 확인하세요."

"계속 주시하고 있습니다."

희수는 예준의 소문이 그저 간단하게 끝날 일이 아니라고 확신했다. 진경은 꽤 많은 주식량을 보유하고 있는 회사의 대주주 중 한 명이다. 만약 진경이 최 이사에게 자신의 주식 위임장을 넘겨주면 대표이사가 바뀔 수도 있고 그렇게 되면 회사로서도 악재다. 표면적으로 최 이사는 차 회장의 사람이었지만 한 꺼풀만 벗기고 그 안을 들여다보면 두 사람의 반목은 꽤나 오래전부터 지속되어 왔었다.

"최 이사 비리서류 전부 준비되어 있죠? 이번에야말로 정리해야겠어요."

"검찰 고발까지 생각하고 계신 겁니까?"

"조용히 해결할 수 없다면 그래야겠죠."

"최 이사가 실력 행사하면 상무님께서 밀리실 수도 있습니다. 상무님과 태수 씨 주식 지분을 합쳐도 최 이사보다 많지 않고 그쪽 우호세력도 있고요."

"……."

"거기다 최 이사 역시 회장님과 상무님에 대해 꾸준히 뒷조사했을 겁니다. 뭘 가지고 있을지 알 수 없어요."

"우리 쪽에 출혈이 있더라도 최 이사 털고 갑니다. 태수 알기 전에 손써야 해요."

그 말에는 승택도 백 퍼센트 동의했다. 예준의 일이라면 물불 못 가리는 태수라 이 일을 알게 되면 무슨 짓을 할지 모른다.

"예준이 소문 해결하려면 아버지가 나서시는 게 가장 확실하겠죠?"

"그렇긴 합니다만 태수 씨가 좋아하지 않을 수도 있습니다."

"그게 문제예요? 일단 예준이부터 살리고 봐야죠. 아버지 외부에 계세요?"

"네, 들어오시는 대로 알려드리겠습니다. 그리고 이거 드세요."

승택은 테이블 한쪽에 내려놨던 컵을 그녀 앞으로 밀어놨다.

"이게 뭔데요?"

"홍삼입니다. 요즘 식사도 잘 안 하시고 업무량도 너무 많으셔서 안 되겠어요."

쓴 걸 싫어하는 희수는 인상부터 찡그렸고 승택은 그럴 줄 알았다는 듯 조금 더 가까이 그녀 앞으로 컵을 밀었다.

"싫어도 드세요. 홍삼이 면역력 높이는데도 좋고 기억력 향상에도 효과가 있답니다. 특별히 꿀까지 넣어서 달인 거라 별로 쓰지 않아요."

싫다는 기색이 역력한 희수였지만 절대 물러날 승택이 아닌 걸 알기에 어쩔 수 없이 컵을 들었다. 진한 색의 액체를 한 번 보고 승택의 얼굴을 한 번 보고 한숨 한 번 내쉬고 결국 희수가 단숨에 컵을 비웠고 컵을 입에서 떼자마자 입속으로 그녀가 좋아하는 초콜릿 하나가 쏙 들어왔다.

"오늘처럼 잘 드시면 초콜릿도 하나씩 드리겠습니다. 그럼."

뭐라고 할 사이도 없이 컵을 들고 나가버리는 승택의 뒷모습을 보며 희수는 빙그레 웃었다.

"선배는 참 한결같은 사람이야. 그래서 내가 더 슬퍼요."

너무 좋은 사람이라 차마 욕심낼 수 없는 사람, 희수에게 승택은 그랬다. 승택이 나간 문을 바라보는 희수의 눈빛이 아련했다.

"어서 오세요. 몇 분이십니까?"

"저 혼잡니다."

"자리 안내해 드리겠습니다."

은영은 단정한 양복 차림새와 달리 무척이나 무뚝뚝한 표정의 손님을 창가 쪽 테이블로 안내했다.

"잠깐만요. 괜찮으면 저기 안쪽 테이블에 앉았으면 하는데요."

"네, 알겠습니다."

사람들이 꺼리는 안쪽 테이블에 앉겠다는 손님이 좀 이상했지만 웃는 얼굴을 유지하며 손님이 원하는 테이블로 안내했다.

"메뉴판은 여기 있습니다. 메뉴를 다 정하시면 불러주십시오."

"여기 사장님이 차태수 씨가 맞습니까?"

"네, 그렇습니다. 혹시 저희 사장님께 볼일이 있으십니까?"

"아닙니다. 주방장 추천 메뉴를 주시죠."

"바로 준비해 드리겠습니다."

은영은 가볍게 묵례를 하고 테이블을 떠났고 혼자 남은 인섭은 가게 안을 찬찬히 둘러봤다.

'형, 진짜 끝내준다니까. 규모도 꽤 크고 인테리어도 세련됐고 음식도 진짜 맛있어. 형도 한 번 가봐.'

'뭐하러, 나중에 볼 기회가 있겠지.'

'그러지 말고 한 번 갔다 와라. 식구 중에 형만 태수 형 못 봤다며. 그 형, 처음엔 되게 재수 없었는데 보면 볼수록 괜찮은 거 같아.'

'그 시계 때문은 아니고?'

'아니야. 이건 남은 복무기간 사고 치지 말고 잘 마무리하라는 선물이었다고. 그러니까 형이 직접 가서 만나봐. 형이 사람은 잘 보잖아.'

'시간 되면.'

인준의 강요도 있고 부모님도 다 만나보셨다는 말에 인섭도 여동생의 남자친구인 태수가 슬슬 궁금해졌다.

"저기 새로운 알바 왜 저러니? 화장이며 머리며 뭔 오버래? 보석 덕지덕지 붙인 손톱 봤어? 매니저님께 들키면 어쩌려고, 저러다 조만간 잘리지."

"사장님 여친이 알바생이었다는 말을 어디서 들었는지 사장님 꼬셔보겠다고 저 난리다."

"제가 미쳤구나. 사장님 철벽이 얼마나 높은데. 예준이나 되니까 사장님이 넘어갔지."

"하긴, 예준이가 좀 짜증 나게 잘나기는 했어. 얼굴도 그만하면 괜찮고 성격도 좋고 명랑하고 잘 웃고 일도 잘하고. 내가 남자라도 예준이 정도면 확 데리고 살겠다."

"너 그거 모르지, 예준이 은근 글래머다."

"진짜? 난 왜 몰랐지?"

인섭은 수다 떨며 지나가는 여종업원들의 말에 혼자 피식 웃었다. 나쁘지 않은 동생의 평판에 슬쩍 기분이 좋아졌다. 남자가 한인물 한다는 말에 여자 버릇이 나쁘지는 않을까 했는데 그 걱정도 반쯤은 덜었다. 얼굴에서 미소를 지우지 않고 열심히 일하는 직원들, 그들의 서비스와 음식에 꽤 만족스러워하는 손님들을 보며 인섭도 나오기 시작한 음식들을 맛보기 시작했다.

사장실에 앉아 뻑뻑한 눈을 꾹꾹 누르고 있던 태수가 자리에서 일어났다. 저녁 8시, 저녁 장사가 어떤지 내려가 둘러볼 시간이다. 요즘 수면 부족 상태라 조금 피곤했지만 거울을 보며 가벼운 미소를 지어보인 태수가 사장실을 나갔다.

오늘도 장사는 잘되고 있었다. 빈 테이블이 없을 정도로 손님은 많았고 많은 손님에도 지체됨 없이 주문한 음식들이 잘 서빙되고 있었다.

"사장님."

"네, 은영 씨."

"저기 안쪽 12번 테이블 한 번 가보세요. 젊은 남자 손님 혼자 오셨는데 사장님 이름을 확인하시더라고요."

"특별히 할 말이 있다고 했습니까?"

"그건 아니지만 뭔가 좀…… 한 번 확인하시는 게 좋을 것 같아서요."

"알았어요. 고마워요, 은영 씨."

은영에게 슬쩍 웃어 보인 태수가 다른 테이블을 돌아보며 천천히 그쪽으로 다가갔고 손님의 얼굴을 확인하는 순간 주름졌던 미간이 펴지며 은은한 미소가 돌아왔다.

'우리 오빠요? 음, 인준이랑 많이 닮았는데. 우리 오빠는 장난기 쪽 빼고 진지함을 집어넣은 인준이 버전이랄까? 무슨 말인지 보면 알 거예요.'

언젠가 예준이 해준 말이 기억나며 저기 반듯한 생김새에 웃음기 하나 없는 얼굴로 스테이크를 먹고 있는 남자가 누구인지 대충 짐작이 갔다. 태수는 크게 숨을 들이쉬고 천천히 그 테이블로 다가갔다.

"안녕하십니까? 음식은 입에 맞으십니까?"

"네, 아주 훌륭합니다."

"서인섭 씨 되시죠? 예준이 남자친구 차태숩니다."

한눈에 자신을 알아본 태수의 눈썰미에 제법 놀랐지만 인섭은 별 동요 없이 자리에서 일어나 제게 내밀어진 태수의 손을 잡았다.

"서인섭입니다. 괜찮으시면 잠시 앉으시겠습니까?"

"그럴까요? 여기, 나 커피 한 잔 주고. 와인 한 잔 하시겠습니까? 저희 레스토랑 하우스 와인이 꽤 괜찮습니다."

"아뇨, 술은 다음에 하죠."

같은 남자인 자신이 봐도 부러운 우월한 신체적 조건, 몸에 밴 타고난 여유, 부드러움을 잊지 않는 카리스마, 친절한 듯하지만 쉽게 범접할 수 없는 거리감, 태수는 생긴 것도 그렇지만 가지고 있는 분위기가 매력적인 남자였다.

'서예준이 쫓아다닌 이유가 있었군.'

물컵으로 가린 인섭의 한쪽 입꼬리가 위로 쭉 올라갔다.

선비 같은 얼굴에 어울리지 않는 날카로운 시선을 받으며 태수는 미소를 유지하려 노력했다. 자신보다 한 살 어리다고 했는데 인섭은 뭔가 진중한 느낌을 주는 사람이었다. 예준의 가족 중 유덕이 가장 넘기 힘든 산이라고 여겼는데 숨겨진 고수를 만난 느낌이랄까, 인섭에게 잘못 보이면 여지없이 잘려나갈 것 같은 느낌이 들었다. 불편한 침묵 속 날카로운 시선만 주고받던 사이 인섭이 먼저 말문을 열었다.

"예준이가 고집이 세죠?"

"고집보다는 뚝심에 가깝죠."

"귀찮지 않았습니까, 우리 예준이? 엄청 쫓아다녔을 텐데."

"귀찮다는 생각할 틈도 없었어요. 한순간에 사로잡혀버려서."

"웬만하면 예준이가 한 음식은 먹지 마세요. 거의 독극물 수준의 음식들을 시전해서."

"요리는 제가 잘합니다. 예준이는 정리를 아주 잘하던데요."

"우리 예준이 어디가 좋습니까?"

"음, 여름이라고 자꾸 찬 것만 먹으려고 하는 건 좀 마음에 안 드네요."

모든 게 다 좋다는 말을 저렇게도 할 수 있구나 하는 생각에 인섭이 피식 웃었다. 예준이가 먼저 좋아했다고 해서 마음고생 하면 어쩌나 걱정했는데 기우(杞憂)였다.

기분이 상해서 다른 때보다 배는 피곤했던 예준은 집으로 가려던 발길을 돌려 태수 가게로 왔다. 이대로 집으로 가면 엄마가 그녀의 우울한 기분을 알아차릴 것이고 자식들을 잘 아는 정숙 앞에서 거짓말을 할 자신도 없고 사실대로 털어놓으면 태수까지 욕을 먹을 것 같아 집으로 갈 수가 없었다. 그리고 정말 태수가 보고 싶었다. 만원 버스나 전철에 시달릴 기운이 없어 택시를 잡아탔지만 엄청 나온 택시비를 낼 땐 손이 부들부들 떨렸다.

"으, 내 간식비. 내가 다시는 택시 타고 여길 오나봐라. 송 매니저님, 저 왔어요."

"예준 씨, 오랜만이에요. 회사 다닌다더니 좋은가 보다, 더 예뻐졌어."

"감사합니다. 태수 씨는요?"

"손님과 함께 12번 테이블에 계신데 불러줄까요?"

"중요한 손님이세요?"

"그건 아닌 것 같아. 예약 손님도 아니고 특별한 말씀도 없으셨거든."

"그럼 제가 가서 분위기 보고 사장실에서 기다리거나 할게요."

"그래요, 그럼."

예준은 태수가 앉은 테이블로 살살 다가가며 그와 마주앉은 뒷모습이 꽤 눈에 익다는 생각이 들었다.

"어디서 봤더라, 분명 아는 뒤태인데. 명진 씨는 아니야. 그 인간은 어깨가 좁아."

혼자 고개를 갸우뚱거리고 있는데 멀리서도 그녀를 알아본 태수가 잠시 놀란 얼굴을 하더니 금세 표정을 풀어 웃으며 이리 오라고 손짓을 했다.

"저기 호랑이 오네요."

태수의 말에 인섭이 얼른 뒤를 돌았고 제 오빠의 얼굴을 확인한 예준이 눈을 크게 뜨고 손가락질을 해보였다.

"귀엽기는."

혼자 중얼거린 태수의 말에 인섭이 못마땅하다는 듯 인상을 써 보였고 가까이 온 예준이 인섭의 어깨를 가볍게 쳤다.

"오빠, 언제 왔어? 왜 온다는 말 안 했어? 오프야? 그럼 내일까지 놀아? 밥은 맛있는 거 먹었어? 여기 음식 괜찮지."

"응, 오빠는 잘 지냈어. 너도 잘 지냈니?"

"헤헤, 놀란 나머지 우리 오빠 안부도 못 물었네. 오빠, 잘 지냈어요?"

예준은 팔을 벌려 인섭의 목에 매달렸고 동생의 애교가 흐뭇한 인섭이 그녀의 등을 토닥여줬다. 좋은 분위기에서 태수 혼자 불만 가득한 얼굴을 하고 있었다.

"무슨 애교를 아무한테나 부려."

태수의 작은 중얼거림을 들은 건지 인섭이 갑자기 박장대소를 했고 영문을 몰라 포옹을 푼 예준을 끌어 제 옆에 앉히는 태수였다.

"뭐 먹을래?"

"먹고 싶은 거 없는데."

"또. 저녁 안 먹었을 거 아냐. 오늘 농어 좋은데 스테이크 해줄까? 아님 고기 먹을래?"

"그냥 과일주스…… 알았어요, 먹으면 되잖아요, 먹으면. 그렇게 매서운 눈길로 보지 말라고 몇 번을 말해요. 정말 오금이 저릴 정도로 무섭다고요."

"잠깐만 앉아 있어. 주문 넣고 올게. 대신 다 먹고 나면 너 좋아하는 티라미수 줄게. 안 돼, 밥 먹고 나서 줄 거야."

"치사하게 진짜."

예준은 제 머리를 쓰다듬는 태수에게 입을 삐죽해 보였지만 그가 돌아서자마자 이내 미소를 지었다.

"누구 남잔지 뒤태 쩐다, 진짜. 오빠, 우리 태수 씨 정말 멋있지?"

"동생, 너 지금 좀 추해."

"뭘, 침도 안 흘리는데."

"눈빛도 좀 간수해라. 여자가 그렇게 들이대면 남자들 부담스러워해."

"그럴 남자였으면 사귀지도 않았어."

"그렇게 좋냐?"

"응."

"근데 좋아하는 남자친구 만나러 왔는데 왜 이렇게 우울해?"

훅 치고 들어오는 인섭의 질문에 고기를 받아먹던 예준이 눈을 동그랗게 떴다. 티 안 내려고 조심했는데 아무래도 가족 앞에서는 그게 안 되나 보다.

"그냥, 나 신입사원이잖아. 내 마음대로 되는 게 없네."

"뭐든 시간이 필요해. 조급해 마라."

"이렇게 다정한 우리 오빠가 왜 사랑은 호르몬 장난이라고 생각하는 몹쓸 병에 걸렸을까. 고백했다 차인 여자들의 저주가 걸린 게 분명해."

"까분다."

음식 주문한 태수가 테이블로 돌아왔고 두 남자는 다른 때보다 활기차게 이야기하는 예준을 보며 똑같이 걱정스러운 표정을 해보였다. 우울하고 속 시끄러운 일이 있으면 더 말이 많아지는 그녀, 요즘 들어 종종 저렇게 우울한 기색을 띠는데 내일은 희수한테라도 전화를 해봐야겠다고 생각하는 태수였다.

"와인 한 잔 해."

"웬일로 술을 다 마시라고 한데? 오빠, 이 남자 치사하게 술도 못 마시게 한다."

"그건 아주 잘하시는 겁니다."

"저도 그렇게 생각합니다."

"이분들 뭐야? 왜 벌써부터 의견 일치를 보고 그래요? 여동생을 둔 오빠와 그 동생의 남자가 만났으면 신경전도 좀 벌이고 내 동생이 아깝네 하면서 텃세도 좀 부려주고 그래야지."

"입에 음식 넣고 이야기하지 말랬지."

"진짜 깐깐해. 우리 오빠 진짜 잔소리 대마왕이에요. 젓가락질 똑바로 해라, 국 먹을 때 후루룩 소리 내지 마라, 음식 씹는데 왜 쩝쩝 소리를 내냐, 한 손에 숟가락, 젓가락 다 들지 마라. 나랑 인준이랑 밥 먹을 때마다 완전 공포였다니까."

"덕분에 식탁 예절 좋잖아. 너 밥 먹는 거 참 깔끔하고 복스럽고 예뻐."

"봐, 오빠의 잔소리는 다 피가 되고 살이 되는 거다."

꿍짝이 잘 맞는 두 남자를 번갈아 째려보며 거친 포크질로 커다란 생선살을 입에 밀어 넣다가 치마로 구운 버섯 조각이 떨어졌다. 인섭이 뭐라고 할 사이 없이 태수가 자연스럽게 버섯을 치우고 치마 얼룩을 닦아줬다. 잔소리 한 마디 없이 입가에 묻은 소스까지 닦아주는 태수와 당연하다는 듯 그 손길을 받아들이는 예준을 보던 인섭이 툭하고 질문을 던졌다.

"두 사람 결혼까지 생각하는 겁니까?"

갑작스러운 인섭의 질문에 예준이 캑캑거렸고 태수가 얼른 등을 두드려 주며 물컵을 앞에 놔줬다.

"오빠의 질문들은 참 타이밍이 안 좋아. 내가 그러지 말랬지. 질문이라는 건 말이야 대답할 사람의 상황을 고려해서 지금이 이 질문이 적절할까 생각을 한 후에……."

"태수 씨도 내 질문이 이르다고 생각합니까?"

"내가 결혼을 한다면 예준이랑 하겠죠. 다른 사람이 내 옆에 있는 건 상상이 안 되니까. 하지만 결혼 자체는 몇 년 후 일이라고 생각합니다."

"몇 년씩이나 기다리라고요? 왜요? 난 내일 당장도 할 수 있는데."

"서예준, 너 왜 말이 달라져? 부모님께는 몇 년 후에 하겠다고 했다면서."

인섭의 말에 예준은 쉽게 대답하지 않았다. 태수의 집에 다녀오지 않았을 때는, 진경의 잔인함을 보지 못했을 때는 결혼은 먼 훗날의 이야기였지만 지금은 마음이 바뀌었다. 하루라도 빨리 태수와 함께 따뜻한 가정, 제대로 된 가족을 이루고 싶었다.

"이 남자, 내가 데리고 살고 싶어져서."

태수의 눈을 똑바로 바라보며 이야기한 예준이 인섭을 향해 샐쭉 웃었다.

"원래 사람 마음은 하루에도 몇 번씩 바뀌는 거야. 특히 이렇게 사랑스러운 얼굴을 보면 마음과 감정이 춤을 춘다고."

당돌한 예준의 말에 마주 앉은 두 남자는 다른 의미로 할 말을 잃었고 예준은 무슨 일이 있었냐는 듯 다시 스테이크를 먹었다.

"우리 오빠 머리 지진 나겠네. 내가 낼모레 당장 결혼하겠다는 것도 아니고 그럴 이유가 있는 것도 아니니까 걱정은 접어둬."

"에휴, 나도 모르겠다. 나 먼저 간다."

"응."

"같이 일어나시죠. 제가 모셔다 드리겠습니다."

"그랬다간 우리 둘 다 무사하지 못하겠는데요?"

인섭은 턱짓으로 예준을 가리켰고 불만 가득한 표정으로 저를 째려보고 있는 예준을 보며 태수가 피식 웃었다.

"제가 이렇게 가끔 눈치가 없습니다."

"한 시간만 있다가 와."

"아잉, 오빠. ……두 시간."

"한 시간이야. 시간 지나면 그때부터 대문 앞에서 기다린다. 오늘 만나서 반가웠습니다."

"다음엔 밖에서 술 한잔하시죠."

두 남자는 가볍게 악수를 나눴고 인섭은 뚱한 표정으로 배웅도 않는 예준의 머리를 한 대 쥐어박은 후 자리를 떴다. 어리게만 봤던 동생이 어느새 좋아하는 남자를 만나 여자의 얼굴을 하고 있다. 무척이나 낯설고 묘한 섭섭함이 그를 싱숭생숭하게 만들었다.

'근데 형, 기분이 좀 이상해. 누나는 여자가 아니라 그냥 누나였잖아. 근데 우리 누나도 사랑에 빠질 수 있는 여자라는 걸 알고 나니까 기분이 썩 좋지만은 않아.'

태수를 만나고 와 심란한 얼굴로 했던 인준의 말이 무슨 뜻이었는지 확실하게 알겠다.

"젠장, 저러다 시집가서 애까지 낳고 나면 진짜 감당 안 되겠네.

이제야 시집 안 보내시겠다는 아버지 마음이 이해가 되네.”

오빠인 제 마음이 이런데 딸 하나 있는 거 애지중지하셨던 아버지는 마음이 어떠실까. 인섭이 주머니에 들어 있는 전화기를 꺼냈다.

“아버지, 저 인섭입니다. 아버지, 저랑 소주 한잔하실래요? 음, 한 시간쯤 후면 도착할 거 같아요. 어머니랑 같이 동네 어귀에 있는 포장마차로 내려오세요.”

좋은 오빠인 양 데이트하고 오라고 동생을 두고 오긴 했지만 마음이 무거운 게 영 개운치 않다. 오늘따라 밤하늘이 참 쓸쓸했다.

인섭이 떠나고 지친 듯 의자에 기대앉은 태수를 예준이 물끄러미 바라봤다.

“긴장했어요?”

“그럼, 너희 아버지보다 인섭 씨가 더 까다로운 것 같더라.”

“그렇긴 한데 마음은 약해요.”

“그래, 좋은 오빠였어. 너 엄청 위하던데.”

“어제도 잠 못 잤어요? 눈이 빨개. 살도 빠진 것 같고, 정말 무슨 일 있는 거 아니죠?”

태수는 고갯짓으로 아니라고 대답을 했고 제 눈 옆을 쓰다듬는 예준의 손을 잡아 뺨에 대고 눈을 감았다.

조금 있으면 경수의 기일이 다가온다. 일 년에 한 번, 경수의 기일이 있는 8월이 되면 태수는 한 마디로 엉망이 된다. 잠도 못 자고, 밥도 못 먹고, 하루에 24시간 내내 경수의 환영과 목소리에 시달렸었다. 지금은 시간이 많이 지나 환영이나 환청을 보고 듣는 건 아니었지만 여전히 괴롭기는 했다.

이럴 때면 죄책감이 느껴지는 경수의 존재와 진경을 잊기 위해 제 몸을 못살게 굴었었다. 미친 듯이 모터바이크를 타거나 수상스키를 타거나 산악자전거를 타고 그것도 부족하면 암벽등반을 위해 외국으로 나가기도 했다. 무척이나 위험한 익스트림 스포츠를 당장 죽어도 이상하지 않을 만큼 위험하게 즐겨 사람들의 질타를 받기도 했다. 덕분에 태수는 몸에 꽤 많은 흉터가 있었고 흉터가 하나씩 생길 때마다 머릿속을 괴롭히는 경수의 존재가 흐릿해지는 것 같은 착각을 느꼈었다.

그런데 예준을 만나고 난 후 더 이상 제 몸에 상처를 만들 수가 없었다. 덕분에 맨정신으로 고스란히 그 시간을 겪어내야 하는 태수는 죽을 맛이었다. 예준의 온기에서 위로를 받던 태수가 갑자기 자리에서 일어나더니 그녀의 손목을 잡아챘다.

"왜, 왜요? 어디 가려고?"

"둘만 있을 수 있는 곳."

예준이 종종걸음을 쳐야 할 정도로 태수는 서둘렀고 계단을 두 개씩 뛰어오른 태수는 사장실에 들어가자마자 문까지 잠그고 저돌적으로 그녀에게 키스하기 시작했다. 그의 힘에 벽으로 밀쳐진 예준은 평상시의 부드럽고 다정한 그와 달라 좀 놀라기는 했지만 이내 그를 받아들이기 시작했다.

그녀의 입속으로 깊게 혀를 밀어 넣으며 태수의 손이 거침없이 치마 속을 향했다. 까끌한 스타킹과 앙증맞은 작은 속옷에 쌓인 그녀의 둔덕 위에 손을 얹고 부끄러워하는 예준을 무시한 채 마구 비벼대기 시작했다.

"하읏, 태수 씨."

“서예준, 안고 싶어.”

태수는 이미 참을 수 없는 욕망이 들끓고 있는 눈빛을 하고 있었고 조금 여유를 찾아보라는 말을 하려던 예준은 발뒤꿈치를 세워 그에게 키스하는 것으로 말을 대신했다. 태수는 자신을 자극하는 그녀의 작은 혀를 깊게 빨아들이며 그녀를 번쩍 안아 책상으로 향했다. 거치적거리는 것들을 치워버린 책상에 그녀를 올려놓고 타이트한 치마를 위로 올리며 그녀의 다리 사이에 위치했다.

“지금 안아도 돼?”

항상 긴 전희를 즐기던 그답지 않은 조바심, 그만큼 다급한 손길로 예준이 그의 허리띠를 풀어냈고 태수는 가차 없이 그녀의 스타킹과 속옷을 찢어버렸다. 달아오른 욕망만큼 두 사람의 결합도 급했고 단번에 몸속 깊숙이 들어와 버린 그 때문에 예준이 버거움과 약간의 통증을 느끼며 호흡을 멈췄다.

태수는 제 어깨를 틀어쥐는 손길과 평상시만큼 풍요롭게 젖지 않은 그녀의 속몸에서 긴장을 알아차렸다. 고통에 잔뜩 일그러진 그녀의 얼굴을 잡아 자신을 보게 하고 지체 없이 입을 맞췄다. 방금 전과는 달리 아주 여유롭고 달콤하게 그러면서 무척이나 야하게 그의 입술과 혀가 움직였고 단정하게 잠긴 블라우스의 단추를 풀어 그녀의 소담한 가슴을 손에 틀어쥐었다. 언제나 촉감이 좋고 제 손에 잘 맞는 가슴을 애무하자 그녀의 수풀에도 물기가 돌았고 그걸 알아챈 태수가 천천히 허리를 움직였다.

제 힘에 뒤로 밀리는 그녀의 허리를 잡고 두 사람 사이의 사랑을 타오르게 하는 태수의 행동이 마치 뭔가를 얻어내려는 것처럼 집요하고 강했다.

예준이 꼭 감았던 눈을 뜨고 약간의 광기까지 느껴지는 태수의 얼굴에 손을 올렸다. 그녀를 살짝 피해 있던 시선이 돌아왔고 그와 눈을 맞추며 예준이 그의 허리에 다리를 감아 더 강하게 자신 안으로 받아들였다.

"사랑해요. 태수 씨, 사랑해요."

알고 있는 사실이었지만 마치 처음 고백 받은 사람처럼 멍한 얼굴을 했던 태수가 무너지듯 그녀의 어깨에 얼굴을 묻었다.

"자꾸 형이 보여. 하루는 날 힐책했다가 하루는 고맙다고 했고 하루는 엄마를 걱정했어. 지금까지는 항상 날 아프게 하는 것으로 내 죄스러움을 풀어냈는데 더 이상은, 더 이상은 그럴 수 없었어."

"고마워요, 자신을 소중하게 생각해 줘서 고마워요. 나한테 말해 줘서 고마워요."

예준은 그의 셔츠를 풀어 어깨에 있는 흉터에 입을 맞추고 혀로 핥으며 제 몸속에 들어와 있는 그를 힘껏 조였다.

"으읏, 예준아."

그녀의 도발에 태수의 입에서 탄성이 쏟아졌고 두 사람의 결합이 다시 깊어졌다. 흉터에서 얼굴을 든 예준은 남자를 아는 여자의 표정으로 그를 홀렸고 열에 들떠 몽롱해진 그녀의 시선을 받으며 태수가 허리에 힘을 줬다.

그녀도 태수에게 안기고 싶었다. 머리 터지고 가슴 복잡하게 만드는 모든 일을 완벽하게 잊게 만드는 건 태수밖에 없었다. 그에게 이렇게 안겨 있으면 현실의 모든 고민과 걱정은 없어져버리고 다시 일어날 힘이 생긴다.

"하흣, 태, 태수 씨."

그녀의 온몸이 긴장한다. 바짝 조여들며 그의 남자를 죽일 듯이 물고 늘어지고 그녀의 쾌락의 고조를 알아챈 태수의 허리 놀림이 더 바빠졌다. 숨 쉴 틈도 없이 몰아치는 쾌락의 파도가 그녀의 이성을 끊어버리고 육체적 욕망만 남은 예준은 온몸의 신경을 타고 흐르는 짜릿함에 서서히 점령당했다. 한순간 끝도 모르는 벼랑 끝으로 떨어지는 아찔함과 전율, 환락의 최고치에서 예준은 죽을 듯 태수를 부여잡았다.

"태, 태수 씨!"

"허으윽, 예준아."

지독하게 물고 늘어지는 예준 때문에 그 역시 몸이 산산조각 날 것 같은 짜릿함을 느꼈다. 육체적 쾌락의 최고조, 가장 높은 곳에서 가장 낮은 곳으로 밀려 떨어지는 아득함과 함께 느껴지는 짜릿함, 머리부터 발끝까지 만 볼트의 전기가 치고 지나간 것 같은 아찔함, 바로 그 순간 태수가 자신의 모든 걸 발산해 버렸다.

두 사람 다 숨을 쉬는 것도 잊고 서로에게 매달려 있었다. 예준은 제 몸으로 스며드는 그의 분신을 느끼며 그의 허리에 감은 다리에 더 힘을 줬고 태수는 마지막 한 방울의 정수까지 토해내려 쉽게 허리의 움직임을 멈추지 못했다.

모든 쾌락이 끝나고 뻣뻣하게 굳어 있던 두 사람이 드디어 숨을 쉬었다. 동시에 긴 한숨과 같은 숨을 내쉰 두 사람이었고 태수가 늘어지는 예준의 등을 부드럽게 쓰다듬었다.

"하으응, 건드리지 마요. 죽을 거 같아."

지독하게 예민해진 몸이 그의 숨결만 닿아도 바르르 떨리며 반응했다. 순간순간 조여드는 그녀 때문에 또다시 반응하려는 제 분신을 얼른 빼냈다. 예준의 그의 가슴에 턱을 기대고 왜냐는 눈빛으로 쳐다보자 태수가 그녀의 콧등을 손가락으로 톡 쳤다.

"그렇게 보지 마. 또 안고 싶잖아.

"언젠 참았다고."

"한 시간, 인섭 씨 말 기억 안 나?"

"원망스러운 우리 오빠. 오늘은 당신 품에서 자고 싶다."

"신종 고문이야?"

"그러니까 우리 결혼하자고요."

태수는 너무나 예쁘게 웃으며 결혼을 말하는 예준의 이마에 쪽 하고 입을 맞췄다. 결혼, 당장이라도 하고 싶다. 당장이라도 결혼해 예준이를 제 옆에만 있게 하고 싶다. 하지만 그러기에 아직은 해결해야 할 일들이 남았다. 지금 이 상태로 결혼하면 아마 진경은 그 대신 예준이를 괴롭힐 것이고 그건 상상하기도 싫고, 절대 감수하지도 않을 것이다.

"청혼은 내가 할 거야. 지금 네 말은 무효. 가자. 집까지 데려다줄게."

"치사한 남자. 나도 나중에 거절하고 받아줘야지."

"거절 못하게 호두만 한 다이아반지 줘야지."

"그럼 거절하지 말아야지."

두 사람은 이마를 맞대고 웃음을 터트렸다. 방금 전 뜨거운 사랑을 나눈 사람들답지 않은 풋풋한 웃음이었다.

정숙이 앞에 앉은 여자를 살피며 주스를 마셨다. 집 앞으로 찾아와 자신을 오진경이라고 소개한 여자는 다짜고짜 차 한 잔 마시자고 했고 정숙이 거절한 후에야 태수의 엄마라고 밝혔다. 그 말에 원하는 대로 커피숍까지 같이 오긴 왔는데 진경은 커피만 홀짝거릴 뿐 왜 찾아왔는지 말이 없다.

'돈은 많은 거 같은데 분위기며 표정이며 왜 저렇게 우울하고 사나울까. 혹시 우리 예준이가 마음에 안 들어서 찾아온 건가? 그럼 제 아들인 태수를 잡을 것이지 왜 날 찾아왔데? 아니지, 아직 그쪽 집에 인사드렸다는 말도 없었는데 무슨 반대를 해?'

"갑자기 찾아와서 놀라셨죠?"

"네, 아무래도 좀…… 그런데 무슨 일로 오셨어요? 우리 집은 또 어떻게 알고."

"요즘 세상에 집 알아내는 거야 뭐 어렵나요. 예준이 태수랑 헤어지게 설득 좀 해주십사하고 여기까지 왔습니다."

진경의 단도직입적인 말에 정숙이 침을 꿀꺽 삼키며 손에 든 주스 잔을 내려놨다. 어쩌면 그럴지도 모른다고 생각했지만 막상 듣고 나니 좀 멍한 게 머릿속이 텅 비어버렸다.

"예준 양 때문이 아니라 태수 때문이니까 기분 나쁘게 생각 안 하셨으면 합니다. 그리고 이건 제 성의 표시입니다."

진경은 하얀 봉투를 내밀었고 정숙은 제 앞에 봉투를 보며 지금 이게 무슨 일인가 싶었다.

"저기, 사모님. 뭐라고 불러야 할지 호칭도 참 애매하고 뭐 아무튼, 태수 어머님……."

"차라리 오진경이라고 이름을 부르시죠."

"뭐 호칭은 중요한 게 아니니까요. 당장 결혼을 하겠다는 것도 아니고 몇 달 후에 헤어질지도 모를 애들 연애를 두고 왜 이러시는지 이해가 안 되는군요. 그리고 애들 연애를 두고 제가 봉투를 받을 이유는 더더욱 없지요."

"불쾌하셨다면 죄송합니다. 태수와 헤어지면 예준이 회사도 계속 다니기 어려울 텐데 돈으로라도 보상하고 싶었을 뿐입니다."

"……회사를 못 다니다뇨?"

"모르셨어요? 그 회사 저희 집안 회사입니다."

"네?"

"예준 양은 다 알고 있는데 부모님께는 말씀 안 드렸나 봐요."

회사나 태수의 집안에 대해서 전혀 아는 게 없어서 자신을 무시하는 것 같은 진경의 말에도 딱히 대꾸할 말이 없었다. 그러고 보니 예준이 취업 합격통지서를 받고서 고민스러운 얼굴을 했던 게 지금 떠올랐다. 그때는 그냥 대수롭지 않게 생각하고 넘어갔는데 아차 싶었다.

"혹시 저희 아이가 자격이 안 되는데 태수 뒷배로 입사한 건가요?"

"말은 아니라고 했지만 글쎄요, 그리고 중요한 건 사실인지 아닌지가 아니에요. 이미 회사에 예준 양이 회장님 낙하산이라고 소문이 나서 꽤 곤란을 겪고 있다던데, 모르셨어요?"

"그, 그런 일이 있습니까?"

"우리 회사 이사님 한 분이 예준 양 일로 저한테 전화를 하셨더군요. 정말 며느릿감이 맞냐면서 별별 소문이 다 돈다고요. 부족한 태수 장가보내려고 일부러 입사시켰다, 이번 하반기 채용이 비공개로 진행된 것도 다 예비 며느리 입사시키기 위해서라더라, 스펙이며 학력도 위조라더라."

"학력위조라뇨. 그런 억울한 말이 어디 있어요? 대학 다니는 4년 내내 우리 애가 얼마나 노력을 했는데."

"예준 양 때문에 판단력을 잃었다고 소문이 난 회장님이 더 큰 일이지요. 회장님은 냉혈한 소리 들을 정도로 사리분별, 공사구분 확실한 분이시니까요. 하다못해 몸 불편한 저희 딸아이도 평사원으로 시작해 지금 자리까지 올라간 걸요. 그런 분이 나이 들어 판단력이 흐려졌다는 소문에 휩싸였으니 얼마나 자존심이 상하실 거며 회사로서도 큰 타격이죠."

"우, 우리 애가 그럴 리가 없는데……."

"일 년 넘게 취준생으로 지냈다니 자괴감도 들었을 테고 그러다 보면 판단력이 흐려질 수도 있었을 거고 거기다 태수가 부탁했다면 우리 회장님 거절 못 하셨을 테니까요."

위축됐던 정숙의 목소리에 힘이 실렸다. 다른 건 다 모르겠지만 그래도 한 가지 확신할 수 있는 건 바로 자신의 딸 예준이었다.

"우리 아이, 그런 애 아닙니다. 편법인 걸 알았다면 제가 먼저 거절했을 겁니다."

"어떻게 그렇게 확신하십니까?"

"내 자식이에요. 이 세상에서 부모만큼 자식을 잘 아는 사람이 어디 있겠어요? 난 우리 아이들 형편에 따라 신념을 바꾸는 사람으로 키우지 않았고 우리 아이들 역시 지금까지 밖에 나가 손가락질 받을 짓은 하지 않았습니다. 확실하게 알지도 못하는 사실인데 괜히 지레짐작으로 우리 아이 억울하게 만들지 마세요."

기세등등한 정숙을 보며 진경이 비릿하게 미소 지었다. 제 가족과 제 자식에 대해 애정이 넘치는 여자, 여자로서, 같은 엄마로서 참

부러운 모습이었고 그만큼 잔인하게 밟아버리고 싶기도 했다.

“그렇지만 전 여전히 의심스럽고 찜찜함을 털어버릴 수 없네요. 예준이가 먼저 우리 아이를 따라다녔다는 것도 좀 그렇고.”

“그게 뭐요? 요즘 같은 세상에 여자가 남자를 먼저 좋아하는 게 흉도 아니고.”

“접근한 의도가 불순했다면 이야기는 완전히 달라지죠.”

“그 말씀은 우리 예준이가 태수에게 일부러 접근했다는 말입니까? 도대체 뭐 때문에요?”

“잘 모르실 수도 있는데 태수가 좀 유명해요. 태수가 우리 집안 외아들인 거 알 만한 사람들은 다 안답니다. 태수 자체는 레스토랑이나 운영하는 보잘것없는 아이지만 집안 배경이 따라붙는 순간 달라지죠. 배경 보고 덤비는 여자들도 여럿이었고 지금까지는 내가 나설 필요 없이 다 정리됐는데 이번엔 경우가 좀 다르네요. 역시 예준 양이 영민하긴 한가 봐요.”

대놓고 예준을 무시하는 진경의 말에 정숙의 얼굴이 점점 더 굳어지며 흙색으로 변했다. 그냥 단순한 아이들의 연애라고 생각했는데 갑자기 이게 다 무슨 일인지 모르겠다. 마른하늘에 날벼락도 유분수지, 알지도 못하는 여자가 찾아와 자식을 비난하는데 아무것도 모르는 정숙이 반박하는 덴 한계가 있었다.

“그런데 정말 우리 집안이며 태수에 대해 아무것도 모르셨습니까?”

“네, 몰랐습니다.”

“이상하네. 예준 양 회장님 초대로 우리 집에도 왔었고 제 딸과는 언니 동생하고 지내던데 정말 아무 말 안 했어요?”

"태수 군도 우리 집 왔었지만 아무 말 없었습니다. 두 사람 사이에 무슨 말이 오갔으니 각자 부모님들께는 아무 말 안 한 거겠죠."

"두 사람 다 앙큼한 짓을 했네요. 태수는 워낙 제 배경 때문에 상처를 많이 받아서 그렇다고 쳐도 예준 양은 좀 이해하기 어렵네요. 말하는 게 꽤나 직설적이기에 솔직한 성격인 줄 알았더니 그것도 아닌가 봅니다. 이래서 부모라도 자식을 다 아는 건 아니죠. 살다 보니 자식 때문에 기함할 일이 몇 번씩 생기더군요. 아시죠, 자식 키우시니까."

봄바람처럼 살랑거리는 태도로 정숙의 속을 확 뒤집던 진경이 자세를 바꿨다. 딱딱하게 굳은 표정으로 정숙을 응시하며 단호하게 제 뜻을 전했다.

"예준이 태수 만나는 거 막아주세요."

"예준이 만나는 게 꺼림칙하시면 태수 군을 설득하시죠? 그게 먼저인 것 같습니다만."

"이미 그러고 있습니다. 하지만 제 말이라면 죽는시늉이라도 하던 태수가 이번엔 도통 반응이 없네요. 그래서 이렇게 찾아뵙게 된 겁니다. 제발 예준이 설득해 주세요. 불쾌해 하셨으니 이 돈은 그만 집어넣겠습니다. 나중에 더 큰 걸 원하시는 일은 없으시길 바랍니다."

"이것 보세요. 사람을 뭐로 보고, 말조심하세요."

"그 자존심 꼭 지키세요. 그럼 먼저 실례하겠습니다. 커피 값은 제가 내죠."

진경은 영수증까지 챙겨 우아하게 자리에서 일어났다.

"참, 제가 더 큰 권력은 사용할 일 없길 바랍니다. 바깥어른 아직은 몇 년 더 일하셔야 빚도 갚으실 수 있으실 테고 레지던트 4년 차인 유능한 아드님도 대학병원에 남아서 펠로우, 교수, 쭉 해야 하지 않겠어요?"

정숙은 망연하게 멀어지는 진경의 뒷모습만 보고 있었다. 뭔가 대단한 이야기를 들은 것 같은데 머리는 멍하고 귀는 윙윙거리고 정신을 차릴 수가 없었다. 덜덜 떨리는 손으로 테이블 위의 찬물 한 컵을 다 비우고 나서야 좀 정신이 돌아왔다.

"하, 세상 살다 보니 별별 일을 다 겪네. 무슨 저런 사람이 다 있을까? 꼭 뱀 같네. 아이 키우는 엄마라는 사람이 참 차갑기도 하다. 하긴, 자기 자식 문제니 예민하게 구는 건 이해한다만…… 설마 우리 예준이도 저렇게 밀어붙인 건 아니겠지? 지금 내가 뭘 해야 하나?"

허공을 보는 정숙의 표정이 꽤나 허탈했다. 지금까지 남한테 별로 해 안 끼치고 참 열심히 살았던 것 같은데 이런 황망한 일을 당하니 인생이 참 허무하단 생각까지 들었다.

"아니지, 내 인생이 왜 허무해. 잘 자란 아이들도 있고 누구보다 성실한 남편도 있는데. 이럴 때일수록 내가 힘을 내야지. 그래, 힘내자. 내가 무너지면 아이들이 힘들 때 지킬 사람이 없다. 가만, 어디까지 사실이고 어디까지 거짓인지 어떻게 알아낸담?"

다시 생기를 찾은 정숙이 곰곰이 생각하다 서둘러 자리에서 일어났다. 지금 자신이 해야 할 가장 중요한 일을 해결하기 위해서였다.

"저기, 여기 사장님이 차태수 씨 맞죠?"

"네, 그렇습니다만…… 어떻게 찾아오셨습니까?"

"나는 이정숙이라고, 예준이 엄마가 찾아왔다고 좀 전해 주시겠어요?"

"네, 자리 먼저 안내해 드리겠습니다. 이쪽으로 오세요."

종업원의 안내에 자리에 앉은 정숙이 레스토랑을 훌훌 둘러봤다. 레스토랑이라고 해서 아담한 규모의 동네 식당을 상상했었는데 생각보다 규모도 컸고 한 마디로 으리으리했다. 태수가 차고 온 시계만 몇 천만 원짜리라며 뭐 하는 사람이냐고 물었을 때 인준이가 뭘 잘못 봤겠지 했는데 레스토랑 규모를 보고나니 그런 시계 찰만하단 생각이 들었다.

"하긴, 그런 집안 자식이면 이런 레스토랑은 별거 아니겠네. 세상에, 이노무 기지배는 도대체 무슨 생각으로 태수를 쫓아다닌 거야. 그 양반이 의심한 이유가 있었네."

진경을 만난 후에 가게를 와서 그런가 갑자기 모든 생각들이 부정적으로만 흘렀다. 복잡한 생각에 혼자 메뉴판만 뒤적이고 있는데 급하게 다가오는 태수가 보였다. 예준이 퇴근해 집에 올 때까지 기다릴 수가 없어 무작정 달려오긴 했는데 막상 반가운 표정의 태수를 보니 자기가 여기서 뭘 하나 싶었다. 억울하기도 하고 속상하기도 하고 궁금한 것도 엄청 많았지만 제 자식한테 먼저 확인해야지 태수 잡고 따질 일은 아니라고 생각했다.

"어머니, 잘 지내셨어요? 여기까지 어쩐 일이세요? 근처에 볼일이라도 있으셨어요?"

"아냐, 그냥 생각나서 왔어. 내가 못 올 곳이라도 온 거야?"

"아니요, 여기까지 오시느라고 힘드셨을까 봐요."

"힘들기는 무슨, 전철 타면 다 데려다 주는데."

"절 부르시면 모시러 갔을 텐데요. 어머니 점심 드셔야죠. 어머니 뭐 좋아하세요? 오늘 고기는 안심이 좋고 생선은 참돔이 좋은데, 그냥 두 개 다 맛보세요. 제가 신경 써서……."

"이른 점심 먹었어. 그냥 주스나 한 잔 줘."

"처음 오셨는데 그냥 가시겠다고요? 제가 서운해서 안 됩니다. 잠깐만 기다리세요."

주방에 가볍게 먹을 수 있는 음식들을 주문한 태수가 좀 멀리 서서 테이블에 앉은 정숙을 바라봤다. 평상시와 똑같이 말하고 있지만 어딘지 좀 우울해 보이는 정숙이 걱정됐다.

"어머니, 샐러드하고 피자예요. 좀 드셔 보세요."

"고마워."

"근데 어머니, 무슨 일 있으세요?"

"왜?"

"안색이 좀 어두워 보이셔서, 괜찮으세요?"

"그냥 뭐…… 태수야, 부모님께 잘하고 있지?"

정숙의 뜻밖의 질문에 태수는 선뜻 대답할 수 없었다. 정숙은 태수의 머뭇거리는 태도가 진경이 예준이를 반대해 모자(母子)의 관계가 틀어진 것으로 짐작을 했다.

"태수야, 부모님께 잘해. 네가 부모님께 잘해야 우리 예준이까지 덤으로 예쁨 받는다."

"저희 아버지는 예준이 무척이나 예뻐하세요. 저보다 예준이를 훨씬 더 좋아하시는 것 같아요. 예쁘고, 현명하고, 능력 있고, 여러모로 두루두루 장점 많은 예준이가 절 왜 만나는지 모르겠다고 하시는 걸요."

"부모님께서 언제 우리 예준이를 보신 모양이지?"

"그게, 저희 어머니께서 집으로 예준이를 초대하신 적 있으십니다."

"어머님께서? 아버님이 아니고?"

"아버님은 회사로 부르셨더라고요. 저희 부모님께서 성격이 좀 급하셔서, 죄송해요."

"네가 죄송할 일은 아니지만 그런 일 있었으면 말을 좀 해주지 아무것도 몰랐다. 근데 부모님은 무슨 일하시니? 우리가 태수에 대해 아는 게 별로 없네. 얘기해줄 수 있어?"

"저기 어머님……."

"내가 일터에 와서 너무 뜬금없이 굴었네. 나 이제 그만 가볼게. 바쁜 사람 시간 너무 뺏었다."

"제가 모셔다 드릴게요."

"아니야. 한창 바쁠 시간인데 그러지 마. 저기, 태수야."

"네, 어머님."

"예준이 아프게 하지 마. 원하는 만큼 호강은 못 시켰어도 예준이 우리한텐 아주 귀한 자식이다."

"제가 뭘 잘못 했습니까?"

"그런 건 아니야. 나 진짜 가. 바빠도 건강 잘 챙기고."

정숙은 서둘러 가게를 나왔다. 멍하니 가게 간판을 보다가 뒤돌아선 정숙이 터덜터덜 전철역으로 향했다. 오늘따라 유달리 발걸음에 힘이 없었다.

"예준 양, 내 사무실에 한 번 놀러 오라니까 왜 통 오지를 않아?"

"안녕하십니까, 최 이사님."

영업부에 서류 전달 심부름을 하던 예준은 복도에서 우연히 마주친 최 이사에게 인사를 하며 입술을 깨물었다. 최 이사 때문에 시작된 소문은 시간이 지나도 나아지기는커녕 점점 더 악질적으로 변해가고 있었다.

이제는 예준이 하는 언행 하나하나가 말거리가 됐다. 열심히 하면 가식 떤다고 하고 조금 휴식을 취하면 믿는 구석이 있어 게으름을 피운다 했다. 분위기가 이 지경이니 같이 밥 먹으려고 하는 직원 하나가 없었고 최 이사 편이 아닌 기조실 박 부장은 대놓고 예준을 못마땅하게 여겼다. 나는 잘못한 게 없으니까 떳떳해도 된다고 하루에도 수십 번 자기최면을 걸지만 사람들의 따가운 눈총과 수군거림은 자꾸만 그녀의 용기를 꺾고 위축되게 만들었다.

하루아침에 그녀의 회사생활을 엉망으로 만들어버린 최 이사와 다시는 마주칠 일이 없길 바랐는데 그것도 원하는 대로 되는 건 아닌 모양이다.

"그러지 말고 지금 나랑 같이 사무실로 가지. 내가 꼭 해주고 싶은 말이 있어서 말이야. 차 회장 집안에 대해 잘 모르지? 그 집에 은근 비밀이 많아."

"최 이사님, 회사에서 이러시면 제가 불편합니다."

"아, 사람들 때문에 그러나? 그런 거 신경 쓰지 말게. 사람들은 결국 권력과 돈 앞에 무릎을 꿇게 되어 있어. 자네가 태수와 결혼만 하면 자연스럽게 해결될 문제라는 말이지. 그런데 조금 걱정이 되기는 해. 이 정도 소문이 났으면 회장님이 공식적으로 한 마디 하실 만도 한데 계속 침묵만 지키고 계시니, 무슨 생각인 건지. 하긴, 그 양반이 젊은 시절부터 음흉한 구석이 있었어."

사람 좋은 미소로 잠시 말을 끊은 최 이사가 예준에게 한 걸음 다가섰다. 그의 목소리는 무척이나 낮았고 아주 은밀했다.

"그래서 말인데, 내가 그 결혼 잘될 수 있게 도움이 되어줄 수도 있을 것 같아. 어떤가, 지금이라도 나와 특별한 친분을 쌓아두는 것이. 사람 일 어떻게 될지 모르는 거 아닌가, 보험이라고 생각하시게."

불쾌한 예준은 주먹을 틀어쥐었다. 생각 같아선 뱀처럼 교활해 보이는 최 이사의 얼굴에 침이라도 뱉어주고 싶었다. 입술을 악물었던 예준이 최 이사의 말을 반박하기 위해 입을 열었을 때 누군가 그녀의 손목을 잡아챘고 그게 태수라는 걸 알아차리는 순간 예준의 앞은 그의 커다단 몸에 의해 막혔다.

"태수야, 여기까지 어쩐 일이냐? 마침 예준 양과 인사를 나누던 참인데 너까지 이렇게 왔으니 저녁이라도 같이하자. 내가 너희 두 사람에게 특별히 할 말도 있고."

"한가하신가 봅니다. 한 회사의 이사라는 분이 신입사원 잡고 뭐 하시는 겁니까?"

"어디 그냥 신입사원인가? 여러 사람에게 아주 특별한 존재잖나."

"어머님께 뭘 약속 받으셨습니까?"

"무슨, 말이냐? 통 모를 소리를 하는구나."

"왜요, 어머니 주식지분 위임받아 대표이사 되시려고요? 어떻게 나이가 먹을수록 욕심만 늘어, 사람이 제 그릇을 알고 겸손할 나이도 된 거 같은데."

"뭐, 뭐야? 건방지게. 레스토랑이나 운영하는 주제에……."

"당신의 그 교만과 욕심이 당신을 망하게 할 겁니다. 기대해요,

예준이 상반기 합격 취소부터 지금 일까지 하나, 하나 되갚아줄 테니까. 밖에 아군을 만드는 대신 집안 단속부터 하십시오. 난 분명 경고했습니다."

태수는 불쾌함에 벌겋게 얼굴이 달아오른 최 이사를 두고 예준의 손목을 끌어 그 자리를 떠났다.

"저기, 태수 씨……."

"입 다물어."

예준은 한 번도 들어본 적 없는 서늘한 태수의 목소리에 더 이상 아무 말도 할 수 없었고 그의 손에 질질 끌려나와 차에 태워졌다.

태수는 조수석에 앉은 예준의 얼굴 한 번 보지 않고 그대로 차를 출발시켰고 예준은 행선지도 모른 채 그와 함께 갈 수밖에 없었다. 그의 무서운 분위기에 눌려 한 마디도 하지 못한 예준은 어느새 자신의 집 앞에 와있는 그의 차에 놀랐다.

"태수 씨."

"들어가."

"저기, 그게 최 이사 일은……."

"미안해."

예준은 생각지도 못한 태수의 사과에 어리둥절한 표정이 됐다.

"태수 씨."

"내가 더 믿음을 줬다면 네가 혼자 감당하려고 하지 않았겠지. 믿음을 못 준 내 탓이다."

"그런 거 아니에요. 내가 당신만큼 믿는 사람은 없어요. 난 지금까지 했던 것처럼 내 일이니까 나 혼자 감당하는 게 당연하다고 생각한 것뿐이에요. 그게 다예요"

"아니, 넌 분명히 최 이사가 우리 어머니와 관계있다는 거 알고 있었을 거야. 그래서 나한테 말할 수 없었겠지. 우리 어머니와 난 네가 말 몇 마디 보탠다고 더 나빠지거나 더 좋아지는 그런 사이 아니야."

"어머니와 관련이 있을지도 모른다고 짐작은 했지만…… 어쨌든 내가 해결해야 할 일이잖아요. 그러니까 내 말은 태수 씨한테 말을 안 한 거지 거짓말한 건 아니라고요."

자신을 힐책하듯 직시하는 태수의 시선을 피해 주춤주춤 말을 하던 예준이 괜히 미안한 마음에 다시 목소리를 키웠다. 그녀의 그런 마음을 아는지 모르는지 가만히 보고만 있던 태수가 그녀의 머리에 손을 올렸다.

"진짜 널 어떻게 해야 할지 모르겠다. 다른 여자들은 잘만 징징대던데 너는 왜 이렇게 혼자 감당하려고 그러냐."

"어머, 지금까지 내가 징징거린 게 부족해서?"

"그새 또 까분다. 회사 소문도 조만간 정리될 거야."

"근데 최 이사 일 어떻게 알았어요?"

"너 요즘 계속 우울해 했잖아. 기분 전환 시켜주려고 회사 앞에 찾아갔었어. 이 아가씨가 언제 털어놓으려나 기다리다, 기다리다 목마른 놈이 우물 팔려다 우연히 알게 됐지."

예준이 애교가 잔뜩 묻은 몸짓으로 애잔하게 자신을 보는 태수의 품에 안겼다. 사실 그동안 그에게 솔직하게 털어놓을 수 없어 마음이 너무 괴로웠다. 하루에도 수십 번, 모든 걸 다 털어놓고 기대고 싶단 생각을 했지만 진경이 마음에 걸려서 그럴 수 없었는데 이렇게 알아서 제 마음을 헤아려주는 태수가 너무 고마웠다.

"히잉, 태수 씨."

"어리광은."

콧소리를 내며 가슴에 얼굴을 문지르는 예준을 구박하는 것 같았지만 안아주는 손길은 무척이나 따뜻했다. 그동안 사람들의 사나운 말에 얼마나 마음을 다쳤을까. 진경의 말에 많이 다쳐본 태수는 사람의 말이 그 어떤 폭력보다 더 지독한 상처와 흉터를 남기는지 잘 알고 있어 혼자 아팠을 예준이 더더욱 안타까웠다.

"혼자 아프게 해서 미안해."

"사람들 정말 못됐어. 나한테는 물어보지도 않고, 괜히 지레짐작으로 막 괴롭히고. 나 진짜 속상하고 아팠는데 이제는 당신이 알아줘서 괜찮아. 앞으로 절대 기 안 죽고 내가 다 씹어 먹어버릴 거야."

"정말 그렇게 할 수 있어?"

"그렇게 할 거야. 내가 억울해서도 가만 안 둘 거야."

그동안의 긴장이 풀려서인지 괜히 울컥해서 눈물이 날 것 같았지만 최선을 다해 참았다. 여기서 울면 태수가 더 미안해 할 것 같고 자신도 못 참을 것 같았다.

"울고 싶으면 울어도 돼."

"싫어. 이 눈물 꾹 참았다가 그 사람들한테 다 되돌려줄 거야."

마음 약해 그러지도 못할 거면서, 태수는 예준의 등을 어루만지며 한숨을 삼켰다. 자기를 만났다는 것 때문에 예준이 힘들어진 것이 너무 속상하고 마음이 아팠다. 그의 가슴에서 얼굴을 든 예준이 그를 빤히 봤다.

"당신 때문 아니니까 자책하지 마요."

"알았어, 자책 안 할게."

"히히, 예쁜 내 거. 태수 씨, 나 배고파요."

"얼른 들어가서 밥 먹어."

"불금인데 벌써 집에 가라고? 밥도 같이 안 먹고?"

"오늘은 들어가. 내일 늦잠 좀 자고 오후에 데리러 올게."

"그동안 나 안 보고 싶었어요?"

입을 쭉 내밀고 어리광부리는 예준의 머리를 살짝 쥐어박으며 태수가 좀 편안하게 웃었다. 그나마 웃는 걸 보니 얼굴에서 근심이 좀 걷힌 것 같아 마음이 편했다. 조금 더 얼굴을 보고 있으면 이대로 데리고 가버리고 싶을 것 같아 그녀를 떼어내고 운전석에서 내렸다. 그가 조수석 문을 열자 예준이 오리 주둥이를 만들고 그를 원망스럽게 바라보며 차에서 내릴 생각을 하지 않았다.

"얼른 내려."

솔직히 그도 같이 있고 싶었지만 오늘은 할 일이 많다. 최 이사에게 오늘 한 말을 지키려면 지금부터 바쁘게 움직여 철저하게 준비하고 내일이라도 차 회장을 만나야 했다. 태수가 손을 쭉 내밀자 한참 그를 째려보던 예준이 그의 손을 툭 치고 쿵쿵거리며 차에서 내렸다.

"나 삐칠래요."

"그것까지 하려고? 오늘 저녁 너무 바쁜데."

"씨이, 내일 데이트 안 해."

"얌전히 기다리고 있어. 내일 집에서 맛있는 거 해줄 테니까 하루 종일 얼굴 보면서 편안하게 쉬자."

태수가 예준의 뺨을 손가락으로 쿡 찌르자 오늘따라 앙탈이 심한 예준이 다시 그의 허리에 매달렸다.

"이대로 그냥 태수 씨 따라갔으면 좋겠다."

"그렇게 가고 싶으면 지금이라도 쫓아가던가."

"흐어억, 어, 엄마."

"어머님, 저 왔습니다."

"이노무 기지배, 시집도 안 간 게 동네 사람들 창피하게 대문 앞에서 뭐하는 짓이야."

"아니, 너무 오랜만에 봤는데 일찍 헤어지려니 아쉬워서 그러지."

"얼른 얼른 인사하고 갈 사람은 가고 들어올 사람은 들어와."

진경을 만난 사실을 혼자 간직하고 있는 정숙은 마음 한구석 돌덩이를 올려놓은 것처럼 무거웠고 태수의 얼굴을 보는 것도 편하지 않았다. 태수를 볼 때마다 예의 없이 굴었던 진경의 얼굴과 그날의 모욕이 함께 떠올랐고 당장이라도 두 사람 헤어지라고 하고 싶었지만 그건 그거대로 아이들에게 상처를 주는 것 같아 쉽지 않았다.

"예준이 10분 안에 들어오고 자네는 조심히 가게."

"네, 어머님도…… 안녕히 주무세요."

제 인사도 다 듣지 않고 들어가버리는 정숙을 보며 말꼬리를 줄였다. 다른 때 같으면 차라도 권했을 정숙이 별다른 인사도 없이 대문 안으로 들어가 버리는 게 마음에 걸렸다. 가게에 갑자기 찾아왔을 때 이후로 그를 대하는 정숙의 태도가 묘하게 변했다. 인사 문자에도 단답으로 대답을 하거나 말거나, 전화를 해도 긴 수다 없이 얼른얼른 끊었고 가끔은 받지도 않았다. 지금도 그의 얼굴은 제대로 봐주지도 않고, 자신을 불편해 하고 밀어내는 것 같은 정숙의 태도는 또 다른 의미로 크게 다가왔다. 대문을 바라보는 태수의 얼굴에 걱정과 불안이 깃들자 예준이 그의 손을 잡아 자신을 보게 했다.

"태수 씨가 이해해요. 요즘 우리 엄마 계속 저기압이야. 무슨 일이 있었냐고 물어도 대답도 안 하고 아빠랑 싸운 것 같지도 않은데 불쑥 짜증 내고 가끔은 내 얼굴만 멍하니 바라보고 있고 답답해 죽겠어요. 우리 엄마도 갱년기우울증인가?"

"엄마한테 더 신경 써드려. 시간 되면 부모님 모시고 가게로 와, 내가 식사 대접할게."

"알았어요. 나 이만 들어갈게요. 더 꾸물거리면 우리 엄마 쫓아 나온다. 조심해서 가요."

예준은 손을 흔들고 집 안으로 들어갔고 혼자 남은 태수는 그 대문을 물끄러미 보고 있었다. 최 이사의 만행을 알고 나니 정숙의 변화가 심상치 않게 느껴진다. 그곳을 벗어나는 태수의 운전이 무척이나 거칠었다.

칵테일을 만들고 있던 명진은 태수가 왔음에도 아는 척도 안 하고 자기 하던 일에 열중해 있었다.

"명진아, 내가 지난번에 부탁했던 거 어디 있냐?"

"손님, 주문하신 칵테일 나왔습니다. 좋은 시간 보내세요."

손님에게 웃어 보인 명진은 초조한 듯 바를 두드리고 있는 태수의 손가락을 못 본 척 다른 칵테일을 만들기 시작했다.

"야, 김명진."

"남의 영업집에서 목소리 낮추지."

착 가라앉은 목소리에 그제야 명진의 속이 배배 꼬인 걸 알아차린 태수가 인상을 풀었다. 항상 가볍게 샐샐거리다가도 한 번 울뚝 밸이 나면 풀릴 때까지 한참이 걸린다. 태수는 제 마음이 급해 사소한 안부조차 챙기지 못했다는 걸 그때야 깨달았다.

“좀 봐줘라, 마음이 급해서 그랬다.”

“웃기고 있네. 급해 봐야 예준 씨 일이겠지. 왜 예준 씨가 다 죽게 생겼다든?”

“비슷해.”

참담함이 담긴 태수의 대답에 그제야 명진이 고개를 들고 그를 제대로 봤고 표정이 좋지 않은 태수를 보며 손에 들었던 셰이커를 옆에 바텐더에게 맡기고 바를 물러났다.

“사장실로 가자. 무슨 일이냐?”

“예준이가 나 때문에 회사에서 아주 개떡이 되게 씹히고 있었더라고. 나는 그것도 모르고 아버지한테 경고 한 번 한 걸로 마음을 놓고 있었다.”

“아버님이 예준 씨 예뻐한다고 안 했냐? 설마, 이번에도 어머님이냐? 진짜 너희 어머님은 어디까지 하실 참이라니? 정말 네가 죽어야 그만두신데?”

“내가 행복한 꼴은 절대 못 보겠다고 하셨으니까.”

“정말 이해할 수가 없다. 죽은 형님 때문에 살아 있는 널 이렇게까지 미워하고 원망하시는 게 말이 되냐? 미안한 말이지만 난 너희 어머니 정신이상자로밖에 생각이 안 된다. 치료 받으셔야 한다고.”

태수는 대답이 없었고 답답한 명진이 한숨을 내쉬며 사장실 제 책상 서랍을 열어 두툼한 서류봉투를 그에게 건넸다.

“여기 네가 부탁한 것들. 최 이사 걱정 안 해도 되겠더라. 옛날엔 어땠는지 모르겠지만 지금은 이빨 다 빠진 호랑이야. 물론 하도급 업체 쪽에선 가만히 안 있을 수도 있는데 자기들도 비리가 있으니까 크게 반발은 못할 거다."

"고맙다."

"최 이사 정부 상대한 녀석한텐 특별 보너스 좀 더 줬으니까 그런 줄 알고."

"네가 알아서 잘했겠지."

"근데 말이다, 태수야. 내가 이번에 참 많이 놀랐거든. 너 그 큰 자금 다 어떻게 만든 거냐? 정보 좀 공유하자고, 같이 잘 먹고 잘 살면 좋잖아."

"미친놈, 가진 돈이 부족해서. 이만 바빠서, 간다."

태수는 서류봉투를 흔들어 보이고 급하게 떠났고 혼자 남은 명진은 턱을 쓰다듬으며 그가 나간 문을 바라보고 있었다.

"친구지만 무서운 녀석이라니까. 그래도 싸울 생각도 하고 기특하네. 이번 기회로 싹 정리하고 좀 편해졌으면 좋겠는데."

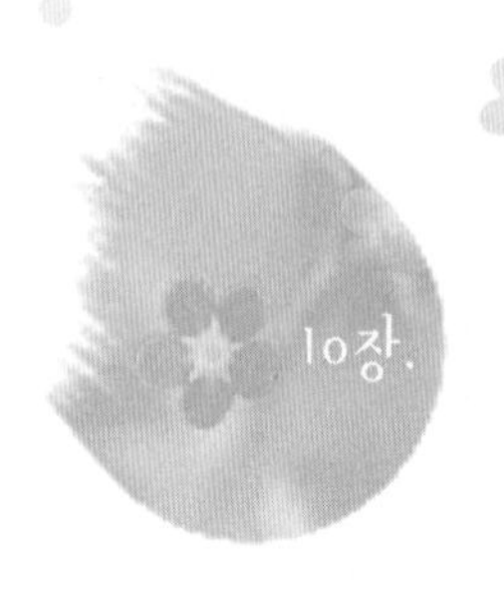

10장.

토요일 아침 갑자기 집에 찾아온 태수 때문에 막 식사를 하려던 차 회장과 희수는 꽤 놀랐지만 커피를 마시고 있던 진경은 마치 예상이라도 한 듯 여유로운 모습이었다. 예준이 때문인지 몰라도 태수를 대하는 게 전보다 좀 편해진 차 회장이 희수 못지않은 반가운 얼굴로 그를 반겼다.

"온 김에 같이 아침이나 먹자."

"아버지, 식사하시기 전에 저와 이야기부터 좀 하시죠. 어머니도 같이 들으세요, 누나도 이리 와."

가장 상석에 차 회장이 앉고 그 양옆으로 진경과 희수가 자리하자 태수가 손에 든 서류봉투를 차 회장 앞으로 내밀었다.

"아버지, 최 이사 정리하시죠."

"오래전부터 준비 중인데 생각만큼 쉽지 않아, 보유하고 있는 주식도 그렇고 아버지와 얽힌 문제들도……."

"최 이사 주식이라면 걱정하지 않아도 돼. 한국증권거래소에서 주식 보유량 확인한 서류 있으니까 보시죠."

태수의 말에 놀란 차 회장이 얼른 서류봉투를 열었고 두툼한 서류 중의 하나를 꺼내 그의 말이 사실인 걸 확인했다.

"최 이사 주식 보유량이 겨우 2.3프로밖에 안 된다고? 그럼 나머지 주식들을 도대체 누가…… 태수야, 이게 사실이냐?"

"보시는 대로입니다. 제가 최 이사 주식에 조금 더 추가 매수했어요. 제가 원래 가지고 있던 2프로와 합치니 총 11.8프로의 주식을 보유하게 됐습니다. 거기다 개미 투자자들한테 위임받은 주식도 3.4프로나 됩니다."

태수 말의 무게감을 아는 가족들이 바짝 긴장했고 방금 전까지 여유 넘쳤던 진경의 표정이 파삭 굳으며 커피 잔을 든 손에 힘이 들어갔다.

"이 정도면 제가 어느 쪽 손을 들어주느냐에 따라 회사 대표까지 좌지우지할 수 있을 것 같은데요."

"네, 네가, 너 따위가 무슨 능력으로 그 많은 주식을……."

"어머님 말씀대로 제가 아버지 닮은 구석이 있어 돈 냄새 쫓는 본능이 있더군요. 거기다 어머님께서 절 무시하시고 주시를 안 하시니 움직이는데 편하기도 했고요."

"대주주가 됐다고 아주 기고만장하구나. 그걸로 뭘 할 수 있고 뭘 할 생각이니? 과연 네 마음대로 될까?"

"글쎄요, 이제부터 해보려고요. 최 이사 어쩌실 겁니까?"

"건방 그만 떨어라. 회사 간부 정리하는 게 내 말 하나로 그리 쉽게 될 거 같니? 같잖아서 정말."

진경의 무시에도 태수는 눈 하나 깜짝 안 하고 고민하는 차 회장만 보고 있었다. 태수가 이만큼 제 힘으로 만들어낸 건 무척이나 기특하지만 30년 가까이 근무한 최 이사를 정리하는 건 상당히 부담스러운 일이었다. 차 회장은 고개를 들어 태수를 응시했다.

"최 이사는 최대한 빨리 정리하마."

"이 답이 아버지의 최선이십니까?"

"그래."

태수는 차 회장에게 주었던 서류들을 주섬수섬 챙기기 시작했고 그중에 하나를 집어든 희수가 태수의 손을 막으며 나머지 서류들도 차근차근 확인했다. 서류를 보는 희수의 얼굴이 심각해졌다.

"태수 너 이것들로 뭘 할 생각이니?"

"바로 검찰로 가려고. 그 정도 비리면 긴급구속도 가능할 거야."

"그렇게 되면 회사가 받을 타격은? 넌 회사 걱정은 안 하니?"

"내가 왜?"

"뭐?"

너무나 당당한 대답에 도리어 희수가 당황해버렸다. 냉정한 눈으로 자신을 보는 태수는 항상 자상하고 따뜻했던 자신의 동생이 아닌 것 같았다.

"태수야."

"지킬 게 있는 사람이 얼마나 지독해질 수 있는지 요즘 들어 깨달았어. 난 지금 예준이 외에 뵈는 게 없고, 중요한 게 없고 그 애를 지키기 위해 못할 게 없어. 아버지를 닮았다는 말이 정말 끔찍했는데 지금은 감사해. 그 덕분에 내 힘으로 예준이를 지킬 수 있으니까."

희수는 서늘한 태수의 기에 눌려 아무 말도 할 수 없었다. 지금 태수는 폭주하는 기관차 같았고 그걸 말릴 사람은 예준이밖에 없다는 걸 깨달았다.

“형의 죽음으로 뒤틀려버린 어머니도 이제 어느 정도 이해가 가. 만약 내가 예준이를 잃게 된다면 어머니보다 더 지독한 인간이 돼서 받은 거 이상으로 되갚아줄 것 같거든. 그래서 난 이제부터 물러나지 않으려고.”

태수의 변화가 마음에 든다는 듯 진경은 미소를 지어보였고 차 회장과 희수는 당혹스러웠다. 최 이사 때문이 아니라 그동안 받았던 상처가 하나의 덩어리로 뭉쳐 잔혹함으로 분출이 되는 것 같아 걱정스러웠다. 태수는 잔잔하게 미소 짓는 진경을 향해 돌아섰다. 진경이 이해됐다고 해서 그녀처럼 괴물로 살고 싶은 생각은 전혀 없었다.

“어머니, 안심하지 마세요. 최 이사가 구속될 때 김 비서도 같이 끌려가게 될 테니까.”

“그게 무슨 소리야.”

“그 사람, 어머니를 보필하면서 알게 모르게 뒤가 구린 짓을 꽤 했더군요. 폭력에 협박, 내부 주식거래에도 관여했던데, 그래서 한 번에 같이 청소해버리려고요.”

“김 비서는 내 사람이야.”

“그러니까요. 사람 관리 잘하셨어야죠.”

“도대체 김 비서까지…….”

“예준이, 예준이 가족, 그 외에 모든 걸 다 조사해 어머니께 갖다 바친 사람이 김 비서잖아요, 그것도 불법으로 도촬, 도청해 가면서. 김 비서한테 직접 경고했는데 내 말이 우습게 들렸나 봐요.”

“시건방진 새끼. 주식 하나 네 뜻대로 됐다고 세상이 다 네 발아래 같아? 까불지 마라."

"아뇨, 이제부턴 계속 주제넘게 제 뜻대로 살 겁니다."

"네가 내 사람을 건드리면 나는 가만히 있을 거 같니?"

"설마요. 저보다 더 지독하게 구시겠죠. 그렇게 어머니는 점점 더 괴물이 되어 가실 테고 언젠가 스스로의 모습에 죽고 싶은 생각이 드실 겁니다, 바로 저처럼."

긴장감이 높아지는 신경과 태수를 보다 못한 차 회장이 자리에서 일어났다. 지금까지 겉으로나마 조용하게 지낼 수 있었던 건 참기만 했던 태수 때문이라는 걸 또 한 번 깨달으며 차 회장이 태수의 손을 잡았다.

"최 이사, 내가 해결하마. 3일 안에 회사에서 내보낼 테니 그만해라. 김 비서도 같이 정리할 거다. 믿어도 돼."

차 회장의 말에도 태수는 손에 든 서류를 차 회장에게 넘겨주지 않았고 차 회장은 태수의 어깨에 손을 얹었다.

"태수야, 어머니와 맞서지 마라. 지금까지처럼 참으라는 게 아니야. 네가 독하게 변해버리면 예준이가 힘들어. 너만은, 우리 집에서 너와 희수만은 행복해야지."

자신을 진심으로 걱정하는 차 회장에게서 태수는 처음으로 아버지로서의 모습을 봤고 서류를 든 손에서 힘을 뺐다. 차 회장은 제 뜻을 이해해준 태수에게서 서류를 받아들었고 마지막 순간 태수가 다시 힘을 줘 서류를 잡았다.

"이번 약속 꼭 지키십시오. 더 이상 실망시키지 마세요."

말투는 강요에 가까웠지만 그 안에 담긴 호소와 불안을 읽은 차 회장이 인자한 미소를 지어 보이며 고개를 한 번 끄덕였다.

"걱정하지 마라. 아버지 한 번 믿어봐."

그 말에 태수가 숨을 내쉬며 서류를 쥔 손에서 힘을 뺐고 그 모습을 지켜본 희수가 힘없이 축 늘어진 태수의 손을 잡았다.

"아버지, 하나만 더 부탁드려요."

"말해."

"예준이, 회사에서 저랑 관련돼서 이런저런 소문이 많이 돌더라고요. 손 좀 써 주세요."

"너희 두 사람 관계 공식적으로 인정하고 대놓고 며느리 대우하는 게 가장 손쉽고 빠른 방법이다. 어떻게 하겠니?"

"그렇게 해주세요."

"알았다. 나도 이제 며느리 사랑 티 좀 내보자."

차 회장의 농담 섞인 말에 태수도 희수도 작게나마 웃음을 찾았다. 태수가 워낙 예준이에 대해 예민하게 굴어 원하는 만큼 마음을 표현할 수 없었는데 이젠 좀 편안하게 예준이를 예뻐해 줘도 될 것 같았다.

세 사람의 편안한 모습을 보던 진경의 표정이 표독스럽게 변했다. 그녀가 무슨 짓을 하든, 무슨 말을 하든 항상 그녀의 편이었던 차 회장이 슬슬 변하고 있었다. 예전부터 태수에게 각별한 애정을 가지고 있으면서도 자신 때문에 그 마음을 표현 못하고 있었는데 이젠 상관이 없어졌나 보다. 차 회장의 태도가 달라진다는 것에 위기감을 느낀 진경이 손에 들었던 커피 잔을 테이블 위에 올려놨다. 요란한 소리를 내던 커피 잔은 결국 깨져버렸고 신경질적으로 자리에서 일어난 진경이 입술을 비틀며 제 말을 이었다.

"이런 화목한 가족이라니. 차태수, 하나만 명심해라. 내가 반항하면 할수록 힘들어지는 건 서예준이 될 거다. 서예준은 말이야, 내가 네 엄마라는 사실만으로도 마음 놓고 말 한 마디 하지 못할 거거든."

"어머니."

"서예준이 날 어디까지 견딜 수 있을지 시험해 보는 것도 좋겠지. 두고 보자꾸나. 참, 그 엄마가 나 만났던 이야기는 안 하디? 표정을 보니 안 한 모양이구나. 그 여자는 그런 모욕을 당하고 무슨 생각으로 아무 말도 안 한 걸까? 정말 궁금하네."

"어머니가 그분을 왜 만나세요. 도대체 만나서 무슨 말씀을 하신 건데요."

"글쎄, 무슨 말을 했을까. 좋은 말은 안 했겠지."

"제발 그만하세요, 그만하시라고요!"

"그래, 그렇게 울부짖어봐. 나 혼자 괴물이 되는 건 재미없지."

진경은 두 주먹을 불끈 쥐고 참기 힘들다는 듯 거친 숨을 몰아쉬는 태수를 두고 돌아섰다. 지금까지 그녀를 지탱해온 건 딱 하나, 증오심이었다. 자신의 사랑을 망치고 인생을 망친 차 회장에 대한 증오심, 하나 남은 유일한 희망을 죽여버린 태수에 대한 증오심. 하지만 시간이 지나면서 그 이유는 점차 잊혔고 이젠 누굴 미워하고 증오하고 괴롭히는 게 습관이 되어버렸다. 같이 불행해지는 거 그게 그녀 몫의 인생이 되어버렸다.

차 회장은 진경을 쫓아가려는 태수를 잡았다. 태수가 변한 이상 진경과 두 사람의 대립은 더 이상 막을 수 없는 일이 되어버렸고 그렇다면 그 해결은 문제를 만든 자신이 해야 했다.

"네 엄마는 내가 감당하마."

"아버지."

"네 엄마가 지나치다는 걸 알면서 두고 보기만 했던 건 내가 그만큼 잘못을 했기 때문이다. 하지만 이제는 달라져야 한다는 걸 나도 안다. 그러니 네 엄마 문제는 내가 해결할 수 있게 기회를 줘."

"제발 멈추게 해주세요. 어머니한테 원망 많지만 아프게 해드리고 싶지 않습니다."

"그래, 알았다."

다른 때와 다른 차 회장의 다짐을 들으며 태수는 집을 나왔다. 잠시 담벼락에 기대 숨을 고른 태수가 차에 올라 다급하게 출발했다. 묘하게 달라진 정숙의 태도, 진경이 얼마나 독한 말을 쏟아냈을까 생각하니 죄스러워 견딜 수가 없었다.

예준의 집에 도착한 태수는 대문이 열리자마자 반가워하는 예준에게 인사할 사이도 없이 안으로 들어가 마루를 치우고 있는 정숙 앞에 무릎을 꿇었다.

"어머니, 죄송합니다."

"이, 이게 뭐야? 태수야, 너 왜 이래?"

"정말 죄송합니다."

"태수 씨, 엄마."

예준이 어리둥절 두 사람을 불렀고 무슨 일인지 몰라 당황스러운 건 정숙도 마찬가지였다. 태수와 데이트가 있다는 예준과 방금 전 말다툼해서 마음이 복잡한데 태수까지 와서 이러니 정말로 어쩔 줄을 모르겠다.

"태수야, 일단 일어나자. 일어나서 네가 왜 이러는지 얘기를 해."

정숙의 말에도 태수는 앉은 자리에서 꼼짝도 하지 않았고 예준이 심각한 얼굴로 그 옆에 와서 섰다.

"레스토랑에 오셨던 날이었죠, 저희 어머님을 만나신게. 왜 한 마디도 안 하셨어요, 저한테? 말씀하시죠, 속상하시다고, 화나신다고 말씀하시죠."

태수의 그 말에 정숙은 맥이 탁 풀리는 기분이었고 예준은 너무 놀라서 태수 옆에 털썩 주저앉았다. 모여 앉은 세 사람은 중 그 누구도 쉽게 입을 열지 못했고 그래도 가장 감정 수습이 빠른 건 정숙이었다.

"에휴, 이거 참 뭘 어떻게 말해야 하나. 사실 그러려고 식당으로 간 거였어. 네 얼굴 보기 전까지는 너무 화나고 어이없고 묻고 싶은 것도 많았는데 잘 생각해 보니 그건 너한테 따질 게 아니더라. 일단 예준이한테 먼저 확인해야겠다고 생각했는데, 근데 내 딸은 절대 그럴 애가 아닌 걸 알면서 그걸 확인하려니 그건 또 자존심 상하고."

"엄마."

"이래저래 마음이 좀 긁혔는데 시간이 지나면서 생각이 정리되니 근본적인 문제가 보이더라고."

"어머니."

"자네 어머님 말씀의 진위 여부를 떠나서 결론은 우리 예준이가 자네 짝으로 마음에 안 드신다는 거잖아. 어느 부모나 마찬가지겠지만 난 그런 자리에 우리 예준이 보내고 싶지 않아. 아직 결혼 이야기가 오간 것도 아니고 그냥 연애만 하는 애들 두고도 그렇게 못마땅해 하시는데 앞으로는 어떻겠어."

정숙은 잠시 숨을 골랐다. 진경의 태도도 그랬지만 너무 차이 나는 태수의 집안 자체가 정숙은 부담스럽고 마음에 안 들었다.

"자식 셋 키우면서 원하는 만큼 해주지 못해서 항상 짠했어. 그래서 결혼만큼은 자기들이 원하는 대로 해주자 애들 아빠랑 약속했었고. 두 사람 연애하는 거 처음에는 썩 내키지 않았지만 서로 너무 좋아하고 자네면 믿을 수 있겠다 싶어서 반대 안 했는데 자네 어머니를 뵙고 나니까 생각이 바뀌네. 난 지금이라도 두 사람 정리했으면 싶어."

"엄마."

"약속한 거 알지만 이번에는 우리 딸이 엄마 말 들어줬으면 해. 태수 어머니도 그렇지만 집안도 부담스럽다. 네 아빠가 이 사실 알면 더 힘들어할 거야. 엄마는 그거 보기 싫어."

정숙의 말에 예준이 입술을 깨물었다. 정숙의 말과 제 손을 꼭 잡는 손길에서 자신을 향한 걱정과 가진 것 없는 부모의 미안함, 행복을 바라는 진심이 느껴져 무조건 싫다고, 그럴 수 없다고 고집을 세울 수 없었다.

태수는 조용한 말로 너무나 정확하게 제 감정을 전달하는 정숙을 물끄러미 바라봤다. 항상 언성을 높이고 거친 말로 제 감정을 고스란히 드러내던 진경과는 무척이나 달랐는데 차분한 말이 마음을 더 무너지게 만들었다. 슬프고 안타까운 얼굴로 손을 겹친 채 마주 앉은 모녀의 모습에서 태수는 어쩌면 이대로 예준을 놓치게 될지도 모른다는 불안을 느꼈다.

"어머니, 드릴 말씀이 있습니다. 좀 긴 이야기가 될 것 같은데 들어주시겠습니까?"

결연함이 묻어 있는 말에 정숙이 고개를 끄덕였고 태수가 무겁게 입을 열었다. 그가 무슨 말을 할 건지 짐작한 예준이 말을 하는 내내 태수의 손을 꼭 잡고 있었다.

형의 죽음으로부터 시작해 지금까지 진경에게 받은 학대와 차 회장의 방관 속에서 스스로 죄책감을 키워온 그의 얘기를 듣는 내내 정숙은 때로는 한숨으로 때론 놀람으로 그의 이야기에 공감해줬다. 그의 이야기가 다 끝났을 땐 눈가가 벌게진 정숙이 아무 말 없이 그의 손을 꼭 잡아줬다.

"많이 아팠셌네, 많이 아팠겠어."

"죄송해요, 어머니. 제가 많이 못난 사람이라 이런 말씀 드리고 싶지 않았어요. 근데 어머니, 예준이 만나면서 태어나 처음으로 살고 싶어졌고 태어나게 해주신 부모님께 감사드렸어요. 어머니, 저는 예준이 없이 살 자신 없습니다. 저희 집이 꺼려지시면 결혼 안 할게요. 그냥 예준이 옆에 있는 거만 허락해 주세요."

"엄마, 나 태수 씨 만나면서 부끄러운 짓 한 적 없어요. 회사 역시 내 힘으로 들어간 거 맞아. 태수 씨 어머니 독하시지만 아픈 분이기도 하세요. 태수 씨한테 한 짓은 정말 용서할 수 없지만 조금은 이해해 보려고도 해요. 우리에게 조금만 더 시간을 주면 엄마 마음 복잡하게 한 문제들 해결할게요."

"아무리 미워도 부모 자식 간인데 그렇게 쉽게 해결될 문제 같지가 않다."

여전히 많은 망설임이 담긴 말이었지만 아까보다 기세는 한층 누그러져 있었다.

'예준이가 싫으신 게 아니라 제가 불행하길 바라십니다.'

태수가 했던 말이 머릿속에서 빙빙 돌았다. 없는 말을 지어낼 태수가 아닌 걸 알면서도 자식의 불행을 바라는 어머니라니, 상상이 되지 않았다.

'죽은 자식이 마음에 사무치는 건 알지만 그렇다고 살아 있는 자식한테 어쩜 그렇게 잔인하게 굴 수 있을까.'

진경의 태도가 이해가 안 되며 부모에게 제대로 사랑받지 못하고 자란 태수에게 마음이 많이 기울었다. 지금이야 다 큰 어른이라지만 부모의 사랑이 절대적인 어린아이일 때 태수는 얼마나 많이 아팠을까 생각하니 마음이 참 짠했다. 힘든 이야기를 털어놓고 그 어떤 때보다 고통스러운 얼굴로 앉아 있는 태수를 보니 두 사람 사이를 반대할 마음이 쏙 들어갔다.

"아고, 나는 모르겠다. 데이트한다며 둘 다 얼른 나가. 두 사람 때문에 나까지 마음이 복잡해서 죽겠어."

"엄마, 우리 반대 안 해? 나 태수 씨랑 계속 만나도 돼?"

"안 된다고 하면 안 만날 거야?"

"……아마도 아닐걸. 태수 씨랑 헤어질 자신 없어."

"계집애, 이럴 땐 엄마 말 듣겠다고 거짓말이라도 좀 해라."

"어릴 때부터 거짓말은 나쁜 거라고 엄마가 가르쳤잖아."

"얼씨구, 네가 언제부터 내 말을 그렇게 잘 들었다고."

"엄마, 그렇게 말하면 안 되지. 나의 인성과 가치관은 엄마, 아빠에 의해 만들어지고 구체화했는데."

"그새 기고만장 까분다. 안 나갈 거면 청소나 도와. 오늘 할 일 많아."

"오늘은 안 돼. 우리 오랜만에 보는 거란 말이야. 태수 씨, 얼른 가요. 여기서 잡히면 꼼짝없이 집안 대청소해야 해요."

"청소하자. 어머니 혼자 힘드시잖아."

웃옷까지 벗으며 말하는 태수 때문에 예준이 한숨을 푹 내쉬었고 정숙은 박장대소를 했다.

"어이구야, 태수가 은근 눈치가 없구나. 괜히 쥐어박히지 말고 가서 데이트해."

정숙은 태수를 일으켜 대문까지 배웅을 했다. 예준이 먼저 대문을 나가자 정숙이 슬쩍 태수의 손을 잡아 자신을 보게 했다.

"태수야, 고맙다."

"네?"

"하기 힘든 얘기였을 텐데 솔직하게 말해줘서 고마워. 어쩜 이리 기특하게 잘 컸을까. 지금처럼만 열심히 살아. 너 스스로한테 부끄럽지 않으면 죄책감 같은 거 가질 필요 없다."

"어머니."

"얼른 가, 예준이 도끼눈 하고 째려볼라. 재미있게 놀고."

정숙은 금세 울 것 같은 얼굴이 되는 태수를 대문 밖으로 밀어냈다. 얼마나 큰 상처를 받았으면 다 큰 사내가 말 한 마디에 울먹거릴까.

"그 엄마도 참 너무하네. 제 뱃속으로 낳은 자식인데 왜 귀한 줄을 몰라. 하나 잃은 것으로도 부족한가, 원. 하긴, 사람만큼 잔인한 동물도 없지.

모든 사실을 알고 난 후 오해는 풀려 속 시원했지만 아직 남아 있는 문제들을 생각하면 좋아할 일만도 아니다.

"아이고 모르겠다. 될 대로 되겠지. 스트레스 받아봐야 나만 늙어. 우리 예준이 결혼해서 애 낳는 것까지 보려면 건강하게 오래 살아야지. 우리 인섭이도 얼른 짝을 찾아줘야 하는데. 인준이는 언제 제대해서 대학 졸업하고 장가가나. 그 녀석까지 일가를 이뤄야 내 숙제가 다 끝날 텐데.”

자식들 걱정을 늘어놓는 정숙의 목소리에 시름과 기쁨이 동시에 공존했다.

조용한 사무실이 입구부터 웅성거리기 시작했다. 열심히 앉아 일하던 직원들이 입구에서부터 한 명, 두 명 일어서더니 인사하는 목소리들이 점점 더 커졌다.

“아, 안녕하십니까 회장님.”

회장님이란 말에 사무실 가장 안쪽에 앉은 부장까지 벌떡 일어나 앞쪽으로 뛰어나왔고 희수와 비서실 식구들까지 대동한 차 회장이 예준이 근무하는 기획조정실 안으로 들어섰다.

“회장님.”

“박 부장, 수고가 많아요.”

“아닙니다. 기쁜 마음으로 일하고 있습니다. 그런데 여기까지 무슨 일로…….”

박 부장이 특유의 여성스러운 말투로 인사를 건넸고 차 회장은 고개를 끄덕이며 계속 사무실 안을 살피고 있었다.

“특별한 일은 아니고…… 저기 비어 있는 책상들은 뭔가?”

“타 부서에 업무 제휴 때문에 가 있는 직원도 있고 심부름 때문에 잠시 자리를 비운 직원도…….”

이유를 설명하던 박 부장이 혹시나 싶어서 입을 다물었다. 일 년에 딱 두 번 시무식과 종무식 때를 제외하고 거의 사무실 사찰을 나오는 일이 없는 차 회장이 이곳까지 직접 찾아온 이유가 제발 서예준이 아니길 간절히 바라고 있는데 산더미 같은 서류 더미를 안은 예준이 마침 사무실로 들어오고 있었다.

예준은 자꾸 밑으로 내려가는 서류 뭉치를 치켜들며 막 사무실로 들어오고 있는 참이었다.

"아이고 팔이야, 회의 있을 때마다 서류 복사하느라고 힘들어 죽겠네. 오늘따라 양이 왜 이렇게 많아. 이게 종이가 몇 장이야. 회의 끝나면 분쇄되고 말 건데 아깝다. 이건 완전히 자연환경 훼손에 자원 낭비, 인력 낭비라고. 다른 회사 다 적자 난 상반기에도 우리는 흑자 났다며 직원들한테 폼 나게 태블릿이나 하나씩……."

궁시렁대던 예준이 이상하게 조용한 사무실 분위기에 입을 다물었고 사무실 중간 서 있는 차 회장과 그 옆에 희수 그 외 몇몇 사람들을 보며 바짝 긴장했다. 자라 보고 놀란 가슴 솥뚜껑 보고 놀란다고 차 회장 얼굴을 보는 것만으로도 불안으로 심장이 쿵쿵 뛰었다. 오늘 이 시간이 지나고 나면 또 어떤 말들을 떠들어 댈까 눈앞이 아찔했다.

"쯧쯧."

차 회장의 작게 혀 차는 소리를 들은 승택이 얼른 예준에게서 서류를 받아들었다.

"아, 아뇨, 제가 할 수 있습니다."

"회장님께 인사부터 하시죠."

승택의 귀띔에 엉거주춤 서 있던 예준이 얼른 서류를 그의 손에 넘기고 차 회장 쪽으로 다가가 허리를 숙여 꾸벅 인사를 했다.

"회장님 안녕하십니까?"

"일이 고되나?"

"네? 아, 아닙니다."

"그럼 다른 마음고생이라도 하는 거야?"

"……그런 거 없습니다."

"쯧쯧, 나는 거짓말하는 사람 별로 안 좋아해."

차 회장의 그 말에 사람들이 긴장으로 마른침을 꿀꺽 삼키며 예준이 무슨 말이라도 할까 봐 눈치 보기 바빴다.

"그냥, 여름을 타서 그렇습니다."

"그래도 그렇지 젊은 사람 얼굴이 왜 그 모양이야. 차 상무, 우리 회사가 신입사원들을 빡세게 굴리나? 박 부장, 부서가 많이 바빠?"

"아닙니다."

"바쁘지 않다? 그런데 이렇게 많은 남자직원들 두고 여직원한테 서류복사 심부름을 시켰다. 저기 인턴사원들도 다 두고?"

대놓고 예준을 편을 드는 차 회장 앞에서 예준을 포함한 사람들 모두가 얼어붙었다. 소문과는 너무나 다른 차 회장의 태도에 직원들은 전전긍긍 할 말을 잃었고 어리둥절한 건 예준도 마찬가지였다.

"쿡, 푸흐흐흐흐. 아버지, 팔이 너무 안으로 굽으셨어요. 회사에서는 항상 회장님 노릇만 하시더니 며느리 생긴다니까 기분이 좀 달라지세요?"

"흐으음."

희수의 농담에 차 회장이 멋쩍은 헛기침을 내뱉었고 고압적인 차 회장의 분위기는 다소간 풀렸지만 며느리라는 말 한 마디에 다른 직원들은 더 얼어붙어버렸다. 예준은 도대체 지금 여기서 자신이 어떻게 처신을 해야 하는 건지 참 난감했다. 일하는 사무실에 차 회장이 등장한 것도 당황스러워 죽겠는데 희수와 대놓고 집안 식구처럼 말까지 하니 정신의 거의 안드로메다까지 날아갈 지경이다.

"회장님, 조금만 더 이러고 있다간 서예준 신입사원 쓰러지는 거 보시겠어요."

희수의 말에 당혹스러운 얼굴로 서 있는 예준을 본 차 회장은 시간을 확인했다. 점심때까지 30분쯤 남았지만 이 정도 월권은 해도 되지 싶었다.

"점심이나 같이 하자. 내가 너무 바빠서 너 입사한 거 알고도 한 번 와 보지도 못했어. 박 부장, 급한 일 없으면 내가 우리 며느리, 회사니까 서예준 신입사원이라고 해야 하나, 뭐 아무튼 좀 데리고 나가도 되겠나?"

"무, 물론입니다."

"그럼 우리는 실례하겠네. 예준이 따라나서라. 그리고 세상에서 가장 무서운 게 내 입속 세 치 혀야. 명심들 해."

깊은 뜻이 담긴 차 회장의 경고에 직원들 얼굴이 해쓱해졌다. 예준은 바짝 얼어붙은 사람들을 보며 조금 더 곤란하게 해주고 싶다는 마음이 마구마구 생겨났지만 간신히 참고 차 회장을 따라나섰다.

"한 시간쯤 늦게 올지도 모르겠네. 박 부장 내 미리 양해 구함세. 예준이 내 옆으로 와."

차 회장은 부러 사람들 다 보라는 듯 예준을 옆에 세우고 일행을 이끌고 사무실을 나왔다. 그들이 떠나고 나서도 흙빛의 얼굴을 한 직원들만 남은 사무실엔 정적만 나돌았다.

"아버지가 일부러 오신 거야."

희수의 귀띔에 예준이 차 회장을 힐긋 바라봤다. 항상 근엄하게 표정 없는 얼굴이 오늘따라 온화한 것 같기도 하다.

"감사합니다."

"뭐가?"

"제 편들어주셔서요. 회장님 오늘 멋지셨어요. 꼭 동화 속 백마 탄 왕자님처럼."

예준의 엉뚱한 비교에 뒤에 따라오던 비서들이 입을 막았고 희수 뒤에 선 승택도 헛기침으로 빠져나오려는 웃음을 참았다.

"흐음, 나도 안다. 오랜만에 얼굴 부끄러운 짓 했는데 이 정도 고맙다는 말은 들어야지."

차 회장의 의외에 농담에 결국 다들 웃음을 터트렸고 예준은 차 회장과 동승해 태수의 식당으로 향했다.

"아줌마, 김 비서 내 방으로 들어오라고 해."

"저기 사모님……."

"아직 출근 안 했어?"

"김 비서, 이제 출근 안 할 거야."

뒤에서 들리는 차 회장의 목소리에 진경이 천천히 뒤로 돌았다. 이미 출근 준비를 마친 차 회장이 마지막으로 웃옷의 단추를 잠그며 진경을 차분한 시선으로 보고 있었다.

"무슨 말이에요."

"내가 김 비서 정리했어요."

"이것 봐요, 차 회장님."

그의 말에 발끈한 듯 소리친 진경이었지만 차 회장은 아랑곳하지 않고 자신의 말을 이었다.

"최 이사도 회사 나갔어. 그 사람도 당신도 욕심이 자충수가 됐지. 그렇지 않아도 날이 갈수록 비리가 심해지는 최 이사를 어떻게 정리해야 하나 고민했는데 당신 덕분에 아주 깔끔하게 해결할 수 있었어."

"비아냥거리지 말아요."

"비아냥거림이 아니오. 태수가 변한 거 모르겠나? 당신이 아무리 아프게 해도 참고 당신의 말에는 무조건 순종하던 아이가 처음으로 반기를 든 거요. 예준이 그냥 둬요. 더 하다간 당신이 다칠까 걱정이야."

걱정이라는 말에 진경이 깔깔대며 웃기 시작했다. 입은 웃었지만 지독히도 서늘한 눈빛은 차 회장의 얼굴에서 떠나지 않았다.

"너무 웃어서 눈물이 다 나네. 세월 앞에선 그 독한 차 회장도 별 수 없는 모양이야, 저 입에서 걱정이란 말이 다 나오고. 그 걱정을 옛날에도 좀 하지 그랬어요? 그랬다면 내가 정말 고마워했을 텐데."

"그때도 지금도 난 당신을 걱정하고 사랑해요. 내가 쭉 당신 편이었던 거 모르겠나?"

"당신은 지금까지 한 번도 온전히 내 편인 적이 없었어. 지금도 봐, 결정적인 순간이 되니 태수 편을 들잖아."

"지금 이게 태수 편을 드는 것으로 보이나?"

"아니면 뭔데? 내 오른팔인 김 비서까지 쫓아내고도 여전히 날 위하는 거라고 하고 싶어? 개소리 집어치워."

"나는 지금 당신과 태수 모두 지키기 위해 노력하는 중이야. 당신이 여기서 더 폭주하면 그땐 정말 되돌릴 수 없을 테니까. 내 집에서 죽음은 경수 하나로 족해. 난 더 이상 당신이 망가지는 것을 두고 보지만은 않을 거야."

"제발, 가식 좀 그만 떨어. 당신이 날 걱정한다는 얼굴로 입에 발린 말을 할 때마다 온몸에 벌레가 기어 다니는 기분이니까."

차 회장은 질색하며 말하는 진경을 조용히 바라봤다. 충격을 받더라도 처음부터 진실을 말해주는 게 옳았을까? 아님, 늦었다고 생각되는 지금이라도 제대로 알게 해줘야 하는 것일까? 차 회장의 침묵에 진경이 조금 기세를 누그러트리고 말을 시작했다.

"날 정말 걱정한다면 태수와 예준이 헤어지게 만들어요."

"그거야말로 억지라는 거 당신도 알잖소."

"그게 왜 억지지? 날 불행하게 만든 사람을 용서하지 않겠다는 게 왜 억지야?"

"여보, 태수는 당신 아들이야."

"내 배를 빌려 태어난 당신 아들이지. 알잖아, 처음부터 그 아이를 가지고 싶어 하지 않았다는 거."

"희수는 괜찮았잖아. 희수를 가졌을 때 당신은 행복했었어."

"그러는 당신이야말로 솔직하게 말해봐. 경수가 있었는데 왜 그렇게 아들 욕심을 낸 건데? 경수가 당신 아들이 아니라는 걸 알았다니까 당신 역시 핏줄이 욕심난 거 아니야?"

"친구를 닮은 녀석이 내 아들로 자라는 걸 보면서 나도 나 닮은 아들이 가지고 싶었어."

"거봐, 당신은 가식덩어리야. 경수를 내 아들처럼 사랑한다고 했지만 결국 말뿐이었어. 당신은 경수를 사랑하지 않았어."

"아니, 경수를 사랑하지 않았다면 친구 녀석의 아들에게 대를 이을 장남 자리를 내주지는 않았겠지. 경수를 사랑하는 것과 날 닮은 아들을 가지고 싶어 한 건 별개야. 태수보다 경수가 날 더 좋아했다는 거 당신도 기억할 테지. 하지만 난 수찬이 녀석은 경멸해, 그 옛날도 지금도 변함없이."

힘이 담긴 차 회장의 말에 진경은 꽤나 놀랐다. 그녀의 연인이자 차 회장의 친구, 경수의 친부였던 수찬을 이런 식으로 미움을 담아 표현한 적은 지금까지 한 번도 없었다. 놀라움이 미움으로 바뀌고 진경은 망설임 없이 차 회장의 얼굴을 향해 손을 들었지만 그녀의 손목은 가차 없이 그에게 잡혔다.

"당신이야말로 억지로 점철된 인생을 살았어. 당신이 진심으로 경수에게는 좋은 엄마였는지 잘 생각해봐. 당신이 성숙한 인간이었고 좋은 엄마였다면 경수는 물론 희수나 태수에게 이렇게까지 잔인하진 못했을 테니까."

"나는 경수에게 최선을 다했어."

"그 최선이 과연 경수를 위한 거였을까? 당신 욕심 아니고?"

"당신이야말로 억지 쓰지 마. 제 욕심과 사랑에 눈이 멀어 친구까지 죽게 만든 주제에."

"결국 당신은 수찬이 죽음 때문에 진실을 볼 줄 모르는 장님이 되어버렸군. 가장 불쌍한 사람은 죽어버린 수찬이가 아니라 바로 당신이네."

밝고 명랑하고 웃음이 떠날 줄 모르던 20살의 진경이 어느새 악만 남은 흉한 사람이 되어버렸다. 어쩌다 이렇게 되었을까? 그 출발점과 이유까지 잘 기억이 안 날 정도로 시간이 지났는데 진경이 여전히 과거에 사로잡혀 현재까지 왜곡시켜버렸다.

"수찬이가 진심으로 당신을 사랑하고 존중했다면 당신을 향한 내 사랑이 아무리 컸어도 난 포기했을 거야."

"무슨 말이야, 그게."

"당신이 알고 있는 게 전부라고 생각하지 마. 당신은 지난 30년 동안 자신이 원하는 것만 보면서 환상을 키워온 것뿐이니까."

"알아듣게 말하라고."

"당신 수찬이 고향에 가본 적 있나?"

"뜬금없이 무슨 말이야?"

"그 녀석이 고아라는 건 알아?"

"고아? 그럴 리가 없어. 그 사람 고향에 가족이 있다고 했었어."

"아니, 그 녀석은 고아였어. 그런 녀석이 고향에 가족이 있다는 거짓말을 하면서 명절 때마다 꼬박꼬박 어디를 갔던 걸까? 왜 당신을 가족이나 나 이외의 다른 친구들에게 소개시킨 적이 없지? 적어도 한 달에 한 번씩 갔던 출장은 정말 출장이었을까? 당신을 목숨처럼 사랑한다면서 결혼 이야기만 나오면 불안해하던 이유는 뭘까?"

"……지금 뭐 하자는 거야?"

"수많은 의심들이 있었음에도 당신이 수찬이를 끝까지 믿고 싶어 했던 건 당신 사랑을 잃고 싶지 않아서였겠지. 잘 생각해봐, 수찬이가 죽기 두 달 전 당신과 수찬이가 정말 사랑하는 사이였는지. 죽음 때문에 함께 하지 못한 수찬이에 대한 미련이 끝나버린 사랑까지 근사하게 포장해버린 건 아닌지."

할 말을 다 끝낸 차 회장은 진경의 손목을 놓아주고 뒤로 물러섰다. 지금이라도 태수만 그냥 둔다면 굳이 과거를 꺼내 그녀를 괴롭힐 생각은 없었고 제발 그렇게 될 일은 없었으면 싶었다.

진경은 나가버리는 차 회장의 뒷모습을 보며 입술을 깨물었다.

차 회장이 그녀에게 물었던 질문들은 예전 진경이 그에게 했던 질문들이기도 했었다. 결혼도 하기 전에 아이가 생겼고 그 사실을 알렸을 때 수찬은 좋아하기보다 당황을 먼저 했었다. 수찬이 아무에게도 임신 사실을 말하지 말라며 결혼을 자꾸만 미루는 와중에 차 회장은 진경에게 사랑한다며 자신과 결혼하자는 생각도 못한 말을 했었고 모든 게 엉망으로 돌아가는 도중 수찬이 교통사고로 사망했었다. 그 후의 일은 무척이나 빨리 진행됐고 진경이 정신을 차렸을 때는 이미 차 회장과 결혼한 후였다. 자신의 과거와 수찬의 행동을 의심하게 만든 차 회장의 말을 곱씹던 진경은 이내 생각을 접었다.

"흥, 당신이 이런다고 내가 수찬 씨를 의심할 것 같아? 태수를 그냥 둘 것 같냐고. 절대 그런 일은 없을 거야."

사실 진경은 겁이 났다. 믿었던 사실이 한순간 거짓으로 밝혀지고 그것에 의지해 오랜 세월 살았던 자신이 무너질 게 무서웠다. 두려움을 표독함으로 감춘 진경이 제 방으로 들어갔다.

"마지막을 원하면 원하는 걸 주면 되지. 이젠 나도 좀 편히 쉬고 싶네."

오랫동안 방치된 진경의 비뚤어진 생각은 쉽게 고쳐지지 않았다.

벌을 받듯 소파에 앉아 아무 말도 없는 진경과 마주앉은 지 벌써 두 시간이 지나갔다. 두 시간 동안 진경은 말은커녕 눈길 한 번 주지 않고 조용히 앉아 앞에 놓인 차만 홀짝였다. 답답한 예준이 먼저 말을 시작할라치면 사나운 눈을 치켜떠 그녀의 입을 막았다. 겨우겨우 참고 있기는 한데 슬슬 한계가 다가오고 있었다.

"아줌마, 여기 과일 좀 내줘. 깍지 말고 통째로. 태수 여자친구가

왔는데 과일 정도는 내 손으로 직접 대접해야지."

진경의 생각지도 못한 말에 예준도 일하는 아줌마도 놀라 눈을 동그랗게 떴지만 이내 진경의 기세에 눌려 아줌마는 주방으로 들어갔고 곧 쟁반에 다양한 과일과 칼, 접시를 가지고 나왔다. 진경은 빈 찻잔을 내려놓고 칼과 복숭아를 들었다.

"태수와는 헤어질 생각이 없다고."

"저기 어머님……."

"그 어머님 소리 좀 하지 마. 온몸에 소름이 돋으니까."

"태수 씨와 제가 더 잘할게요. 정말 잘할 테니까 기회를 주세요."

"결국 헤어질 생각이 없다는 거구나."

말을 한 박자 쉰 진경이 손에 들었던 복숭아를 내려놓고 앞에 앉은 예준을 응시했다. 아무런 감정이 담기지 않는 눈빛에서 예준은 더 큰 불안을 느꼈다.

"만약에 말이야, 너와 같이 있기 때문에 태수가 가족과 단절된다면 어쩔 생각이니?"

"그런 거 상관없습니다. 지금도 별반 다르지 않잖아요."

"태수 씨."

"결국 너도 왔구나. 이왕 왔으니까 앉아라."

갑작스러운 태수의 등장에 예준은 꽤나 놀랐지만 진경은 별 반응을 보이지 않았고 태수에게 자리를 권했다. 태수는 진경에게 시선을 둔 채 예준의 옆에 앉아 자연스럽게 그녀의 손을 잡았다. 진경의 눈이 꼭 깍지 껴잡은 두 사람의 손에 고정되어 있었다.

"연애, 참 좋지? 나도 한때는 그런 뜨거운 사랑을 했었는데. 태수야, 네가 물었었지 너도 내 배로 낳은 내 자식인데 왜 그렇게 미워하고 싫어하냐고? 넌 내가 증오하는 네 아버지 자식이기 때문이란다."

"어머니."

"내가 사랑한 사람은 네 아버지와 둘도 없는 친구였어. 결혼을 앞두고 조금 소원해진 틈에 네 아버지가 끼어들어 일을 망쳐버렸지. 그 사람은 죽었고 난 그 사람의 아이를 밴 상태로 네 아버지의 아내가 될 수밖에 없었단다."

"그렇다면 형은……."

"맞아, 네 형은, 내 아들 경수는 내가 사랑한 그 사람의 유일한 핏줄이었단다. 내가 네 아버지의 아내로 살아야 했던 유일한 이유, 이 세상에 존재해야 했던 유일한 이유. 근데 그 이유를 네가 박살냈지 뭐니."

"아, 아버지는 알고 계십니까?"

"뭘? 경수 이야기? 나도 모르는 줄 알았는데 처음부터 알고 있었다더구나. 정말 음흉한 사람이야, 그렇지? 덕분에 내 통쾌한 복수거리 하나가 허무하게 없어져버렸어."

태수는 말하는 내용에 놀랐고 예준은 이 엄청난 말을 친구에게 수다 떨듯 아무렇지도 않게 하는 태도에 놀랐다. 태수는 땀이 차오르는 예준의 손을 꼭 잡으며 되도록 감정을 억제하려고 애썼다.

"처음부터 자식은, 특히 아들은 경수 하나로 충분했어. 널 임신했을 때 딸이길 얼마나 바랐는지 아니? 근데 내 자궁까지 못 쓰게 만들면서 태어난 게 바로 너였고 네가 커갈수록 난 경수가 네 아버지 눈 밖에 나지 않을까 전전긍긍 피 마르는 하루하루를 보내야 했지."

이야기를 하는 진경의 눈빛이 점점 광포해져갔다. 차분한 목소리에 분노가 실리고 마치 그때로 돌아간 것처럼 흥분하기 시작했다.

"경수 대신 네가 죽었어야 했어."

"경수 씨가 죽은 건 태수 씨 잘못이 아니에요."

진경의 말에 당차게 대꾸한 건 예준이었다. 태수가 죽었어야 했다는 말에 더 이상 차분할 수도 이성적일 수도 없었다.

"예준아."

"운전은 어머님이 하셨잖아요. 가장 큰 책임은 어머님께 있는 거 아닌가요? 어머니가 이성적이셨고 운전에 더 조심하셨더라면 그 사고 자체를 막을 수도 있었어요."

"네가, 네가 뭘 안다고 함부로 지껄여!"

"본인 책임을 다른 사람한테, 그것도 가장 어리고 사리분별 못하는 아들한테 뒤집어씌우고 사시면서 마음 편하셨어요? 적어도 엄마라면, 어머니라면 축복은 못해줄망정 저주는 하지 말아야죠."

"건방 떨지 마. 아들 하나를 마음에 묻고 사는 엄마의 마음을 너 따위가 알아?"

"자식을 잃은 부모가 다 어머니 같지 않아요. 죽은 자식 무덤은 마음에 만들고 그래도 살아 있는 자식 보면서 또 하루를 살아갈 힘을 얻는 거라고 그랬어요. 어머님을 불행하게 만든 건 바로 어머니 자신이에요. 저는 무슨 일이 있어도 태수 씨 옆에 있을 거고 최선을 다해 이 사람 행복하게 만들어줄 거예요."

어느새 자리에서 일어난 두 사람은 살벌한 눈빛으로 서로를 노려보고 있었고 한 치의 물러섬도 없는 대치가 길게 이어졌다. 예준을 보는 진경의 눈빛이 이채를 띠기 시작했고 태수가 이상함을 감지한 순간 진경이 과도를 들어 제 팔을 향해 휘둘렀다.

"어머니!"

"이거 봐, 이거 봐. 죽어버릴 거야. 안 살 거야!"

"제발, 그만하세요. 어머니, 엄마, 제발!"

태수는 막고 진경은 몸부림을 쳤다. 악이 올라서인지 진경은 생각보다 쉽게 제압되지 않았고 손에 칼을 들고 있어 함부로 행동할 수도 없었다. 진경의 거친 몸놀림에 태수가 잠시 중심을 잃은 사이 진경이 있는 힘을 다해 잡힌 손목을 빼냈고 거침없이 칼을 휘둘렀다.

"으앗!"

"태수 씨!"

진경이 휘두른 칼에 태수가 다쳤다. 그의 팔뚝에서 피가 배어나는 걸 본 진경이 놀란 듯 칼을 떨어트렸고 예준이 한 걸음에 달려가 손수건으로 그의 상처를 지혈했다.

"어, 어떻게, 피…… 피 많이 나요. 많이 다친 거예요?"

"나, 난 괜찮아. 예준아, 칼부터 치워."

태수의 상처에 손수건을 두른 예준은 그의 말대로 얼른 진경의 발치에 떨어진 칼부터 가져왔다. 놀란 예준이 덜덜 떨리는 손으로 다시 그의 상처를 지혈하기 시작했다.

진경은 제 눈앞에 펼쳐진 광경에 바짝 얼어붙었다. 피가 묻어 있는 흉물스러운 칼, 붉은 피가 뚝뚝 떨어진 거실 바닥과 그 피를 흘리고 있는 태수가 너무 이질적이었다. 자신이 무슨 짓을 벌인 건가. 피가 묻은 그녀의 손이 덜덜 떨리기 시작했고 제 손을 들여다보던 진경은 더 이상 버티지 못하고 그곳을 벗어나고 말았다.

태수는 눈가가 벌겋게 달아오른 예준을 보며 부러 농을 걸었다.

"내가 아파서 너도 아프냐?"

"웃기지도 않아. 일어나요, 태수 씨. 우리 병원 가. 병원 가요, 빨리."

"잠깐만, 어머니부터 진정시키고. 근데 우리 어머니 어디 계셔?"

"현관문 열려 있어요. 어머님이 나가셨나 봐요."

"젠장, 넌 여기 있어. 내가 어머니 찾아볼 테니까."

"같이……."

"아냐. 지금은 나 혼자가 나을 거야. 여기서 기다리고 있어."

태수는 불안해하는 예준의 이마에 뽀뽀를 해주고 얼른 진경을 따라 현관을 나섰다. 열려 있는 대문을 보고 골목으로 뛰어나왔는데 어디에도 진경의 모습이 보이지 않았다.

"어머니, 어머니! 엄마!"

그가 목이 터져라 진경을 부르며 막 골목 위로 뛰어올라 갔을 때 신발도 제대로 신지 않고 어디론가 급하게 뛰어가는 진경을 볼 수 있었다.

"어머니!"

태수의 부름에 잠시 걸음을 멈추고 뒤돌았던 진경은 다가오는 태수를 보며 뒤로 한 걸음, 두 걸음 물러났고 급한 마음에 태수가 그녀를 향해 뛰기 시작했다. 조금만 더 가면 진경을 잡을 수 있는 거리였다. 오늘 이 일만 잘 넘기면 모든 게 나아질 것만 같았다.

평상시엔 걸어 다니는 사람조차 귀한 동네에 오늘따라 시끄러운 자동차 소리가 들렸다. 소리를 따라 골목을 두리번거리는 사이 진경을 덮칠 듯 빠른 속도로 달려오는 자동차가 보였고 동시에 태수가 몸을 움직였다.

"엄마!"

"꺄악, 태수야!"

한낮의 적막한 골목 두 사람의 비명과 자동차 폭발음이 울렸다.

차 회장이 연락을 받고 병원으로 뛰어왔을 땐 수술실 앞에서 넋 놓고 있는 예준만 만날 수 있었다.

"이, 이게 다 어떻게 된 일이야. 예준 양, 예준아."

"……회장님."

"태수는? 우리 태수는?"

예준은 멍하니 대답도 못하고 벌벌 떨리는 팔을 들어 굳게 닫힌 수술실 문을 가리켰다. 차 회장이 비틀거리자 비서가 부축해 의자에 앉게 했고 그렇게 적막한 몇 시간이 흐른 후 수술실 문이 열렸다. 장시간의 수술로 땀에 젖은 수술복을 입은 의사들이 심각한 얼굴로 차 회장과 마주섰다.

"수술은 무사히 잘 끝났습니다만…… 교통사고로 뇌뿐만 아니라 폐문부, 장간막, 간 등의 파열로 혈흉, 혈복강, 장간막 출혈 등 다발성 장기 손상이 있었습니다. 일단 중환자실로 옮겨서 집중치료를 하겠지만 출혈도 너무 많았고 예후는 장담할 수 없습니다."

"하 박사, 우리 태수, 우리 태수……."

"환자 회복을 위해 끝까지 최선을 다하겠습니다."

말을 마친 의료진은 자리를 떠났고 제일 뒤에 서 있던 인섭이 아무 말도 못하고 두 손만 꼭 잡은 채 벌벌 떨고 서 있은 예준에게로 왔다.

"예준아."

"오, 오빠."

"괜찮을 거야. 버텨낼 거다, 차태수 씨."

인섭은 쓰러질 듯 휘청거리는 예준을 꼭 안았다. 급발진 자동차가 엄청난 속도로 덮쳤다고 했다. 수술 도중 두 번이나 CPR을 했고 최고의 석학이 수술을 했음에도 예후를 알 수 없을 정도로 부상이 심했다. 만약 태수가 잘못된다면 예준이는 어떻게 될까? 생각만으로도 참담하다. 바들바들 떨고 있는 동생을 위해서라도 태수가 무사해주길 정말 바랐다.

중환자실에서 시간들을 잘 견디고 간신히 상태가 나아져 개인 병실로 올라오긴 했지만 태수는 여전히 여러 가지 기계와 주사를 달고 의식이 없었다. 그 옆을 지키는 사람은 예준이었고 지켜보는 사람이 불안할 정도로 예준 역시 정신적으로 위태로운 상태였다. 병실에 온 인섭은 목구멍까지 치민 한숨을 삼키고 침대 옆에서 한시도 떠나지 않는 예준에게로 갔다.

"예준아."

"오빠."

"태수 씨는 좀 어때?"

"이 사람 내가 미운가 봐."

"그럴 리 없잖아."

"그날, 이 사람 다친 날 말이야. 내가 어머니께 막 대들었어. 큰아들 죽음은 어머니 탓 아니냐고, 어머니가 책임을 다하지 못했다고 내가 막 소리쳤어. 나 때문에 어머니가 폭주하셨고 그래서 이 사람은 다치고…… 내가 그냥 조용히 있었다면……."

"아니야, 예준아. 그런 거 아니야. 자책하지 마. 그건 정말 바보 같은 거야."

"오빠, 나 무서워. 이 사람 내가 미워서 이렇게 누워 있는 걸까 봐 정말 무서워."

"그래, 차라리 울어라. 그렇게 울고 다 풀어버려라."

인섭은 울먹이는 예준을 꼭 안아줬다. 인섭은 마음이 다쳐 정신까지 약해져 가고 있는 예준이 태수만큼이나 걱정스러웠다. 두 사람이 있는 병실문이 조용히 열리며 차 회장과 진경이 들어섰다. 하루에도 몇 번씩 병실 앞을 왔다 갔다 하는 걸 봤는데 진경이 드디어 태수를 볼 용기를 냈나보다. 인섭은 두 사람의 등장에 예준을 놓아주고 얼굴에서 눈물을 닦아줬다. 인섭이 살짝 목례를 하고 병실을 나가려는데 날카로운 예준의 목소리다 들렸다.

"오지 마세요."

"예준아."

"이 사람 가까이 오지 마세요. 뭐 하러 여길 오세요? 죽었나 살았나 확인하러 오셨어요?"

"그만해, 예준아. 그러지 마."

"뭘 그만해 뭘. 저분이 뭐라고 했는지 알아? 태수 씨 행복한 거 절대 용납 못 한대. 미워하고 저주하고 상처 주고…… 흐흑, 태수 씨는 그래도 어머니라고…… 이 사람 이렇게 누워 있는 거 보니까 이제 만족하시냐고요!"

"예준 양."

방금 전까지 소리치던 예준이 눈물을 터트리며 병실 바닥에 무릎 꿇고 앉았다.

"제가, 제가 잘못했어요. 어머니 비난한 것도 잘못했고 소리친 것도 다 잘못했어요. 그러니까 태수 씨 좀 일어나게 해주세요. 의식 좀 돌아오게 해주세요. 다시는 만나지 말라고 하시면 안 만날게요. 헤어질게요. 이 사람만 좀 깨어나게 해주세요."

예준이 처절하게 무너졌다. 인섭은 바닥에 앉은 예준을 꼭 안았고 차 회장과 진경도 아무 말 못하고 먹먹한 가슴으로 더 이상 다가오지 못하고 멍하니 그 자리에 서 있었다. 붕대를 감고 침대에 누운 태수를 보는 진경의 눈에서 길게 눈물이 흘러내렸다. 아무 말도 못하는 사람들 사이에 태수만 편한 얼굴로 잠들어 있었다.

무심한 시간들이 흘러갔다. 시간이 흘러가며 다행히도 태수를 둘러싼 사람들은 평정심을 찾아갔다. 예준은 여전히 태수 옆을 지켰고 진경도 그 병실에 들어오는 걸 더 이상 어려워하지 않았다. 예준과 진경 두 사람 사이에 많은 말이 오가는 건 아니었지만 감정은 한결 부드러워져 있었다.

오늘도 병실 뒤쪽 소파에 앉아 태수의 손을 닦아주고 있는 예준을 물끄러미 보던 진경이 평소에 궁금하던 걸 물었다.

"우리 태수는 어떤 아이였나요?"

뜻밖의 질문에 진경을 보던 예준이 그의 발 쪽으로 옮겨가며 무심한 듯 대답을 했다.

"좋은 사람이요. 무척 냉정한 것 같으면서도 사람들에게 상처 주는 걸 두려워했어요. 그래서 사람들과 얽히는 걸 무척 부담스러워하고 피해 다녔지만 한 번 자신의 사람으로 인정하면 최선을 다하죠."

"그렇군요."

"눈물도 많고 마음도 여려요. 사람보단 동물이나 화초를 좋아해요. 지금 살고 있는 집엔 저보다도 큰 개 한 마리를 키우고 마루와 부엌에는 작은 허브 화분들이 한가득이고 마당엔 나무들도 많아요. 태수 씨 집이나 가게에 한 번도 와 보신 적 없으시죠?"

"그랬네요."

"돌아가신 형님을 무척이나 사랑해요. 형님 같은 사람이 되는 게 꿈이었데요. 형님 이야기 끝에 어머니께 딱 한 번만 더 아들일 수 있었으면 좋겠다고 했이요. 형님이 돌아가시기 전처럼 자신을 딱 한 번만 엄마의 눈으로 봐주셨으면 좋겠다고요."

그 말을 끝낸 예준이 고개를 돌려 진경과 시선을 맞췄다.

"태수 씨, 다 큰 어른인데 엄마라는 말을 좋아해요. 잃어버리길 강요받은 단어 같다고 했었어요."

"그랬군요."

"버텨주세요. 이 사람이 일어나서 다시 엄마로 또 어머니로 부를 수 있게 버텨주세요."

예준의 다짐에 고개를 끄덕인 진경의 시선이 자연스럽게 태수에게로 향했다. 그렇게 넋을 놓고 태수만 보는 진경을 두고 예준이 자리에서 일어났다. 왠지 두 사람만의 시간을 줘야 할 것 같았다.

예준까지 나가고 병실에서 꼼짝도 않고 앉아 있던 진경이 조용히 일어나 태수의 침대 옆으로 다가왔다. 의식 없는 태수의 얼굴과 손을 번갈아 보던 진경이 용기를 내 그의 손을 잡아보려 했다. 남의 엄마인 정숙도 너무나 쉽게 한 일인데 진경은 몇 번이나 망설이고 망설인 끝에 겨우 태수의 손끝을 잡을 수 있었다.

"하아."

진경의 입에서 뜻을 알 수 없는 한숨이 나오고 손가락 끝에 걸쳐졌던 손이 점점 움직여 어느새 태수의 손을 꼭 잡고 있었다.

"태수 손이 이렇게 컸구나."

따뜻하고 커다란 손, 20년 넘게 잡아보지 못한 아들의 손은 제 손에 다 잡히지 않을 정도로 컸고 무척이나 따뜻했다. 원망과 미움으로 점철된 인생을 사느라고 제대로 봐주지 않은 아들은 저 혼자 이렇게 씩씩하게 커 있었다. 왈칵 눈물이 치밀어 올랐지만 진경은 그 눈물을 꾹꾹 눌러 참았다.

"태수야, 무슨 말부터 해볼까? 음, 너는 아가였을 때도 참 착했어. 잠투정도 별로 없었고 배만 부르면 칭얼거리지도 않고 혼자도 잘 놀았어. 막 태어났을 때부터 질투가 날 정도로 경수가 널 무척 예뻐했어. 엄마인 나보다 경수가 널 더 잘 돌봤던 것 같아. 책도 읽어주고 장난감도 가지고 놀아주고 어떤 땐 그냥 멍하니 보고 있기만 했지. 뭘 보냐고 물어보면 말도 못하는 아기가 코도 찡긋하고 입도 오물오물하는 게 신기하다고 했어."

어린 시절 태수의 아기침대 옆에 붙어 서서 떨어지지 않던 경수의 모습이 지금도 생생했다. 경수 때문에 보기 싫은 태수의 침대도 안방에 그냥 뒀었다. 온전히 태수의 기억이면 좋겠지만 기억 속 태수는 포커스가 비켜난 사진처럼 경수 옆에 작은 점처럼 그렇게 남아 있었다.

"너에 대해 조금 더 많이 기억하고 있었으면 좋았을 텐데. 지난번에도 얘기했지만 네가 태어나서 경수가 네 아버지의 사랑을 빼앗길까 봐, 집안의 이방인으로 밀려날까 봐 난 많이 무서웠어. 엄마가 참 바보 같지? 네 아버지가 그럴 사람이 아닌데."

진경의 눈에서 드디어 눈물이 흘렀다. 우는 모습을 보이고 싶지 않은데, 진경은 가까스로 감정을 추스르고 태수의 손을 꼭 잡았다.

"태수야, 내가 미안해. 말 몇 마디로 사과할 수 없다는 거 알아. 너한테 사죄할 길이 있다면 무슨 일이든 할 텐데. 바보 같은 나 때문에 너 스스로에게 벌주지 마. 사랑하는 사람 마음 아프게 하는 것보다 더 어리석은 짓은 없단다. 태수야, 이제 예준이에게 돌아와. 돌아와서 마음껏 행복해지렴, 내 아들."

태수의 귀에 작게 속삭인 진경은 8살 이후 자라는 모습을 하나도 기억해주지 못한 태수의 얼굴을 한참 들여다봤다. 머리도 쓰다듬어 주고 뺨도 만져보고 무척이나 생소한 아들의 얼굴을 하나하나 눈에 담고 마음에 담았다. 이제 잊지 말아야지, 전부 기억해야지, 이 매력적인 얼굴도, 커다란 손도 다 기억해야지.

그렇게 한참을 태수를 지켜보던 진경이 병실을 나섰다. 말로 다 전하지 못한 미안함은 마음에 묻고 천천히 병실에서 멀어졌다. 너무 많은 일이 벌어지고 너무 많은 감정들이 소용돌이 쳐서 도리어 텅 비어버린 것 같은 느낌이다. 유난히 햇살이 좋은 날 집으로 돌아가는 진경의 발걸음이 무척이나 무거웠다.

태수는 자신의 무게감도 느껴지지 않는 무중력의 공간에서 되는 대로 떠다니고 있었다. 아무것도 보이지 않은 어둠의 공간 속에서 시간이 지날수록 자신 역시 그 까만 어둠에 물들어 스스로를 잃어가며 그렇게 시간을 보내고 있었다.

"너 누구니?"

태수는 근처에서 들리는 목소리를 따라 시선을 움직였다. 까만 어둠 속 한곳이 희미하게 밝아지며 방금 전 목소리의 주인공처럼 보이는 소년이 나타났다. 중학생처럼 보이는 소년은 태수를 향해 천천히 걸어왔고 그 소년과 가까워질수록 태수는 점점 꼬마로 변해갔다. 소년과 마주섰을 때 태수는 8살 꼬마가 되어 있었다.

"태수야."

"형? 형아!"

태수는 앞에 선 경수를 와락 껴안았다. 오랜만에 보는 형의 모습이 눈물 날 만큼 반가웠다.

"형아, 어디 갔었어. 내가 형아 많이 기다렸단 말이야."

"그래서 이렇게 보러 왔잖아. 근데 태수야, 너 이제 그만 가야 해."

"싫어, 형아랑 있을 거야! 혼자 안 가. 나 너무 아팠단 말이야."

경수는 울음을 터트리며 품에 안겨 떼를 쓰는 태수의 머리를 다정하게 쓰다듬어줬다. 시간이 지나며 태수의 울음은 점점 그쳐갔고 그가 진정하자 경수가 눈물을 닦아줬다.

"우리 태수 여전히 울보구나?"

"형아가 없어서 그래. 형아, 이제 나랑 같이 있을 거지? 그지?"

"태수가 형아랑 있으면 슬퍼할 사람들이 너무 많은데. 저기 봐봐, 태수야."

경수가 손가락으로 가리킨 그 끝에는 차 회장과 희수 그리고 침대에 누운 태수의 손을 물수건으로 닦아주는 예준이 차례대로 나타났다 사라졌고 마지막으로 진경이 보였다.

"저기 봐, 네가 오기를 기다리는 사람들이 저렇게 많잖아."

"하지만 엄마는 날 미워하는 걸. 나보고 형아 아프게 했다고 나쁘다고 했어. 형아, 나는, 내가 정말 나쁜 아이야?"

경수는 다시 눈물을 그렁그렁 담는 태수의 앞에 앉아 가슴이 퍼렇게 멍든 아이의 얼굴을 애정을 가득 담아 쓰다듬어줬다.

"엄마가 마음이 너무 아파서 그래. 근데 이제부터 안 그러실 거야. 엄마가 드디어 태수 네가 얼마나 근사한 아이인지 아셨거든. 앞으로는 사랑만 주실 거야."

"정말?"

"그럼, 형은 너한테 거짓말 안 해. 알지?"

경수의 따뜻한 시선에 태수가 고개를 끄덕였고 부드럽게 웃은 경수가 태수의 머리를 마구 헝클리며 자리에서 일어났다.

"태수야, 이젠 정말 가야 해."

"형아……."

"태수야, 내가 많이 사랑하는 거 알지?"

"나도 형 많이 사랑해."

"그래, 이제 형을 사랑하는 만큼 행복해지는 거다. 약속."

태수는 경수가 내민 손가락을 한참 바라보다 제 손가락을 걸었다. 두 소년의 눈이 마주쳤고 손가락이 풀어지는 순간 태수는 경수에게서 훅 멀어지며 어둠 속 한 줄기 빛을 따라 낙하하기 시작했다.

갑자기 눈을 뜨게 된 태수는 쏟아져 들어오는 불빛에 다시 눈을 감아야만 했다. 모든 것이 흐릿했다. 제어되지 않는 기억도, 감각들도, 정신도 모든 게 하나로 뭉쳐져 사방으로 날아다녔다. 정신을 차리기 위해 조용히 집중하고 있는데 작은 노랫소리가 들렸다.

"우물가에 올챙이 한 마디 꼬물꼬물 헤엄치다 뒷다리가 쑤욱, 앞다리가 쑤욱, 팔딱팔딱 개구리 됐네.”

몇 번이나 반복되는 노래를 들으며 서서히 의식이 명확해졌다.

‘서예준.’

떠오르는 이름 하나에 마음이 급해진 태수는 다시 눈을 떴고 밝은 빛에 잔뜩 인상을 쓰며 노래가 들리는 쪽으로 어렵게 고개를 돌렸다. 시야 끝에 조그마하게 반가운 얼굴이 걸렸다.

“……예, 예준아. 서예준.”

병실을 정리하던 예준이 잠시 멈칫했다. 무기력하게 태수 얼굴만 보고 있는 스스로에게 짜증이나 몸을 움직이던 참이었다. 분명 자신의 이름을 들은 것도 같은데, 긴장감에 손바닥에 땀이 차고 혹시나 또 환청일까 봐 두려운 마음에 쉽게 태수 쪽을 보지도 못했다.

“예준아. 어이, 꼴통.”

탁한 목소리로 불리는 제 이름, 그 한 마디에 예준이 무서운 속도로 침대를 향해 돌아섰고 거기엔 비로소 눈을 뜬 태수가 자신을 보고 있었다.

손에 들었던 책을 툭 떨어뜨리며 마치 뭔가로 한 대 얻어맞은 듯 움직일 생각도 못하고 있던 예준은 태수가 어렵게 손을 뻗고 나서야 천천히 걸어 그 앞으로 다가갔고 그와 눈을 맞추고도 한동안은 아무 말도 하지 못했다.

“서예준, 아는 척 좀 하지?”

“태, 태수 씨.”

“우리 꼴통 많이 놀랐어?”

“……정말로 일어났네.”

“네가 오죽 시끄러웠어야지.”

"진짜네, 말도 한다. 이렇게 멀쩡하게 일어날 거면서…… 사람 애간장 다 태우고…… 야, 이 나쁜 놈아! 내가 너 때문에…… 흐어엉 가만…… 안 둘 거야, 흐엉."

결국 울음을 터트린 예준이 태수의 목덜미에 얼굴을 묻었다. 울지 않을 거라고, 절대 울지 않을 거라고 무척이나 많이 다짐했는데 드디어 저와 눈을 맞추고 대답해주는 태수 때문에 참아지지 않았다.

태수는 잘 움직이지 않는 팔을 어렵게 들어 그녀의 등에 올렸다. 얼마나 많은 마음고생을 한 걸까? 작은 얼굴이 더 작아지고, 좁은 등이 더 좁아졌다. 태수는 울지 말라고 하는 대신 실컷 울게 내버려뒀다. 예준의 울음을 듣는 태수의 눈에서도 결국 길게 눈물이 흘러내렸다.

두 사람의 감격스러운 해후가 끝나고 한차례 의료진이 들이닥쳤던 병실엔 다시 두 사람만 남았다. 좁은 침대에 마주 누워서 서로의 얼굴만 바라보고 있었다. 예준은 계속 그의 얼굴을 만지고 눈을 맞추고 울었다가 웃었다, 우울해했다가 많은 감정의 기복을 보였다.

"미안해."

"조금만 더 기다리게 했으면 도망가려고 했는데."

"내가 운이 좋네. 한 달 동안 어떻게 견뎠어?"

"……이렇게 일어나서 나 봐줄 거라고 믿으면서 버텼지."

"역시, 내 꼴통."

태수는 예준의 뺨을 잡고 가볍게 입을 맞추고 품에 안았다. 차마 말로 다 표현할 수 없는 미안하고 고마운 마음은 앞으로 살면서 보여주려고 한다. 태수는 안고 있던 예준과 조금 거리를 벌렸다.

"예준아, 우리 결혼하자."

"에?"

"나 퇴원하면, 아니 내일 당장이라도 혼인신고부터 했으면 좋겠는데 너희 부모님께서 안 좋아하시겠지?"

"얼레, 이 남자 보게. 의식 돌아오자마자 이게 뭐 하는 짓이지? 호두만 한 다이아반지로 청혼한다면서요?"

"당장이라도 사줄게."

장난처럼 한 대답에 태수의 대답은 진지하기만 했다. 내일은 없을 것처럼 서두르는 태수의 마음이 이해되기도 했다. 예준 역시 태수가 깨어나기만 하면 한시도 떨어지지 않고 옆에 꼭 붙어 있어야지 다짐하곤 했으니까 하지만 그건 두 사람의 마음일 뿐이지 현실은 좀 달랐다.

"태수 씨, 나랑 결혼하기 쉽지 않을 것 같은데. 우리 부모님, 이 병원 의사인 울 오빠, 곧 제대할 내 동생에 우리 이모들까지 전부 태수 씨 마음에 안 드신데요. 어떻게 할래요?"

"그래도 뭐, 난 서예준 마음 하나 믿고 밀어붙여야지."

"하아암, 나 너무 믿지 마요. 나도…… 하암 당신 좀 미워지려던 참이었으니까. 내가 당신 병간호하느라고 한 달 내내 잠도 편히 못 자고…… 하아암…… 꼬박꼬박 출근해서……."

아까부터 졸음을 잔뜩 담고 있던 예준의 눈이 드디어 감겼다. 그녀의 모습을 감격스러운 눈으로 바라보던 태수가 감긴 예준의 눈 위에 뽀뽀를 하고 제 품에 당겨 안겼다. 제 품 안에서 색색거리는 예준의 숨소리를 듣고 나서야 비로소 마음이 편해졌다. 자신만이 존재할 수 있는 자신만의 세상으로 돌아온 느낌이었다. 이 충만함을 느끼고 싶어 가족들에게도 연락하지 못하게 하고 둘만 있었다. 긴 잠에서 다시 깨어난 지금 더 확실해진 건 예준이를 향한 마음뿐이었다.

무슨 생각인지 태수는 가족들과의 만남을 계속 미뤘고 결국 깨어나 일주일이나 후에야 진경과 차 회장을 마주했다. 태수가 의식을 차렸다는 말에 차 회장과 진경은 잔뜩 들뜨고 흥분해서 병원에 왔지만 그들을 대하는 태수는 아주 담담했다. 감정이 쏙 빠진 태수의 태도에 당황한 건 예준도 마찬가지였다. 예준까지 네 사람이 마주한 테이블에는 침묵만 흐르고 있었고 진경은 마치 처분을 기다리는 죄인 같은 얼굴을 하고 있었다.

"저기 말씀들 나누세요. 저는 잠깐……."

"옆에 있어."

"태수 씨……."

"네가 몰라야 할 일은 아무것도 없어. 그러니까 있어."

태수는 피하려는 예준을 붙잡아 앉히고 비로소 차 회장과 진경을 향해 입을 열었다.

"얼굴이 많이 야위셨네요."

"나는 괜찮아. 넌 정말 괜찮은 거니? 이젠 정말 다 나은 거야?"

"검사 받았고 이상 없답니다. 재활치료도 받고 있고 조금만 더 노력하면 움직이는데도 불편 없을 거랍니다."

"예준이가 네 옆에서 고생 많았다. 앞으로 잘해."

"알고 있습니다. 예준이 아니었으면 제가 여기 있지도 않았을 테니까요."

태수의 그 말에 차 회장 내외의 얼굴이 눈에 띄게 어두워졌다. 특히나 진경은 고개를 푹 숙이고 태수의 얼굴도 보지 못했다. 한참을 그렇게 있던 진경이 용기를 내 태수를 마주했다.

"태수야, 내가 그동안 너한테 못할 짓을 너무 많이 했어. 정말 미안하고 죄스럽다. 말로밖에 사과할 수 없어 그게 더 미안해. 정말 미안하구나. 앞으로는 내가, 엄마가……."

"어머니."

"그래."

"저 당분간 여행을 갈 겁니다. 물론 예준이도 함께요."

"태수 씨."

"저는 비로소 제 감정을 다 정리했어요. 더 이상 죄송하지도 않고 원망하지도 않아요. 두 분을 향하는 제 마음이 텅 비어서 아무것도 없어요. 아주 편해요."

차 회장과 진경을 대할 때마다 수많은 감정으로 들끓었던 태수의 눈빛은 그 어떤 때보다 편안했다. 말 그대로 모든 게 깨끗하게 비워져 태수는 편안해 보였는데 진경과 차 회장은 그런 태수에게서 자신들이 밀려난 것 같은 큰 불안을 느꼈다.

"태수야, 너 혹시……."

"지금 제가 할 수 있는 말은 이게 전부예요. 더 이상은 무슨 말을 해야 할지, 무슨 생각을 해야 할지 모르겠어요. 여행하는 동안 그 안에 뭘 채울까 열심히 고민할 참입니다. 그러니 제가 다시 두 분을 찾을 때까지 그냥 둬 주세요. 당분간은 오직 예준이와 저 자신에게 집중할 겁니다."

확실한 거부, 항상 그들에게 애정과 관심을 갈구하던 태수의 냉정한 태도가 차 회장과 진경에겐 그 무엇보다 큰 충격이었다. 뭔가 더 이야기를 하려던 차 회장은 진경의 만류에 간신히 입을 닫았다.

진경은 크게 숨을 들이쉬고 차 회장 대신 말을 이었다.

"그래, 무슨 뜻인지 알았어. 이제는 내가 엄마 노릇 할 수 있는 기회를 기다려볼게. 여행 떠나기 전에 연락은 줄 거지?"

"그럴게요."

"건강관리 잘하고. 예준아 우리 태수 잘 부탁해."

"알겠습니다."

"그럼 우리는 간다."

진경이 먼저 자리에서 일어났다. 불안한 표정으로 자리를 고수하는 차 회장을 억지로 일으켜 세워 병실을 나가려던 진경이 태수를 향해 돌아섰다. 머뭇머뭇 거리던 진경이 크게 숨을 들이쉬고 태수에게 다가와 무릎 위에 있는 그 손을 조심스럽게 잡았다. 뿌리치지도 않고 마주잡아 주지도 않는 태수의 손을 잡고 울지도 못하고 웃지도 못하는 얼굴로 한참을 서 있던 진경은 다시 조용해진 표정으로 그의 손을 놓아주고 병실을 나갔다. 병실을 나가기 전 '아들' 이라고 한 말은 태수만이 들을 수 있었다.

태수와 예준은 혼인신고를 하기 위해 구청에 와 있었다.

"여기에 서명만 하면 우리 이제 부부다."

"그렇게 좋아요?"

"당연하지, 넌 안 좋아?"

"헤헤, 나도 좋아요. 이제 완전히 내 거 되네, 차태수. 내 거다, 내 거."

"그렇게 좋습니까? 여자가 좀 수줍어도 하고 좋아도 싫은 척 내숭도 떨고 그래 봐요."

"그런 여자를 좋아해서 명진 씨가 3달 이상 연애를 못 하는 거예요. 철이 없어, 철이."

"와, 예준 씨 나 왜 그렇게 미워합니까?"

"악의 온상이니까? 태수 씨가 여자들이랑 어울렸던 건 전부 명진 씨 잘못이잖아요."

태수는 계속해서 명진과 말싸움을 이어나가는 예준의 뺨을 잡아 자신을 보게 하고 가볍게 뽀뽀를 쪽 했다.

"나만 봐, 나만."

"야, 새끼야 나도 있는데 좀 자제해라."

"보기 싫으면 네가 꺼지던가. 너는 왜 이렇게 눈치가 없냐?"

"공항까지 운전하라며!"

"아, 그렇지? 기다려라, 우리 이거 접수하고 올게."

태수는 예준의 손을 잡고 서류를 접수하러 갔고 입을 비죽거리던 명진이 두 사람의 뒷모습을 보며 피식 웃었다.

"저 새끼 진짜 허락을 받아냈네. 서예준이 그렇게 좋을까? 대단하다, 진짜. 좀 부럽네."

태수는 병원에서 퇴원하자마자부터 예준의 집에 붙어살다시피 하더니 결국 석 달 만에 혼인신고 허락을 받아냈다. 결혼식도 안 올리고 혼인신고 하는 건 절대 안 된다고 말도 못 꺼내게 하던 유덕도 태수의 끈덕진 설득과 정성에 두 손 두 발 다 들고 항복을 했다.

'원, 저런 정성이면 나라도 세웠겠다.'

'예준이 얻는 일인데 이 정도는 해야죠.'

'둘이 야반도주하기 전에 얼른 허락해 줘요. 괜한 똥고집으로 애들만 힘들게 해.'

'결혼식도 안 했는데 혼인신고 하겠다는 게 정상이야!'

'얼씨구, 혼인신고도 안 하고 같이 여행 가겠다는 것보다 훨 낫구만 뭐.'

'아버지, 이쯤에서 못 이기는 척 허락해주세요. 조금 더 반대하시다간 대형사고 나겠어요.'

인섭까지 나서서 설득하는 바람에 유덕은 울며 겨자 먹기 식으로 허락은 했지만 혼인신고 하는 오늘 아침까지도 마지막으로 다시 생각해 보라며 예준을 만류했었다. 하지만 예준의 손가락에는 이미 두 사람의 결혼반지가 끼워져 있었고 예쁘게 반짝이는 결혼반지를 흔들어 보이는 것으로 유덕의 입을 막아버렸다.

"우리 신고 다 했어요. 나 화장실만 다녀와서 출발해요."

예준이 뒤돌아 뛰어가는 모습에서 눈을 떼지 못하는 태수의 옆구리를 명진이 쿡 찔렀다.

"그렇게 좋냐?"

"좋아 죽겠다."

"뭐가 그렇게 좋은데?"

"그냥, 전부 다. 서예준은 내 인생의 봄날이니까."

"우엑."

낯간지러운 말에 토하는 시늉을 해보이긴 했지만 명진도 그 말에는 동의했다. 서예준이란 여자가 없었다면 태수는 여전히 죽음을 찾아다니며 무의미하게 하루하루를 보내고 있었을 테니까.

"태수 씨, 이제 가요."

"그래, 가자."

문가에서 손짓하는 예준을 향해 단번에 걸어가는 태수를 보며 명진이 기분 좋게 웃었다. 제 반쪽을 만나 완벽한 하나를 이룬 친구가 그 반려자와 함께 평생을, 죽어서까지도 행복하길 정말 바랐다.

손을 꼭 잡고 구청 문을 나서는 예준과 태수는 서로를 바라보며 행복한 웃음을 지었다.

“남편.”

“왜, 마누라.”

“나 지금 엄청 행복한데 신랑은 어때요?”

“마누라, 기억해. 모든 딱 두 배. 당신이 느끼는 감정의 딱 두 배만큼 내 감정은 큰 거야. 두 배만큼 사랑하고 두 배만큼 행복하고…….”

“그럼 미워하는 것도 두 배만큼 하려고?”

“나 미워할 거야?”

“살다 보면 그럴 일도 있지 않을까요?”

“알아서 해. 모든 난 딱 두 배만큼 할 거니까.”

예준은 얄밉게 이야기하고 한 발 앞서 가버리는 태수를 쫓아갔다. 태수는 잡힐 듯 잡히지 않으며 예준의 약을 올렸고 입을 댓발 내민 예준이 여행 안 간다고 투정을 부리고 나서야 순순히 잡혀줬다. 뒤따라 나오던 명진이 꽁냥질을 멈추지 못하는 두 사람을 수습해 차에 태웠고 공항으로 향하는 내내 두 사람은 계속 싸우다 다정했다를 번갈아 하며 명진의 속을 뒤집었다.

“진짜 결혼도 한 사람들이 유치하게 왜 이래?”

“우린 계속 이렇게 살 건데?”

“어머, 애정 표현인데 그걸 모르는구나. 명진 씨가 아직 많이 어리다니까요.”

"아우 커플지옥 솔로천국!"

명진의 아우성에 두 사람의 웃음이 높아졌고 시원하게 웃으며 기원했다. 앞으로 남은 날들도 이렇게 웃으면서 살 수 있길, 울 일이 생겨도 서로를 버팀목으로 버텨낼 수 있기를.

- The End -

에필로그.

1년 후.

다리가 훤히 드러나는 미니 드레스에 짧은 베일은 쓴 예준이 신부 대기실 소파에 앉아 꼬박꼬박 졸고 있었고 그 옆에는 어깨를 내어준 태수가 싱글벙글한 얼굴로 앉아 있었다.

1년 가까운 긴 여행을 끝낸 두 사람은 돌아온 지 한 달도 되지 않아 결혼식을 올리려 이곳에 있었다. 시차 적응할 사이도 없이 급하게 결혼을 서두르게 된 건 모두 유덕과 태수 때문이었다. 긴 여행도 함께 했고 혼인신고도 한 합법적인 부부니 같이 살겠다는 태수에게 유덕은 절대 허락할 수 없다고 했었다.

'결혼식도 하기 전에 혼인신고 하는 걸 허락해 줬으면 감사한 줄 알아야지. 식도 안 올리고 같이 살겠다고? 어림도 없어!'

두 사람이 같이 살 것에 잔뜩 부풀어 있던 태수는 좌절해야 했고 결국 또 한 번의 진상 짓으로 겨우 3주 만에 결혼식을 올릴 수 있게 된 거였다.

'태수 씨, 너무 급해요. 3주면 살림살이 장만도 다 못한다고. 일생일대 딱 한 번인 결혼식인데 번갯불에 콩 볶듯 바쁘게 대충대충 안 하고 싶다고요.'

'서예준, 너는 나랑 같이 사는 것보다 결혼식이 더 중요해?'

'그건 아니지만…….'

'우리 여행 다니면서 결혼식에 대해 얘기했잖아. 신접살림 내 집에서 시작하자면서.'

'응, 나 태수 씨 집 좋아. 마당도 넓고 인테리어도 특이하고 딱 마음에 들어요.'

'그러니까. 살림살이 장만할 거 없고 침대는 바꿀 건데 다른 가구도 바꾸고 싶은 거 말만 하면 내가 다 알아서 해. 너는 결혼식 날 예쁜 드레스 입고 내 옆에 서 있기만 하면 돼. 이래도 안 넘어올래? 아버님도 반대하시는데 너라도 내 편 해줘라.'

예준은 제 코에다 쪽쪽 뽀뽀해대는 태수의 애교에 결국 넘어가고 말았고 그 결과는 그의 레스토랑에서 하는 작은 결혼식이었다. 태수는 말 그대로 결혼식 준비하는 내내 정숙의 도움을 받아 혼자 뛰어다녔고 예준은 딱 하루 그녀의 웨딩드레스와 그의 턱시도, 새로운 침대 고르는 날만 움직였다.

'애 버릇 이렇게 들이는 거 아니야. 예준이 자네 만나면서 점점 더 게을러지는 거 같아.'

'그동안 남들보다 두 배로 열심히 살았잖아요. 이제부터 좀 느긋하게 살았으면 좋겠어요.'

'하긴, 애가 좀 바지런하기는 해.'

'어머님 닮아서 그래요. 하다못해 걷는 것도 빨라요.'

결혼식 준비를 하면서 태수는 정숙과 더 격 없이 가까워졌고 정숙도 그를 친아들 못지않게 살뜰하게 챙겼다. 그렇게 예준 덕분에 하나, 둘 그의 주변에도 마음 붙이고 살 수 있는 좋은 사람들이 늘어나고 있었다.

"네 덕분에 내가 아주 많이 괜찮은 인간이 되어가고 있다. 고마워."

태수가 예준의 손가락을 가지고 장난을 치며 지금의 이 나른하고 축복된 시간을 즐기고 있는데 신부 대기실로 쓰고 있는 그의 사무실로 고운 한복을 차려입은 정숙이 들어왔다.

"자네 여기서 뭐해? 예준이는 또 자는 거야? 얘, 예준아 일어나. 정신 차려 얼른."

"식까지 시간 있는데 그냥 두세요."

"어휴 내가 참. 결혼식 날 조는 신부 있다는 말은 들어본 적이 없어. 무슨 애가 떨리지도 않나 봐."

말은 타박이지만 정숙은 애정이 묻어나는 손길로 예준의 이마로 살짝 내려온 머리를 정리해줬다. 그러고 나서도 정숙의 손은 한동안 예준의 얼굴에서 떨어지지를 않았다.

"지금이 한참 자는 시간이라서 그렇죠."

"그러게, 시간차도 극복 못한 애를 데리고 무슨 결혼식을 하겠다고. 조금 여유 있게 하면 오죽 좋을까."

"하루라고 빨리 같이 살고 싶어서요. 어머니는 많이 서운하시죠? 죄송해요."

태수의 말에 정숙이 앞에 놓인 의자에 털썩 주저앉았다. 고사리 손으로 엄마 돕겠다고 아장아장 제 뒤를 쫓아다니던 게 엊그제 같은데 벌써 결혼을 한단다.

"어느새 이렇게 자랐나 싶어. 잘 자라줘서 너무 고마운데 벌써 한 남자의 아내로 또 며느리로 엄마로 살아야 한다는 생각을 하니까 그건 좀 짠하고 매일 못 보는 것도 서운하고."

"제가 대신 더 잘할게요."

"하나만 부탁할게. 살다 보면 좋을 때보다 힘들 때가 더 많아. 그럴 때마다 등 보이지 말고 서로 믿고 의지해서 잘 헤쳐 나가. 말로 주는 상처가 얼마나 아픈지 잘 알지? 아무리 화나고 서운한 일이 있어도 마음에 상처로 남을 말은 하지 말고."

"명심하겠습니다."

"이제 자네는 나가서 손님들 맞이해. 예준이 깨워서 정신 차리게 해야지 이러다가는 잠에 취해서 식장 들어가겠어."

"네, 그럴게요."

태수가 예준을 조심스럽게 의자에 기대게 한 후 의자에서 일어났다. 그를 따라 일어나던 정숙이 태수의 손을 잡았다.

"참, 태수야."

"네, 어머니."

"부모님은 정말 초대 안 했니?"

"……."

"아직도 두 분 뵙기 힘들어?"

"장인어른 장모님께는 사돈 없는 결혼식 보시게 해서 정말 죄송합니다. 예준이에게도 정말 미안하구요. 하지만 두 분을 뵙는 게 아직은 마음으로부터 용납이 안 됩니다."

정숙은 더 이상 말없이 고개를 끄덕였다. 신랑 부모가 없는 결혼, 반쪽짜리 같아서 서운하기도 했지만 태수의 사정을 너무 잘 알기 때문에 이해도 됐다.

“그래, 언젠가 태수도 마음이 움직일 때가 있을 거야.”

정숙이 태수의 손등을 두드려 주는데 사무실 문이 벌컥 열리며 인섭과 인준이 들어왔다.

“뭐야, 누나 아직도 자? 대단하다, 진짜. 누나, 누나, 서예준!”

“으응, 뭐야…….”

“일어나, 일어나라고. 한 시간 후면 식 시작이야.”

“무슨 식?”

“결혼식. 누나 너 결혼식! 정신 차려!”

“아, 맞다. 오늘 우리 결혼식이지?”

“매형이 별명 하나는 끝내주게 만들었지. 진짜 꼴통이라니까.”

“우씨, 너 부르라고 만든 별명 아니라고.”

“입 옆에 침 자국이나 닦아.”

“어머, 나 침도 흘렸어?”

예준은 얼른 거울로 향했고 멀쩡한 얼굴을 확인한 후 인준에게 손을 들어 보였다.

“너 이놈 시끼, 진짜 혼난다.”

“근데 누나, 아무리 봐도 그 드레스는 진짜 누나한테 안 어울린다.”

“왜, 예쁘기만 한데.”

“그렇게 몸매가 많이 드러나는 탑 스타일 드레스는 뭐랄까, 조금 더 몸매가 쭉쭉빵빵하고 팔다리가 길쭉길쭉한 언니들이 입어야 예쁘다고. 여행하는 동안 뭘 했는데 아프리카 기아 난민처럼 마르고 까맣게 타서는, 완전 옷 버렸다.”

다른 때 같으면 인준의 타박에 단번에 다다다다 대꾸를 했을 예준이 입을 쭉 내밀고 다시 거울을 향해 돌아섰다. 인준의 말이 다 맞았다. 별로 고생한 것도 없고 밥도 잘 먹었는데 여행하는 내내 살이 많이 빠져서 그나마 봐줄 만하던 가슴도 작아지고 뼈만 앙상하니 도드라졌고 피부도 까맣게 타서 제가 봐도 결코 예쁘다고 말할 수 없었다.

"태수 씨……."

기가 확 죽어서 축 처진 눈매로 그를 부르자 태수가 단번에 옆으로 가며 주먹으로 인준의 어깨를 툭 밀었다.

"처남, 나중에 보자."

그렇지 않아도 드레스 입은 모습을 보고 난 후 결혼 미루자고 하는 예준을 어르고 달래 여기까지 왔는데 인준은 잘 나가다가도 꼭 한 번씩 이렇게 초를 쳤다.

"예준아."

"오빠."

"너 예뻐. 이 자식 너 시집간다고 서운해서 괜히 심통 부리는 거야."

"형, 내가 언제? 없는 말 지어내지 마."

"너 누가 내 딸 구박하래. 나가!"

"치, 나만 이래저래 구박 덩어리라니까. 나 엄마 친아들 맞아?"

"나도 궁금하다, 나도. 인섭이 너 내일이라도 당장 이 녀석 유전자 검사해 와. 병원에서 바뀐 게 분명해."

"알겠습니다, 어머니."

"아, 엄마 진짜."

가족들만 모이면 웃음이 끊이질 않는다. 투덕거리다가도 서로의 얼굴을 보면 또다시 금세 웃고 세상에서 가장 소중한 보물인 가족에 태수라는 또 한 명의 가족이 더해졌다. 예준은 가족을 보며 흐뭇하게 웃고 있다가 정숙의 품으로 뛰어들었다.

"어이쿠야, 놀래라. 얘가 왜 이래?"

"엄마, 고마워요. 나 사랑해주고 이렇게 잘 키워줘서 정말 고맙습니다. 엄마는 세계 최고야. 내가 앞으로 더 잘할게."

예준의 등을 토닥이는 정숙의 눈에 어느새 눈물이 고였고 마음을 나누는 두 사람을 두고 태수, 인섭, 인준은 그곳을 나왔다. 앞장서서 밑으로 내려가던 인준이 갑자기 걸음을 멈추고 태수를 향해 돌아섰다.

"우리 누나 울리면 가만 안 둬요. 좋은 일이든 나쁜 일이든 울리기만 해. 그날로 우리 누나 얼굴 다시는 못 볼 테니까."

태수에게 으름장을 놓는 인준의 목소리에도 어느새가 울음기가 끼어들었다. 걸음을 떼기 시작하면서부터 예준이와 붙어 다녔던 인준이었다. 유치원도 같이 다녔고 초등학교도 같이 다녔다. 꼴랑 세 살 차이, 그래도 누나라고 예준은 무슨 일만 있으면 먼저 나서서 그를 감싸주고는 했다. 살갑지 못한 성격에 사랑한다는 말 한 마디 못 해봤지만 예준은 항상 소중한 누나였다. 제 할 말만 하고 홱 나가버리는 인준을 보며 태수와 인섭이 동시에 피식 웃었다.

"녀석, 귀엽다니까."

"그러게요."

"근데 그게 웃고 넘길 말은 아닌데. 인준이 말 명심해야 할 거예요, 매부."

"형님."

"예준이가 속상해서 우는 날 그 집으로 쳐들어가 그 녀석 데리고 나올 사람이 인준이 뿐만은 아니니까. 무슨 일이 벌어질지 궁금하면 한번 울려보시든가."

인섭은 여유 있게 웃으며 태수의 어깨를 툭툭 쳐주고 인준을 따라 먼저 내려왔고 계단에 혼자 남은 태수는 오소소 소름을 돋은 팔을 두 손을 문질렀다.

"결혼을 하고 나서도 남자 형제들의 가드는 여전하구나. 두 사람 무서워서라도 서예준 안 울리고 잘 모시고 살아야겠네."

말로는 투덜거렸지만 태수의 얼굴엔 흐뭇한 미소가 사라지지 않았다. 예준을 사랑해주는 사람들이 이렇게 많다는 게 너무나도 기분 좋았고 이제 자신도 그들의 일원이 됐다는 사실이 뿌듯했다. 가족이라는 이름이 이렇게까지 근사할지 몰랐다.

두 사람의 결혼식이 진행됐다. 2층에서 아버지의 손을 잡고 내려오는 신부를 하객들은 박수와 환호로 맞이했다. 신부의 손을 넘겨주지 않으려는 유덕 때문에 사람들은 한바탕 웃음을 터트렸고 부모님께 인사하는 부분에서는 신랑이 눈물을 흘려 다들 당혹스러워했다. 하객석에 앉은 희수도 태수와 함께 눈물을 흘렸다.

"울지 마. 좋은 날이잖아."

"속상해요. 부모님 없이 결혼하는 태수도 속상하고 초대받지 못한 부모님도 불쌍하고."

"그래도 네가 울면 태수가 마음이 많이 무거울 거야. 진정해."

희수는 승택의 위로에 고개를 끄덕이며 더 이상 울지 않기 위해 숨을 크게 들이쉬었다. 웃기만 해도 부족한 날, 희수는 단상 앞에 선 태수와 예준을 보며 마음을 가다듬었다.

그렇게 행복하고 즐거운 결혼식이 진행되는 동안 진경과 차 회장은 주차된 차 안에서 씁쓸한 웃음으로 아들의 결혼식을 지켜볼 수밖에 없었다.

여행에서 돌아오고 곧 결혼한다는 말을 듣긴 했지만 딱 거기까지였다. 상견례도 안 하고 결혼식에 오지 말라는 말도 희수를 통해서 전해 들었다.

'그래도 사돈어른들도 계신데 결혼식은 그렇다고 쳐도 상견례는 해야지.'

'태수가 이미 양해 구했고 그쪽 어른들께서도 이해해 주셨답니다.'

'그럼 예단이라도 보내야지.'

'예단 안 한데요. 태수 레스토랑에서 가족들과 가까운 친구들만 불러 스몰 웨딩한대요.'

'왜 그런 결혼을 해? 뭐가 부족해서? 양쪽 다 집안의 개혼인데 누구 부럽지 않게 으리으리하게 할 수 있잖아.'

'아버지, 두 애들한테는 그런 거 안 중요해요. 아직도 모르시겠어요?'

'나쁜 녀석. 고얀 놈. 부모가 버젓이 이렇게 살아 있는데 고아처럼 그게 뭐야.'

'지금까지 부모 노릇 못 하셨잖아요. 근데 부모 대우는 받고 싶으세요?'

눈 하나 깜짝 않고 하는 희수의 말에 차 회장과 진경의 표정이 처참해졌다. 물론 자신들의 잘못이 큰 건 알지만 그래도 서운한 마음이 드는 건 어쩔 수 없었다. 진경은 참혹한 표정으로 앉아 있는 차 회장의 손을 잡았다.

'태수한테 시간이 더 필요할 거에요. 성급해 말고 이제부터라도

우리가 노력해요.'

진경의 말에 차 회장이 위로를 받았다. 그나마 다행이라면 지난 일 년간 두 사람의 사이가 많이 가까워졌다는 거였다.

"두 아이 참 예쁘네요."

"잘 보이지도 않는데, 뭐."

"그래도 예뻐요. 앉아 있는 사람들 표정이 다 밝고 환하잖아요. 그게 전부 우리 애들 때문이니까 얼마나 다행이에요."

"……."

"차 회장님, 각오 단단히 해요. 결혼식은 못 봤지만 앞으로 태어날 손주는 내 품에 안아봐야 할 거 아니에요. 그러려면 태수에게 다가가야 해요."

"얼굴도 안 보여주고 전화도 안 받는 녀석에게 뭘 어떻게 해?"

"찾아가야죠. 싫다고 해도 찾아가고 피해도 찾아가고 귀찮을 정도로 맴돌아야죠. 우리 태수는 그렇게 몇 십 년을 했잖아요. 우린 아직 시작도 안 한 거예요."

"후우, 그래 해봅시다. 까짓것 몇 만 직원도 다스려봤는데 아들 하나쯤이야."

말은 그렇게 했지만 차 회장은 잔뜩 긴장해 있었다. 평생 해보지 않은 노력을 머리가 반백이 되어서야 하려고 하니 쉽지는 않을 것이다. 그래도 더 나은 관계, 진짜 가족이 되려면 두 사람이 노력할 수밖에 없었다. 두 사람이 탄 차는 결혼식이 끝나고 한참이 지나서야 그 자리를 떴다. 지금은 비록 얼굴도 마음대로 볼 수 없는 관계이지만 다음에 볼 땐 조금은 나아져 있길 간절히 바라는 마음이었다.

3년 후.

"어머니, 그게 아니라고 몇 번을 말씀드려요. 집게 저 주세요."

"싫어, 내가 할 수 있어."

"너 왜 내 마누라 구박하냐?"

"아버지, 제대로 된 식사하고 싶으시면 제발 어머니 좀 말려주세요. 어머니, 제가 누누이 말했잖아요. 어머니는 정말 요리에는 소질 없으시다니까요."

"채소 정도는 구울 수 있어."

"태워버리신 채소가 반이 넘거든요."

"얘, 그런 네 처는 뭐 요리 잘하니?"

"그래서 저는 아예 할 생각을 안 하잖아요, 어머니."

현관에서 나오는 예준이 아까부터 투닥거리고 있는 모자(母子) 사이에 끼어들며 한 마디 툭 던졌다. 이렇게라도 말리지 않으면 모자의 싸움은 식사 자리에서도 계속된다. 물론 장난 같은 말다툼이지만 가끔은 도가 지나쳐 마음을 다치기도 한다. 아직 감정과 관계에는 실수가 많은 진경과 태수였다. 예준이 나오자 멀찌감치 앉아 차를 마시던 차 회장이 단걸음에 다가오고 진경과 태수도 웃는 얼굴로 변했다.

"아가, 쉬고 있으라니까 왜 벌써 나왔냐?"

"답답해서요, 아버님. 어머니 집게 그 사람한테 넘기시고 이리로 오셔서 저랑 말동무해 주세요. 학교도 휴학하고 할 게 없으니까 심심해 죽겠어요."

"쯧쯧, 바쁘게 사는 게 버릇이 돼서 그래. 너도 쉬는 습관 좀 들여야 한다니까."

진경은 미련 없이 집게를 태수에게 넘기고 배가 봉긋 부른 예준을 부축하며 차 회장과 함께 정원 한곳에 마련된 테이블에 앉았다. 같이 움직이는 세 사람의 모습이 제법 다정했다.

오늘은 오랜만에 가족 모임을 가지기로 한 달 전부터 약속한 날이었다. 다들 각자 일에 바빠서 특별한 일이 아니면 모이기 힘들지만 그래도 한 달에 한 번, 아니면 두 달에 한 번은 가족들끼리 모이려고 노력하고 있었다.

이런 만남을 시작한 건 얼마 되지 않았다. 결혼 이후에도 태수는 부모님을 보는 걸 거부했었고 예준도 강요하지 않았었다. 물 흐르듯 지나다 보면 언젠간 풀어질 응어리라고 생각했었는데 진경과 차 회장이 먼저 다가와 줬다.

전화를 받지 않으면 찾아오고, 찾아와도 못 만나고 갈 때면 그다음 날 또다시 찾아와 단 몇 분 동안이라도 태수를 보고 가곤 했다. 태수는 그런 진경과 차 회장의 행동을 처음에는 무척이나 부담스러워했고 거부감을 가졌었지만 시간이 지나고 똑같은 일이 반복되면서 점점 대면하는 시간도 길어지고 횟수도 많아졌었다. 거기다 예준의 임신이 태수가 마음을 여는 좋은 계기가 됐다.

자신도 곧 부모가 된다는 것은 태수로 하여금 많은 생각을 하게 했다. 항상 자식의 입장에서만 생각하던 부모와의 관계를 부모 입장에서도 생각하게 된 것이다. 밀어내는 자신이 당연하다고 여겼는데 그렇지 않을 수 있다는 것도 약간은 알게 됐다. 좋은 부모, 가정에서 남편과 아버지의 역할을 고민하던 태수에게 차 회장이 그런 말을 했었다.

'나처럼만 하지 말거라. 눈앞에 있지 않아도 아버지는 믿을 수 있는 사람이구나, 힘든 일이 있으면 아버지한테 의논해야지 그런 생각

을 할 수 있도록 하면 돼. 난 좋은 남편도 좋은 아버지도 실패했지만 넌 그러지 마라.'

'……아버지도 아직 완전한 실패는 아닙니다. 내일 어머니와 같이 집으로 오세요. 제가 저녁 해 드릴게요.'

허심탄회한 이야기들을 하면서 태수와 부모님과의 관계는 점점 회복되어 갔고 옆에서 묵묵히 지켜봐주는 예준 역시 태수에게는 많은 도움이 됐다.

결혼을 하고 쉬면서 취미로 미술을 시작했던 예준은 결국 미대에 입학을 했다. 정숙과 유덕은 또 대학을 다니겠다는 예준에게 미친 짓이라고 했지만 태수는 물심양면으로 도왔고 원하는 공부를 하던 예준은 무척이나 행복해 했다. 밥 먹는 것도 잊어버리고 몇 시간씩 이젤 앞에 앉아 그림을 그릴 때면 걱정도 되고 화도 났지만 그 모습도 너무 예쁜 게 문제였다.

사실 임신은 학교 졸업하고 할 생각이었지만 모든 일이 계획대로 되는 게 아닌 건지 아이는 뜬금없이 찾아왔고 두 사람은 기쁜 마음으로 아이의 존재를 받아들였다. 덕분에 2학년은 한 학기만 다니고 휴학해야 했지만 하루하루 제 뱃속에서 자라가는 아이를 느끼며 예준은 또 다른 행복감을 느끼고 있었다.

"예준아, 부모님 언제 오시니?"

"도착하실 때 됐어요."

"몸 많이 무겁지?"

"달수가 차니까 힘들긴 한데 견딜 만해요. 의사 선생님도 지극히 정상이라고 아이, 산모 모두 건강하다는데 저 사람이 자꾸 사서 걱정을 해서 그게 더 큰일이에요."

"즐길 수 있을 때 즐겨라. 내가 볼 때 아이 태어나고 나면 넌 뒷전이지 싶은데."

"말로는 절대 그럴 일 없다는데 저도 그럴 거 같아요. 뱃속에 있는데도 물고 빨고 하는데 태어나면 오죽하려고요. 각오하고 있어요."

"벌써부터 애 이름 쭉 지어놓고 하루에도 열두 번씩 히죽거리는 네 시아버지도 볼만해. 아이 태어나면 아주 부자가 쌍으로 난리지 싶다."

"후후, 그럼 저는 두 분께 육아 맡기고 다시 학교 갈래요. 그렇게 할까요, 아버님?"

"그래라. 얼마든지 봐주마. 고놈 귀여운 공주님이었으면 좋겠는데."

차 회장은 봉긋하게 솟아오른 예준의 배를 보며 참을 수 없는 함박웃음을 지었다. 집 안에 울릴 아이 울음소리를 상상하면 지금부터 뱃속이 그득한 게 밥을 안 먹어도 배가 불렀다.

"아아, 저 이러다 아들 낳으면 구박받을 거 같아요, 어머니. 저 사람도 입맛 열면 딸 타령이에요."

예준이 하나도 걱정스럽지 않은 얼굴로 행복한 투정을 부렸다. 사람들이 수다 떨고 있는 사이 예준의 부모가 도착했다. 태수와 예준이 결혼을 하고 자주 왕래하고 있는 사돈 간이었다. 처음엔 좀 서먹했지만 진경이 진심 어린 사과를 했고 화끈한 성격답게 정숙은 뒤끝 없이 모든 걸 묻었다.

"장인어른, 장모님 어세 오세요. 오시느라 힘드셨죠."

"힘들기는 보내준 차 타고 왔는데."

"엄마, 이게 다 뭐야?"

"주말농장에서 직접 기른 채소들이야. 자네 몫은 차 트렁크에 넣어놨어."

"감사합니다, 장모님."

"사돈, 고생스럽게 매번 오실 때마다 이렇게 귀한 걸 가져다주세요. 그냥 오시지."

"아니에요. 나눠 먹으면 좋지요."

"채소가 아주 실한 게 이러다가 본격적으로 농사지으시는 거 아닙니까?"

"아이고 사돈, 그런 말씀하지도 마세요. 그렇지 않아도 이 사람이 자꾸 귀농 이야기를 해서 아주 죽겠어요."

사람들이 모여 한바탕 인사를 나누고 다들 자리를 잡고 앉자 태수가 신경 써서 준비한 음식들이 하나 둘 식탁을 차지했다.

"우리 사위는 참 음식을 잘해. 어쩜 이렇게 솜씨가 좋아?"

"입맛에 맞으세요?"

"너무 맛있어. 예준아, 너는 조금만 먹어."

"왜?"

"너 볼이 터질 거 같아. 요즘 산모들은 임신해서도 체중 신경 쓰고 다이어트 한다는데 넌 젊은 애가 그런 것도 안 해? 애 낳고 그 살들 다 어떻게 하려고 그래?"

"나 그렇게 많이 안 먹어."

"어머, 얘. 네 앞에 접시만 텅텅 비었어. 차 서방이 벌써 몇 번째 고기 접시 날랐는지 알아? 제는 양심도 없어, 정말."

입이 미어져라 고기를 먹던 예준이 절대 부정할 수 없는 사실에 심통 난 얼굴로 손에 들었던 젓가락을 조심스럽게 내려놨다. 임신한 후에 뭐든 다 괜찮다는 태수 때문에 좀 과하게 먹긴 했지만 대놓고 구박을 받으니 과히 기분은 좋지 않았다.

"장모님, 그냥 두세요. 예준이 그렇게 많이 안 먹어요."

"제가 저렇게 된 데는 자네 탓도 커. 뭐든지 다 괜찮다, 괜찮다. 운동량도 없는데 자꾸 먹기만 해서 아이 커지면 낳을 때 엄마만 고생이야."

"그렇습니까?"

"당연하지. 7개월 넘어가면서 애들이 얼마나 급속도로 자라는 줄 알아? 지금은 정상 같아도 앞으로 두 달 동안 훅 클 거라고. 애는 작게 나아서 크게 키우는 거야. 나중에 애 낳을 때 고생 안 하고 싶으면 새겨들어."

"알았어요."

말은 그렇게 하면서도 예준은 식탁 위의 음식을 눈으로 훑으며 입맛을 쩝쩝 다셨고 태수가 싸주는 쌈 한 번, 진경이 한 번, 차 회장에 유덕까지 싸주는 쌈 한 번씩 받아먹으며 정숙의 말을 무색하게 만들었다.

"그런데 사돈총각들은 왜 같이 안 오셨어요?"

"다들 바빠요. 큰놈은 부교수도 교수라고 발령 받더니 수술에 수업까지 하느라고 정신이 없고 작은 놈은 취직 때문에 틈이 없네요. 이 자식 걱정은 언제나 끝날까 싶어요."

"작은 사돈은 우리 회사에 들어와도 좋은데요."

"아닙니다. 벌써 어디 가고 싶은 곳이 있다네요."

"아버님, 인준이는 양복 딱 갖춰 입고 정시 출퇴근하는 회사는 못 다녀요."

"그런데 아닌 곳이 어디 있나?"

"IT 계열 쪽에 꿈의 직장이 있대요. 출퇴근도 자율, 복장도 자율, 아이들 탁아소까지 회사 내에서 직접 운영하며 직원 복지까지 무척 신경 쓴다더라고요. 연 매출도 엄청난데 매출의 30퍼센트 정도는 기술개발 비용으로 재투자한대요. 가지고 있는 기술특허로 벌어들이는 돈만으로도 회사 운영이 가능하다던데요?"

"같은 경영자로 부럽기도 하고 부끄럽기도 하네."

"다른 건 모르겠는데 탁아소 운영은 좀 부럽기도 해요. 제가 다녀봐서 알잖아요. 여직원 고용률은 점점 더 높아지는데 복지가 안 되어 있으니 힘들어요. 특히 기혼 여직원들은 아이들 때문에 걱정이 많잖아요. 회사 안에 탁아소나 유아원이 있으면 무척 안심도 되고 좋을 것 같아요, 아버님. 형님도 참 좋으실 텐데."

댕그란 눈을 깜빡이며 차 회장을 보는 예준의 모습에 다른 사람들이 다들 속으로 웃음을 삼켰다. 유난히 예준을 예뻐해서 웬만하면 그녀의 청을 거절 못 하는 차 회장이라 이 일을 어떻게 처리할까 무척 궁금했다. 차 회장이 곤란한 표정으로 금방 대답을 못 내놓자 예준이 이내 시무룩한 표정을 해보였다.

"하긴, 그게 쉬운 일은 아니죠. 어느 계열사에서부터 시작하느냐도 문제고 규모도 커서 예산 확보도 어려울 거예요."

금세 시무룩 낙담하듯 이야기하는 예준의 모습에 차 회장이 마른 침을 꿀꺽 삼켰다. 하나, 둘, 셋.

"그, 그래. 직원 복지 차원이니까 생각 한번 해보자. 재무팀하고 총무부, 경영지원팀 불러서 전담팀 꾸려보라 해야지."

"정말요? 감사합니다, 아버님."

"당신 또 일 벌였다고 누나한테 욕 좀 먹을 거 같은데."

"이번 일은 형님도 좋아하실 걸요? 유아원 생기면 아마 형님이 제일 먼저 이용하실 거 같은데요."

"그나저나 희수랑 승택이는 왜 이렇게 늦어?"

"그쪽 사돈어른들이 내일 여행 가신다잖아요. 가시기 전에 윤재 보신다고 들르셨대요. 저녁에나 올 수 있나고 했어요."

진경의 설명에 차 회장이 고개를 끄덕였다.

사실 희수의 결혼은 포기했었다. 태수가 예준과 결혼한다고 했을 때 고맙기도 했지만 희수 때문에 마음 한편이 무거웠는데 두 사람이 결혼을 하고 6개월쯤 지났을 때 희수와 결혼하고 싶다며 승택이 찾아왔었다. 그때의 안도와 감격스러움은 당해보지 않은 사람은 모른다. 두 사람의 결혼의 감격이 다 사라지기도 전에 희수가 임신을 했고 후사 때문에 걱정하던 승택의 부모도 그때부터 마음을 열고 희수를 받아줬었다. 그렇게 우여곡절 끝에 태어난 희수와 승택의 아들은 벌써 두 돌이 다 되어간다.

"참, 이번 윤재 생일도 시부모님이랑 같이 보내려나?"

"그러지 않겠어요? 그쪽 사돈이 워낙에 윤재라면 벌벌 떠니까. 우리 집에 와서 하루만 자도 어떻게 될 것처럼 호들갑을 떠셔서 난 좀 기분이 나빠요."

진경의 투덜거림에 정숙이 풋 하고 웃음을 터트렸다.

"안사돈, 이제 곧 그 호들갑스러움을 여기서도 보시게 될 것 같은데요."

정숙의 말에 진경이 차 회장을 바라봤고 차 회장이 벌게진 얼굴로 헛기침을 했다. 윤재가 태어났을 때 양쪽 바깥사돈이 병원에서부터 어찌나 극성을 떨었는지 병원 내에서 모르는 사람이 없을 정도였다. 신생아실 유리에 붙어서 서로 자신을 보라고 재롱을 부리는 그 모습을 촬영해 놨어야 하는데 지금 생각해도 아깝다.

"차 회장님, 설마 이번에도 신생아실 앞에서 그 추태를 보일 건 아니죠? 이번에도 그러면 진짜 녹화해서 회사에 상영합니다."

"아니, 그건 그쪽 바깥사돈이 윤재가 자기를 꼭 닮았다고 자기를 더 좋아한다고 박박 우기니까 내가 그렇지 않다는 걸 보여주려고……."

"그래서 이번엔 이쪽 바깥사돈이랑 또 그러려고요?"

진경의 말에 고기를 먹던 유덕은 차 회장과 눈을 맞췄고 유덕이 먹던 고기를 꿀꺽 삼키고는 입을 열었다.

"흠, 그러지 않겠다는 말은 못 드리겠습니다."

유덕의 천연덕스러운 대답에 모인 식구들 모두 웃음을 터트렸다. 아무래도 뱃속 아이가 태어나면 양가 아버지들의 과도한 애정행각을 또 한 번 봐야만 할 것 같았다.

정숙은 한자리에 모여 앉아 식사를 하고 웃음을 터트리는 사람들을 새삼스러운 시선으로 봤다. 너무나 상처가 많고 골이 깊어 다시는 얼굴 보는 게 불가능할 수도 있었지만 여러 사람의 노력이 있어서 한자리에 다시 모이는 게 가능했다.

"그래, 이게 다 가족이라 가능한 거지."

"뭐라고 했어, 엄마?"

"그냥, 네가 엄마가 된다는 게 신기하고 기특해서. 요렇게 작던 게 언제 커서 시집을 다 가고, 그것도 모자라 이젠 엄마가 된다네.

생각해 보면 참 기가 막혀."

"저도 우리 태수 어릴 때를 좀 더 기억하고 있었으면 좋았을 텐데. 마치 인생의 한 토막을 잃어버린 것처럼 이 아이 자랄 때 모습을 추억할 수 없다는 게 무척이나 허전해요. 태수야, 엄마가 많이 미안해."

태수는 별말 없이 제 얼굴을 쓰다듬는 진경을 부드러운 미소로 바라봤다.

진경을 다시 만났을 때 태수는 꽤 놀랐었다. 부드러워진 시선도 평온한 표정도 나지막하게 조용히 울리는 목소리도 그전의 진경과 너무 달라서 낯설기까지 했었다. 그래도 그 변화를 쉽게 믿을 수 없어 다가가지 않았는데 진경이 꾸준한 모습으로 한 걸음씩 다가와 결국 다시 엄마가 되어줬다. 지금은 그 사실이 정말 감사하고 좋았다. 태수는 진경의 어깨에 팔을 둘러 부드럽게 안았다.

"이젠 미안해하는 대신 기특하게 생각해 주세요. 저 잘 살고 있잖아요."

"그래, 아들."

아들이라는 말이, 엄마라는 호칭이 더 이상 어색하지 않은 사이가 된 게 정말 감사하다.

식구들이 다들 각자의 집으로 돌아가고 태수와 예준도 두 사람의 보금자리로 돌아왔다. 그들의 귀가를 알아차린 세스가 대문 앞에서 얌전히 앉아 그들을 기다리고 있었다.

"세스야, 하루 종일 심심했지. 미안해. 대신 내일 실컷 놀아줄게."

"컹컹."

"야, 세스. 나도 아는 척 좀 하지? 당신 저 건방진 눈빛 봤어? 진짜 대단하다."

"뭐가, 예쁘기만 한데. 그지, 세스야? 우리 세스가 얼마나 똑똑하고 멋진데. 참, 세스야. 우리 아버지가 너 데리고 주말농장 가고 싶어 하신다. 너 갈래?"

"컹."

"그래, 그럼 이번 주말에 아빠 따라 농장 가는 거다."

예준의 말에 세스는 꼬리가 떨어져라 흔들어댔고 태수는 세스의 얼굴을 안고 반가워하는 예준을 억지로 떼어내 집 안으로 들어왔다.

"끄으응."

"네 마누라 힘들어. 쉬어야 해. 저 배 안 보이냐?"

태수가 그렇게 말하자 우울한 척하던 세스는 언제 그랬냐는 듯 현관 앞까지 쫓아와 그 앞에 엎드리고 더 이상 보채지 않았다. 예준이 임신을 하고 배가 불러오면서 확실히 더 점잖아진 세스였다.

"제가 우리말을 알아듣는 게 확실하지?"

"나도 가끔 의심이 되긴 해요. 어휴, 힘들다."

"오늘도 애썼어."

"고생은 태수 씨가 다했죠. 수고했어요, 남편."

"고마워요, 마누라."

두 사람은 가벼운 포옹을 풀고 1층으로 옮긴 침실로 들어갔다. 부른 배로 2층을 오르락내리락하는 게 불안하다고 태수가 1층에 있던 작은 서재를 침실로 새로 꾸몄다. 좀 작긴 했지만 이곳은 이곳만의 아늑함이 있어 좋았다. 하얀 침구가 깔린 침대에 예준이 닦지도 못하고 바로 누웠다.

"아이고 허리야. 안 되겠다."

"왜?"

"옆으로 누우려고요. 7개월이 넘어가니까 똑바로 눕는 것도 힘들어."

태수는 힘들게 몸을 뒤척이는 예준을 도와주고 그녀의 머릿밑에 베개를 넣어줬다. 배가 나올수록 제약받는 것들이 많아지고 있는데 무척이나 안쓰럽다.

"하아, 닦아야 하는데 손가락 하나 움직일 힘도 없다."

"조금 졸아. 다음 달엔 가족 식사에 못 가겠다고 해야겠다."

"부모님 섭섭하셔서 안 돼요. 함께 살자는 것도 거절해서 서운하실 텐데. 근데 당신 진짜 어른들 도움 없이 혼자 아이 키울 수 있겠어요? 나 복학해도 돼?"

"걱정 마. 혼자 해보고 안 되면 그때 어른들께 도움 청하지 뭐. 나 사장실에 벌써 아기침대랑 다 들여놨어."

"그래서 당신 아기침대 두 개나 만든 거구나? 주방장님이 안 놀리세요?"

"안 놀리기는. 사장실이 아니라 아기 침실을 하나 옮겨왔다고 벌써 한바탕했어. 그 형님은 나 놀리는 재미로 가게 나오는 거 같아. 그러면서 공기청정기 사다주고 아기 언제 태어나냐고 매일 물어. 달력에 디데이 적어놓고 기대한다. 웃기지도 않아서."

"주방장님이 정이 많아서 그래요. 우리 아기 이유식은 주방장님이 제일 먼저 끓여줄지도 모르겠네 뭐."

"절대, 안 돼. 내가 할 거야, 내가. 내가 요즘 책 보면서 얼마나 많이 공부하고 있는데. 육아책 읽다 보니까 신기한 거 되게 많더라. 아기는 엄마 뱃속에서…… 어, 자네? 예준아, 자? 진짜 자? 우리 꽃돼지 오늘도 예쁘네."

태수는 예준의 몸 위로 얇은 이불을 덮어주고 하루 종일 고생한 그녀의 작은 발을 조물조물 주무르기 시작했다.

예준과 부부가 된 지도 벌써 3년이라는 시간이 흘렀다는데 사실 별로 실감이 안 난다. 그냥 하루하루가 마냥 좋고 똑같이 반복되는 일상에도 예준이가 존재함으로써 그 의미가 달라졌다. 아침에 한 침대에서 눈 뜨는 게 좋고 각자의 시간을 보내고 저녁에 만나는 게 설레고 또 한집으로 들어와 남편, 아내로 일상을 만들어 나가는 게 너무 좋았다.

하루하루 행복한 일상에 또 한 번의 축복이 다가왔다. 예준 이상의 행복은 없을 줄 알았는데 그녀 뱃속에 두 사람의 아이가 생긴 것이다. 설렘, 두려움, 책임감, 모든 감정을 이긴 건 좋다는 거였다. 진정을 할 수 없을 정도로 좋고, 좋고 또 좋았다.

'이 남자 봐라, 세상에서 날 제일 사랑한다며 애를 더 좋아하는 거 같은데. 뭔가 속은 느낌이에요.'

뾰로통해서 따지고 드는 예준의 얼굴을 잡고 수없이 많은 뽀뽀를 해댈 만큼 태수는 좋았다. 결국 눈물을 글썽이는 태수를 안고 예준도 같이 울었었다.

'나는 좋은 아빠가 되어줄 거야.'

'당연하죠.'

'우리 아버지처럼 절대 방관 안 하고 바쁘지도 않고 같이 축구도 해주고 머리도 빗겨주고 학교도 꼭 데려다 주고 난 꼭 그럴 거야.'

아이의 투정처럼 다짐하는 태수를 예준이 한참 안아줬었다.

예준이 아이를 가지고 태수는 좋은 부모가 되는 걸 연습 중이었다. 부족한 대로 책도 읽고 사람들한테 이야기도 들으며 자신이 모르고 부족한 부분을 채워나갔다. 그렇게 불안해하는 대신 노력하는 중이었다.

태수는 모든 일에 노력할 줄 아는 사람이 된 자신이 무척이나 마음에 들었고 그 변화를 일으킨 예준이 제 옆에 있다는 사실에 정말 감사했다.

"마누라."

"으응."

"착한 마누라네."

여전히 꿈결에도 자신의 부름에는 대답해주는 예준의 이마에 뽀뽀를 해주고 그도 그녀의 옆으로 들어가 누웠다. 온몸이 노곤해질 만큼 피곤하고 긴 하루였지만 마음은 행복했다. 맛있는 음식만큼 많은 말과 웃음이 오간 시간, 좋은 사람들과 보낸 행복한 이 몇 시간이 힘든 일상에서 그들을 버티게 해줄 양분이 될 것이다.

뭔가 특별한 것이 있을 거라고 생각한 인생은 의외로 평범했고 모든 사람들이 꿈꾸는 그 평범함이 무척이나 지키기 어려운 것이라는 걸 알았고 사랑하는 사람들과 보통의 일상을 영유하는 자신이 꽤 잘 살고 있다는 걸 지금은 안다. 내일 하루도 오늘만큼만 평범하길 바라는 태수 역시 단잠으로 빠져들었다. 이렇게 행복한 그들의 하루가 평안하게 끝나가고 있었다.